EMILY BÄH

SALT & SORCERY

EIN FLUCH SO FINSTER WIE DIE TIEFE

DRACHENMOND VERLAG

Drachenmond Verlag GmbH
Auf der Weide 6
50354 Hürth
https://www.drachenmond.de
E-Mail: info@drachenmond.de

Lektorat: Nina Bellem
Korrektorat: Sarah Nierwitzki – Wortkosmos
Satz & Layout: Astrid Behrendt

Umschlagdesign: Alexander Kopainski
Bildmaterial: Shutterstock

Druck: Booksfactory

ISBN 978-3-95991-573-1

Für Miriam

Solas ar d'anam

Aussprache der Namen:

Maebh – Mäif
Ciarán – Kiehrenn
Siobhan – Schewonn
Fiadh – Fii-a
Éibhear – Eiwoor
Seamus – Schäi-mess
Oisin – Asheen
Sorcha – Sorkah
Daithi – Da-hie
Diarmaid Mac Cárthaigh Mór –
Dör-mott Mäk-Kar-thi Mor
Laoghaire – Lie-rie
Grainne – Grahn-je

Übersetzungen:

Tá an-bhrón orm, cailín – Tut mir leid, Mädchen
Go dté tú slán – Viel Glück und gute Reise
Slain go foil – Auf Wiedersehen
Slán agat – Lebewohl

»When angels fell,
some fell on the land, some on the sea.
The former are the faeries
and the latter were often said to be the seals.«

Unbekannt, Orkney-Inseln

Prolog

Der Legende nach herrschten einst ein König und eine Königin über das Meer. Sie waren gesegnet mit vielen wunderschönen Kindern, die die Tage glückselig inmitten der magischen Korallengärten und grünen Weiden am Meeresgrund verbrachten. Ihr Leben war voll Heiterkeit, Gesang und Lachen.

Eines schicksalhaften Tages jedoch wurde die Königin furchtbar krank, und nur wenige Wochen später starb sie. Das brach das Herz des Königs mitten entzwei. Auch die Kinder vermissten ihre Mutter sehr, weshalb im ganzen Königreich kein Lachen oder Singen mehr zu hören war.

Trotz allen Leids wusste der König, dass es seine Pflicht war, erneut zu heiraten, um seinen Kindern eine Mutter zu geben. Die Seehexe, die von Jahren der Bitterkeit ganz hässlich geworden war, witterte die Gelegenheit, Königin zu werden, um jene zu beherrschen, die schon immer über sie gespottet hatten. Mit einer List verführte sie den König, und die beiden vermählten sich.

Ihre Bitterkeit legte sich allerdings auch dann nicht, denn sie war eifersüchtig auf die Kinder des Königs, die selbst im Kummer noch so viel schöner waren, als die Königin es je sein würde.

Da verfluchte die Hexe sie und verwandelte sie in Robben, auf dass sie nie wieder das Königreich betreten und nur im Licht des vollen Mondes ihre wahre Gestalt annehmen konnten.

In seinem Zorn verbannte der König die Hexe in die dunkelsten Tiefen des Ozeans, doch niemand vermochte es, den Fluch, den sie auf seine Kinder gelegt hatte, zu brechen.

Und so durchschwimmen die Robben die Weltmeere, ohne je in ihre Heimat zurückkehren zu können. Und wenn man genau hinhört, kann man in einer klaren Vollmondnacht an der Küste ihrem Gesang lauschen.

1

Die anderen hielten sich stets von der Küste fern. Stattdessen zog es sie in den magischen Vollmondnächten, die nur ihnen gehörten, auf die felsigen Stufen von Sceilg Mhichil, dorthin, wo die Menschen vor Jahrhunderten schon kleine, runde Häuschen und steile Treppen errichtet hatten. Inzwischen kamen sie nicht mehr auf diese Insel. Sie fürchteten den Ort, der wie ein Monolith aus dem Ozean ragte, und erzählten sich Schauermärchen von lieblichen Gesängen, die vom Wind bis ans Festland getragen wurden. Von gespenstisch hellem Lachen, das selbst die tiefste Nacht durchschnitt. Von blassen Gestalten, die sich dort auf den Steinen tummelten.

All dies traf auf ihre Geschwister zu, doch als angsteinflößend hätte Maebh sie nicht bezeichnet. Denn sie nutzten die wenigen Stunden der Nacht, die ihnen in ihrer wahren Gestalt blieben, nur dazu, sie selbst zu sein. Für Maebh gab es nicht Schöneres, als ihre Beine auszustrecken und im silbernen Licht des vollen Mondes zu baden, mit ihren Geschwistern zu scherzen und zu singen, bevor die dunkle Magie sie in die kalten Arme von Mutter Ozean zurückzwang.

Die Geschichte vom Fluch der Meerhexe war so alt, dass sie inzwischen als Legende galt. Eine der vielen, die die Selkies sich unter den Sternen erzählten. Und doch würde niemand von ihnen es wagen, die Regeln zu brechen:

Eine Nacht im Monat gehört dir.

Verwandelst du dich nicht vor Anbruch des Morgens wieder in eine Robbe, bleibt dir Zeit bis zum nächsten Vollmond – dann musst du für immer zurück ins Meer. Tust du das nicht, stirbst du.

Egal, wo du bist, verstecke deinen Mantel gut.

Die erste Regel beschrieb ihr Leben. Die zweite war eine Warnung.

Die dritte betraf vor allem diejenigen, die sich nicht im Schutz der kleinen Insel der Verwandlung unterzogen. Diejenigen, die trotz jeglicher Risiken mehr sehen wollten als die ewig gleichen Felsen im Ozean. Die wissen wollten, was es mit diesen Menschen auf sich hatte.

Aber wer war schon so töricht, sich aus reiner Neugier in eine solche Gefahr zu begeben?

»Gehst du schon zurück?«, flötete Maebhs Schwester Siobhan, als sie bemerkte, wie diese sich zu ihrem Mantel am Fuß der steinernen Treppe schlich. Die anderen waren völlig vertieft in ihren Gesang, und weiter oben bei den kleinen Häusern spielten einige von ihnen Verstecken. Doch Siobhan musste ihre Schwester Maebh eine Weile dabei beobachtet haben, wie sie unruhig auf einen günstigen Moment gewartet hatte. Ihre Miene war keineswegs missbilligend, sondern eher fragend, als sie Maebh auf leisen Sohlen zu der kleinen Nische im Gestein folgte, wo sie beide ihre Mäntel abgelegt hatten.

»Nein.« Maebh schüttelte ertappt den Kopf, weil es vergebens gewesen wäre, ihr ins Gesicht zu lügen. »Ich will noch kurz zur Küste.«

»Um diese Zeit?«

Siobhans Blick wanderte hinauf zum Vollmond, der heute so hell strahlte, dass die Sterne in seinem Angesicht vor Neid verblassten. Doch Maebh verstand, was sie meinte. Sie saßen bereits lange auf der Insel und die Nacht war bald vorbei.

Vorsichtig strich Maebh sich eine Strähne aus dem Gesicht. Wie das ihrer Schwester war ihr Haar lang und von einer gräulich-braunen Farbe. Seidig und glatt wie das Fell in ihrer zweiten Gestalt. Dort hörten die Ähnlichkeiten zwischen den beiden allerdings auf, denn Siobhans Hautfarbe war dunkel, fast schwarz, und auch ihre Augen waren anders. Maebhs hellgrün, Siobhans dagegen braun und voller Besorgnis.

»Nicht lange«, versprach sie ihr. »Ich will nur …«

Was? Was sollte sie ihrer Schwester schon sagen?

Ich will nur schauen. Herausfinden, was die Menschen so tun. Sehen, was abseits des Meeres und dieser öden Felsen passiert.

Siobhan schien sie auch ohne Worte zu verstehen, denn sie nickte. Sie war eine der Ältesten, zählte schon bald über zwei Jahrhunderte, und hatte in ihrem Leben viele andere Ozeane erkundet. Sie kannte Geschichten von Selkies, die den Schutz des Meeres für die Menschen verlassen hatten, nicht nur, sie hatte sie sogar mitbekommen.

Wann immer sie davon erzählte, beschrieb sie es so: *Es ist, als würden manche von uns einem Ruf folgen …*

Ob das auch auf Maebh zutraf?

Sie kam nicht dazu, sich darüber den Kopf zu zerbrechen, weil sie sich plötzlich in einer stürmischen Umarmung wiederfand. Siobhans nackte Haut schmiegte sich angenehm kühl an ihre, und in dem Moment, in dem Maebhs Hand auf ihrem Rücken verharrte, spürte sie ihr Herz schlagen.

»Pass auf dich auf«, flüsterte Siobhan ihr zu, bevor sie ihr einen Kuss auf die Stirn hauchte und sich wieder von ihr löste. Es war nicht das erste Mal, dass Maebh sich im Vollmond davonstahl, nicht das erste Mal, dass ihre Schwester es mitbekam, weshalb ihr dieser innige Abschied seltsam unangebracht vorkam. Schließlich ging sie nur kurz schauen.

Ihr blieb keine Gelegenheit mehr, Siobhan nach dem Grund für ihr Verhalten zu fragen, denn ehe sie ihre Gedanken sortiert hatte, war diese wieder auf dem Weg zu den anderen nach oben.

Maebhs Blick wanderte noch einmal zum Mond, dessen zarte Strahlen ein Prickeln auf ihrem Körper hinterließen, als würden sie ihn mit Magie küssen. Dann schnappte sie sich ihren Mantel und huschte zum Ufer.

Es war bereits mehr Morgen als Nacht, als Maebh am Kap vorbeischwamm. Obwohl es ihr Tempo verlangsamte, hielt sie den Kopf stets über Wasser. Immer wieder sah sie zurück, bis Sceilg Mhichil von den Klippen des Festlands verdeckt wurde. Erst, nachdem sie die steilen Felsen umrundet hatte, fühlte sie sich völlig vor den verurteilenden Blicken ihrer Geschwister geschützt, die ihr Fehlen inzwischen bemerkt haben mussten. Sie hätten Maebh nicht aufgehalten, aber im Vergleich zu Siobhan hatten andere wenig Verständnis dafür, wieso sie sich oft zu so später Stunde davonmachte, um ausgerechnet den Ort aufzusuchen, den sie so sehr fürchteten.

Maebh hielt kurz an, um zu lauschen, doch über das Tosen der Wellen hinweg waren ihre Stimmen nicht zu hören. Sie war allein.

Kaum mehr als ein einziger dunkler Fleck im silbernen Band, das der Mond auf die Wasseroberfläche zeichnete. Und sie hatte ein Ziel.

Inzwischen war ihr die Strecke so geläufig, dass sie den Weg auch in tiefster Dunkelheit gefunden hätte. Von nichts geleitet als den Klängen des Ozeans und dem Rauschen der Flut, die gegen die Felsen des Kaps prallte und sie weiter die Küste entlang lockte. Maebh folgte ihrem Verlauf für einige Kilometer – ein Leichtes für ihren geschmeidigen Körper, der nur für das Schwimmen geschaffen war –, bis vor ihr eine Insel auftauchte. Zwischen dieser und dem Festland führte eine Meerenge zu ihrem Ziel. Ab hier musste Maebh auf der Hut sein.

Sie tauchte unter, bevor sie die schmale Passage durchquerte, wo sich auf dem Grund die Wracks Dutzender Schiffe und Barken fanden, deren Steuermänner die reißende Gewalt der Fluten zum Gezeitenwechsel unterschätzt hatten. Behutsam schlängelte sich Maebh zwischen ihnen hindurch, denn obwohl ihre Augen die Dunkelheit unter der Oberfläche durchdrangen, musste sie vorsichtig sein, falls die Strömung sich plötzlich veränderte.

Erst als das Wasser wieder ruhiger und gleichzeitig wärmer wurde, wusste sie, dass sie es geschafft hatte.

Die Menschen nannten die Bucht *Baile an Sceilg*, den *Ort der schroffen Felsen*, eine Anspielung auf die Inseln, die die Selkies zu ihrem Zuhause erklärt hatten. Eine seltsame Wahl, wie Maebh immer wieder feststellte, denn was sie hier vor allem sah, waren Strände. Sanfte, im Mondlicht fast kalkweiße Streifen, die sich wie Aale um die Küste schlängelten. Und genau deshalb war sie hier. Um weichen Sand unter ihren Sohlen zu spüren statt rauer Felsen. Um den Wellen zu lauschen, die hier im Schutz der Bucht sanfter waren. Und um vielleicht, ganz vielleicht sogar einen Blick auf einen Menschen zu erhaschen.

Maebhs Atem ging flach, während sie sich so geräuschlos wie möglich an der Küste entlangbewegte. Ein Jahr zuvor hatten die Menschen am Ende der schmalen Landzunge einen Wachturm errichtet, der fast die gesamte Bucht überblickte. Tag und Nacht patrouillierten Soldaten auf den hohen Mauern, was es schwieriger machte, sich aus dem Meer zu wagen – aber auch umso aufregender.

Maebh schwamm an den Fuß der aus dem Wasser ragenden Mauern heran, bevor sie das Gebäude in seinem Schatten umrundete. In manchen Nächten konnte sie den Gesprächen der Wachen zuhören, doch heute schwiegen sie. Maebh hielt inne und lauschte dem Ozean. Die Wellen brandeten sanft und leise gegen das steinerne Fundament, mehr plätschernd als tosend. Hier auf der Schattenseite waren die Sterne deutlicher zu sehen, ihr Funkeln in der Nacht, das heute irgendwie *anders* wirkte. Eine eigentümliche Stimmung lag in der Luft. Etwas, das Maebh nicht benennen, aber bis in ihre Eingeweide spüren konnte. Ein Prickeln, das ihr die Wirbelsäule hinab bis in die Schwanzspitze fuhr.

Ein Sirren lag in der Luft. Dann erklangen auf einmal Stimmen.

»Lasst mich sofort gehen oder ihr werdet es bereuen!«

»Mach dir da mal keinen Kopf, Junge. Wir sind schon dabei, dich gehen zu lassen!«

»Wo sind meine Sachen?«

»Maul halten.«

Über ihr ertönte ein Geräusch, als würde etwas Schweres zu Boden geworfen. Unbewusst hielt Maebh den Atem an und presste ihren Leib gegen das Mauerwerk. Für die Männer war sie zwar nur eine Robbe, doch sie wollte kein Risiko eingehen.

»Wenn du dem König deine Dienste verweigerst, hast du nichts in unserem Land verloren.«

Eine dritte Stimme ertönte. »Denkst du, es ist sicher? Ich meine, er ist einer von denen. Wenn wir ihn ins Meer werfen, spielen wir ihm vielleicht nur in die Hände und …«

»Papperlapapp. Wir haben seinen Stab. Ohne ist er so nutzlos wie ein Kind.«

»Aber …«

»Kein Aber. Los jetzt, hilf mir, ihn hochzuheben. Wenn er sich nicht das Genick an den Felsen bricht, ist er spätestens in ein paar Minuten ersoffen. Und dann bringt ihr das Ding sofort zum König. Ist das klar?«

»Ja. Ich meine nur, dass …«

Ein entnervtes Stöhnen war über ihr jetzt so deutlich hörbar, dass es ihr durch Mark und Bein fuhr.

»Nichts mehr davon. Wenn du sicher sein willst, dass er nicht wiederkommt und dich in deinen Träumen heimsucht, dann …«

Das Ende des Satzes hörte sie nicht, denn ein lautes Platschen im Wasser ließ Maebh fast reflexartig in eben dieses hinabtauchen. Kreisförmig breiteten sich die Wellen von der Stelle aus, an der soeben ein menschlicher Körper in den Fluten versunken war. Feine Bläschen tanzten auf der pechschwarzen Oberfläche, keine drei Schwimmzüge von ihr entfernt.

Was?

»Und erledigt«, kommentierte einer der Männer zufrieden. »War doch gar nicht so schlimm.«

An der Art des Schweigens erkannte Maebh, dass der andere Wachmann sich einen weiteren Protest verkniff. Stattdessen war ein leises Räuspern zu hören, ehe der erste erneut das Wort ergriff.

»So, und jetzt macht, dass ihr loskommt! Alle beide.«

Schritte entfernten sich eilig, doch erst als es so still wurde, dass Maebh sicher war, allein mit dem Ozean zu sein, wagte sie es wieder, zu atmen. Ein einziger langer Atemzug, mit dem sie so viel Luft einsog, wie sie nur konnte, bevor sie, ohne nachzudenken, in die Tiefe tauchte.

Selbst für ihre Sinne war die Schwärze in diesem Teil des Wassers ein Hindernis. Sie war gezwungen, sich auf ihre Schnauze zu verlassen. Auf das feine Tasten ihrer Schnurrhaare, während sie die Fluten nach einem Widerstand absuchte.

Da! Etwas streifte ihren Rücken, weich und bitterkalt. Maebh schlug einen Haken und konnte einen Körper ertasten. Einen menschlichen. Jetzt musste sie sich konzentrieren.

Es war nicht das erste Mal, dass sie jemanden rettete, aber heute stellten nicht nur die Wellen eine Gefahr dar. Die Furcht rauschte wie ein Gift durch ihre Venen. Was, wenn sie sie längst entdeckt hatten? Was, wenn sie bemerkten, was Maebh vorhatte?

Sie gab der Angst keine Zeit, sie zu lähmen, sondern tat genau das, was sie schon oft getan hatte. In einer einzigen geschmeidigen Bewegung schob sie ihren Körper unter den des Fremden. Von dort presste sie sich behutsam gegen ihn, bis sie sicher war, dass sie die Kontrolle über ihn hatte.

Normalerweise verließ sich Maebh auf ihre Balance und ihr Gefühl für die Launen des Ozeans, während sie den Ertrinkenden langsam zur Oberfläche und anschließend an Land brachte. Doch dieses Mal passiert etwas Seltsames.

Schwerelos wie Seegras schwebten die Glieder des Mannes neben ihm, nur getragen vom Hin und Her der Strömung. Dann, wie aus dem Nichts, schien sein Überlebensinstinkt zu erwachen, und als ihr Körper seinen berührte, schlang er die Arme um ihren Leib.

Maebh widerstand dem Impuls, schnell das Weite zu suchen, und ließ zu, dass er sich an ihr festhielt. Sein Griff war kraftlos, gerade ausreichend, um sich an sie zu klammern. Ihr war klar, dass er dringend Sauerstoff benötigte. Nur durfte sie es nicht wagen, in der Nähe der Burg aufzutauchen, solange die Männer dort waren. Sie musste darauf vertrauen, dass seine Kraft den Fremden am Leben hielt, bis sie von hier weg waren.

Sie gab alles, doch als sie endlich die Oberfläche durchstieß, war der Fremde kaum noch bei ihr. Das verzweifelte Nach-Luft-Schnappen blieb aus, und nur sein schweres Gewicht auf ihrem Rücken erinnerte Maebh daran, dass er überhaupt dort war. Jetzt warf sie alle Sorgen über Bord und schwamm auf direktem Weg zum Strand. Er sah leer aus, doch um sicherzugehen, fehlte ihr die Zeit. Sie waren kaum mehr als einige hundert Meter von der Burg entfernt, allerdings konnte sie an der Küste ein paar Felsen entdecken.

Eine Welle packte Maebhs Körper und schob sie voran, als wollte Mutter Ozean selbst, dass sie es schaffte. Maebh spürte feinen Sand unter ihrem Bauch. Über ihr schien noch immer der Vollmond, in dessen Licht sie ihre Verwandlung in rasender Geschwindigkeit vollzog, als hinge ihr eigenes Leben davon ab. Ihr dicker Körper wurde länger und definierter. Danach teilte sich ihre Schwanzflosse, wurde erst zu Beinen, zu Füßen, dann zu Zehen. Sie richtete sich auf und streifte eilig den Rest ihres Fells von den Schultern wie einen Mantel. Einen Mantel, den sie nun achtlos zur Seite warf, bevor sie sich umwandte und den Fremden mit sich an Land zog.

Das schwarze Haar klebte ihm wie Seetang im Gesicht. Hier an der Luft, aber vor allem in ihrer schmächtigen, menschlichen Gestalt war es umso schwerer, ihn zu bewegen. Nach ein paar Metern war Maebh völlig entkräftet, doch es hatte gereicht, um ihn so weit aus dem Wasser zu zerren, dass die Wellen nur seine Füße umspielten.

Anschließend beugte sie sich über ihn und legte ein Ohr an seine Brust. Sein Herz flatterte leise und schnell, aber es hatte noch Kraft. Sie musste nur …

Lautes Hufgetrappel riss sie aus ihren Überlegungen. Es kam aus Richtung des Weges, der direkt hinter dem Strand am Ufer entlangführte. Und es kam näher. Maebhs Blick wanderte zu dem Mann am Boden, der still und regungslos um sein Leben kämpfte, und dann wieder hinauf zur Böschung. Noch erkannte sie dort niemanden, meinte aber, das Stampfen der Pferde als Vibration im Boden zu spüren. Panik legte sich wie eine Schicht aus Eis um sie, machte sie kopflos. Nur wenige Meter entfernt bot eine Gruppe Felsen möglichen Schutz. Maebh dachte nicht länger nach, sondern hastete drauf zu und ließ ihren Körper zwischen die Spalten gleiten, obwohl sich der Stein in ihre dünne, blasse Haut bohrte.

Ein stechender Schmerz im Oberschenkel trieb ihr die Tränen in die Augen, doch sie schaffte es gerade so, einen Schrei zu unterdrücken. Da sah sie, wie die Pferde über die Dünen jagten und sich direkt auf den bewusstlosen Mann zubewegten.

Erleichterung durchflutete sie. Die Flucht zu ergreifen, war die richtige Entscheidung gewesen, doch ihr Mantel!

Panisch tastete Maebh sich danach ab, nur um das Bündel aus Fell und Leder ein paar Meter entfernt halb in den Dünen, halb in der Brandung zu entdecken. Dort, wo die Wellen ihre verräterischen Spuren im Sand verschwinden ließen. Ihr Herz sackte hinab. *Nein!*

Die beiden Reiter kamen neben dem Bewusstlosen zum Stehen. Ihre Worte wurden vom Wind zu ihr herübergetragen.

»S-siehst du, Fínghin? Ich hab doch gesagt, d-d-dass …« Trotz der klappernden Zähne konnte sie die Stimme des Mannes genau identifizieren. Er war einer der Wachen auf dem Turm. Er schien jünger zu sein als der andere, wobei seine Haare selbst in der Dunkelheit rötlich schimmerten. Sein Begleiter, der seine unordentlichen Locken zu einem Zopf gebunden hatte, rutschte vom Pferd und beugte sich nach unten. Vorsichtig legte er die Finger an die Kehle des Bewusstlosen, sodass Maebh befürchtete, er würde ihn würgen. Dann schüttelte er den Kopf.

»Der ist so gut wie tot«, gab er Entwarnung.

Wie zur Demonstration verpasste er dem am Boden Liegenden einen Tritt, doch nicht einmal ein Stöhnen verließ dessen Lippen.

»Siehst du? Komplett hinüber.«

Der Rothaarige, der noch immer auf seinem Pferd hockte, schüttelte nur den Kopf, während sein Kamerad im Begriff war, wieder aufzusteigen. Erleichterung durchflutete Maebh.

Geht weg, wollte sie ihnen entgegenschreien. *Verschwindet!*

Und fast war es so, als würden sie ihr stilles Flehen erhören. Scheinbar ein letztes Mal ließ der ältere Wachmann, Fínghin, seinen Blick über den Strand schweifen. Dabei verharrte er ausgerechnet auf dem kleinen Bündel Fell, das achtlos in der Brandung lag.

Maebhs Herz setzte aus, nur um nach wenigen Sekunden wieder weiter zu schlagen.

Bum.

Bum.

Bum.

Bum.

Genau im Takt seiner schweren Schritte. Hilflos sah sie dabei zu, wie Fínghin in die Knie ging und ihren Mantel aus dem Wasser zog. Einzelne Sandkörner rieselten zu Boden, während er ihn langsam entfaltete. Was für den Mann aussehen musste wie eine Decke aus Robbenfell, bedeutete Maebh mehr als ihr ganzes Leben.

»W-was ist das?«, fragte sein Kumpan vor Kälte zitternd.

Ein Lächeln verzog Fínghins Lippen so sehr, dass seine unnatürlich weißen Zähne im Mondlicht blitzten.

»Etwas, das dem König fast noch besser gefallen wird als der Schatz des Bastards dort drüben.«

2

Maebh wartete zu lange, nachdem die beiden Wachmänner verschwunden waren, obwohl sie wusste, dass die Zeit für den von ihr geretteten Mann ablief. Sekunde um Sekunde verstrich, während sie zwischen den Felsen kauerte, wo ihr jeder einzelne Muskel unsägliche Schmerzen bereitete. Tränen der Verzweiflung rannen über ihre Wangen und sie fühlte sich, als hätte man sie entzweigerissen.

Ihr magischer Mantel, ihr Robbenfell, ihre einzige Möglichkeit, wieder eins mit dem Ozean zu werden, war weg. Gestohlen von diesen grausamen Menschen, die einen Mann einfach so in den Tod geschickt hatten.

Maebhs Puls dröhnte laut in ihren Ohren und übertönte selbst das Tosen des Meeres, das wütender wurde, als wollte es sie für ihren Leichtsinn beschimpfen.

Was mache ich jetzt?

Sie hatte niemanden, den sie um Hilfe bitten konnte. Ihre Geschwister waren draußen bei den Felsen – zu weit weg, als dass ihr Rufen sie erreichen würde. Und selbst wenn, hätten sie Maebh ohnehin nur verhöhnt.

Regel Nummer drei: Egal, wo du bist, verstecke deinen Mantel gut.

Warum hatte sie nur so unbedacht sein müssen?

Irgendwann, es fühlte sich an wie Stunden, dabei konnten nur ein paar Minuten vergangen sein, beruhigte sie sich und wagte sich hinter den Felsen hervor. Der Strand war verlassen. Ein kühler Wind stellte die Härchen auf ihren Armen auf, während feuchter Sand sie zwischen den Zehen kitzelte. Die Welt war noch immer in silbernes Licht getaucht, doch zum ersten Mal kam ihr die Nacht nicht mehr magisch vor, sondern bedrohlich. Als könnte hinter jedem Schatten eine Gefahr lauern, der Maebh ohne die Magie ihres Mantels niemals gewachsen war.

Sie war im Begriff, erneut in Tränen auszubrechen, da fiel ihr wieder ein, wie sie überhaupt in diese missliche Lage geraten war. Eilig trugen ihre Beine sie zu dem Fremden, und als sie dieses Mal das Ohr an seine Brust legte, hörte sie nichts außer Meeresrauschen.

Nein!

Maebh lauschte noch einmal genauer.

»Nein. Nein. Nein!«

Panik ergriff von ihr Besitz, als sie mit der Hand über das Hemd des Mannes fuhr. Eisige Kälte hatte seinen gesamten Leib erfasst und seine Haut so blass werden lassen wie der Mond selbst.

»Nein!«, keuchte sie wieder, strich ihm die nassen, schwarzen Locken aus dem Gesicht. Seine Lippen besaßen fast dieselbe Farbe wie seine Haut, die Augen dagegen waren dunkel wie die Nacht und starrten glanzlos hinauf zu den Sternen.

Das durfte einfach nicht passieren. Nicht auch noch. Sie hatte nie einen geretteten Menschen ans Meer verloren. Und wenn ihr Opfer jetzt umsonst gewesen sein sollte … Energisch verbiss sie sich die Tränen.

Sie holte tief Luft, bevor sie verzweifelt ihre Lippen auf seine presste, so, wie sie es schon hundertmal bei den Menschen gesehen hatte. Immer wieder hatten sie es auf diese Weise geschafft, Totgeglaubte ins Leben zurückzuholen. Als hätte ihr Kuss allein unerklärliche Kräfte.

Sie zählte die Sekunden, während sie in dieser Position verharrte, ohne zu wissen, was genau sie zu tun hatte. Alles, was sie spürte, war Kälte, die sie um jeden Preis vertreiben wollte. Maebh stellte sich vor, wie sie den Fremden in ihren Mantel hüllte, um ihm einen Teil der Wärme zu spenden, die sie selbst in den tiefsten Gefilden des Ozeans am Leben hielt. Sie wollte, dass ihn diese Energie erfüllte, dass sie ihn zurückholte aus der Dunkelheit, in die er gestürzt war. Maebh wünschte es sich, wie sie sich nie etwas sehnlicher in ihrem Leben gewünscht hatte.

Mit einem Mal durchzuckte sie ein Funke, woraufhin sie mit einem leisen Aufschrei von ihm abließ. Wie ein Stich bohrte sich ein Taubheitsgefühl in Maebhs Lippen, ließ sie panisch von ihm wegstolpern.

Dann schnappte der Fremde nach Luft.

Es war ein einziger verzweifelter Atemzug, der seine Lunge augenblicklich mit Luft füllte. Ein Hustenanfall schüttelte seinen Körper, und schon war Maebh wieder neben ihm. Behutsam half sie ihm, sich auf die Seite zu rollen, bevor sich ein Schwall Salzwasser aus seinem Rachen ergoss, als hätte er beim Ertrinken den ganzen Ozean verschluckt.

Sacht klopfte sie ihm auf den Rücken. Er fühlte sich noch immer bitterkalt an, doch allmählich färbte sich seine Haut wieder mit Leben. Es dauerte einige Minuten, bis sein Körper aufhörte, das für ihn giftige Salzwasser auszustoßen. Danach sackte der Fremde entkräftet zurück und sah Maebh zum ersten Mal an.

»Bin ich tot?«

Seine Augen waren das Seltsamste, das sie je gesehen hatte. Vor Kurzem noch pechschwarz, erstrahlten sie nun in einem dunklen, silbernen Schillern, als hätte er das Meer selbst darin eingefangen. Der Anblick ließ sie für eine Sekunde überlegen, ob sie nicht beide gestorben waren.

»Nein. Du lebst.«

Ob alle Menschen so seltsame Augen hatten? Maebh hatte nie einen in Ruhe aus der Nähe betrachtet, hatte sie immer nur zum Strand gebracht, um danach hastig wieder zu verschwinden.

Ein freudloses Lächeln erschien auf den Lippen des Mannes. »Verfluchte Scheiße.«

Stirnrunzelnd fragte sie: »Wolltest du etwa sterben?«

Ein Kopfschütteln folgte als Antwort, dann Schweigen, während sich sein Atem weiter beruhigte. Seine Sachen – Lederstiefel, Mantel sowie Hemd und Hose aus Stoff – waren völlig durchnässt, doch entgegen jeder Logik schien er sich weder daran zu stören noch zu frieren. Stattdessen starrte er hinauf zu den Sternen, als würde er nicht nur seine Lage, sondern auch sein ganzes Leben infrage stellen.

Er war ein schöner Mann, soweit Maebh das beurteilen konnte, und sah mit seinem länglichen Gesicht und der markanten Nase so anders aus als ihre Brüder. Ihm wuchsen nicht nur Haare auf dem Kopf, sondern dichte Stoppeln am Kiefer und um den Mund herum. Feine Wassertropfen hafteten auf seinen Wangen und bildeten einen funkelnden Kontrast zu seiner leicht gebräunten Haut.

»Bist du eine Traumerscheinung?«, fragte er mit rauer Stimme.

»Nein.«

»Eine Meerjungfrau? Sirene?«

»Nein.«

Er nickte, dabei konnten ihm ihre wenig genauen Antworten unmöglich genügen. »Und wie ist dein Name?«

»Maebh.«

»Ich danke dir, Maebh.«

Ihr blieb nicht mehr die Gelegenheit, nach seinem Namen zu fragen, denn schon kurz darauf sackte sein Kopf kraftlos nach hinten.

In Ermangelung eines besseren Plans begann Maebh damit, sich um den Fremden zu kümmern. Zuerst zog sie ihn an eine Stelle bei den Felsen, wo er einigermaßen vor dem Wind und ungewollten Blicken geschützt war. Anschließend verwischte sie die Spuren im Sand, die die Wellen nicht erreichten, und holte Wasser aus einem Bach, der nur ein wenige Schritte entfernt im Meer mündete, um dem Mann etwas zu trinken einzuflößen. Die Hälfte verlor sie unterwegs aus den Händen, doch nach ein paar Runden war sie sicher, dass der Unbekannte nicht verdursten würde.

Ihr war bewusst, wie vorsichtig sie sein musste, weshalb sie sich sputete, sobald sie sich im Sichtfeld des Wachturms aufhielt. In die Nähe des Dorfes, das hinter der Böschung im Norden wartete, wagte sich Maebh gar nicht erst. Lange durfte sie jedoch nicht hier ausharren. Die Felsen boten kaum Schutz und das umliegende Land war so flach, dass es nur eine Frage der Zeit sein würde, bis sie jemand entdeckte.

Nachdem Maebh alle Wassergänge erledigt und Seetang gesammelt hatte, auf dem sie missmutig herumkaute, fiel ihr nichts mehr ein. Am Horizont schob sich die Sonne langsam über die Kämme der Hügel auf der anderen Seite der Bucht, tauchte ihre kahlen Hänge und die von der Ebbe freigelegten Sandbänke in goldenes Licht.

Erneut liefen Tränen über Maebhs Wangen, die zum ersten Mal in ihrem Leben die Sonne aus menschlichen Augen betrachtete. Als Robbe war ihre Sicht dafür geschaffen, sich selbst im tiefsten Dunkel der See zurechtzufinden. Dabei sah die Welt allerdings aus, als hätte man sie ihrer Farbe beraubt. Normalerweise wäre Maebh um diese Zeit zurück bei ihren Geschwistern, weshalb der Anblick der aufgehenden Sonne, so atemberaubend er auch war, sie traurig stimmte, denn er kam zu einem Preis. Maebhs Herz schmerzte, als würde eine unsichtbare Kraft es ins Meer ziehen, doch ohne ihren Mantel blieb ihr die Rückkehr verwehrt.

Während sie vor wenigen Stunden noch mit ihren Geschwistern im Mondlicht herumgetollt war, fühlte sie sich jetzt zum ersten Mal in ihrem Leben einsam. Sie kauerte sich zwischen den Felsen zusammen. Warm tropften die Tränen auf Maebhs nackte Beine, hinterließen Spuren auf ihrer sandverkrusteten Haut.

»Du bist noch hier?«

Augenblicklich wischte sie die verräterische Nässe fort, obwohl ihr klar war, dass es ohnehin wenig Sinn ergab. Der Fremde hatte sich, ohne dass sie es bemerkt hatte, aus eigener Kraft aufgerichtet und betrachtete sie mit gehobenen Brauen. Seine Iriden waren jetzt golden, wie die Oberfläche des Wassers. Beschämt wandte Maebh den Blick ab, weil sie nicht wollte, dass er sie so verzweifelt sah.

»Ich habe dir zu trinken gebracht und frischen Seetang, falls du hungrig bist.«

»Du bist eine Selkie, richtig?«, fragte er geradeheraus.

Ihr erschrockenes Zucken war vermutlich Antwort genug.

»Woher …?« Sie brachte keine ganze Frage über ihre zitternden Lippen. Er verzog den Mund und hielt einen Strang Seetang in die Höhe, den sie ihm als kleine Mahlzeit mitgebracht hatte.

»Die Menschen hier«, erklärte er ihr, als wäre er selbst keiner davon, »essen keinen Seetang. Zumindest nicht, ohne ihn vorher getrocknet zu haben.«

Wie zur Betonung nahm er das grünbraune Stück Tang und steckte es sich in den Mund, bevor er angewidert das Gesicht verzog. Was wollte er ihr damit vermitteln?

»Sag mir, Selkie-Mädchen, wieso bist du zu dieser Zeit noch an der Küste?«

Beschämt senkte Maebh den Blick, dabei hätte sie schwören können, dass er sich die Antwort bereits dachte. »Ich war gestern

Nacht unvorsichtig. Ein paar Wachen haben meinen Mantel gefunden und mitgenommen. Es waren dieselben, die …«

Er nickte. »Soldaten des Königs.«

»Was wollten sie von dir? Ich meine, wieso wollten sie dich …?« Das Wort »umbringen« wollte nicht über ihre Lippen. Ihresgleichen würde es nie wagen, einem anderen Selkie Leid zuzufügen – selbst zu Streit kam es nur selten.

»Der König will etwas von mir«, erklärte der Fremde. »Etwas, das ich ihm nicht geben will.«

»Und dafür sollst du sterben?« Das letzte Wort verließ nur als Wispern ihre Kehle.

»Ja.« Seine Stimme wurde auf einmal ernst. Kälte legte sich in seinen Blick. »Hör mir zu, Selkie-Mädchen. Ich bin dir ausgesprochen dankbar, dass du mich gerettet hast, aber diese Männer haben etwas, das ich unbedingt wiederhaben muss.« Mit einem Mal richtete er sich auf. Sein ganzer Körper strahlte vor Energie, als hätten das bisschen Schlaf und Trinkwasser ein Wunder bewirkt. »Unsere Wege trennen sich hier.«

»Warte!«

Augenblicklich war Maebh ebenfalls auf den Beinen und stolperte ihm unbeholfen hinterher. Das Licht der Morgensonne wärmte ihre Haut, als sie ihre Hand um den Arm des Mannes schloss.

»Du musst mir helfen!«

Sofort entzog er sich ihrem Griff. »Ich *kann* dir nicht helfen.«

»Bitte!«, flehte sie. »Du musst mich mitnehmen. Die Männer, sie haben meinen Mantel und …«

»Es ist nicht mein Problem, dass du so achtlos mit deinen Habseligkeiten umgehst.«

Der Schlag saß so tief, dass ihr fast die Beine wegknickten. Nein, es war nicht sein Problem.

»Maebh.« Seine Stimme wurde ein wenig sanfter. »Ich bin nicht gerade das, was man sich unter einer idealen Reisebegleitung vorstellt. Jemand wie ich fällt auf und zieht Probleme magisch an. Mit dir an meiner Seite wäre das leichtsinnig.«

Ihr Mut verließ sie immer mehr, ihre Stimme brach beinahe bei ihren nächsten Worten. »Bitte … ich habe sonst niemanden.« Wehmütig wanderte Maebhs Blick zur See. Ihre Heimat, zum Greifen nah und dennoch so unendlich weit entfernt. Bei ihrem Anblick wurde das Herz in ihrer Brust schwer wie ein Klumpen aus Gold. »Bitte«, flüsterte sie eher in das Tosen der Wellen hinein als zu dem Mann, auf den sie sich einzig und allein verlassen konnte.

Ein Seufzen verließ seine Lippen, das Maebhs Aufmerksamkeit zurück auf ihn lenkte. Nervös huschten seine Pupillen umher und blieben dabei immer wieder an dem Wachturm haften, der nur wenige hundert Meter von ihnen entfernt in den Himmel ragte.

»Ich kann dich nicht mitnehmen«, betonte er nochmals. »Das Risiko wäre für uns beide zu groß.«

Maebh nickte und versuchte, sich mit dieser Absage abzufinden. Eigentlich glaubte sie ihm, wenn er sie vor der möglichen Gefahr warnte – die Soldaten in der Nacht waren schon Beweis genug –, aber …

»Dennoch schulde ich dir etwas. Du hast mir das Leben gerettet. Ich kann dich ein Stück weit mitnehmen, weg von der Küste, und dir helfen, dich zurechtzufinden. Bis zum nächsten Inn. Von dort musst du dich allein durchschlagen.«

Ihr Körper reagierte schneller, als es ihr Verstand zuließ. Überschwänglich fiel Maebh ihm um den Hals. Sie presste sich an ihn und spürte, wie er sich völlig unter der Umarmung versteifte.

»Was wird das?«, kam die pikierte Frage, doch sie achtete kaum darauf.

»Ich danke dir«, flüsterte sie in den feuchten Stoff seines schwarzen Mantels, der die Gerüche ihrer Heimat in sich trug. »Ich danke dir so sehr.«

Vorsichtig schob der Fremde sie von sich, obwohl sie ihn am liebsten gleich noch geküsst hätte. Ihr war klar, dass sein Versprechen nicht die Lösung all ihrer Probleme bedeutete, doch es war ein Anfang. Einer, der sie in die richtige Richtung leitete. Der Beginn eines Abenteuers.

Erst als ihr bewusst wurde, wie intensiv er sie musterte, gelang es Maebh, ihre überschwängliche Freude zu zügeln.

»Was war das eben?«

»Eine Umarmung.«

Er runzelte die Stirn. »Und wozu?«

»Na, weil du mir hilfst, und ich dir dankbar dafür bin. Macht man das bei den Menschen etwa nicht so?«

Er schüttelte den Kopf. »Ich glaube, wir müssen ein paar Regeln aufstellen, Selkie-Mädchen.«

Zur Antwort nickte sie eifrig, auch wenn ein bitterer Nachgeschmack sie daran erinnerte, wie tadellos das mit ihr und Regeln bisher funktioniert hatte.

»Erstens: Keine Umarmungen bei Menschen, die du nicht oder kaum kennst.«

Sie runzelte die Stirn. »Was ist mit Küssen?«

»Nein.« Er machte eine kurze Pause, dann sagte er: »Wir brauchen Kleidung für dich …«

Verwirrt sah sie an sich hinab. »Wieso das?«

Der Fremde wandte den Blick ab, bevor er den Kopf in der Handfläche vergrub. Ein tiefer Atemzug hob und senkte seine Brust deutlich. »Menschen mögen es nicht, ohne Kleidung herumzulaufen.«

»Aber warum denn?«

»Es ist ihnen unangenehm.«

»Dir etwa auch?«

Zur Antwort verdrehte er die Augen. Das deutete sie als Nein.

»Na gut.« Maebh zuckte mit den Schultern. Was sollte sie schon sagen? Bisher hatte sie die Zweibeiner nur aus der Ferne beobachtet, und obwohl ihr aufgefallen war, dass sie immer falsche Felle trugen, die sie Kleidung nannten, hatte sie den Sinn dahinter nie verstanden.

»Noch etwas?«, fragte Maebh stattdessen, weil der Mann den Eindruck erweckte, er würde am liebsten wieder in die Fluten zurückspringen. Es folgte ein weiterer tiefer Atemzug, bevor er sie aus seinen goldenen Augen so ernst ansah, dass sie sich augenblicklich auf seine nächsten Worte gefasst machte.

»Falls wir in die Verlegenheit kommen und irgendjemandem begegnen, sagst du kein Wort. Und wenn ich sage ›Lauf!‹, dann rennst du, so schnell und so weit du kannst, verstanden?«

Der Ernst seiner Ansage verpasste ihrer Hochstimmung einen jähen Dämpfer. Dennoch nickte sie. »In Ordnung.«

Einen Augenblick lang herrschte Schweigen zwischen ihnen. Dann, als er das nächste Mal das Wort an sie richtete, hatte Maebh das Gefühl, seine tiefe, raue Stimme in jeder Zelle zu spüren.

»Was passiert, wenn du deinen Mantel nicht wiederbekommst?«

Ein Zittern durchfuhr ihren gesamten Körper, während ihr Blick wieder hinaus aufs Meer wanderte. Zum ersten Mal im Leben hatte sie das Gefühl, zu frieren.

»Wenn ich es nicht bis zum nächsten Vollmond schaffe«, flüsterte sie, »sterbe ich.«

3

Das Fell, das der Unbekannte ihr freundlicherweise geliehen hatte, kratzte und fühlte sich trotz der wohligen Wärme, in das es sie hüllte, wie ein Fremdkörper auf Maebhs Haut an. Alles an ihm, sein Geruch, seine Textur, seine Schwere, erinnerte sie nur umso schmerzlicher daran, in welcher Lage sie sich befand. Was passiert war. An ihren Leichtsinn. Lieber hätte sie die Leihgabe abgelehnt, doch wenn sie diesem Fremden und ihrem spärlichen Wissen über die Menschenwelt trauen durfte, gehörte es sich nicht, ohne Kleidung herumzulaufen. Auch wenn diese Kleidung wie in Maebhs Fall nur aus einem abgenutzten, schweren Fell bestand, das so lang war, dass sie sich dreimal darin hätte einwickeln können.

Mantel, erinnerte sie sich an die Erklärung des Fremden dazu. Die Menschen benutzten die Worte *Mantel* und *Fell* nicht synonym, wie sie es bisher getan hatte, weil das Kleidungsstück nicht untrennbar zu ihnen gehörte. Menschen waren so kompliziert.

Aber nein. Sie hatte sich nicht darüber zu beschweren, dass der des Fremden ihr viel zu groß war. Stattdessen sollte sie dankbar sein. Ihrer Zukunft mutig entgegenblicken. Das Beste aus ihrer Situation herausholen. Nur war das gar nicht so leicht. Sie befand sich in einem wahrgewordenen Albtraum, vor dem ihre Geschwister sie all die Jahre gewarnt hatten. Gleichzeitig war dieser aber, wie sie sich allmählich eingestand, die Erfüllung eines lange gehegten Wunsches. Maebh hatte immer unter den Menschen sein gewollt, sie kennenlernen, obwohl sie sich die Umstände anders vorgestellt hatte.

Sie seufzte ergeben. Von diesem Auf und Ab der Gefühle wurde ihr schwindelig. Dabei waren keine zehn Minuten vergangen, seit sie sich in den Felsen unter dem Wachturm versteckt und dem Geschehen darin gelauscht hatten. Der Fremde hatte angeboten, Maebh ins nächstgelegene Dorf zu bringen, dabei allerdings kurzentschlossen einen Umweg eingeplant, der ausgerechnet zurück an den Ort führte, von dem er rein logisch betrachtet, so schnell wie möglich verschwinden sollte.

»Bist du wohl still«, zischte er ihr ungnädig zu, woraufhin sie erst realisierte, dass sie schon wieder geseufzt oder irgendein anderes Geräusch von sich gegeben hatte, das ihr klägliches Versteck auffliegen lassen könnte. Maebh nickte entschuldigend und musterte ihre nackten Füße, wo der schwarze Schlamm zwischen ihren Zehen langsam zu trocknen begann. Mittlerweile hatte sich Mutter Ozean vollständig zurückgezogen, woraufhin der Fremde und sie sich einen Weg an die dem Meer zugewandte Seite des Wachturms gebahnt hatten. In der Ferne sah sie die Wasseroberfläche blau schimmern, was ihr ihre Lage nur wieder bewusst machte.

Maebh zog den Mantel fester um sich. Noch so etwas, das sie jetzt, wo sie in ihrer menschlichen Gestalt feststeckte, erlebte: Kälte. Scheinbar war die Magie, die sie sonst selbst in den winterlichsten Vollmondnächten beschützte, im Begriff, sie zu verlassen.

»Maebh.« Sie blinzelte überrascht, als der Fremde sie ansprach.

»Ja?«

»Lass uns gehen.«

»Wo …« Sie kam nicht einmal dazu, den Satz zu beenden, da hatte er sich schon aus seiner kauernden Position aufgerichtet. Den Rücken an die Mauer gepresst, tastete er sich an dieser entlang in Richtung einer schmalen Tür, von der aus steinerne Stufen ins Meer hinabführten. Vermutlich ein geheimer Ausgang, den der Mann entschlossen ansteuerte.

»Was tust du da?«, fragte Maebh vollkommen verstört, während sie ihm hinterherkletterte. Sofort erntete sie sich einen vorwurfsvollen Blick, weil sie zu laut gesprochen hatte, dennoch antwortete er ihr.

»Die Wachen haben meine Wertsachen genommen.«

»Aber sind sie damit nicht verschwunden?«

»Ja. Und nein. Wahrscheinlich sind sie mit meinem Besitz schon längst über alle Berge, um ihn dem König zu präsentieren, doch der wird sich wohl kaum für ein paar Goldmünzen und Messer interessieren.«

»Wofür denn dann?«

Schweigen. In der kurzen Zeit, die Maebh ihn kannte, hatte sie gelernt, dass er ihr nur antwortete, wenn ihm danach war. Sobald sie etwas über diesen ominösen Schatz oder gar seinen Namen wissen wollte, stieß sie auf eine Mauer. So stur war nicht einmal Siobhan.

Autsch. Bei dem Gedanken an sie zog sich Maebhs Herz schmerzhaft zusammen, nur blieb ihr keine Zeit, sich mit ihrem Verlust auseinanderzusetzen, da der Fremde sich bereits an der Tür zu schaffen machte. Bei dem Lärm, den er dabei veranstaltete, fragte sie sich, ob seine mehrmaligen Ermahnungen überhaupt mit der Angst davor, erwischt zu werden, zu tun hatten und nicht vielmehr damit, dass er einfach seine Ruhe haben wollte. Doch immerhin schienen seine Anstrengungen belohnt zu werden. Das vom ständigen Meereswind rostig gewordene Schloss wehrte sich kaum, sobald er sich mit seinem vollen Gewicht dagegenstemmte, und die Tür gab ächzend nach.

Diskret schob sich der Fremde in die Öffnung, bevor er Maebh mit einem Winken bedeutete, ihm zu folgen. Kurz zögerte sie, dann kletterte sie ihm vorsichtig hinterher.

Hinter der Tür erwartete sie ein Raum, der wie die Häuser auf Sceilg Michail vollkommen aus Stein zu bestehen schien, jedoch nicht annähernd so alt und zerfallen war. Maebh erinnerte sich lebhaft daran, wie die Menschen vor Jahren hergekommen waren, um diesen Wachturm zu errichten, in dem selten mehr als ein paar Soldaten ein- und ausgingen. Ob der Lärm, den sie und der Fremde verursacht hatten, einen von denen aufgeschreckt hatte, konnte sie nicht einschätzen, denn bis auf das leise Echo ihrer Schritte und das Heulen des Windes, herrschte in dem Gemäuer absolute Stille.

Zielsicher schlich der Unbekannte zu einer schmalen Treppe in einer Ecke und begann sofort, die Stufen zu erklimmen. Maebh war sich uneins, ob sie ihm folgen oder nicht doch hier, wo es sicher zu sein schien, warten sollte. Dann wiederum war sie nie im Inneren eines Menschenhauses gewesen und ihre Neugier zu groß.

Die Treppe führte in einer engen Spirale nach oben in einen ungeahnt geräumigen, runden Raum. Hier war es deutlich wärmer. Ein Feuer knisterte in einer Ecke, vor dem ein Tisch mit zwei Bänken Platz fanden. Ein seltsamer Geruch lag in der Luft, der aus Richtung der Sitzecke zu kommen schien. Zu ihrer Rechten erkannte Maebh die große, hölzerne Eingangstür, die von dieser Seite verbarrikadiert war, zu ihrer Linken befanden sich drei Schlaflager aus trockenem Gras – allesamt verlassen. Obwohl es nicht so schien, als wäre irgendjemand hier, bedeutete ihr der Fremde mit einem vielsagenden Blick, weiterhin auf der Hut zu sein.

Maebh war klar, dass sich hier irgendwo ein Mann aufhalten könnte, denn von den dreien, die sie gehört hatte, hatte sie nur zwei am Strand entdeckt. Sie war versucht, ihren Begleiter darüber zu informieren, entschied sich jedoch dagegen. Er würde ebenso wissen, dass sie hier wahrscheinlich nicht allein waren.

Suchend blickte er sich im Raum um und ging zu den Nachtlagern, wo er auf gut Glück das Stroh durchwühlte. Währenddessen schlenderte Maebh in Richtung der Feuerstelle. Überrascht zuckte sie zurück, als ihr prickelnde Wärme entgegenschlug. Zwar wusste sie, was Feuer war und wie es funktionierte, hatte es allerdings nie aus nächster Nähe gesehen – oder gespürt. Wie hypnotisiert blinzelte sie in die tanzenden Flammen, hätte am liebsten ihre Hand danach ausgestreckt. Dabei war ihr klar, dass sie sich nur verbrennen würde.

Es war seltsam, all diese Eindrücke, von denen Maebh bisher nur geträumt oder Geschichten gehört hatte, plötzlich am eigenen Leib zu erfahren. Sonnenaufgänge in Menschengestalt, das Gefühl von Kleidung auf nackter Haut, Kälte, der Geruch von Asche und Rauch. Eine Welt voller Wunder, die sich ihr jetzt erst eröffnete.

»Na also …« Nur am Rande bekam Maebh das leise Gemurmel des Fremden mit, während sie sich auf das Ende der Bank sinken ließ und die Beine an ihren Körper zog. Augenblicklich sank ihr die Hitze in die Glieder, wurde förmlich von ihrer Haut absorbiert, sodass sie spürte, wie sich die feinen Härchen auf ihren Armen und Beinen aufrichteten.

Wie seltsam.

Ein wohliger Seufzer kam ihr über die Lippen, und Maebh erwartete, von ihrem Begleiter angefahren zu werden. Doch stattdessen war es eine andere Stimme, deren Klang sie erschrocken zusammenfahren ließ.

»Was tust du hier?!«

Ertappt wandte sie sich um. Am Fuß einer weiteren Treppe, die hinauf in den Turm führte, stand einer der Wachen und starrte Maebh mit vor Schock geweiteten Augen an. Ein Schrei blieb ihr in der Kehle stecken, während sie sich panisch im Raum umsah. Doch nirgends eine Spur ihres Begleiters. Sie war allein mit einem Unbekannten, den sie vor nur wenigen Stunden dabei beobachtet hatte, wie er einen anderen Menschen hatte töten wollen.

Panik erfüllte sie. War das etwa von Anfang an der Plan des Fremden gewesen? Er hatte sich nicht für die Idee begeistern können, Maebh mitzunehmen. Was, wenn das alles nur ein perfides Manöver war, um sie loszuwerden? Wenn er nicht einmal beabsichtigt hatte, sie überhaupt ins nächste Dorf zu bringen?

Langsam und mit schweren Schritten bewegte sich der Soldat auf sie zu. Maebh sprang hastig auf, wich zurück, bis ihr Rücken auf die Wand neben dem Karmin traf. Die Wache musterte sie mit suchendem Blick von Kopf bis Fuß und einem Lächeln, das sie nicht so recht beurteilen konnte. Ihre Erfahrung wollte ihr weismachen, dass ein Lächeln etwas Schönes war, ein Ausdruck der Freude. Aber da war keine Freude im Gesicht des Mannes.

»Wer bist du und was tust du hier?«, wiederholte er.

Maebh schüttelte den Kopf. Sämtliche Laute steckten in ihrer Kehle fest. Was sollte sie ihm sagen? Was sollte sie tun? Rennen? Oder sich ihm mutig entgegenstellen? Ihre zitternden Beine schlossen beide Optionen aus.

»Woher kommst du?« Seine Stimme war jetzt eine Spur freundlicher, woraufhin ihr ein Gedanke kam. Vielleicht konnte sie ihm vertrauen? Er war schließlich ein Wachmann. Und soweit Maebh sich erinnerte, bedeutete das, dass es seine Pflicht war, die Menschen zu beschützen. Auch wenn sie streng genommen keiner war. Aber das wusste er ja nicht, oder?

Nachdem er einen weiteren Schritt auf sie zugegangen war, blieb er nur eine Armeslänge von ihr entfernt stehen.

»Wer bist du?«, fragte er erneut, und dieses Mal nahm sie all ihren Mut zusammen und antwortete ihm.

»Mein Name ist Maebh.« Ihre Kehle fühlte sich staubtrocken an. Ihr Inneres war im Zwiespalt. Einerseits machte sich der Fluchtreflex bemerkbar, den sie sonst aus ihrer Robbengestalt kannte. Andererseits sah sie keinen Grund dafür, Angst zu haben. Der Mann trug zwar ein Schwert am Gürtel, wirkte jedoch nicht bereit, danach zu greifen.

»Wie bist du hier hereingekommen?«

Maebh schluckte, verkniff sich eine Antwort. Sie konnte ihm unmöglich sagen, dass sie mit einem Fremden durch eine Hintertür eingebrochen war. Ein Fremder, von dem nach wie vor jede Spur fehlte. Ob er sie tatsächlich hier hatte sitzen lassen?

»Wo ist dein Mann?«, fragte der Soldat weiter, nachdem Maebh ihm nicht geantwortet hatte.

Verwirrt legte sie den Kopf schief.

»Bist du ganz allein?«

Daraufhin nickte sie zögernd, denn was sollte sie schon erwidern? Allem Anschein nach war sie wirklich auf sich gestellt. Etwas veränderte sich in der Mimik des Mannes, kurz fuhr er mit der Zunge über seine Unterlippe, während er sich verstohlen im Raum umsah, als erwartete er, doch jemand anderen zu sehen. Danach wanderte sein Blick ein weiteres Mal an Maebh auf und ab. Was er wohl in ihr sah? Sicher nicht mehr als ein Menschenmädchen. Hoffte sie zumindest. Nervös strich sie sich eine leicht feuchte Haarsträhne hinters Ohr, woraufhin sich die Pupillen des Fremden kaum merklich weiteten.

»Dir ist sicher kalt«, stellte er fest, seine Stimme plötzlich rau. »Wir sollten dich aufwärmen.«

Ihr blieb keine Zeit zu reagieren, da hat er bereits den letzten Abstand überwunden und mit der Hand nach dem Mantel gegriffen. Die unvermittelte Nähe schnitt Maebh die Luft ab. Sie konnte ihn riechen, seinen beißenden Gestank nach fauligem Fisch, konnte seine Muskeln unter dem dünnen Leinenhemd erahnen, die Hitze auf seiner Haut. Sie wollte sich damit beruhigen, dass es ihr bei ihren Geschwistern sonst auch nichts ausmachte, ihnen so nahe zu sein, doch ihr pochendes Herz ließ sich nicht so leicht überzeugen. Entschlossen zog Maebh den Mantel enger um sich und bemühte sich, sich dem Griff des Mannes zu entziehen. Die Angst war zurück, stärker als zuvor, und auf ihren halbherzigen Versuch, seine Hand wegzuschieben, reagierte der Mann mit hämischem Gelächter, als wäre das alles nur ein Spiel für ihn.

Maebh wehrte sich umso entschlossener, wand sich aus seinem Griff. Sie zappelte, trat und biss, doch gegen seinen gewaltigen Körper war sie in ihrer menschlichen Gestalt machtlos. Schmerzlich wurde ihr bewusst, dass ihre Geschwister sie genau hiervor gewarnt hatten.

Sobald Maebh klar wurde, dass Widerstand zwecklos war, presste sie die Lider zusammen. Dann, keine zwei Sekunden später, ließ der Mann von ihr ab. Sein Gewicht verschwand von ihrem Körper, ein lautes Rumsen ertönte, und als sie endlich wieder hinsah, lag er reglos vor ihr auf dem Boden. An seiner statt stand auf einmal wieder der Mann vor Maebh, dem sie vorhin das Leben gerettet hatte. Zorn funkelte in seinen blauen Augen, die Nasenflügel hatte er weit aufgebläht, doch zu ihrer Überraschung war es kein Vorwurf, der über seine Lippen kam.

»Bist du in Ordnung?«

Maebh schüttelte den Kopf. Alles andere wäre gelogen.

»Ich habe versucht, ihn zu finden, aber ich muss ihn verpasst haben.«

Abwesend nickend musste sie sich zwingen, nicht wieder zu ihm hinunterzuschauen. »Ist er tot?«

»Nein. In ein paar Stunden wird er aufwachen, keine Sorge.« Dann, als hätte er sich schlagartig eines Besseren besonnen, verschwand jegliche Sanftheit aus der Stimme des Fremden. »Du musst vorsichtiger sein.«

»Ich dachte, weil er ein Wachmann ist …«

»Das hat überhaupt nichts zu bedeuten. Die Menschen sind gefährlich, vor allem für dich.«

»Wieso?«

»Weil du eine Selkie bist. Du sprühst vor Magie und auch, wenn die meisten es nicht genau verstehen, werden sie davon angezogen.«

Maebh runzelte die Stirn. »Und das ist schlecht?«

»Gefährlich. Vertrau ihnen nicht. Keinem von ihnen.«

Ertappt biss sie sich auf die Lippe und kam sich mit einem Mal furchtbar naiv vor. All die Jahre hatten ihre Geschwister sie vor den Menschen gewarnt, während Maebh sie nur belächelt hatte. Sie hatte gedacht, die anderen wären im Unrecht, die Geschichten, die sie sich erzählten, kaum mehr als Schauermärchen. Aber nach nicht einmal einem halben Tag unter den Zweibeinern, hatte sie den Beweis am eigenen Leib erfahren dürfen.

Maebh schluckte schwer.

Vertraue ihnen nicht. Keinem von ihnen. Die Worte des Fremden hallten in ihren Kopf wider, als er sich plötzlich räusperte. Den Blick abgewandt hielt er ihr ein Stoffbündel entgegen.

»Die hier müssen einem von ihnen gehören. Für den Anfang sollten sie genügen, bis wir dir im Dorf etwas Neues gekauft haben.« Dankbar nickend nahm Maebh die Kleidung an. »Unten kannst du dich umziehen. Nur beeil dich. Der hier war zwar der einzige, der hiergeblieben ist, aber wer weiß, wann sich jemand hierher verirrt. Ich passe auf.«

»In Ordnung.« Ihre Stimme war nur ein heiseres Flüstern, ehe sie sich mit zögerlichen Schritten in Richtung der Treppe bewegte, über die sie ursprünglich gekommen waren. Noch immer bebte das Herz in ihrer Brust, und Maebh klammerte sich an das Bündel Stoff, als wäre es ein rettender Fels mitten im Sturm. Verstohlen wischte sie sich eine Träne aus dem Augenwinkel.

Sobald sie die Stufen erreichte, wandte sie sich ein letztes Mal um, woraufhin ihr der Fremde erneut zunickte und sich mit dem Rücken an die Wand lehnte, um ihr zu verdeutlichen, dass er den Raum im Blick behalten würde. Mit der schwarzen Kleidung und dem gleichfarbigen Haar gab er eine äußerst düstere Erscheinung ab, die Maebh an eine Krähe erinnert.

»Ciarán«, sagte er dann wie aus dem Nichts, und als sie verwirrt blinzelte, fügte er hinzu: »Das ist mein Name.«

Wie von allein bildete sich ein Lächeln auf Maebhs Lippen. »Ciarán.«

Mit einem Schnauben wandte er sich ab. Fast schon, als wäre er belustigt über die Art, wie sie den Namen aussprach. Oder als könnte er selbst nicht glauben, dass er ihn ihr verraten hatte.

Bevor Maebh sich endgültig umdrehte, fiel ihr Blick auf den Mann am Boden.

Vertraue keinem von ihnen. Bereits jetzt spürte sie, wie sich der Rat unweigerlich in ihr Gedächtnis brannte. Gleichzeitig hallte allerdings noch ein weiterer Gedanke unausgesprochen durch ihren Kopf: Schloss diese Warnung Ciarán mit ein?

4

Obwohl sie ihr Weg direkt an der Küste entlangführte und Maebh das Meer stets im Blick hatte, kam sie nicht umhin, regelmäßig über ihre Schulter zu schauen. Fast erwartete sie dort ihr Zuhause, Sceilg Mhichil, zu entdecken, das in der Ferne immer kleiner wurde, doch der Felsen war schon nicht mehr in Sichtweite, seit sie heute Morgen als Robbe das Kap umrundet hatte. Außerdem konnte sie bei dem diesigen Wetter nicht einmal die Insel An Scairbh erkennen, die ein gutes Stück östlich ihrer Heimat lag und meistens von der Bucht aus zu sehen war.

Ihre Heimat, so nah und doch so fern. Was wohl ihre Geschwister dachten? Ob Siobhan ihnen erzählt hatte, dass Maebh losgezogen war? Ahnte sie, dass ihr etwas zugestoßen war? Bei dem Gedanken wurde Maebhs Herz schwer, und sie musste sich zwingen, nicht allzu sehnsuchtsvoll auf die Wellen zu starren, um nicht der Versuchung zu erliegen, sich als Mensch dort hineinzustürzen.

Stattdessen fokussierte sie sich auf ihre Umgebung. Das saftige grüne Gras zu ihren Füßen. Die Berge, die im Süden, jenseits der Bucht, in den Himmel ragten. Die tausend unbekannten Gerüche, der Wind in ihren Haaren und die sanften Nieseltropfen auf ihrer Haut. Das Wetter kam ihr so zerrissen vor, wie sie sich selbst fühlte. Feiner Regen, eine leichte Brise, dann plötzlich schaffte es ein einziger Sonnenstrahl durch die dünne Wolkendecke.

Nachdem sie einige Zeit einem Trampelpfad gefolgt waren, der direkt am Ufer entlangführte, richtete Maebh das Wort an ihren Begleiter: »Wohin gehen wir?«

Ciarán lief ihr immer ein Stück voraus, wobei er sich hin und wieder zu ihr umwandte, als wäre er sich nicht sicher, ob sie ihm überhaupt folgte. Wahrscheinlich, weil ihre Schritte so leise waren im Vergleich zu seinen. Oder weil er Gedanken lesen konnte und befürchtete, sie hatte wirklich vor, ins Wasser zu springen. Nein. Vermutlich würde er daraufhin nur weiter seines Weges ziehen. So gut konnte sie ihn inzwischen sogar einschätzen.

»Baile an Sceilg liegt zu nah am Wachturm«, antwortete er. »Das wäre für uns beide nicht sicher. Deshalb bringe ich dich nach An Coireán.«

»An Coireán?« Maebh legte verwirrt den Kopf schief. »Wer nennt einen Ort ›kleiner Kessel‹? Ihr Menschen habt seltsame Namen.«

Schulterzuckend wandte er sich ab und deutete in Richtung Westen, wo in einiger Entfernung ein winziges Boot vor der Küste ankerte. »Es ist der nächste Ort, der nicht über einen halben Tagesmarsch von hier entfernt ist. Dort gibt es ein Gasthaus, das …«

»Was ist ein Gasthaus?«, fiel sie ihm ins Wort.

Als er sich erneut zu ihr umdrehte, konnte sie nicht einschätzen, was ihr sein Blick sagen wollte. Amüsierte ihn ihre Ahnungslosigkeit oder war er nur überrascht?

»Ein Gasthaus ist ein Ort, an dem sich die Leute treffen, um zu trinken und zu essen. Manche von ihnen bieten auch Zimmer an, in denen Reisende übernachten können.«

Maebh nickte, obwohl es ihr schwerfiel, sich etwas unter der Beschreibung vorzustellen. Wenn sie hungrig war, aß sie normalerweise einfach. Doch selbst darunter mussten die Menschen sich wohl etwas anderes vorstellen – zumindest schien Ciarán der Seetang nicht geschmeckt zu haben. Aber was war mit Fisch?

»Ich gebe dir Geld, sodass du dort ein paar Tage unterkommen kannst. In der Zeit solltest du jemanden finden, der dich mit in die Hauptstadt nimmt.«

»Kannst du mich nicht mitnehmen?« Lediglich der Gedanke, ein paar kostbare Tage nur damit zu verschwenden, auf eine Reisebegleitung zu hoffen, verursachte ihr Übelkeit.

»Nein. Ich reise allein.«

»Wieso?«

Obwohl er den Blick wieder nach vorne gerichtet hatte, entging ihr sein leiser Seufzer nicht. »Weil ich es bevorzuge.«

»Kannst du keine Ausnahme machen? Du hast selbst gesagt, dass ich niemandem trauen darf.«

Ruckartig blieb er stehen und fuhr zu ihr herum. Maebh reagierte zu spät, weshalb sie erst stoppte, als sie nur ein halber Schritt voneinander trennte. Ciarán so direkt vor sich zu haben, machte ihr bewusst, wie viel größer er war, wobei die dunkle Kleidung ihn umso einschüchternder wirken ließ. Der Ausdruck in seinem langen, markanten Gesicht war streng, der Blick seiner jetzt grauen Augen undurchdringlich, und allein seine Nähe brachte Maebhs Herz aus dem Takt. Besonders wenn er sie so intensiv ansah. Ohne zu lächeln. Ohne einen Funken Freude in der Miene.

»Damit meinte ich auch mich«, erklärte Ciarán ihr kühl. »Ich bin nicht besser als die anderen Menschen, die dir begegnen werden, eher schlimmer. Nur dass ich dir im Vergleich zu ihnen etwas schulde, weil du mir das Leben gerettet hast.«

Sie presste die Lippen zusammen und nickte ergeben. Der Gedanke, dass sie sich bald allein durchschlagen musste, jagte ihr eine furchtbare Angst ein. Aber was blieb ihr schon übrig? Ein Nein war ein Nein. Und Ciarán wirkte auf sie nicht wie jemand, der sich von einem freundlichen ›Bitte‹ überzeugen ließ.

»Verstanden«, murmelte Maebh, weil sie das Gefühl hatte, ihm zumindest eine Antwort zu schulden. Einen Moment lang blieb er stehen, scheinbar unschlüssig, ob er etwas hinzufügen sollte. Dann besann er sich jedoch eines Besseren und setzte den Weg fort.

Und Maebh? Sie folgte ihm. Denn welche Möglichkeit hatte sie schon? Welchen Weg gab es für sie außer den nach vorne?

Maebhs Nervosität stieg ins Unermessliche, als sie das Dorf erreichten. Sie hatte das Gefühl, der Wind flüsterte jedem der Bewohner zu, wer und vor allem was sie war, obwohl Ciarán ihr kurz zuvor noch eingeflößt hatte, ihr Geheimnis für sich zu behalten.

»Wieso?«, hatte sie überflüssigerweise gefragt, dabei sollte die Tatsache, dass sie ihr ihren Mantel gestohlen hatten, schon Zeichen genug sein, den Menschen nicht zu trauen. Gleichzeitig verstand Maebh aber nicht, was die Männer überhaupt mit ihm wollten. Schließlich konnte nur sie sich damit verwandeln.

Bei dem Dorf handelte es sich um eine Ansammlung Dutzender Steinbauten mit Strohdächern, zwischen denen ein Fluss hindurchfloss, der im Meer mündete. Der Umstand, dass Maebh in der Ferne noch immer das Tosen der Wellen hörte, hielt ihr wild schlagendes Herz im Zaum, zumindest bis ihnen die ersten Menschen begegneten.

Es waren zwei Frauen in langen, grünen Gewändern, mit Tüchern auf dem Kopf, die ihre Haare bedeckten. Als sie die Neuankömmlinge erspähten, begannen sie sofort, aufgeregt zu tuscheln, und beschleunigten ihre Schritte, als wollten sie ihnen so schnell wie möglich aus dem Weg gehen.

Ciarán schüttelte den Kopf, während er Maebh nur missbilligend von der Seite musterte. »Wir fallen auf.«

Wäre sie nicht so verflucht nervös, hätte sie sich über seine Feststellung des Offensichtlichen lustig gemacht, doch stattdessen fragte sie: »Wieso?«

»Deine Kleidung. *Unsere* Kleidung.«

Maebh nickte vorsichtig und blickte an sich hinab. Mit den Hosen und dem Hemd des Soldaten, die ihr ein ganzes Stück zu groß waren, sah sie kein bisschen wie eine der beiden Frauen aus, was offenbar schon gereicht hatte, um deren Aufmerksamkeit zu erregen. Wer hätte gedacht, dass Mensch sein so kompliziert war?

»Wieso deine?«, wandte sie sich an Ciarán.

»Zu nobel.« Um so zu tun, als wüsste sie, was er damit meinte, gab sie einen zustimmenden Laut von sich. »Nicht ideal, aber wir müssen das Beste daraus machen. Komm mit.«

Ohne ein weiteres Wort folgte Maebh ihm, wobei sie so tat, als würde sie nicht bemerken, wie sie von allen Seiten beobachtet wurden. Stimmengemurmel wurde laut, sowie sie an einer Gruppe Menschen vorbeikamen, Köpfe wandten sich zu ihnen um, und wenn einmal niemand in ihrer unmittelbaren Nähe war, hatte sie dennoch das Gefühl, dass selbst die Mauern ihren Namen flüsterten.

Sie steuerten auf ein größeres Haus zu, das im Zentrum des Dorfes lag, direkt an einer Brücke, die über den Fluss führte. Wie bei allen anderen bestanden seine Wände aus aufeinandergestapelten Steinen, während das spitze Dach mit Stroh und Gras bedeckt war. Über der Tür baumelte ein hölzernes Schild, in das man einen Becher geschnitzt hatte.

Als Maebh hinter Ciarán eintrat, schlug ihr sofort stickige Luft entgegen. Ein stechender Gestank zog ihr in die Nase, doch immerhin war es hier drin wohlig warm. Vor ihnen öffnete sich ein breiter Raum, in dem ein halbes Dutzend Tische verteilt waren. Die Neuankömmlinge wurden von lautem Stimmengewirr begrüßt, das nach ihrer Ankunft schnell verebbte. Wie schon auf der Straße landeten sämtliche Blicke auf ihnen, woraufhin Maebh ein Schaudern unterdrücken musste. Aber während sie am liebsten wie angewurzelt stehen geblieben wäre oder sich besser gleich in Luft aufgelöst hätte, reckte Ciarán nur das Kinn und marschierte zielstrebig auf die andere Seite des Raumes zu. Dort stand ein etwas höherer, langer Tisch, hinter dem ein bärtiger Mann sie mit verschränkten Armen erwartete.

Zu Maebhs Überraschung schien er Ciarán zu kennen. »Das Übliche?«

»Nein. Ich habe ein anderes Anliegen.« Er nickte in ihre Richtung.

Mittlerweile hatte das Getuschel wieder eingesetzt. Hier in der Enge des Raumes machte Maebh sogar einzelne Wortfetzen aus.

»Fremde.«

»… nie gesehen.«

»… mir komisch vor.«

»… wie ein Junge.«

Sie schluckte und konzentrierte ihre Aufmerksamkeit stattdessen auf das Gespräch zwischen Ciarán und dem Mann hinter dem Tisch.

»Worum geht's?«, brummte dieser und nahm sie ebenfalls in Augenschein. Immerhin wirkte er dabei nicht gar so feindselig wie der Rest der Leute, eher aufrichtig neugierig, skeptisch vielleicht.

»Das ist Maebh, meine Schwester.«

»Aha.« Selbst sie merkte, dass ihm der Mann kein Wort abkaufte. Dann wiederum hinterfragte er Ciaráns Lüge auch nicht.

»Wir sind auf dem Weg nach Cill Aire«, fuhr er fort. »Allerdings verlangen es die Umstände, dass ich ohne sie weiterreise. Sie braucht ein Zimmer für die Nacht und jemanden, der sie den Rest der Strecke begleitet.«

Der Mann nickte zögernd. »Sollte nicht zu schwierig sein. Wir bekommen hier ständig Leute, die lieber der Küste folgen, als sich durch die Berge zu schlagen. Ich nehme an, ihr habt Familie in Cill Aire?«

Ohne nur eine Sekunde zu zögern, bejahte Ciarán, bevor er einige Münzen auf den Tisch legte. »Wir hatten ein wenig Schwierigkeiten während der Anreise. Sie bräuchte neue Kleidung. Reicht das?«

»Schwierigkeiten, die dem armen Ding die Kleider, aber nicht euer Gold gestohlen haben?«

Zum ersten Mal, seit Maebh ihn getroffen hatte, lachte Ciarán, wenn auch keine Freude darin mitschwang. »Etwas komplizierter als das, aber ja.«

»Meine Fiadh sollte irgendwo noch ein, zwei Kleider haben, die ihr nicht mehr passen. Ich bringe sie später vorbei.« Der Wirt legte einen Schlüssel auf den Tisch. »Bleibst du eine Nacht?«

Ciarán schüttelte den Kopf. »Ich zeige Maebh noch das Zimmer, danach muss ich sofort weiter.«

»In Ordnung. Dachkammer. Du kennst den Weg.«

»Ja.«

»Pass auf dich auf, Ciarán.«

Der hölzerne Boden knarzte leise unter Maebhs Füßen, als sie nach Ciarán die winzige Kammer betrat. Im Vergleich zu ihr konnte er wegen der schiefen Wände kaum aufrecht stehen, doch sie ging ohnehin nicht davon aus, dass er ihr hier lange Gesellschaft leisten würde. Der Raum bot gerade genug Platz für ein Bett und einen großen Waschtrog aus Metall, der leer war. Lediglich durch eine schmale Öffnung in der Hauswand fiel Licht herein. Zögerlich durchquerte Maebh ihr Zimmer, um einen Blick hinaus zu erhaschen. Sie erkannte den Fluss und in der Ferne das Meer und merkte gar nicht, wie ihr ein erleichterter Seufzer über die Lippen kam.

»Wie fühlst du dich?«

Überrascht wandte sie sich um, betrachtete Ciarán, der trotz seiner Größe fast verloren in der Kammer wirkte. Auf seine Frage zuckte Maebh nur mit den Schultern. Es gab keine Worte, die beschreiben konnten, was sie fühlte. Alles und gleichzeitig gar nichts.

»Bist du hungrig? Durstig?«

Maebh nickte, weil sie wusste, dass sie essen und trinken musste, obwohl ihr nicht danach war.

»Ich sage Cormac Bescheid, dass er dir etwas bringen soll. Er hilft dir, jemanden zu finden, der dich begleitet.«

»Kann ich ihm denn vertrauen?«, fragte Maebh mit trockener Kehle, woraufhin ein überraschtes Lächeln über Ciaráns Lippen zuckte.

»Nur so weit wie nötig. Er ist ein guter Mann, solange man ihn dafür bezahlt. Was mich daran erinnert … Hier.« Er kam auf sie zu und reichte ihr einen Beutel aus Leder, der leise klimperte. »Das sollte für deine Reise nach Cill Aire und zurück reichen.«

Maebh sah ihm in die Augen und hätte schwören können, dass die Farbe sich verändert hatte, seit sie ihn das letzte Mal angesehen hatte. Hier im Halbdunkel wirkte Ciarán nicht mehr ganz so düster und einschüchternd, sogar so wenig, dass sie sich zurückhalten musste, ihre Bitte nicht auszusprechen.

Lass mich nicht allein.

Er musste es aus ihrem Gesicht lesen können, denn er strich ihr eine Haarsträhne zur Seite, ehe er resigniert den Kopf schüttelte und zurückwich.

»Ich kann dich nicht mitnehmen«, wiederholte er. »Es wäre zu gefährlich.«

Maebh wollte fragen, was er damit meinte, bis sie sich erinnerte, dass er ihr ohnehin nicht antworten würde. Stattdessen biss sie sich nur kapitulierend auf die Unterlippe, um die Tränen zurückzuhalten. Ihr ganzes Leben lang waren ihre Geschwister an ihrer Seite gewesen. Der Gedanke, ab sofort auf sich allein gestellt zu sein, fühlte sich niederschmetternd an.

»Dann bedeutet das jetzt ›Lebwohl‹?«, fragte Maebh.

Ciarán nickte.

»Werden wir uns wiedersehen?«

»Nein.«

Sie schluckte. Was hatte sie auch erwartet?

Mühevoll unterdrückte Maebh den Impuls, ihm um den Hals zu fallen, obwohl sie sich unendlich nach Nähe sehnte. Sie war kaum mit Ciarán bekannt, nur ausreichend genug, um zu wissen, dass sie ihm nicht trauen durfte. Und dennoch war er alles, was sie in dieser fremden Welt kannte. Der einzige Fixpunkt in einem Universum, das sich so schnell drehte, dass sie es überhaupt nicht begreifen konnte.

Aber nun wandte auch dieser sich ab, verließ den Raum, schloss die Tür. Ließ Maebh allein. Mit sich selbst. Ihren Gedanken. Und all der Angst.

Allein in einer Welt, die ihr alles geraubt hatte.

5

Ein leises Klopfen an der Tür ließ Maebh aufschrecken und zu spät realisieren, dass sie eingeschlafen war. Von draußen schien orangefarbenes Licht ins Zimmer, das einen glühenden Streifen auf ihre blasse Haut zeichnete. Sie musste den halben Tag verpasst haben, fühlte sich aber dennoch todmüde.

Verwirrt richtete sie sich auf, um sich in der Kammer zu orientieren, als eine junge Frau den Raum betrat. Auf den ersten Blick wirkte sie älter als Maebh, doch diese wusste, dass die Alterung bei Menschen schneller voranschritt als bei ihresgleichen. Die Fremde besaß langes, sandfarbenes Haar, das im Licht der Abenddämmerung rötlich schimmerte, und blasse, sommersprossige Haut. Ihre hohen Wangenknochen und ihr breites Kinn verliehen der Frau etwas Autoritäres, das Maebh an Kriegerinnen aus alten Geschichten erinnerte. Ihr Lächeln hingegen war freundlich.

»Du musst Maebh sein, richtig?«

Maebh nickte.

»Mein Vater hat mich geschickt. Er ist der Wirt. Er hat gesagt, dass du Kleidung benötigst.« Mit dem Kinn deutete die Frau auf das Stoffbündel in ihrer Hand. »Ich bin Fiadh.«

Mühevoll rang sich Maebh ein Lächeln ab, obwohl Unsicherheit ihr die Kehle zuschnürte. »Ziemlich dringend sogar.«

Kurz hob Fiadh die Braue, als sie Maebh genauer betrachtete. Das grobe Hemd, das ihr zu groß war und schon bessere Tage gesehen hatte, brandmarkte sie förmlich als Fremde. Doch zu ihrer Überraschung lächelte die Tochter des Wirts nur und ließ sich neben ihr auf der harten Schlafstätte nieder.

»Geht es dir gut?« Anscheinend hatte sie Maebhs Befangenheit bemerkt.

»Ich bin müde«, erklärte diese. »Und etwas unsicher. Ich war noch nie allein unterwegs. Ich meine, ohne meinen Bruder.«

Die Lüge fühlte sich falsch auf ihren Lippen an. Aber sie wusste, dass sie auf der Hut sein musste.

»Oh, das kann ich vollkommen verstehen. Mein Mann musste vor Kurzem zum Militärdienst an die Front reisen, seither lebe ich allein. Immerhin wohne ich im selben Dorf wie mein Vater. Die anderen Frauen hatten nicht so viel Glück.«

Maebh nickte, auch wenn ihr der Kopf schwirrte von all den Begriffe, von denen sie nie gehört hatte.

»Du kommst nicht von hier, oder?«

»Nein.« Etwas anderes zu behaupten, hätte ohnehin keinen Zweck. Dann fügte sie zögernder hinzu: »Ehrlich gesagt komme ich sogar von sehr weit weg.«

»Verstehe.« Und dabei beließ es Fiadh. Sie fragte nicht nach, woher genau Maebh stammte, oder wieso sie so ängstlich war, wieso ihre Knie zitterten. Stattdessen entfaltete sie geduldig die Kleidungsstücke und platzierte sie neben sich auf dem Schlaflager. Dankbar für die Ablenkung betrachtete Maebh die Kleider.

»Soll ich dir beim Umziehen helfen?«

Sie konnte gar nicht in Worte fassen, wie erleichtert sie darüber war, den kratzigen Stoff los zu sein, der ihr kaum Wärme und nichts als juckende Haut beschert hatte. Das hellbraune Untergewand, das ihr Fiadh dagegen reichte, war zwar in die Jahre gekommen, doch der Stoff war nicht so grob und roch außerdem erheblich frischer als die Kleidung des Soldaten. Darüber zog sie ein weiteres, aus Wolle gefertigtes Kleid, das eine bläulich-graue Färbung hatte, die Maebh an den Ozean an einem regnerischen Tag erinnerte.

»Aus den Kleidern bin ich schon vor Jahren rausgewachsen«, erklärte Fiadh, während sie Maebh mit der Schnürung an der Vorderseite half, »und wollte den Stoff eigentlich längst für etwas anderes verwenden. Aber ich konnte mich nie davon verabschieden. Ein Händler hat mir die Wolle für das Blaue aus der Stadt mitgebracht, weil er meinem Vater noch was geschuldet hat – damals war ich gerade vierzehn. Ich war aber schon immer hochgewachsen, du bist sicher, lass mich raten, siebzehn?«

»Ja.« Eine weitere Lüge. Vermutlich war Maebh viel älter als die Frau, obwohl sie unter den Selkies nicht einmal als erwachsen galt.

»Bist du verheiratet?«

Was?

»Entschuldige, keine Fragen. Mein Mann sagt immer, dass mein Mundwerk mich noch ins Grab bringt, und leider hat er damit absolut recht.«

Maebh kicherte, denn so etwas Ähnliches hatte sie einmal zu Siobhan gesagt. »Schon in Ordnung. Es ist schön, jemanden zum Reden zu haben.«

Nun nahm Fiadh eine Kordel und band sie Maebh um die Taille. »Das kann ich mir vorstellen. Nach allem, was man so hört, scheint dein Bruder nicht sonderlich gesprächig zu sein.«

»Nein. Nicht wirklich.«

»Hast du sonst noch Geschwister?« Die Tochter des Wirts hielt sich kaum länger als ein paar Sekunden an ihre Keine-Fragen-Regel, doch solange Maebh sie beantworten konnte, war es ihr sogar ganz recht.

Viele, wollte sie zuerst sagen, besann sich dann aber eines Besseren. Ausweichend erwiderte sie: »Meine Familie ist riesig.«

»Sind sie das nicht immer?« Fiadh gluckste. »Wenn ich den Geschichten meines Vaters trauen darf, sind wir wohl über ein paar Ecken mit dem Mac Cárthaigh-Clan verwandt. Kannst du dir das vorstellen? Ich, eine entfernte Cousine des Königs? Königliches Blut in meinen Adern?«

»Ja.« Maebh kannte diesen Herrscher nicht, hatte aber viele Geschichten aus alter Zeit gehört. Dort wurde die Königsfamilie stets als stark beschrieben, als nobel, gütig und kriegerisch. All diese Attribute passten ebenso zu Fiadh, die in schallendes Gelächter ausbrach.

»Du schmeichelst mir. Aber auch wenn ich gern einmal einen Tag hätte, den ich nicht mit harter Arbeit und meinen Kindern verbringen muss, könnte ich mir so ein Leben überhaupt nicht vorstellen. Diese ständige Politik, Abkommen, Kriegstreiberei – nichts für mich. Dann lieber arm, aber frei. Oder?«

Maebh nickte lächelnd, obwohl sie wenig von Fiadhs Ansprache verstand.

»So. Jetzt siehst du wieder wie eine Frau aus.«

Tat sie das? Verlegen blickte Maebh an sich hinab. Zu ihrer Überraschung passte ihr das Kleid, als sei es für sie gemacht worden. Sein Saum schwebte über dem Boden, ohne dass sie Gefahr lief, darauf zu treten, während der Wollstoff sie angenehm warm hielt. Kein Vergleich zu der Kluft des Soldaten. »Ich danke dir.«

»Nicht dafür, Mädchen«, erklärte Fiadh. »Ich muss nachsehen, ob ich noch ein paar Schuhe für dich auftreiben kann. Und einen Mantel, den brauchst du für die Reise. Es sei denn …« Ihr Blick fiel auf den schwarzen Haufen, aus Stoff und Pelz, mit dem sich Maebh beim Schlafen zugedeckt hatte. Ciaráns Mantel, den er bei seinem hastigen Abschied vollkommen vergessen hatte.

»Der Mantel gehört meinem Bruder«, erklärte Maebh schnell. Sie war versucht, ihn hierzulassen. Vielleicht würde sich Ciarán daran erinnern und hierher zurückkehren. Andererseits waren sie in dieselbe Richtung unterwegs. Er hatte es zwar ausgeschlossen, aber möglicherweise trafen sie sich ja doch wieder? Und wenn nicht, konnte sie den Mantel auf dem Rückweg immer noch dem Wirt geben. »Nur, äh, Schuhe bräuchte ich.« Obwohl sie das Wort schon ein paarmal von Menschen aufgeschnappt hatte, fühlte es sich seltsam in ihrem Mund an.

»Ich werde ein Paar für dich auftreiben. Brauchst du sonst etwas?«

Maebh überlegte, aber wenn sie ehrlich war, hatte sie überhaupt keine Ahnung. Sie wusste weder, wie lange die Reise dauern würde, noch, wohin genau sie führte. Cill Aire war nur ein Name, zu dem sie keinerlei Bezug hatte. Dann fiel ihr ein: »Vielleicht etwas zu essen und zu trinken.«

Fiadh lachte erneut, bevor sie sich ohne Warnung bei Maebh einhakte. »Glücklicherweise kenne ich dafür genau den richtigen Ort.«

Wer hätte erwartet, dass Kleidung einen solchen Unterschied machte? Als Maebh dieses Mal den Hauptraum des Gasthauses betrat, erstarben nicht abrupt alle Gespräche. Ein paar wenige Menschen hoben zwar trotzdem die Köpfe, was allerdings kein Vergleich zu ihrer Ankunft am Nachmittag war. Inzwischen war der Raum von zahlreichen Fackeln und einem knisternden Kaminfeuer erleuchtet, welche die Schatten der Gäste an den Wänden tanzen ließen. In der Luft lag der Geruch von Bier und gebratenem Fisch, der Maebh daran erinnerte, wie lange sie schon nichts gegessen.

Mit einem »Komm mit« zerrte Fiadh sie zu den Stühlen, die an dem breiten Tresen aufgestellt waren. Dahinter stand ihr Vater, der seine Tochter missbilligend betrachtete.

»Solltest du nicht bei deinen Kindern sein?«, grummelte er.

»Die kommen schon allein zurecht«, erwiderte sie frech. »Außerdem ist Maebh hier am Verhungern. Hast du etwas für uns?«

Mit einem Brummen wandte er sich ab, woraufhin Fiadh Maebh zuzwinkerte. »Meine Älteste passt auf ihre Geschwister auf. Das geht normalerweise für ein paar Stunden gut.«

»Meine große Schwester hat früher auch immer auf mich aufgepasst.« *Mist.*

Immerhin bohrte Fiadh nicht weiter nach, sondern ließ stattdessen den Blick durch den Raum schweifen, wobei sie hin und wieder einige der Gäste böse anfunkelt. »Manche Männer sehen es nicht gern, wenn man als Frau so spät allein in der Schenke ist.«

Maebh verstand nicht. »Du bist nicht allein.«

Daraufhin lachte Fiadh. »Eben. Aber egal, wegen der Miesepeter sind wir nicht hier. Siehst du den Tisch da drüben beim Kamin?«

»Ja.«

»Diese Leute habe ich noch nie gesehen.«

Verwirrt legte Maebh den Kopf schief, während sie die Gruppe, die dort Platz genommen hatte, genauer in Augenschein nahm. Unter ihnen waren vier Männer und eine einzige Frau, die sich im Vergleich zum Rest der Gäste nur leise tuschelnd unterhielten, statt sich grölend den neuesten Tratsch zu erzählen. Vielleicht lag es daran, dass Maebh wie sie eine Fremde in diesem Ort war, doch sie erkannte sofort, dass diese Menschen nicht hier lebten.

»Möglicherweise sind es Händler«, fuhr Fiadh fort. »Sobald wir etwas gegessen haben, stellen wir dich ihnen vor und fragen, wohin sie unterwegs sind. Von unserem Dorf aus gibt es nur zwei Richtungen – eine davon ist Cill Aire.«

Maebh fiel ein Stein vom Herzen. Womöglich hatte sie Glück, und Fiadh lag mit ihrer Vermutung richtig. Dann würde sie gar nicht so lange hier feststecken und wäre ihrem Ziel bereits ein Stück näher. Sie müsste nur herausfinden, wohin genau die Wachen ihren Mantel gebracht hatten und ihn sich wiederholen.

Aber daran wollte sie jetzt nicht denken. Kleine Schritte, sonst würde sie nur verzweifeln.

Nachdem sie einige Minuten schweigend das Geschehen in der Schenke beobachtet hatte, landete eine hölzerne Schale vor ihr auf dem Tresen. Ein herzhafter Geruch stieg ihr in die Nase, vermischt mit dem Aroma von Fisch, das ihr das Wasser im Mund zusammenlaufen ließ.

»Ich hoffe, du magst Kabeljau«, sprach der Wirt, bevor er einen Krug vor ihr abstellte. »Was anderes haben wir heute nicht.«

»Natürlich«, erwiderte Maebh hilflos. »Vielen Dank.«

Kurz hoben sich seine Mundwinkel, allerdings nicht deutlich genug, dass sie es als Lächeln bezeichnet hätte, dann stellte er auch Fiadh eine Schale und ein Getränk hin.

Ihre neue Freundin ließ sich kaum Zeit, sich über den Anblick der Mahlzeit zu freuen. Sofort nahm sie das seltsame Gerät in die Hand, das auf dem Rand der Schüssel lag, um sich die cremige Flüssigkeit in den Mund zu schieben. Eine Weile lang beobachtete Maebh sie nur, bis sie sich traute, es ihr gleichzutun.

»Gar nicht mal übel«, bemerkte Fiadh mit einem zufriedenen Seufzen. »Manchmal hat er einen schlechten Tag. Das merkt man dann immer sofort, wenn der Eintopf wie ein altes paar Schuhe schmeckt.«

»Das hab ich gehört«, knurrte der Wirt, der ihnen den Rücken zugewandt hatte.

Zögernd nahm Maebh eine Kostprobe der Brühe, in der einige Klumpen schwammen, von denen sie einen Teil als Fisch identifizierte. Es war seltsam. Der salzige Geschmack erinnerte sie an ihre Mahlzeiten als Robbe, aber gleichzeitig waren da so viele andere Aromen, die sie nicht kannte. Noch nie hatte sie etwas Derartiges gegessen, wobei ihre Ernährung normalerweise auch nur aus frischem Fisch bestand. Allein die Wärme des Essens war ungewohnt. Dennoch war Maebh dankbar dafür und ließ sich nach der ersten Überraschung kaum Zeit, es zu genießen, so hungrig war sie.

»Meine Güte«, kommentierte Fiadh, »du musst ja völlig ausgehungert sein.«

Maebh nickte. Bis auf ein paar Bissen Seetang hatte sie den ganzen Tag nichts gehabt, und ihr Magen war leer. Als sie die Schale ausgelöffelt hatte, griff sie nach dem Krug.

»Damit solltest du langsamer machen. Unser Ale ist stark, wenn du es nicht gewohnt bist.« Vorsichtig nippte Maebh an dem Getränk und verzog fast augenblicklich das Gesicht. »Und ziemlich bitter. Aber die Leute hier mögen es.«

Wie um ihre Aussage zu verdeutlichen, stürzte Fiadh ihren eigenen Krug in einem Zug hinunter, ehe sie ihn lautstark auf dem Tresen abstellte. Aus Richtung des Wirts drang missbilligendes Gemurmel zu ihnen, das seine Tochter gekonnt ignorierte. Stattdessen klatschte sie die Hände zusammen und richtete sich auf. »Dann wollen wir dir mal eine Reisebegleitung organisieren.«

Ohne auf eine Reaktion von Maebh zu warten, packte sie diese am Arm und zog sie mit sich in Richtung des Tisches an der Feuerstelle. Ein paar der Gäste sahen ihnen voller Neugier hinterher, doch die Gruppe, die sie ansteuerten, hob erst die Köpfe, als Fiadh sich räusperte.

»Auf der Durchreise?«, fragte sie selbstsicher.

»Wüsste nicht, was dich das angeht, Weib.« Der Mann, der ihr antwortete, war sichtbar der älteste von ihnen. Graue Strähnen durchzogen sein rostfarbenes Haar, während tiefe Falten die kupferfarbene Haut seines wettergegerbten Gesichts zeichneten. Seine Augen waren von einem dunklen Blau, in dem unzählige Geschichten geschrieben standen.

»Meine Cousine hier ist auf der Suche nach jemandem, dem sie sich anschließen kann. Sie ist unterwegs nach Cill Aire.«

Erst Schwester, dann Cousine. Maebh schien heute eine ganze Menge verloren geglaubter Verwandtschaft kennenzulernen.

»Und was will sie da?«, zischte der Mann mürrisch.

»Ihr Mann musste zum Militärdienst. Die beiden sind frisch vermählt, musst du wissen. Mir blutet das Herz, dass sie so früh schon auseinandergerissen wurden, aber ich selbst habe keinen Platz. Bis er wieder zurück ist, will sie deshalb eine Weile bei ihren Eltern in der Hauptstadt leben.«

Während sich seine Begleiter darum bemühten, Maebh ja nicht ins Gesicht zu sehen, musterte sie der ältere Mann aus schmalen Augen.

»Wusste gar nicht, dass dein Vater Geschwister in der Hauptstadt hat.«

»Eine *entfernte* Cousine«, verdeutlichte Fiadh, ohne mit der Wimper zu zucken.

»Schon gut, schon gut. Ich mein ja nur. Dachte, bei euch in der Familie gäbe es nur Riesen.«

Fiadh klappte die Kinnlade runter. »Jetzt werd ja nicht frech.«

Trotz ihrer Empörung musste Maebh dem Fremden insgeheim recht geben. Sowohl Fiadh als auch ihr Vater waren hochgewachsen – vor allem im Vergleich zu ihrer eigenen kurzen Statur. Neben der Tochter des Wirts fühlte sie sich wie ein Kind.

»Also nimmst du sie mit?«

Der Mann betrachtete sie weiterhin ungerührt, wobei seine Augen sie förmlich zu durchbohren schienen. Als könnte er direkt in ihre Seele blicken. »Kann sie sprechen?«

»Ja«, antwortete Maebh, obwohl ihre Stimme so kratzig klang, dass sie beinahe brach.

»Kannst du zahlen?«

Nun sah auch Fiadh sie an, woraufhin Maebh zögernd nickte. »Mein … Mann hat mir etwas Geld dagelassen. Ich denke, es wird reichen.«

»Gut. Wir brechen im Morgengrauen auf. Sieh zu, dass du vorbereitet bist. Die Reise nach Cill Aire dauert zehn Tage, vielleicht auch mehr, je nachdem, wie schnell wir vorankommen. Für Proviant sorgst du selbst.«

Maebh schwirrte der Kopf, doch Fiadh sprang ihr sofort zur Seite. »Ich helfe dir beim Packen.«

Der Mann ignorierte ihren Einwurf und ging stattdessen dazu über, sich und seine Begleiter vorzustellen. »Ich bin Éibhear. Das sind Seamus, Sorcha und der Grünschnabel da heißt Oisin.«

Maebh versuchte, sich die Namen einzuprägen.

Seamus, ein Mann etwa in Fiadhs Alter, dessen markante Gesichtszüge sie an einen Falken erinnerten.

Sorcha, die einzige Frau im Bunde, die selbst jetzt nicht zu ihr aufsah.

Oisin, der ihr auf den ersten Blick wie ein Junge vorkam.

Und Éibhear, der Mann, der trotz Bezahlung alles andere als begeistert darüber wirkte, dass Maebh sie fortan begleiten würde.

Ein flaues Gefühl machte sich in ihrem Magen breit, dass sie kurzzeitig sogar meinte, ihr käme die Mahlzeit von eben wieder hoch. Gleichzeitig hörte sie Ciaráns Warnung in ihrem Kopf. Sie durfte niemandem vertrauen – nicht den Soldaten, diesen Menschen und auch nicht Ciarán, der sie in diese Situation gebracht und damit buchstäblich den Haien zum Fraß vorgeworfen hatte. Nur was war mit Fiadh? Oder dem Wirt? Die hatten sie bisher freundlich behandelt. Ihr etwas zu Essen gegeben, Kleidung und einen Platz zum Schlafen.

Hatte Ciarán nur ein schlechtes Bild von den Menschen? Oder wollte Maebhs Instinkt nur nicht akzeptieren, dass diese Welt hier eine andere war? Anders als die, in der sie aufgewachsen war? Eine Welt, in der das bedingungslose Vertrauen und die Nächstenliebe, die die Selkies einander entgegenbrachten, nicht existierten.

Was immer die Wahrheit war, sie würde es schon bald herausfinden.

6

Obwohl der Anblick des Mondes sie traurig stimmte, setzte Maebh alles daran, heiter zu bleiben. Optimistisch. Durch den schmalen Spalt in der Mauer konnte sie nach draußen sehen, wo der Himmel sich langsam erhellte. Nicht mehr lange, vielleicht noch eine Stunde, und sie würde sich zusammen mit ihren neuen Bekanntschaften auf den Weg in die Hauptstadt begeben.

Der Gedanke daran brachte ihr Herz zum Flattern. Schon jetzt war sie so weit von ihrem Zuhause weg wie nie zuvor, doch wie würde es erst werden, wenn sie sich einmal von der Küste entfernten? Wenn Mutter Ozean nicht mehr über sie wachte? Maebhs ganzes Leben war an die See gebunden. Sie war dort geboren und aufgewachsen. Ihre Heimat jetzt hinter sich lassen zu müssen, verunsicherte sie nicht nur, es jagte ihr Angst ein.

Seufzend ließ sie ihren Blick über die Landschaft draußen wandern. Die verlassenen Straßen des Dorfes. Die dunklen Fensteröffnungen der einzelnen Häuser. Das Rascheln des Windes im Herbstlaub. Es war kaum mehr als einen Tag her, seit sie mit ihren Geschwistern zusammen auf Sceilg Mhichil gesessen hatte. Jetzt war sie hier und spürte auf einmal, wie sich Einsamkeit anfühlte. Schutzlosigkeit ohne die Magie ihres Mantels. Kälte.

Irgendwann erregte eine Bewegung in ihren Augenwinkeln ihre Aufmerksamkeit. Was zunächst aussah wie ein schwebender Lichtpunkt am Dorfrand, kam schnell näher, bis sich eine Gestalt aus der Dunkelheit schälte. Maebh erkannte Fiadhs hochgewachsene Silhouette, die mit einer Laterne bewaffnet durch die Nacht huschte, direkt auf das Gasthaus zu.

Dankbarkeit durchflutete Maebh, als es nur wenig später an ihrer Tür klopfte. Sofort erhob sie sich aus ihrer kauernden Position, die sie schon vor Stunden eingenommen hatte, nachdem sie nicht mehr hatte schlafen können, und antwortete mit einem leisen: »Herein.«

Beim Eintreten strahlte Fiadhs Lächeln fast heller als die Laterne in ihrer Hand, die sie sofort in einer Ecke des Zimmers abstellte.

»Du bist ja schon angezogen«, bemerkte sie überrascht.

»Ich konnte nicht mehr schlafen.«

»Bist du aufgeregt?« Fiadh ließ sich auf dem Schlaflager nieder und bedeutete Maebh, sich zu ihr zu setzen.

»Ein bisschen. Ich mache mir nur Sorgen. Mein, äh, Bruder hat mir gesagt, dass ich vorsichtig sein muss und niemandem einfach so vertrauen darf.«

»Hat er das?«, erwiderte Fiadh und strich Maebh eine lange Strähne aus dem Gesicht.

»Mhm.«

»Nun, Unrecht hat der damit nicht. Es gibt überall Leute, denen du nicht über den Weg trauen solltest. Aber wenn ich meinen Vater glauben darf, bist du bei Éibhear gut aufgehoben. Er kommt wohl öfter hier vorbei, bringt Reisende gegen Bezahlung von der Küste in die Hauptstadt und zurück.«

Maebh fiel ein Stein vom Herzen – wenn auch nur ein kleiner, dessen Fehlen ihre Nervosität kaum milderte. Dennoch nickte sie vorsichtig, bevor sie leise erklärte: »Ich habe Angst. Nicht nur vor der Reise, sondern vor dem, was danach passiert.«

»Willst du es mir erzählen?«

Wollte sie. Von ganzem Herzen. Doch noch immer hallte Ciaráns Warnung in ihren Gedanken wider. Gleichzeitig hatte sie die Lügen bereits jetzt satt. Wieso sollte sie ihre Geschichte nicht mit einer Person teilen? Nur einer einzigen Person, die ihr bisher mit bedingungsloser Güte begegnet war?

»Die Soldaten des Königs haben etwas von mir gestohlen«, erklärte Maebh zögernd, wobei das Zittern ihrer Stimme deutlich herauszuhören war. »Ich brauche es wieder, bevor …«

Sie konnte nicht weitersprechen, aber Fiadh schien sie auch so zu verstehen. Oder zumindest eine Ahnung zu haben, was ihr bevorstand. Liebevoll legte sie ihren Arm um Maebhs Schulter und zog sie in eine Umarmung. Für einen Moment ließ Maebh sich fallen, genoss die Berührung, die Nähe, das Gefühl von Wärme und Geborgenheit, das ihr sonst nur ihre Familie gab. Dann war der Augenblick schon vorbei, denn allmählich dämmerte es draußen und das Knarzen der Dielen im unteren Stockwerk deutete darauf hin, dass sie nicht die Einzigen waren, die um diese Zeit auf den Beinen waren.

»Hier.« Nachdem sich Fiadh aus der Umarmung gelöst hatte, förderte sie ein Bündel zutage, das Maebh im Halbdunkel bisher nicht gesehen hatte. Es war eine Tasche aus rauem, braunem Stoff, die bis zum Bersten gefüllt war. Die Tochter des Wirts rückte ein Stück von ihr ab, um etwas Platz auf der Schlafstätte zu schaffen, und griff nach der Laterne, um die frei gewordene Stelle in besseres Licht zu hüllen. Danach breitete sie den Inhalt der Tasche vor Maebh aus: Brot, Käse und Nüsse, zwei mit Flüssigkeit gefüllte Lederschläuche und ein rostiges Messer.

»Es ist nicht sonderlich viel«, erklärte Fiadh, »aber es sollte für die Reise reichen. Auf halber Strecke liegt An Neidín, dort kannst du deine Vorräte aufstocken, oder du suchst dir unterwegs ein paar Pilze, wenn dir der Sinn nach was anderem steht.«

»Danke.« Maebh hatte das Gefühl, dass das Wort allein nicht reichte, um auszudrücken, was sie empfand. Die Gewissheit, dass sie Fiadh nie etwas zurückgeben konnte, machte ihr Herz schwer.

»Nicht dafür.« Das Lächeln, das ihre Lippen umspielte, war ein trauriges. »Die Welt ist grausam genug, wo wären wir da ohne Nächstenliebe?«

Maebh nickte, denn ihre Kehle war wie zugeschnürt.

»Und jetzt lass mich deine Haare richten. So kannst du vielleicht zu einem königlichen Ball gehen, aber nicht durch die Wälder reisen.«

Von Fiadh die Haare geflochten zu bekommen, fühlte sich ungewohnt vertraut an. Als wäre sie wieder ein Kind und statt der Wirtstochter säße Siobhan hinter ihr. Der Mond küsste ihre Haut, während die Brandung ihre nackten Zehen umspielte. Ein Gefühl von Heimat, an diesem seltsam fremden Ort.

»Weißt du, ich würde töten, damit meine Haare so sind wie deine«, bemerkte Fiadh. »Als wären sie aus echter Seide. Hast du dich gewaschen?«

Maebh schüttelte kaum merklich den Kopf. Das letzte Mal hatte sie sich geputzt, da war sie eine Robbe gewesen.

»Seltsam. Meine Schwester hat früher geschrien, wenn bei uns Waschtag war, weil die Knoten gar nicht aus ihren Haaren wollten.«

»Du hast eine Schwester?«, fragte Maebh vorsichtig nach.

»Hatte.«

»Was ist mit ihr passiert?«

Kurz hielt Fiadh inne. »Das, was mit den meisten von uns Frauen passiert. Sie starb im Wochenbett. Sie war nicht einmal so alt wie du.«

Maebh schluckte. Hätte sie doch nur nicht gefragt. »Das tut mir leid.«

»Muss es nicht. Ihr Verlust tut weh, aber er gehört zum Leben dazu. Lass uns nicht darüber sprechen… Und fertig.«

Zur Bestätigung klopfte sie Maebh auf die Schulter, woraufhin diese mit der Hand über ihren Kopf fuhr. Sie wünschte, sie hätte etwas Wasser als Spiegel, um zu sehen, was Fiadh mit ihren Haaren gemacht hatte. Was sie mit ihren Fingern ertasten konnte, kam ihr nämlich nicht wie ein einfacher Zopf vor.

»Sagtest du nicht, ich gehe in den Wald und nicht zu einem königlichen Ball?«

Fiadh richtete sich auf und zwinkerte ihr zu. »Wer sagt, dass nicht auch Königinnen durch die Wälder wandern dürfen?«

Daraufhin lächelte Maebh, während sie ebenfalls aufstand. Zu ihrer Überraschung fühlte sie sich dabei federleicht, als hätte die gemeinsame Zeit mit Fiadh ihr nicht nur neuen Mut, sondern auch Kraft verliehen.

»Brauchst du noch etwas?«, fragte die Tochter des Wirts leise.

Maebh sah sich um, blickte an sich hinab und schüttelte den Kopf. »Du hast mir mehr gegeben, als ich je wiedergutmachen kann.«

»Jetzt übertreibst du.« Fiadh grinste. »Aber dann bedeutet es nun, Lebewohl zu sagen. Bist du immer noch nervös?«

»Nein«, erwiderte Maebh kopfschüttelnd und zwang sich, eine heitere Miene aufzusetzen, obwohl der Gedanke an Abschied sie traurig stimmte.

»Gut.« Fiadhs zog sie in eine kurze, innige Umarmung. »Dann pass gut auf dich auf, Maebh.«

»Du auch.«

Als sie sich von ihr löste, war das Lächeln auf ihren Lippen verschwunden. Stattdessen stand Sorge darin geschrieben. »Ich hoffe, du findest, was du suchst.«

»Ich hoffe es auch.« Maebhs Stimme war kaum mehr als ein heiseres Flüstern. »Ich danke dir für alles.«

»Go dté tú slán, Maebh«, murmelte Fiadh. Dann wandte sie sich um und verließ den Raum. Mit ihr verschwand das Licht der Laterne, das von der anbrechenden Dämmerung draußen ersetzt wurde. Hinter dem schmalen Spalt in der Hauswand hatte sich der Himmel zu einem hellen Violett gefärbt, das nicht nur den Anfang eines sonnigen Tages versprach, sondern auch den Beginn einer Reise.

Sowie Maebh aus dem Gasthaus trat, schlug ihr kühle, feuchte Morgenluft entgegen, die den Geruch von Salz und Algen mit sich trug. Im Osten schob sich die Sonne langsam über die Berge und tauchte die flache Graslandschaft davor in warmes, goldenes Licht. Auf der Straße vor dem Gasthaus warteten bereits Éibhear und Oisin, die sie beide mit einem Nicken begrüßten.

Dem Älteren war anzusehen, dass er gern eine Weile länger geschlafen hätte, und wäre Maebh nicht so aufgeregt gewesen, wäre es ihr vermutlich ähnlich gegangen. Als Robbe tat sie nichts lieber, als den ganzen Tag auf einer Sandbank zu dösen, während sie die Nächte damit verbrachte, zu jagen oder die Küste zu erkunden.

Im Vergleich zu Éibhear schien der andere geradezu beunruhigend heiter, lächelte sogar breit, als er ihren Blick bemerkte, was sein kindliches Äußeres zusätzlich unterstrich. Auf seinem Rücken trug er eine Tasche, die um ein Vielfaches größer war als die, die Fiadh ihr gegeben hatte. Als befände sich sein gesamter Besitz darin. Gerade, als Maebh ihn danach fragen oder zumindest ein Wort der Begrüßung murmeln wollte, drang Hufgetrappel an ihr Ohr, und drei Gestalten schoben sich aus dem Schatten neben dem Gasthaus direkt in ihr Sichtfeld. Sie erkannte Seamus, der ein altes, graues Pferd am Zügel führte. Auf dessen Rücken saß Sorcha und starrte müde geradeaus.

»Da seid ihr ja endlich«, knurrte Éibhear, machte jedoch keine weiteren Anstalten, sie wegen der Verspätung zurechtzuweisen. Stattdessen wandte er sich an Maebh. »Wir reisen, solange die Sonne am

Himmel steht, und legen erst Rast ein, wenn ich es sage. Versuch, nicht den Anschluss zu verlieren. Und falls du eine Beschwerde hast, behalte sie für dich.«

Maebh nickte.

»Fragen?«

Maebh schüttelte den Kopf.

»Dann Abmarsch.«

7

Ihr Weg führte sie nach Süden. Zunächst über die Brücke, an der sich das Gasthaus befand, und kurz darauf über eine weitere, bevor sich die Straße – sofern man das Stück festgetretene Erde so bezeichnen konnte – im Nichts verlor.

Entgegen seiner ruppigen Art legte Éibhear ein Tempo vor, dem Maebh, aber vor allem das alte Pferd, leicht auf dem unwegsamen Terrain folgen konnte. Das erste Stück ihrer Reise war glücklicherweise flach, sodass sie sich in Ruhe umsehen konnte. Allerdings wurde ihr so schnell klar, dass ihr Ziel die Bergkette vor ihnen war, die mit jedem Schritt näher kam. Und obwohl Maebh sich inzwischen optimistischer fühlte, fast schon leichtfüßig, war es doch ein seltsames Gefühl, durch die schier endlose Landschaft zu wandern. Nie in ihrem Leben hatte sie so viel Gras gesehen oder Hügel, auf denen hin und wieder einzelne einsame Häuschen thronten.

Während sie sich weiter im Herz der ungezähmten Wildnis verloren, entfernte sich ihr Pfad ein Stück von der Küste, bis das Tosen der Brandung nur noch ein Echo in unendlicher Ferne wurde und der Geruch von Salz und Algen fast völlig aus der Luft verschwand. Immer wieder, wenn eine Reihe Büsche oder Bäume den Blick auf den schmalen Streifen Blau verdeckte, wuchs in Maebh die irrationale Furcht, dass die Trennung von ihrer Heimat, sie einfach in Luft auflösen lassen könnte. Aber nichts dergleichen geschah. Sogar ohne die unmittelbare Nähe zum Ozean war sie immer noch sie selbst, und bis auf die Mischung aus Unsicherheit und Erwartung in ihrem Herzen fühlte sie sich auch so. Sie wusste, dass ihr lange Tage, nein, Wochen bevorstanden. Nur würde sie sich je daran gewöhnen? Würde sie sich irgendwann an den vielen neuen Eindrücken sattsehen? Und sollte sie es schaffen, ihren Mantel zurückzubekommen, würde sie bei ihrer Rückkehr überhaupt dieselbe sein?

Nach einer Stunde erreichten sie die ersten Ausläufer des Gebirges, ab dem der Weg deutlich anstrengender wurde. Statt weiterhin der Ebene zu folgen, führte Éibhear sie bergauf und folgte dort einem ausgetretenen Pfad an der Seite eines Hügels. Trotz des strahlenden Sonnenscheins war es hier überraschend kühl. Der Wind fegte über sie hinweg. Gnadenlos zerrte er an Maebhs Kleidung und trieb ihr die Tränen in die Augen, als wollte er sie mit aller Gewalt daran erinnern, dass der blaue Himmel nur eine Farce war und der Winter bereits vor der Tür stand.

Dennoch hielt sie einen Moment inne, denn die Aussicht, die sich ihr bot, war atemberaubend. Vor ihr erhoben sich die Berge, die mit ihren goldfarbenen Hängen einen intensiven Kontrast zum strahlenden Blau des Himmels bildeten. Von ihrer Position aus hatte sie zum ersten Mal einen Überblick über die gesamte Bucht. Vom Dorf An Coireán, aus dem sie aufgebrochen waren, bis hin zum Wachturm in Baile an Sceilg, der aus der Distanz nur ein dunkelgrauer Punkt auf dem hellen Sandstrand war. Hinter der gegenüberliegenden Seite der Bucht erstreckten sich ebenfalls Hügel, die nach Osten hin in steilen, weißen Klippen ins Meer abfielen. Und dort, hinter dem Kap, ragte eine Insel aus dem Ozean, deren scharfkantige Gipfel Maebh überall wiedererkannt hätte. Ihre Heimat.

»Überwältigend, nicht wahr?« Sie war so im Ausblick versunken gewesen, dass sie nicht mitbekommen hatte, wie einer ihrer Reisebegleiter, Oisin, neben ihr stehen geblieben war. Nun musterte er sie aus schmalen, grünen Augen, ein einnehmendes Lächeln auf den Lippen.

»Wunderschön«, bestätigte Maebh, wobei ihr Blick wieder in Richtung Sceilg Mhichil wanderte. »Vom Dorf aus ist mir die Bucht überhaupt nicht so groß vorgekommen.«

»Du kommst nicht von hier, oder?« Oisin ruckte auffordernd mit dem Kopf, um sie daran zu erinnern, dass der Rest ihrer Gruppe nicht auf sie warten würde.

Zögernd setzte sich in Bewegung, darüber im Zwiespalt, ob es weise war, sich auf ein Gespräch mit ihm einzulassen. Dann antwortete sie: »Ist das so offensichtlich?«

Er lachte, ein leises, gleichzeitig herzhaftes Lachen. »Seit wir aufgebrochen sind, schaust du dich um, als hättest du noch nie in deinem Leben das Haus verlassen.«

»Damit liegst du gar nicht mal falsch«, gestand sie. Nach ihrer Begegnung mit Fiadh fiel es ihr langsam leichter, Antworten zu geben, die eigentlich gar keine waren. Nicht zu lügen, aber auch nicht so recht die Wahrheit zu sagen, und zu ihrer Erleichterung, schien Oisin sich nicht daran zu stören.

»Keine Sorge, damit bist du nicht allein. Für mich ist es auch das erste Mal, dass ich wirklich aus meinem Dorf herauskomme.«

»Reist du auch nach Cill Aire?«, fragte Maebh.

»Nach Inis Faithlinn, um genau zu sein. Das ist eine Insel auf dem Loch Léin, in der Nähe der Stadt.«

»Ach so.« Kurz war sie versucht, es dabei zu belassen und so zu tun, als würde ihr diese Information reichen. Dann entschied sie sich dagegen. »Und was wirst du dort tun?«

»Ich werde ein Mönch«, erwiderte er, wobei Stolz in seiner Stimme mitschwang. »Oder versuche es zumindest. Der Priester in unserer Stadt hat mir zwar ein Empfehlungsschreiben mitgegeben, aber ich habe keine Ahnung, ob das reicht, um mich zu akzeptieren.«

Ein Seufzen kam über seine Lippen.

»Du machst dir deshalb Sorgen, oder?« Maebh musste keine Hellseherin sein, um zu dieser Feststellung zu gelangen. Oisin war jemand, der sein Herz buchstäblich auf seiner Zunge trug, und sämtliche seiner Ängste und Wünsche waren ihm ins Gesicht geschrieben.

»Ertappt.« Er lächelte verlegen. »Schon seit Jahren will ich ins Kloster. Meine Eltern waren immer dagegen und erst vor Kurzem hat mein Vater nachgegeben, weil er bemerkt hat, dass ich ein absoluter Taugenichts bin, wenn es ums Fischen geht. Ich bleibe lieber zu Hause und helfe dort. Oder dem Priester im Tempel. Er hat mir auch Lesen und Schreiben beigebracht. Sogar ein bisschen Heilkunde. Entschuldige. Ich klinge ganz hochmütig.«

»Nein, gar nicht«, erwiderte Maebh. »Ich mag es, wenn Menschen mit Leidenschaft von etwas erzählen, auch wenn ich nicht sonderlich viel Ahnung davon habe.«

»Dann hast du noch nicht von dem Einen gehört?«

Maebh schüttelte den Kopf, wobei sie hoffte, dass sie sich damit verriet. Zuerst riss Oisin die Augen auf, dann jedoch schien er zu versuchen, seine Contenance zu wahren, und nickte.

»Das sollte mich nicht überraschen. Hier in Deasmhumhain hat sich das Wort des Einen noch nicht so weit verbreitet wie in den anderen Königreichen.«

»Versuchst du etwa schon wieder, jemandem zum rechten Glauben zu bekehren?« Seamus, der bisher nur in einigem Abstand vor ihnen hergelaufen war, wandte sich um, ein anzügliches Grinsen auf den Lippen. Auf seinen Kommentar hin schnaubte Oisin empört.

»Das ist einer der Gründe, wieso ich Mönch werden will«, fuhr er an Maebh gewandt fort. »Ich will die Menschen hier auf den richtigen Weg bringen. Siehst du diese Insel dort?« Er streckte die Hand aus und deutete direkt auf Maebhs Zuhause. »Das ist *Sceilg Mhichil*, benannt nach einem bekannten Diener des Einen. Früher war dort ein Kloster, das jedoch seit über einem Jahrhundert verlassen ist. Angeblich soll das Böse zwischen den Felsen hausen.«

Maebh lächelte, denn seine Vorstellung konnte gar nicht falscher sein. Unter den Selkies war es bekannt, dass die Insel einst den Menschen gehört hatte, die sie als religiöse Stätte genutzt hatten. Dann waren andere Leute gekommen und hatten die Gläubigen verjagt und ein Bild der Zerstörung zurückgelassen, bis die Selkies den Ort für sich beansprucht hatten. Wenn überhaupt, waren es die Menschen gewesen, die das Böse über Sceilg Mhichil gebracht hatten.

»Zumindest wurde es mir so erzählt«, fügte er hinzu, als hätte er den Zweifel von ihrem Gesicht ablesen können. »Ich hoffe, dass ich mehr erfahre, wenn ich als Novize anfange. Laut dem Priester führt das Kloster eine Chronik der ganzen Insel, die bis auf Naomh Aodh zurückgehen – das ist über ein halbes Jahrtausend!«

Obwohl Maebh vieles nicht verstand, war seine Begeisterung ansteckend. Sollte es wirklich Aufzeichnungen geben, die so lange zurückführten, länger als die älteste ihrer Schwestern lebte, dann war das bemerkenswert. Auch wenn sie sich kaum vorstellen konnte, dass in diesen Annalen etwas über die Selkies geschrieben stand. Zumindest hatte sie nie von ihresgleichen gehört, die Lesen und Schreiben gelernt hatten. Oder überhaupt ihr Wissen mit den Menschen geteilt.

Nein, nach dem, was Maebh wusste, war ihr Volk stets unter sich geblieben. Zwar gab es viele Familien in allen Ecken des Ozeans – angeblich stammten Siobhans Vorfahren weit aus dem Osten –, doch selbst zu denen gab es fast keinen Kontakt. Denn Isolation bedeutete Sicherheit.

»Ist alles in Ordnung?« Erst jetzt merkte Maebh, dass sie eine ganze Weile geschwiegen hatte. Sie waren inzwischen ein großes Stück weitergewandert, während ihr Pfad sich langsam den Berg hinaufschlängelte. Neben ihr fiel ein Abhang steil in die Tiefe und der Weg war so eng, dass sie nicht mehr an Oisins Seite herlaufen konnte.

Als sie realisierte, dass er sich zu ihr umgewandt hatte und sie mit einem besorgten Gesichtsausdruck musterte, huschte ein trauriges Lächeln über ihre Lippen.

»Ja«, antwortete sie zögerlich. »Ich habe nur jetzt schon Heimweh.«

Obwohl sie gefühlt gar nicht so weit gekommen waren, erreichten sie das Ziel ihrer heutigen Etappe erst, als sich die Dämmerung über das Land legte. Cathair Dónall war ein kleines Dorf, das verschlafen an einer sandigen Bucht lag, die sich direkt am Fuß der Berge befand. Auf dem Weg hierher hatten sie nur zwei Kämme überwunden, was sie wegen des Geländes allerdings so viel Zeit gekostet hatte, dass sie sich nicht mehr als ein paar Meilen von ihrem Anfangspunkt entfernt haben konnten. Doch trotz der geringen Distanz war Maebh vollkommen erschöpft.

Normalerweise bewegte sie sich in ihrer menschlichen Gestalt kaum weiter als ein paar Meter am Strand oder auf den Stufen von Sceilg Mhichil, weshalb sie eine Wanderung dieses Ausmaßes nicht gewohnt war. Der Gedanke daran, dass ihr neun weitere Tage bevorstanden, bereitete ihr schon jetzt Sorgen, vor allem, weil laut Éibhear heute der vorerst letzte Tag war, an dem sie abends in einem Dorf rasten konnten. Danach stand ihnen eine fünftägige Reise durch nichts als Wildnis bevor, bis sie Neidín erreichten. Und von dort dauerte es noch einmal vier weitere bis nach Cill Aire. Das aber nur, wenn das Wetter mitspielte, wonach es im Moment nicht aussah.

Schon auf den Gipfeln der Berge war Maebh dankbar für Ciaráns schweren Mantel gewesen, doch mit Einbruch der Dämmerung waren Wolken aufgezogen, die sich mittlerweile in feinem, eisigem Nieselregen über sie ergossen. Der schwarze Pelz, aus dem das Kleidungsstück zum Großteil bestand, hielt ihr nicht nur die Kälte vom Leib, sondern bildete auch einen ausgezeichneten Schutz gegen die Nässe. Etwas, womit ihre Begleiter deutlich mehr zu kämpfen hatten, denn als sie zusammen mit Oisin und Éibhear das Gasthaus betrat, stöhnten die beiden vor Erleichterung regelrecht auf.

Hier drin erwartete sie ein ähnliches Bild wie in An *Coireán*, mit Ausnahme davon, dass dieses Inn größer war. An den Tischen fanden gut vier Dutzend Menschen Platz, eine Anzahl, die Maebh dem Dörfchen gar nicht zugetraut hätte.

»Scheint so, als bekommen wir morgen Gesellschaft«, raunte Oisin ihr zu, der ihren verwirrten Gesichtsausdruck zu bemerkt haben schien.

»Was meinst du?«

»Auf dem Weg nach Cill Aire macht Éibhear in so vielen Inns wie möglich Halt. Die wenigsten Menschen kennen die Strecke und sind auf Wegbeschreibungen oder Leute wie ihn angewiesen. Sie kommen hierher, in der Hoffnung, auf jemanden zu treffen, damit sie die Reise nicht allein antreten müssen. Und in Zeiten, in denen jeder fähige Mann zum Militärdienst gerufen wird, läuft das Geschäft.«

Maebh wollte gerade fragen, was dieser Militärdienst war, als sich Éibhear zu ihnen umwandte. »Ich kümmere mich um die Zimmer«, erklärte er. »Sucht ihr uns schon mal einen Platz. Ich will den Abend nicht stehend verbringen.«

Damit drehte er sich um und verschwand in Richtung Tresen. Maebh starrte ihm verdattert hinterher.

»Glaub mir, er meint es nicht so. In jedem Menschen steckt ein gutes Herz.« War das so? Nach dem, was Maebh bisher erlebt hatte, war sie sich nicht so sicher. »Allerdings scheint er ein regelrechtes Wunder von uns zu erwarten. Siehst du hier irgendwo einen freien Tisch? Ich nicht.«

Es dauerte eine Weile, aber schließlich fanden sie ein paar freie Plätze am Ende des Gastraumes. Die Luft war hier besonders stickig, durchtränkt von Schweiß, Alkohol und fettigem Essen, doch Maebhs Beine waren dankbar für die Sitzgelegenheit. Sie konnte ein erleichtertes Seufzen kaum unterdrücken, als sie sich tiefer auf die

Bank sinken ließ und den Rücken an die kühle, hölzerne Vertäfelung lehnte. Oisin schien es ähnlich zu gehen, und keine Minute später leisteten ihnen auch Seamus und Sorcha Gesellschaft, die beide bis auf die Knochen durchnässt waren.

»Scheißwetter«, murmelte der Mann missmutig, wobei er sich wie ein nasser Hund schüttelte, sodass die Tropfen nur so flogen. Bei seinem Anblick musste Maebh leise kichern. »Kann dein Gott uns nicht strahlenden Sonnenschein schenken oder so?«

Oisin verdrehte die Augen. »So funktioniert der Eine nicht«, erklärte er geduldig. »Oder kannst du deine heidnischen Götzen einfach so um schönes Wetter bitten?«

»Ich kann's versuchen, aber im schlimmsten Fall müssen wir die nächsten Tage dann durch einen Schneesturm laufen.« Seamus lachte herzhaft und klopfte Oisin auf die Schulter.

Während sie durchaus verstand, dass es als Scherz gemeint war, schüttelte es Maebh dennoch bei der Vorstellung, morgen nicht nur mit ihren körperlichen Grenzen und dem Terrain, sondern ebenso der Witterung kämpfen zu müssen. Zehn Tage. Wie sollte sie das nur schaffen?

Sorcha, die neben ihr auf der Bank Platz genommen hatte, wirkte ähnlich begeistert über diese Aussicht. Ihre Lippen hatte sie zu einem Strich verzogen, während sie missmutig auf die Tischplatte starrte. Obwohl sie den ganzen Weg auf dem Rücken des Pferdes verbracht hatte, war ihr die Erschöpfung deutlich anzusehen. Als ihr Begleiter ihren Zustand bemerkte, musterte er sie besorgt und legte seine Hand auf ihre.

»Alles in Ordnung?«

»Müde.« Ihre Stimme war ruhig. Ein Wunder, dass Maebh sie überhaupt durch den Lärm in der Gaststätte verstand.

Seamus' missmutiger Gesichtsausdruck sprach Bände. Bevor Maebh allerdings eine Frage stellen oder versuchen konnte, die beiden in ein Gespräch zu verwickeln, kam Éibhear zu ihnen an den Tisch und ließ sich mit einem Stöhnen auf den letzten freien Stuhl fallen. Dabei hatte er einen Krug mit Ale und eine Schale voll mit dampfendem Eintopf, bei dessen Anblick Maebh das Wasser im Mund zusammenlief.

»Wir haben Glück«, äußerte er. »Das halbe Königreich scheint aktuell auf der Durchreise zu sein.«

»Was heißt das für uns?« Seamus runzelte die Stirn.

»Es wird eng heute Nacht, aber wenigstens haben wir ein Dach über dem Kopf.«

»Immerhin.«

»An der Theke könnt ihr für die Nacht bezahlen«, erklärte Éibhear weiter. »Und euch was zu essen und trinken besorgen.«

Die Aussicht auf Verpflegung ließ Maebh die Schmerzen zumindest genug vergessen, dass sie am liebsten sofort aufgesprungen wäre, um sich ebenfalls eine Portion zu holen. Doch bevor sie Oisin einen fragenden Blick zuwerfen konnte, damit sie sich nicht allein aufmachen musste, trat eine weitere Gestalt an ihren Tisch.

Der Mann war so groß, dass Maebh kurz das Gefühl hatte, der Raum würde sich bei seinem Anblick verdunkeln. Zuerst fiel ihr seine Kleidung auf, die aus einem feineren Stoff zu bestehen schien als ihre eigene. Eine rubinfarbene, gesteppte Tunika, auf deren Brust ein Wappen angebracht war, das einen ebenfalls roten Hirsch auf weißem Grund zeigte. Sein Geweih glänzte im warmen Licht der Fackeln, als wäre es aus Gold gesponnen. In dieser Kluft hätte Maebh ihn zuerst nicht erkannt, aber sowie ihr Blick auf sein Gesicht fiel, zuckte sie zusammen.

Der Klang seiner Stimme ließ ihr das Blut in den Adern gefrieren. »Man sagt, du bietest den Leuten sicheres Geleit in die Hauptstadt.«

Es war der ältere der beiden Soldaten vom Strand. Sofort wandte sie den Blick ab und konzentrierte sich stattdessen auf die Maserung des Tisches vor ihr. Ihre blasse Hand bildete einen intensiven Kontrast zu dem dunklen Holz, wobei jedes Kind erkannt hätte, wie sehr sie zitterte. Sie hatte Angst – Angst, auch nur eine zu plötzliche Bewegung zu machen. Als wäre sie ein Tier, das sich vor einem Jäger versteckte. Sie wagte kaum, zu atmen, und bemühte sich, ja nicht den Anschein zu erwecken, dass diese Begegnung sie verunsicherte. Gleichzeitig begannen ihre Gedanken, zu rasen. Vielleicht war das ja eine Chance? Mit etwas Glück schaffte sie es, sich in einem ungesehenen Moment an die Soldaten heranzuschleichen, ihren Mantel zurückzustehlen und zu fliehen. Dann könnte sie sich an einer Bucht in der Nähe Sceilg Mhichil verstecken, den nächsten Vollmond abwarten, sich zurückverwandeln und so tun, als wäre all das nie passiert.

»Wer möchte das wissen?« Aus den Augenwinkeln sah sie, dass Éibhear beim Antworten nicht einmal den Kopf hob.

»Fínghin Ó Sé, Soldat seiner Königlichen Majestät König Diarmaid Mac Cárthaigh Mór. Ich bin auf dringlicher Mission unterwegs nach Cill Aire.«

Ihr Reiseleiter hob skeptisch die Braue. »Und da willst du dich einer Gruppe Fußvolk anschließen?«

Maebh hätte am liebsten dasselbe gefragt.

»Der Weg nach Cill Aire ist unberechenbar«, führte der Soldat aus. »Gerade um diese Zeit. Mein Begleiter und ich haben eines der Pferde verloren. Er ist vorausgereist, und ich war schon seit Jahren nicht mehr in der Hauptstadt. Wir sind normalerweise an der Küste stationiert – drüben in Baile an Sceilg.«

Ihr sank der Mut. Also hatte er vermutlich nicht einmal ihren Mantel. Was bedeutete, dass ihr vage geformter Plan sofort im Sand verlief.

Éibhear stieß einen verächtlichen Laut aus, und Maebh wurde klar, dass die Anspannung am Tisch nicht nur sie befallen hatte. Seamus, der ihr schräg gegenüber saß, wirkte verärgert über die potenzielle neue Begleitung. Dass sie mit ihren Sorgen nicht allein war, machte ihre Situation allerdings kein Stück besser. Eigentlich wusste sie, dass die beiden Männer sie nie gesehen hatten, sonst wäre sie sicher nicht am Leben, doch lediglich der schwere, schwarze Mantel, den sie mit sich herumschleppte, war verräterisch genug. Ganz zu schweigen davon, dass sie nach wie vor Schwierigkeiten hatte, sich einzufügen.

»Ich kann zahlen«, fügte der Soldat hinzu. »Und euch meinen Schutz anbieten, sollte es zu ungeplanten Hindernissen kommen.«

Als Éibhear nickte, konnte sie es ihm kaum verübeln. Von seinem Standpunkt aus wurde ihm gerade ein Angebot unterbreitet, das er unmöglich ausschlagen sollte. Nicht nur würde das Geld des Soldaten seine Kasse füllen, einen bewaffneten Mann an ihrer Seite zu wissen, war im Notfall sicher hilfreich. Wer ahnte schon, welche Gefahren ihnen begegnen würden, wenn sie erst einmal durch die Wälder reisten?

»In Ordnung«, sagte Éibhear schließlich, als hätte er seine Entscheidung nicht schon längst gefällt. »Wir brechen im Morgengrauen auf.«

8

Keine Stunde, nachdem sie am nächsten Morgen aufgebrochen waren, spürte Maebh die Anspannung in jeder Zelle ihres Körpers. Der Muskelkater vom Vortag, kombiniert mit den Schmerzen der vorangegangenen Nacht, die sie auf engstem Raum mit zwölf anderen Menschen auf einem feucht-modrigen Dachboden verbracht hatte, sowie die immer präsente Angst, von dem Soldaten erkannt zu werden, bildeten eine verhängnisvolle Mischung. Neben ihm hatten sich sechs weitere Männer der Gruppe angeschlossen und befanden sich, soweit Maebh verstanden hatte, ebenfalls auf dem Weg in die Hauptstadt. Immer wieder wandte sie verstohlen den Blick zu dem Mann um, der das Schlusslicht ihrer inzwischen großen Truppe bot. Und immer wieder gelang sie zu derselben niederschmetternden Feststellung: Er trug ihren Mantel wirklich nicht bei sich.

»Wir sind zahlreich geworden«, bemerkte sie in einem vorsichtigen Versuch, Seamus in ein Gespräch zu verwickeln. Oisin, an den sie sich bisher gehalten hatte, lief heute mit Éibhear zusammen an der Spitze, als wollte er so viel Abstand wie möglich zwischen sich und ihre neuen Begleiter bringen. Maebh vermutete, dass es an dem Streit lag, der bereits vor ihrer Abreise vom Zaun gebrochen war. Aber mit Gewissheit konnte sie das nicht sagen. Dafür verstand sie zu wenig von dem, was die Menschen beschäftigte.

»Es ist sicherer so«, erwiderte Seamus zu ihrer Erleichterung, denn ein Gespräch würde sie vielleicht von dem Soldaten ablenken, dessen Blicke sie im Nacken zu spüren glaubte. »Der Weg durchs Gelände ist an sich schon gefährlich, wenn man sich nicht auskennt. Daher sind die Leute auf Menschen wie Éibhear angewiesen.«

»Gibt es denn keine … Karten?« Maebh meinte, den Begriff schon einmal von Seefahrern aufgeschnappt zu haben, erntete jedoch prompt einen verwirrten Blick.

»Kannst du etwa lesen?«, fragte Seamus. »Davon abgesehen, dass sie sicher unendlich teuer sind, ist das definitiv keine Option für uns einfache Leute. Ich meine, nicht mal die Soldaten des Königs wissen offenbar, welchen Weg sie einschlagen sollen.« So laut, wie er sprach, schien es ihm keinerlei Sorge zu bereiten, dass eben diese ihn belauschen könnten. Maebh entging allerdings der spöttische Unterton in seinen Worten nicht.

»Du scheinst keine besonders hohe Meinung von ihnen zu haben.« Im Vergleich zu ihm bemühte sie sich darum, ihre Stimme so leise wie möglich zu halten.

Auf diese Feststellung hin erntete sie ein Kichern von Sorcha, die wie schon am Tag zuvor auf dem alten Pferd saß, das Seamus führte. Und zum ersten Mal richtete sie das Wort an Maebh.

»Du musst entschuldigen. Geheimniskrämerei liegt meinem Mann nicht.« Der verdrehte genervt die Augen. »Aber ja. Wir halten beide nicht viel vom König und seiner Kriegstreiberei. Deshalb sind wir auch unterwegs in die Hauptstadt.«

»Seine Königliche Hoheit sucht ja mittlerweile nicht mehr nur Freiwillige für seinen Krieg«, fuhr Seamus spöttisch fort. »Und deshalb kann ich mich nicht länger drücken. Dabei interessiert es mich einen feuchten Dreck, wen wir dieses Mal bekämpfen.«

»Seamus.« Obwohl sie in gemäßigter Lautstärke sprach, war die Warnung deutlich aus Sorchas Stimme herauszuhören.

»Ist doch wahr.«

»Kannst du nicht einfach ›Nein‹ sagen?« Maebh kam sich unendlich naiv vor, obwohl sie allmählich ein besseres Gefühl für die Geschehnisse in dieser Welt bekam. Es stand ein Krieg bevor. Deshalb waren so viele Menschen unterwegs in die Hauptstadt. Männer vorwiegend, als ob die Frauen nicht kämpfen könnten.

Seamus stieß ein verbittertes Schnauben aus. »Klar. Wenn ich am nächsten Tag gehängt werden will, wäre das durchaus eine Option.«

»Wir sind auf dem Weg in die Hauptstadt, weil wir den König bitten wollen, Seamus vom Militärdienst freizustellen. Nicht nur, weil wir wenig vom Krieg halten und einfach in Ruhe gelassen wollen, sondern auch ...«

Maebh sah hinauf zu Sorcha, die sich die Kapuze ihres Mantels vom Kopf zog. Zum ersten Mal konnte Maebh in das Gesicht der Frau blicken. Sie war überraschend jung. Zarte Sommersprossen bedeckten ihre Haut, die so hell war, dass sie neben ihren schwarzen Haaren beinahe schneeweiß wirkte. Ein bisschen erinnerte sie Maebh an Siobhans Partnerin, bis sie überrascht bemerkte, dass Sorchas Augen eine eigentümlich graue Färbung besaßen. Als läge ein Nebelschleier über ihren Pupillen.

»Im Moment komme ich zu Hause noch ohne Hilfe zurecht«, führte sie aus. »Aber mit jedem Tag, der verstreicht, wird meine Sicht schwächer.«

Ein trauriges Lächeln umspielte ihre Mundwinkel, woraufhin Seamus mit der freien Hand nach ihrer griff, um sie kurz zu drücken.

»Wir können nicht sicher sagen, wie lange Sorcha noch sehen kann. Wir haben Wege gefunden, damit sie sich in unserem Haus weiterhin zurechtfindet. Aber wer weiß. Ich will sie nicht allein lassen, egal, ob es nur für ein paar Monate ist oder für immer, sollte ich fallen. Deshalb wollen wir dem König unseren Fall vortragen.«

Maebh nickte verständnisvoll und hatte plötzlich das Gefühl, am eigenen Leib zu erfahren, was die beiden durchmachten. Der Gedanke daran, was für sie auf dem Spiel stand, machte Maebhs Herz schwer und allein die Tatsache, dass das Paar sich überhaupt auf diese gefährliche Reise begeben musste, füllte sie mit Wut.

»Das tut mir so leid«, murmelte sie. Dabei war ihr klar, wie wenig ihr Bedauern ausrichtete.

»Das muss es nicht.« Mit einem Schulterzucken versuchte Seamus, seinen Worten Gleichgültigkeit zu verleihen, doch Maebh entging die bittere Falte in seinem Mundwinkel nicht. »Es wäre alles viel leichter, wenn die Otreaer uns einfach in Ruhe lassen könnten.«

Maebh juckte es in den Fingern, zu fragen, wer diese Otreaer waren, doch ihr war bewusst, dass sie sich damit nur als Außenseiterin verraten würde. Unter anderen Umständen wäre sie dieses Wagnis vielleicht eingegangen, nachdem Sorcha und Seamus ihr ihre Geschichte anvertraut hatten, aber nicht mit dem Soldaten, der wenige Meter hinter ihnen lief und sich leise munkelnd mit einem der Rekruten unterhielt.

Mit einem Mal war die Furcht wieder da, und Maebh versuchte verzweifelt, sich mit irgendetwas anderem abzulenken. Doch da gab es nichts. Die Landschaft, so hinreißend sie mit ihren goldenen Bergen auch war, erinnerte sie nur daran, wie weit weg sie von zu Hause war. Sie bewegten sich am Fuß eines Hügels in Richtung Süden, direkt auf den Ozean zu, der heute dieselbe trübgraue Farbe wie der Himmel besaß. Weiße Gischtkronen zeichneten sich auf den hohen Wellen ab, und wenn Maebh es zuließ, redete ihr Verstand ihr ein, kleine, graue Köpfe auf ihnen zu erkennen. Ihre Geschwister, die sie teils mitleidig, teils schockiert vom Wasser aus beobachteten. Was Siobhan gerade dachte? Mittlerweile musste allen klar sein, wo sie sich befand. Ob sie ahnten, dass etwas Schlimmes passiert war? Oder gingen sie sogar davon aus, dass Maebhs Neugier sie bewusst zu den Menschen getrieben hatte?

Maebh schüttelte den Kopf, um die Gedanken und das Trugbild loszuwerden. Nichts davon half ihrer Situation. Sie musste weitermachen, sich an ihren Plan halten, auch wenn dieser, wie sie langsam realisierte, viel zu vage war, um überhaupt als solcher bezeichnet zu werden. Sie wusste, der andere Soldat war auf den Weg in die Hauptstadt – zusammen mit ihrem Mantel. Und dort? Würde er ihn verkaufen? Oder dem König übergeben? Und wenn ja, wie sollte sie ihn dann zurückbekommen? Sie konnte ihn sicher nicht freundlich darum bitten. Und überhaupt musste sie erst einmal nach Cill Aire schaffen. Aktuell schien der Soldat, der sie begleitete, zumindest keinen Verdacht zu schöpfen. Aber womöglich reichte ein falsches Wort, eine unschuldige Frage oder ein Moment der Ratlosigkeit und er würde sich zusammenreimen, wer und vor allem, was sie war. Und dann?

Was würde dann geschehen?

Sie schluckte, als sie realisierte, dass sie darüber am liebsten nicht nachdenken sollte. Stattdessen musste sie sich auf das konzentrieren, was vor ihr lag. Ein Schritt nach dem nächsten. Erst über diesen Hügel. Dann die Strecke bis zur Rast. Dann die Tagesetappe. Die nächste. Neidín. Dann die Hauptstadt.

Sie hatte noch mehrere Wochen Zeit. Das durfte sie nicht vergessen.

In dem kleinen Waldstück, das sie sich für ihre Rast ausgesucht hatten, war das Blätterdach so dicht, dass Maebh kaum abschätzen konnte, wie früh oder spät es gerade war. Aber wenn es nach ihrem Körper ging, dann war es schon längst nach Mitternacht. Éibhear hatte nicht gelogen, als er behauptet hatte, wie beschwerlich der Weg sein würde. Während der Weg von An Coireán zu ihrem letzten Inn noch aus schmalen Trampelpfaden bestanden hatte, führte ihre Reise sie mittlerweile durch nichts als unangetastete Natur. Über Hügel, Wiesen und Wälder, die gefühlt seit Jahrhunderten kein Mensch mehr betreten hatte.

Wäre es nicht so anstrengend gewesen, hätte Maebh die Reise als magisch empfunden. Doch erst jetzt, wo sie es sich mit Sorcha zusammen im feuchten Gras bequem gemacht hatte, fand sie allmählich Zeit, die Schönheit ihrer Umgebung in sich aufnehmen. Die hohen Bäume, das herbstliche Gold, das Rauschen der Blätter und das leise Prasseln des Regens auf ihnen. Wenn sie zu ihren Schwestern zurückkehrte, würde sie sicher einige Geschichten zu erzählen haben.

»Schön hier, nicht wahr?«, sprach Sorcha, als hätte sie Maebhs Gedanken erraten.

»Ja.« Maebh war unschlüssig, wie sie reagieren sollte, denn als sie Sorchas Gesicht musterte, sah sie den grauen Schleier vor deren Augen.

»Es ist nicht so schlimm, wie es aussieht«, äußerte diese mit einem Zwinkern. »Ich kann noch immer das Braun der Blätter sehen. Und allmählich lerne ich auch, mich mehr auf meine anderen Sinne zu verlassen. Dinge zu ertasten oder zu erhorchen.«

»Hast du denn keine Angst?« Die Frage war heraus, ehe Maebh sich darüber im Klaren war, ob sie unangebracht sein könnte.

»Nein. Die Krankheit begleitet mich schon seit Jahren, somit hatte ich genug Zeit, mich damit abzufinden und das Beste daraus zu machen. Seamus dagegen … Er hat Angst, dass ich nicht allein zurechtkomme, sobald ich das letzte Augenlicht verloren habe. Aber wenn du mich fragst, fürchtet er sich nur davor, dass ich ihn verlasse, wenn sein gutes Aussehen nicht mehr funktioniert und ihm nur seine große Klappe bleibt.«

Maebh lachte leise.

»Was ist mit dir?«, fragte Sorcha mit sanfter Stimme. »Wieso bist du auf Reisen? Noch dazu allein?«

Maebh zögerte, ahnungslos, welche Geschichte sie der Frau auftischen sollte. Sorgfältig ließ sie den Blick schweifen. Der Soldat hatte sich mit ein paar der Männer, darunter auch unfreiwillig Seamus, auf den Weg gemacht, um im Wald zu jagen, damit sie sich nicht nur von trockenem Brot und Beeren ernähren mussten. Zurückgeblieben waren nur Sorcha und Maebh sowie Éibhear, Oisin und zwei der Rekruten, die in einigem Abstand zu ihnen standen und sich miteinander unterhielten.

»Ich bin unterwegs nach Cill Aire«, erklärte sie möglichst schwammig. »Mein Bruder wartet dort auf mich.«

»Also bist du mit niemandem verbunden?«

»Nein.« Maebh runzelte die Stirn. Unter den Selkies war sie gerade so in dem Alter, in dem die meisten eine Verbindung in Betracht zogen, aber bisher hatte sie niemanden gefunden. Zumal es nicht unüblich war, dass ihresgleichen bis ans Ende ihres Lebens ungebunden blieben, weil ihnen die Gemeinschaft der Familie reichte.

Falls dieser Umstand Sorcha verwirrte, ließ sie es sich nicht anmerken. Stattdessen erklärte sie nur mit gedämpfter Stimme: »Sag das bloß nicht zu laut. Wenn man dem Munkeln trauen darf, hast du bei unseren neuen Freunden schon für Aufsehen gesorgt.«

Verwirrt hob Maebh den Blick und erwischte so die Rekruten dabei, wie sie verstohlen in ihre Richtung starrten. Sofort wandten die beiden sich wieder einander zu, doch Maebh konnte nicht verhindern, dass ein kalter Schauer ihr den Rücken hinablief.

»Wie gesagt, sei vorsichtig«, bestätigte Sorcha.

»Du hast ein gutes Gehör.«

»Nicht besser als andere, ich kann mich nur besser darauf konzentrieren. Wie ein Luchs, behauptet Seamus trotzdem immer. Nur manchmal wäre ich froh, wenn ich manche Dinge nicht mitbekäme.«

Bevor Maebh fragen konnte, was genau sie damit meinte, wurden Stimmen hörbar, die aus der Richtung kamen, in die die Männer verschwunden waren. Sofort wandte sich Maebh um und entdeckte nicht unweit von ihrem Platz entfernt, mehrere Gestalten, die aus den dichten Bäumen hervortraten. Sie erkannte zuerst Seamus, der mit missmutigem Gesicht direkt auf sie zukam. Hinter ihm trug einer der Rekruten, ein hochgewachsener Mann, dessen bärenartiger Körperbau sich selbst unter dem Fellmantel abzeichnete, ein totes Reh auf dem Rücken.

Das Schlusslicht der Truppe bildeten die anderen Rekruten sowie der Soldat und mit ihnen eine weitere Person, die Maebh anhand der Größe und pechschwarzen Kleidung überall erkannte hätte.

Als sie Ciarán entdeckte, klebte sein Name ihr förmlich auf der Zunge. Sie wollte nach ihm rufen, zu ihm eilen, ihn verfluchen und ihm gleichzeitig um den Hals fallen, doch der erste Impuls verpuffte sofort, sobald sie realisierte, in welch einer Lage er sich befand. Jemand hatte ihn in Fesseln gelegt, sodass seine Arme eng an seinen Körper gepresst waren und er nur seine Beine frei bewegen konnte. So frei eben möglich, wenn man von vier Männern umgeben war, von denen einer einem drohend eine Armbrust in den Rücken bohrte.

Maebh biss sich auf die Zunge und spürte förmlich, dass Sorcha sie argwöhnisch von der Seite beobachtete. Nur mit Mühe konnte sie sich dazu zwingen, ihre Muskeln zu entspannen, ihre Mimik eher neugierig statt schockiert wirken zu lassen. Sie wusste, dass sie jetzt vorsichtig sein musste. Sehr, sehr vorsichtig.

»Ein weiterer Mitreisender?«, kommentierte Éibhear sarkastisch, der bis dahin an einem Baum gelehnt geruht hatte, sich nun jedoch aufrichtete.

»Ein gesuchter Verbrecher«, erwiderte der Soldat. »Ein Hexer noch dazu. Hat dem König seinen Dienst verweigert, aber irgendwie scheint er mit dem Leben davongekommen zu sein, nachdem er seine gerechte Strafe erhalten hat.«

Ein Zittern erfasste Maebhs Körper. Sie hatte das Gefühl, dass sich auf einmal tausend Blicke in sie bohrten, obwohl sämtliche Augenpaare auf den Soldaten oder Ciarán gerichtet waren.

»Irgendwie hat er es geschafft, mich und meinen Begleiter einzuholen. Hat uns eine Falle gestellt. Wir konnten ihn überrumpeln, aber er ist geflohen. Nur ist er anscheinend töricht genug, nicht locker zu lassen.«

Éibhear nickte. »Und was habt ihr jetzt mit ihm vor?«

»Ihn zum König bringen. Weg vom Meer. Und ihn bestrafen.«

»Meinst du das ernst?«, mischte sich einer der Rekruten ein. »Wir können ihn nicht einfach mitnehmen. Was ist, wenn er uns verflucht?«

»Papperlapapp. Mein Kumpan hat seinen Stab. Ohne ihn ist er so gut wie machtlos. Außerdem sehe ich hier über ein halbes Dutzend fähige Männer, an denen er erst vorbei muss.«

Das Gemurmel, das darauf folgte, war sowohl zustimmend als auch besorgt. Doch während die Männer noch über das Für und Wider diskutierten, hob Ciarán zum ersten Mal den Kopf, wobei sein Blick sofort auf Maebh fiel.

Gänsehaut breitete sich auf ihrem Körper aus, als sie realisierte, dass er sie erkannte. Kurz ließ ein freudloses Lächeln seine Lippen zucken. Die Worte »So sieht man sich wieder«, standen in seinen grauen Augen geschrieben. Ein dünnes Rinnsal Blut lief aus seinem Mundwinkel, das darauf hindeutete, dass er sich nicht kampflos in diese Lage hatte bringen lassen. Eine Lage, aus der er aus eigener Kraft vermutlich nicht wieder herauskam. Denn egal, welche Tricks er beherrschte, welche List ihm auch einfiel, er war allein einer Gruppe Menschen gegenübergestellt, die ihn ausnahmslos betrachteten, als wollten sie ihm am liebsten sofort die Kehle durchschneiden.

Maebh gefror das Blut in den Adern. Was hatte er getan, um diese Blicke zu verdienen? Was war so schrecklich, dass er dem König vorgeführt werden sollte, weil selbst der Tod eine zu milde Strafe war?

Und vor allem: Was, wenn er verriet, welche Rolle sie in dieser Geschichte spielte?

9

Als sie endlich ihr Lager aufschlugen, war die Nacht schon fast hereingebrochen. Ein letzter zarter Sonnenstrahl schob sich über den Horizont im Westen und ließ die Bäume lange Schatten werfen. Laut Éibhear hatten sie es gerade so geschafft, ihr geplantes Tagesziel zu erreichen, doch jetzt, wo die Witterung allmählich schlimmer wurde, fürchtete er, dass sie das Tempo nicht länger beibehalten konnten. Vor allem weil ihnen am nächsten Tag eine strapaziöse Etappe bevorstand. Davor würden sie eine weitere Nacht unmittelbar an der Küste verbringen. Der Platz, den er dafür ausgesucht hatte, war ein flaches Stück Land auf einer Böschung, dem Ozean so nah, dass Maebh das Rauschen der Wellen hörte. Ein Umstand, über den sie sich normalerweise gefreut hätte, doch seit ihrer Rast am Mittag, war ihr Herz in Aufruhr.

Es kostete sie alles an Willenskraft, nicht ständig in Ciaráns Richtung zu sehen oder Fragen über seine Gefangennahme zu stellen, und zu ihrer Erleichterung tat er für seinen Teil so, als hätte er sie noch nie im Leben gesehen. Sie sollte sich ein Beispiel nehmen, bevor sie sich am Ende selbst verriet. Nur war das leichter gesagt als getan, wenn man das Gefühl hatte, vor Neugier zu platzen.

Während sie sich neben Sorcha im Gras niederließ, herrschte Trubel unter ihren Mitreisenden. Zwei der Rekruten diskutierten aufgeregt mit Éibhear, ob es wirklich sinnvoll war, auf offenem Gelände ihr Lager aufzuschlagen. Und auch wenn Maebh seinem Urteil traute, konnte sie die Bedenken nachvollziehen. Am Himmel hingen dichte Wolken, und die nur spärlich verteilten Bäume boten kaum genügend Schutz vor den Windböen, die vom Meer aus über sie hinwegfegten.

An einem der Stämme band der Soldat Ciarán fest, der sich sichtbar erschöpft gegen das raue Holz lehnte. Die ganze Zeit war er mit ihnen marschiert, die Hände gefesselt, sodass er sich nicht einmal hatte auffangen können, wenn er gestolpert war. Schlamm und Dreck sammelten sich in seiner Kleidung, Herbstlaub hatte sich in seinem schwarzen Haar verfangen. Bei seinem Anblick schluckte Maebh kaum merklich und schaffte es nur mit Mühe, in eine andere Richtung zu sehen. Zum Ozean, der heute eine fast undurchdringliche, graue Farbe besaß, die mit jeder Minute, die verstrich, dunkler wurde. Die tief hängenden Wolken ließen die Nacht umso schneller hereinbrechen und mit ihr kam die Kälte. Klirrende Kälte, vor der sie nur der Mantel schützte, der ihr nicht einmal gehörte.

Sie biss sich auf die Unterlippe. Schon wieder waren ihre Gedanken abgedriftet. Vielleicht, wenn sie nur geduldig war, bot sich ein günstiger Moment, um mit Ciarán zu sprechen. Nein. Fínghin bewachte ihn mit Argusaugen, vermutlich würde er sogar in der Nacht jemanden dazu abbestellen, auf seinen Gefangenen aufzupassen. Und diese Person würde ganz sicher nicht Maebh sein, die trotz mehrfachen Angebots nicht einmal beim Feuerholz Sammeln hatte helfen dürfen. Laut Sorcha glaubten einige ihrer Begleiter, dass Frauen ohnehin schon nicht dazu geschaffen waren, zu reisen. Was immer das heißen sollte. Maebh verstand diese Menschen nicht.

Innerhalb einer Stunde war die Landschaft um sie herum in bleierne Schwärze gehüllt. Nicht einmal der Mond wagte sich hervor, und so bildete die einzige Lichtquelle das Lagerfeuer, um das sie sich versammelt hatten. Zum Abendessen gab es gebratenes Fleisch, das Maebh nur mit Mühe herunterwürgte, um nicht unhöflich zu sein. Es war zu salzig und der herbe Geschmack des Wilds bekam ihr nicht sonderlich.

Während die anderen ordentlich zulangten und sich sogar Nachschlag holten, kaute sie gefühlte Stunden auf einem Bissen herum, wobei sich ihr Blick immer wieder im Prasseln der Flammen verlor, deren Wärme die Kälte der Nacht vertrieb.

Der Einzige, der nicht mit ihnen im Kreis saß, war Ciarán. Er war nach wie vor an den Baum gefesselt, so weit entfernt, dass der orange

Schein gerade so die scharfen Konturen seines Gesichts in die Nacht zeichnete. Soweit Maebh es erkannte, hatte er den Kopf nach vorne geneigt, aber sie glaubte nicht, dass er schlief. Er musste frieren ohne seinen Mantel. Sicher hatte er auch Hunger.

Unschlüssig warf sie einen Blick auf die Runde, musterte die müden Gesichter ihrer Mitreisenden. Inzwischen aß keiner mehr etwas. Stattdessen saßen sie einfach nur da und hingen ihren eigenen Gedanken nach, während das Feuer weiter vor sich hin prasselte. Über ihm brieten die Überreste des Rehs, das die Jäger am Nachmittag erlegt hatten, und die trotz voller Bäuche ausgereicht hätten, ein halbes Dutzend weitere Menschen zu versorgen.

»Wollen wir ihm nicht etwas zu essen geben?« Maebh war so in den Anblick versunken, dass sie zu spät realisierte, was sie da eigentlich vorschlug.

Sofort schienen sie die finsteren Augen des Soldaten zu durchbohren, während der Rest ihrer Gruppe so tat, als ob sie sie nicht gehört hätten.

»Nein«, antwortete Fínghin mit seiner rauen Stimme.

»Und wieso nicht?« Maebh wollte sich auf die Zunge beißen. Gleichzeitig dachte sie sich allerdings auch, dass es nun ohnehin keiner Rolle mehr spielte, was sie sagte. Die Aufmerksamkeit des Soldaten war ihr gewiss. »Ich meine, was hat er überhaupt getan?«

»Den Kriegsdienst verweigert«, zischte er kühl. »Er hatte vorhin ein Stück Brot. Mehr verdient ein Verräter an der Krone nicht.«

Maebh legte den Kopf schief. Dabei musste ihr förmlich ins Gesicht geschrieben stehen, wie wenig sie verstand.

»Hast du vorhin nicht zugehört? Er weigert sich, seinem König zu dienen. Deshalb führen wir ihn seiner Majestät vor, damit er seine gerechte Strafe erhält.«

Allmählich kochte Wut in ihr hoch. »Du wirst dem König doch wohl nicht nur Haut und Knochen vorführen wollen.«

Sorcha, die neben ihr saß, legte eine Hand auf Maebhs Knie. Eine lautlose Warnung, Vorsicht walten zu lassen. Aber Maebh verstand nicht, wieso.

»Pass auf deine Zunge auf, Weibstück. Hat dir dein Vater nicht beigebracht, wie du dich zu benehmen hast? Wärst du meine, dann …«

Éibhear hob mahnend die Hand, um ihn zum Schweigen zu bringen. Eine Geste, für die Maebh äußerst dankbar war, da sie sich sonst vor Zorn um Kopf und Kragen geredet hätte.

»Mädchen, weißt du nicht, was dieser Mann ist?« Éibhear nickte in Richtung des Baumes, wo Ciarán sich nach wie vor nicht rührte.

Maebh schüttelte den Kopf, woraufhin der Soldat eine Beleidigung murmelte.

»Er ist einer der Finfolk«, erklärte ihr Reiseleiter mit verschwörerischer Stimme, als könnte allein das Wort einen Fluch heraufbeschwören. »Mächtige Hexer, die Wind und See zu beherrschen. Trau ihnen ja nicht über den Weg.«

Aber wieso? War Zauberei denn etwas Schlechtes? Dieses Mal wusste Maebh es besser, als danach zu fragen.

»Sie sind gefährlich«, betonte Fínghin. »Und nur um dir ein Beispiel zu geben: Der hier sollte eigentlich dem König helfen. Wer weiß, die magischen Kräfte der Finfolk könnten uns im Krieg einen Vorteil verschaffen, vor allem, wenn sich unsere eigenen Landsmänner gegen uns stellen.« Kurz landete sein Blick auf Oisin. »Der hier weigert sich allerdings, seinen Dienst zu tun – was ein Dank, wenn man sich überlegt, wie viel der König für seinesgleichen getan hat. Also haben meine Kumpane seinen Stab genommen und ihn bestraft. Aber anscheinend ist seine Magie so stark, dass er sogar einen Sturz aus einem Turm überleben kann.«

Angespannt schluckte Maebh. Denn auch, wenn sie dem Mann glaubte, dass Ciarán ein Hexer war, wusste sie, dass es nicht seine magischen Kräfte gewesen waren, die ihn in jener Nacht gerettet hatten. Sie hatte ihn aus den Fluten gezogen, und aus irgendeinem Grund fürchtete sie, dass der Soldat etwas ahnte. So, wie er sie betrachtete.

»Warum auch immer du es also für nötig hältst, ihm Essen zu geben, spar dir dein Mitleid. Einer wie er hat es nicht verdient.«

Maebh nickte, obwohl sie ihm am liebsten weiter widersprochen hätte. Ja, sie hätte sogar für Ciarán gebettelt, wenn es sie nicht beide in Gefahr gebracht hätte. Sie konnte einfach nicht verstehen, was an seinem Handeln so schlimm war. Er weigerte sich also, für den König in den Krieg zu ziehen. Aber das tat Seamus ebenfalls, und den schubste man ja auch nicht vom nächstbesten Turm.

Sie dachte nach. Obwohl sie es besser wusste, überlegte sie, wie sie Ciarán helfen konnte. Sie wollte nicht, dass er dem König vorgeführt wurde. Sie wollte nicht, dass ihm womöglich etwas Schlimmeres widerfuhr als der Tod. Nein. Nicht nach allem, was er für sie getan hatte.

Obwohl sie keinen Tag gemeinsam gereist waren, fühlte sie sich mit ihm verbunden. Vielleicht lag es daran, dass auch er ein Außenseiter war. Oder dass auch ihm ein wertvolles Artefakt gestohlen worden war. Aber egal, was, sie musste etwas tun. Bloß was?

Da fiel ihr Blick in ihren Schoß, auf das kaum angetastete Essen in der hölzernen Schüssel darin, und sie fasste einen Plan. Sie musste nur lange genug wach bleiben.

Obwohl jeder Knochen ächzte, wehrte Maebh sich vehement gegen den Schleier der Müdigkeit. Egal, wie sehr sie an ihr nagte, sie durfte nicht einschlafen. Noch nicht. Zumindest, bis sich eine Gelegenheit ergab, mit Ciarán zu sprechen.

Die Kälte half ihr dabei, sich wachzuhalten, denn selbst der dichte, schwarze Mantel schützte nur dürftig vor den eisigen Winden. Doch schon bald trugen diese leise Schnarchgeräusche mit sich. Das Rascheln der anderen, die verzweifelt versuchten, es sich auf dem feuchten Boden bequem zu machen, verebbte. Und irgendwann waren nur das Heulen des Sturms, das Tosen der Wellen und die knisternde Glut zu hören. Sie wartete ein wenig länger, zählte jeden Atemzug. Dann, als sie wirklich sicher war, richtete sie sich auf.

Vorsichtig sah sie sich um. Die anderen lagen in Grüppchen zusammen, die Rekruten etwas abseits im Schutz eines Gestrüpps, während Fínghin und Éibhear sich die Plätze direkt am Feuer gesichert hatten. Neben Maebh hatten Oisin und Sorcha ihr Lager aufgeschlagen, die beide tief und fest schliefen. Nur Seamus, der die erste Nachtwache übernehmen sollte, fehlte. Sie entdeckte ihn ein Stück entfernt in der Nähe des Baumes, an den Ciarán gefesselt war. Mit dem Rücken zum Feuer stand er da und starrte hinaus in Richtung Ozean, den Maebh vor lauter Schwärze nicht erahnen konnte. Nur durch sein Rauschen wusste sie, dass er überhaupt da war.

Nachdem sie sich ein weiteres Mal im Lager umgesehen hatte, holte sie bedacht leise die Schale aus ihrer Tasche und stand auf. Selbst das

Rascheln ihrer Kleidung kam ihr geradezu verräterisch laut vor, doch Seamus bemerkte sie erst, nachdem sie bereits das Lager durchquert hatte. Als er sich zu ihr umdrehte, schien er nicht einmal überrascht.

»Was willst du?«, flüsterte er so leise, dass seine Stimme fast vom Wind davongetragen wurde. Im Licht des Feuers wirkte die Farbe seiner Haut wie Bernstein. Selbst seine pechschwarzen Haare hatten einen warmen Glanz bekommen.

Aus Angst, jemanden zu wecken, hob sie zur Antwort nur kurz die Holzschale in ihrer Hand, in der sich die Reste ihres Abendessens befanden. Zusammen mit einer Scheibe des Brots, das Fiadh ihr mitgegeben hatte. Seamus' Mundwinkel zuckte, und sie konnte schwer sagen ob aus Amüsement oder Anerkennung, aber schließlich nickte er.

Die Worte »Beeil dich« standen in seinen Augen geschrieben, bevor er sich abwandte und ihr sogar ein Stück Raum gab, um sich allein mit Ciarán zu unterhalten. Eine Gelegenheit, die Maebh nicht verschwenden würde. So schnell sie es wagte, überbrückte sie den letzten Abstand zum Baum und ließ sich vor Ciarán auf die Knie fallen. Als er sie bemerkte, huschte ein bitteres Lächeln über seine Lippen, das sie selbst im spärlichen Licht erkannte.

»Solltest du nicht schlafen?«, raunte er, die Stimme brüchig, als hätte er seit Tagen nicht getrunken.

Sie schüttelte den Kopf, um ihn zum Schweigen zu bringen. Ja, sie wollte mit ihm reden, aber gleichzeitig so wenige Worte wie möglich mit ihm wechseln. Obwohl er ihr Gefangener war, hatten sich die anderen in großem Abstand zu ihm hingelegt, vermutlich vor Angst, dass er sie selbst gefesselt noch verhexen könnte. Doch im Moment erweckte Ciarán nicht den Eindruck, als könnte er irgendjemandem etwas tun. Er schien sogar Probleme damit zu haben, überhaupt aufrecht zu sitzen.

Wortlos öffnete sie den Wasserschlauch, den sie an ihrem Gürtel befestigt hatte, und setzte die Öffnung an seinen Mund. Er zögerte zunächst, doch dann nahm er einen großen Schluck. Ein kehliges Stöhnen kam über seine Lippen, vielleicht ein Laut der Dankbarkeit. Bei Ciarán konnte Maebh das nicht so genau sagen.

Nachdem er die Hälfte ausgetrunken hatte, bedeutete er mit einem Nicken, dass es genug war. Sie setzte die Flasche ab und griff nach dem Brot, das in der Schale obenauf lag.

»Du musst mich nicht füttern wie ein Kind«, zischte er missbilligend.

»Willst du lieber verhungern?« Sie hatte nicht die Zeit, sich mit seiner Laune auseinanderzusetzen. Stattdessen hätte sie ihm liebend gern den Mund mit dem Brot gestopft.

»Seit wann so aufmüpfig, Selkie-Mädchen?« Sein Blick wanderte zur Seite in die Richtung, in der sich das Lagerfeuer befand, und ihr war klar, dass er auf das Gespräch vorhin anspielte.

Sie seufzte. »Ich kann nicht mitansehen, wie sie dich behandeln. Nicht, nachdem …«

»Du schuldest mir nichts.«

»Ich weiß«, log sie. »Aber ich will dir helfen. Und jetzt iss.«

Zögernd biss er von der Scheibe Brot ab, doch schon kurz darauf wurde Maebh bewusst, wie hungrig er wirklich war. Wie ein wildes Tier nahm er jedes Stück Essen entgegen, auch wenn die Fesseln es ihm schwer machten. Fínghin hatte das Seil mehrere Male um Ciaráns Brust geschlungen, sodass dieser nicht einmal die Arme heben konnte. So lange in dieser Position sitzend, musste er furchtbare Schmerzen haben, doch als er Maebhs mitleidigen Blick bemerkte, schüttelte er nur den Kopf.

»Ist nicht so schlimm, wie es aussieht.«

»Wieso glaube ich dir nicht?«

Er lächelte. Ein echtes Lächeln, das ihr kurzzeitig den Atem raubte. Wie kam es, dass er in einer Situation wie dieser so unbeschwert sein konnte, während er sie vor ein paar Tagen noch am liebsten ins Meer zurückgeworfen hätte?

»Stimmt es, was die Männer sagen?«, fragte Maebh vorsichtig und sein Lächeln verschwand.

»Was?«

»Dass du ein Hexer bist.«

»Aye.« Er lehnte sich zurück an den Baum, schloss die Augen, sodass Maebh seine Gesichtszüge genau studieren konnte. Die dunklen, ernsten Brauen. Die langen, schwarzen Wimpern. Die hohen Wangenknochen und die breiten Lippen. Die inzwischen dichteren Stoppeln auf seinem markanten Kiefer.

Wenn die Selkies sich Geschichten von bösen Magiern erzählten, hatte Maebh sie sich nie so schön ausgemalt. Eher mit grüner, pickeliger Haut. Abwesend strich sie ihm mit dem Finger über die Wange, um die Spur aus Schmutz dort zu beseitigen.

»Und du kannst Magie wirken?«, fragte sie weiter.

»Ja. Nein. Ohne meinen Stab kaum. Den hat aber der andere Soldat mitgenommen.«

»Zusammen mit meinem Mantel.«

»Ja.« Er seufzte. »Ich bin die Nacht durchgewandert, um sie einzuholen, aber ohne meine Kräfte hatte ich kaum eine Chance. Der eine ist geflohen, ich habe versucht, ihn zu verfolgen, ihn dann allerdings verloren.«

»Und jetzt bist du hier.«

»Jetzt bin ich hier«, bestätigte er missmutig. »Und sie fürchten mich, den schlechtesten Hexer, den die Welt je gesehen hat.«

Maebh unterdrückte ein Kichern, und Ciarán wurde wieder ernst.

»Du hättest das nicht tun müssen.«

»Ich weiß«, erwiderte sie lächelnd.

»Nein. Maebh, du hättest das nicht tun dürfen.«

Einen Moment ließ sie sich seine Worte durch den Kopf gehen, doch dann zuckte sie nur mit den Schultern. Was sollte sie schon sagen? Sie hatte das getan, was sie für richtig gehalten hatte.

»Ich werde dich befreien«, verkündete sie mit entschlossener Stimme, doch Ciarán schüttelte nur den Kopf. Mit einem Blick deutete er hinter sie, wo sie Seamus' Präsenz deutlich spürte. »Ich überlege mir was.«

Als würde die Dringlichkeit ihrer Lage ihr erst jetzt wieder bewusst werden, schoss sie abrupt in die Höhe. Wortlos sammelte sie ihren Wasserbeutel und die Holzschale ein, warf Ciarán einen letzten, vielsagenden Blick zu. Dann wandte sie sich ab und kehrte zu ihrer Schlafstätte zurück.

Sie musste lebensmüde geworden sein.

10

Eibhear hatte nicht übertrieben, als er ihnen erklärt hatte, dass der schwierige Teil ihrer Reise unmittelbar bevorstand. Zum ersten Mal, seit sie aufgebrochen waren, entfernten sie sich von der Küste, wieder ein Stück weit nach Norden, landeinwärts, um einen Fjord zu umrunden, über den aufgrund der unberechenbaren Strömungen keine Fähre fuhr.

Stattdessen mussten sie sich an Bergen entlang durch dichten Wald kämpfen, während Regen und Sturm ihnen das Vorankommen schier unmöglich machten. Unter dem Blätterdach herrschten nur spärliche Lichtverhältnisse, als würden sie durch immerwährende Dämmerung wandern. Gerade so ließen sich einzelne Schemen erkennen, dicke, uralte Baumstämme, Gestrüpp, Pilze und Farn so hoch, dass er Maebh bis an die Schulter reichte.

Sie folgte Oisin mit etwas Abstand und nutzte so die Möglichkeit, anhand seiner Fußspuren den sichersten Pfad durch die schlammige, feuchte Erde zu finden. Mit mäßigem Erfolg. Immer wieder verlor sie die Balance, weshalb sie fürchtete, die anderen könnten sie zurücklassen, doch auch ihnen ging es nicht besser. Ständig mussten sie umdrehen oder einen neuen Pfad einschlagen, weil die Witterung kein Weiterkommen erlaubte. Éibhear wurde mit jeder Stunde, die verstrich, zunehmend angespannter, eine Stimmung, die sich auf sie alle niederlegte.

Der Wald hatte etwas Verzaubertes an sich mit seinen hohen Laubbäumen, zwischen denen sich ab und zu eine Fichte wiederfand. Die Luft roch eigentümlich nach Harz und Feuchtigkeit, wobei die beständigen Regentropfen einen geisterhaften Rhythmus bildeten, der die Kulisse weiter unterstrich. Obwohl Maebh nie hier gewesen war, spürte sie, dass besondere Kräfte am Werk waren. Alte Mächte, wild und ungezähmt wie das Reich, das sie durchschritten. Etwas Bedrohliches lag darin, das greifbarer wurde, je dichter sie sich in den Wald hineinwagten.

Sie fragte sich, ob die Menschen es ebenfalls fühlten oder nur sie als magisches Wesen. Ciarán vielleicht. Aber sie konnte ihm nicht einmal einen vielsagenden Blick zuwerfen, denn heute lief sie mit Oisin und Éibhear an der Spitze, während Fínghin wie gestern schon zusammen mit seinem Gefangenen die Nachhut bildete. So bekam Maebh ihn kaum zu Gesicht und musste sich darauf verlassen, dass er ihnen weiterhin folgte.

Wenn sie nur schon einen Plan gehabt hätte, wie sie ihn aus dieser Situation befreien konnte, ohne ihr eigenes Leben aufs Spiel zu setzen. Falls herauskäme, dass sie einem vermeintlichen Verbrecher zur Flucht verholfen hatte, würde sie bestenfalls ihren Platz in der Gruppe verlieren. Schlimmstenfalls würde ihr sogar ein ähnliches Schicksal grauen wie ihm. Nein. Sie durfte es nicht wagen, ohne eine genaue Idee zu ihrem Vorgehen zu haben.

Vielleicht bot dieser Wald ja eine Gelegenheit? So dicht, wie die Bäume beieinanderstanden, wäre es ein Leichtes, zu fliehen und sich zu verstecken. Gewiss war es nicht ungefährlich, hier allein unterwegs zu sein, doch Maebh war sich sicher, dass Ciarán diese Wälder einer Hinrichtung vorziehen würde. Sie musste ihn nur befreien, es am besten wie einen Unfall oder eine Fahrlässigkeit aussehen lassen.

Und dafür blieb ihr nur die Nacht, denn Fínghin Ó Sé ließ seinen Gefangenen ansonsten keine Sekunde aus den Augen. Vielleicht schaffte sie es, Seamus erneut dazu zu bringen, ihr Zeit mit Ciarán zu geben, und es dann so aussehen lassen, als hätte dieser sie mit einer List überrumpelt und sich befreien können. Das würde ihr zwar immer noch Ärger einhandeln, aber möglicherweise hatten ihre Mitreisenden ein weiches Herz. Oder schoben es darauf, dass sie nur ein ungeschicktes, junges Ding war, das es einfach nicht besser wusste.

Hm.

Während Maebh in Gedanken Ideen entwarf, nur um sie sofort wieder zu streichen, und sich außerdem fragte, ob ihr schauspielerisches

Talent ausreichen würde, um Ciaráns Flucht auf ein Versehen zu schieben, wurde es um sie herum zunehmend dunkler. Das spärliche kühle Licht, das sie den Tag lang begleitet hatte, reichte schon kaum mehr an die Wurzeln der Bäume. Über ihre Begleiter, die hinter ihnen gelegentlich ein paar Worte gewechselt hatten, hatte sich eine Totenstille gelegt, in der jeder knackende Ast klang wie ein zerberstender Knochen.

Mit jedem Schritt drosselte Éibhear das Tempo. Sorge stand ihm in das faltige Gesicht geschrieben, Unsicherheit und ein Schatten hatten sich auf seine blauen Augen gelegt. Irgendwann blieb er vollständig stehen und wandte sich zum Rest der Gruppe um. Trotz seines dichten, rostfarbenen Barts entging Maebh das Zittern seiner Lippen nicht.

»Wir schlagen hier unser Lager auf«, beschloss er mit rauer Stimme.

»Hier?« Die Frage kam von einem der Rekruten. Einem dicken Mann mit blondem Haar und kalkweißem Gesicht. »Mitten im Wald?«

Éibhear schnaubte verächtlich. »Fällt dir was Besseres ein? Bis zum Waldrand sind es noch gut drei, vier Stunden. Wenn ihr die nicht in völliger Dunkelheit wandern wollt, bleiben wir hier. Wasser haben wir ja genug.« Missmutig starrte er nach oben, wo der Regen in einzelnen, dicken Tropfen durch das Blätterdach brach und sich auf sie ergoss.

»Und was ist mit Feuer?«, fragte ein anderer.

Dann mischte sich Fínghin ein: »Diese Wälder sind gefährlich.«

»Genau deshalb machen wir auch kein Feuer. Wir haben keine andere Wahl. Schlagt das Lager auf, esst, was ihr bei euch habt, und esst schnell. Und dann legt euch hin und seid mucksmäuschenstill.«

»Aber …«, hob nun auch Oisin zum Protest an, erntete dafür jedoch sofort einen finsteren Blick von Éibhear.

»Diese Wälder sind verflucht. Wenn wir hier bleiben und den Tagesanbruch abwarten, sind wir unauffälliger, als wenn wir uns mit Fackeln durch die Dunkelheit schlagen und uns womöglich verlaufen.«

Oisin schluckte, aber er nickte.

»Und wenn ich dir einen Rat geben darf. Ob Götter, Helden oder die Geister deiner Vorfahren, egal, woran du glaubst: Bete zu ihnen.«

Obwohl Éibhears Ansprache nicht nur Maebh, sondern auch Oisin, Sorcha und Seamus sichtlich Angst eingejagt hatte, schien sich der Rest ihrer Gruppe wenig davon beeindrucken zu lassen. Die meisten von ihnen machten keinen Hehl daraus, dass sie die Geschichten rund um den Wald für Schauermärchen hielten und der Überzeugung waren, dass Éibhear nur genug davon hatte, durch den Regen zu laufen.

Ein wenig verstand Maebh den Gedanken, denn ihr Reiseführer war an diesem Abend noch grantiger als bisher. Gleichzeitig konnte sie nicht verhindern, dass sie sich bei jedem Geräusch panisch im Wald umsah, aber nie war etwas zu sehen. Wie die anderen bemühte sie sich darum, eine geeignete Stelle für ihr Lager zu suchen. Eine, an der der Untergrund nicht vollkommen unter Wasser stand.

»Nimm den Farn.« Der Klang von Ciaráns Stimme ließ sie so erschrocken zusammenzucken, dass sie beinahe ihre Tasche hätte fallen lassen. Augenblicklich wandte sie sich um und entdeckte ihn an einen Baum gefesselt nur ein paar Schritte von ihr entfernt. Falls möglich, sah er noch mitgenommener aus als in der letzten Nacht, und als sie nur fragend den Kopf schief legte, wiederholte er: »Nimm den Farn. Wenn du ein Messer hast, kannst du dir ein paar der Blätter abschneiden und daraus ein Lager bauen. Kein besonders gutes, aber besser, als im Dreck zu liegen.« Ein bitteres Lächeln umspielte seine Lippen. »Und wenn du schon dabei bist, schneide mich los, ja?«

Zögernd blickte Maebh sich um, doch von Fínghin war weit und breit nichts zu sehen. In unmittelbarer Nähe befand sich nur Oisin, der mit gefalteten Händen auf den Boden kniete und vollkommen weggetreten wirkte.

»Keine Sorge«, fuhr Ciarán fort. »Der Köter ist sich erleichtern gegangen. Anscheinend vertraut er mir inzwischen genug, dass er mich mal für ein paar Sekunden allein lassen kann.«

Maebh dachte nach. Sollte sie? War das ihre Gelegenheit? Alle anderen waren quer in diesem Waldstück verteilt, dass es sicher ein paar Minuten dauern würde, bis sie Ciaráns Verschwinden bemerkten. Solange der Soldat nicht zu bald zurückkam.

»Denk gar nicht einmal daran«, unterbrach Ciarán ihren Gedankengang sofort. »Wenn du mich jetzt losschneidest, hängen wir morgen beide.«

»Aber …«

»Ich komme zurecht, Maebh.«

Skeptisch hob sie die Brauen, konnte sich den nächsten Kommentar kaum verkneifen. »Das sehe ich.«

Sein Zustand war wirklich kein schöner Anblick. Seine Kleidung war inzwischen voller Schlamm. Das schwarze Haar hing ihm in feuchten, fettigen Strähnen ins Gesicht, während dunkle Ringe seine heute hellgrauen Augen beinahe zum Leuchten brachten. Sie war versucht, nach der Farbe zu fragen, verkniff es sich jedoch.

»Stimmt es, was Éibhear sagt?«, wollte sie stattdessen wissen. »Dass dieser Wald verflucht ist?«

Ciarán schnaubte. »Verflucht. Ts. Ein einfaches Wort der Menschen, um etwas zu beschreiben, das sie nicht begreifen können. Wenn es nach ihnen geht, sind wir alle verflucht. Du. Ich.«

Maebh wollte einwerfen, dass verflucht zu sein, nichts Schlechtes bedeutete, aber Ciarán erstickte jeden Widerstand im Keim.

»Du spürst es auch, oder? Der Wald?«

»Er ist verzaubert.«

»So in etwa. Ein ...« Ein lautes Knacken ertönte und Maebh musste sich nicht umwenden, um herauszufinden, dass sich jemand näherte. Eilig machte sie sich daran, Ciaráns Rat zu befolgen und sich ein paar Farnblätter abzuschneiden, während er nur mit gedämpfter Stimme hinzufügte: »Sagen wir einfach, dass wir nicht die einzigen magischen Wesen hier sind.«

Sie hatte keine Gelegenheit mehr, ihn zu fragen, ob das jetzt ein gutes oder schlechtes Omen war, denn nur ein paar Sekunden später lief Fínghin an ihr vorbei.

»Halt dich bloß fern von dem, Mädchen«, riet er ihr mit kalter Stimme, wobei er Ciarán wie zur Demonstration einen Tritt verpasste. »Ein unschuldiges Ding wie du sollte stets auf der Hut sein.«

Den Blick weiterhin gesenkt verdrehte Maebh die Augen, wobei sie nur bemerkte: »Er ist ja gefesselt.«

»Lass dich davon ja nicht zu sehr beruhigen. Er ist ein Hexer, die Inkarnation des Bösen. Und man erzählt sich, dass seinesgleichen es besonders auf schöne Frauen abgesehen hat.«

Ein Schaudern erfasste Maebh. Aus den Augenwinkeln erkannte sie, dass Ciarán kaum merklich den Kopf schüttelte. Ein genervter Ausdruck lag auf seinem Gesicht, der ihr fast ein unpassendes Grinsen entlockt hätte. Um sich abzulenken, richtete sie sich auf und sah den Soldaten direkt an.

Spott lag in seinem Blick. Einen Mundwinkel hatte er anzüglich nach oben gezogen, während er scheinbar auf eine Reaktion wartete. Entweder er hielt sie für ein Kind oder für jemanden, der besonders leichtgläubig war, denn sie hätte schwören können, dass er gerade versuchte, ihr Angst einzujagen. Gern hätte sie ihm einen spöttischen Kommentar entgegengeschleudert oder ihm zumindest erklärt, dass sie auf sich selbst aufpassen konnte, doch sie hielt sich zurück.

»Dann werde ich mich wohl hüten müssen«, antwortete sie nur, ehe sie sich abwandte und an einer anderen Stelle weiter Farn pflückte.

Sollte er sich nur einbilden, dass sie eine einfältige Frau war, die nichts von der Welt verstand. Für je naiver er sie hielt, desto besser.

Kaum hatte Maebh es sich in ihrem Bett aus Zweigen und Farn niedergelassen und ein schnelles Abendessen verdrückt, kroch die Dunkelheit schon an den Stämmen der Bäume hinab. Wie dichter, schwarzer Nebel breitete sie sich aus, machte keinen Halt und hatte sie binnen weniger Momente in bleierne Finsternis gehüllt. In ihr drangen die Geräusche des Waldes mit umso deutlicherer Klarheit zu ihr durch. Knackende Äste, das Prasseln des Regens, das Rascheln der Blätter und das leise Gespräch zweier Rekruten, das schnell beendet wurde.

Die mondlose Nacht war Maebh nicht geheuer. In ihrem Zuhause gab es sie auch manchmal, doch dort hatte sie sich stets an ihre Geschwister halten können. Hatte zusammen mit ihnen wachgelegen, sich Geschichten erzählt. Märchen aus alter Zeit von Hexen, Zauberern, Königinnen, die alle ein glückliches Ende erfahren hatten. Während Maebh so dalag, eingemummelt zwischen Blättern und Ciaráns Mantel, versuchte sie, sich diese Geschichten in Erinnerung zu holen, in der Hoffnung irgendwann Schlaf zu finden.

Für ein paar Stunden gelang ihr das auch. Die Müdigkeit von der langen Reise war am Ende stärker als die Furcht vor der Dunkelheit, also schlief sie. Tief und traumlos. Bis ein Geräusch sie mit einem Mal erwachen ließ. Ein kurzes, schrilles Krächzen wie das Schaben von Stein auf Metall. Obwohl es nur eine Eule gewesen sein könnte, riss Maebh die Augen weit auf und sondierte ihre Umgebung.

Sie lag auf dem Rücken. Um sie herum herrschte noch immer tiefste Nacht, doch mittlerweile hatte der Regen aufgehört. Silbernes

Licht fiel durch die Blätter, und die ovale Form des Mondes erinnerte Maebh daran, dass ihre Zeit langsam, aber stetig ablief.

Sie schluckte, schüttelte leicht den Kopf, um den Gedanken zu verdrängen. Dann sondierte sie bedächtig die Umgebung, während sich ihre Augen an die Lichtverhältnisse gewöhnten. Ihr Puls rauschte in ihren Ohren, weil ihr Verstand sie in allen Schatten eine Gefahr sehen ließ. Jeder sich im leichten Wind wiegende Halm erinnerte sie an Fell, als würde sie auf dem Rücken eines riesigen Monsters schlafen.

Ihr erster Impuls war es, Alarm zu schlagen, aber Éibhears Warnung hallte in ihren Gedanken wider. Sie durfte keinen Mucks von sich geben. Falls dort draußen wirklich etwas war, durfte sie auf keinen Fall seine Aufmerksamkeit auf sich lenken. Sie musste still sein, am besten weiterschlafen. Wahrscheinlich war es nur ein …

Da war das Geräusch erneut. Näher dieses Mal. Lauter. Angsteinflößender.

Gänsehaut überzog ihren ganzen Körper. Am liebsten hätte sie Ciaráns Mantel bis zum Scheitel gezogen und sich darunter versteckt.

Wieder herrschte Stille. Um sie herum keine Regung. Gras. Wind. Die letzten Regentropfen, die sich auf den Blättern sammelten. Sonst nichts. Sie musste sich beruhigen. Sich die Worte der anderen in Erinnerung rufen.

Nur ein Schauermärchen, sagte sie sich. *Nur ein Schauermärchen.*

Allmählich legte sich ihr Puls. Maebhs Atem wurde regelmäßiger. Bleierne Schwere drückte ihre Lider nach unten. Und gerade, als sie erneut vor dem Schlaf zu kapitulieren drohte, sah sie es. Erst nur eine Bewegung in den Augenwinkeln, die sie vorsichtig den Kopf umwenden ließ. Sie entdeckte einen unförmigen Schemen, der auf einem umgestürzten Baum saß, vielleicht zehn Schritte von ihr entfernt. Im Halbdunkel erkannte sie die Form zunächst nicht, doch was immer dieses Tier war, es war weit größer als ein Kauz oder eine Eule. Eher wie ein Mensch.

Je näher sie es betrachtete, desto mehr Details entdeckt sie. Langes, weißes Fell, das im Mondlicht schimmerte wie frisch gefallener Schnee. Der Körperbau dagegen passte zu keinem der Tiere, die sie bisher gesehen hatte. Das Wesen besaß Arme und Beine, saß in der Hocke auf dem Baum und beobachtete die Szenerie aus einem wolfsähnlichen Gesicht mit stechend gelben Augen. Aus seinem Kopf wiederum ragte ein Geweih, das selbst im fahlen Licht glänzte, als wäre es aus purem Gold gegossen.

Maebh hielt den Atem an. Die Kreatur war gleichermaßen majestätisch wie angsteinflößend, wirkte wie ein Wächter, der perfekt in diesen Wald passte. Älter und weiser, als sie es war.

Vorsichtig richtete sie sich auf, um einen besseren Blick zu bekommen. Bisher hatte das Wesen keinerlei Anstalten gemacht, sie anzugreifen. Möglicherweise war es nur neugierig, welche Fremde seinen Wald durchquerten. So wie Maebh stets neugierig auf die Menschen gewesen war.

Obwohl sie sich darum bemühte, sich so lautlos wie möglich zu bewegen, erregte das leise Rascheln des Mantels die Aufmerksamkeit des Tieres. Hastig wandte es sich um und starrte wie gebannt in Maebhs Richtung, die nun aufrecht dasaß.

Seine Augen erinnerten sie an Edelsteine, sprühend vor Energie und tief, als wäre ein ganzes Universum darin gefangen. Sofort konnte sie eine Verbindung spüren, wie auch bei Ciarán. Magie, die durch ihre Adern floss, durch Ciaráns, durch dieses Wesen und mit jeder Wurzel in diesem Wald verwebt zu sein schien. Zeitlos, betörend und kaum zu begreifen.

Wer hätte gedacht, dass jenseits des Ozeans eine Welt wartete, die ihrer gar nicht so unähnlich war?

Bevor Maebh überlegen konnte, ob es irgendeine Möglichkeit gab, mit dem Wesen zu kommunizieren, erweckte eine weitere Bewegung ihre Aufmerksamkeit. Doch da war es schon zu spät. Gerade so realisierte sie, wie Fínghin den Pfeil in seine Armbrust legte, da durchbrach das Sirren des Projektils bereits die Stille der Nacht.

Der Schuss traf.

Ein markerschütterndes Kreischen ertönte.

Dann passierte alles viel zu schnell.

11

Der Schrei des Wesens fuhr Maebh durch Mark und Bein, dass sie das Gefühl hatte, seinen Schmerz am eigenen Leib zu spüren. Fassungslos starrte sie die Kreatur an, der nun ein Loch mitten in der Brust klaffte. Goldenes Blut sickerte aus der Wunde, verteilte sich im weißen Fell wie flüssiges Metall, das ein eigentümliches Strahlen aufwies.

Der Lärm weckte alle anderen. Aufgeregtes Gemurmel ertönte. Männer griffen zu ihren Waffen, gingen in Habachtstellung, während das Wesen reglos auf dem Baumstamm saß, die Augen jetzt nicht mehr grün, sondern schwarz und trüb. Es blinzelte.

Erst einmal und die Wunde verschloss sich.

Zweimal und der Pfeil, der in seiner Brust steckte, zerfiel zu Staub.

Dreimal und es fuhr die Klauen aus, wurde größer und größer.

Dann griff es an. Die Schatten unter ihm schienen sich schlagartig zu manifestieren. Ranken bildeten sich aus der Schwärze, tasteten sich durch den Wald. Wie gelähmt schaute Maebh diesem schrecklichen Schauspiel zu, bis ein menschlicher Schrei die Nacht durchbrach. Es war Oisin, der sein Lager so weit von ihr entfernt aufgeschlagen hatte, dass sie ihn nicht einmal sah.

Als sie bemerkte, dass die Ranken sich auf sie zubewegten, erwachte ihr Körper endlich zum Leben. Angst schoss ihr wie Gift in die Venen. Sie sprang auf.

Weg. Bloß weg von hier. So schnell wie möglich.

Hastig schnappte sie sich ihre Tasche und den Mantel. Ciaráns Mantel. Verdammt.

Sie blickte sich hektisch um, brauchte einen Moment, um zu begreifen, was sie sah. Vor ihr war ein Kampf ausgebrochen. Die Männer hatten sich bewaffnet – die meisten von ihnen nur mit Stöcken – und versuchten verzweifelt, die Fangarme der Kreatur von sich fernzuhalten. Das Wesen selbst hatte sich zu seiner vollen Größe aufgerichtet, ging nun auf zwei Beinen und schlug mit seinen langen Klauen nach Fínghin, der sich vehement zur Wehr setzte. Das goldene Geweih erstrahlte in einem hellen, warmen Licht, das die tiefe Nacht zum Tag werden ließ und harte Schatten auf die Umgebung zeichnete.

Irgendwo in diesem Trubel musste sich Ciarán befinden, wehrlos an einen Baum gefesselt.

Maebh dachte nicht länger nach, sondern eilte sofort in die Richtung, in der er sie ihn vermutete. Geistesgegenwärtig hatte sie ihr Lager in seiner Nähe aufgeschlagen, um ihm in der Nacht zur Flucht zu verhelfen, doch wegen des grellen Lichts, hatte sie Mühe, ihn zu finden.

»Maebh!« Erst durch den Klang seiner Stimme entdeckte sie ihn. Er war gefesselt und keinen Steinwurf von der Stelle entfernt, wo der Soldat das Wesen erbittert bekämpfte. Die dunklen Ranken krochen hier besonders dicht über den Boden, hatten sich bereits um Ciaráns Füße geschlungen, der vergeblich versuchte, sie mit Tritten loszuwerden.

Maebh fiel neben ihm auf die Knie, während sie in ihrer Tasche nach dem Messer kramte.

»Was ist das hier?«, schrie sie ihm voll Panik entgegen.

»Ein Púca.« Zu ihrer Verwunderung klang seine Stimme vollkommen ruhig. Angespannt, ja, jedoch ohne eine Spur der Panik. »Ein Gestaltwandler.«

Endlich fand Maebh das Messer, das Fiadh ihr mitgegeben hatte. Die Klinge war so stumpf, dass sie das Seil, mit dem Ciarán gefesselt war, buchstäblich durchsägen musste. Doch dann gelang es ihr.

Mit einem letzten verzweifelten Tritt drängte er die Ranken so weit zurück, dass er sich aufrichten konnte.

»Lauf!«, befahl er, wobei er wie beiläufig nach ihrer Hand griff.

Maebh zögerte und sah sich um. Nach wie vor verzerrten Schreie die Nacht. Irgendwo hörte sie Hufgetrappel.

»Was ist mit …?« *Sorcha, Seamus, Oisin, Éibhear, den Rekruten.* Sie schaffte es nicht, den Satz zu beenden, aus Sorge, was ihnen widerfahren sein könnte.

»Sie kommen zurecht.« Ciarán bemühte sich nicht einmal, seine Lüge glaubhaft klingen zu lassen. »Maebh.«

Sie spürte den Druck seiner Hand, und etwas in ihr zerbrach. Sie durfte, wollte die anderen nicht zurücklassen. Doch es gab nichts, was sie hätte tun können. Sie besaß keine Waffen, konnte nicht einmal Magie wirken, um das Wesen zu beruhigen. Sie musste fliehen. Sich selbst in Sicherheit bringen. Und hoffen, dass die anderen es genauso taten.

Widerwillig nickte sie und wollte sich gerade von Ciarán wegführen lassen, als ein stechender Schmerz an ihrem Bein sie von den Füßen riss. Ein Schrei kam über ihre Lippen, und die sengende Hitze breitete sich von ihrem Knöchel weiter nach oben aus. Eine der Ranken hatte sie erwischt. Allein der Kontakt mit ihr fühlte sich an, als würde ein Feuer auf ihrer Haut wüten. Tränen traten Maebh in die Augen, während sie verzweifelt mit den Füßen strampelte, um das Ding loszuwerden.

Ciarán eilte ihr zu Hilfe, nahm ihr das Messer aus der Hand und stach nach der Ranke, die sich davon nur wenig beeindrucken ließ. Eine weitere kam dazu, schlang sich um seinen Arm und schob sich unter den Ärmel seines Hemds. Schmerz stand ihm ins Gesicht geschrieben, aber er gab nicht auf. Stattdessen legte er seine Hand sacht auf die zweite Ranke, die sich inzwischen weiter um Maebhs Beine gewunden hatte, sodass sie sich kaum mehr bewegen konnte. Das Brennen war unerträglich.

Sie hörte, wie Ciarán etwas Unverständliches vor sich hin murmelte, und plötzlich ließ die Hitze nach. Dort, wo seine Fingerspitzen die schwarze Schlinge berührten, leuchteten helle Lichtpunkte auf. Von ihnen breiteten sich feine Eiskristalle über die Oberfläche der Ranken aus, als würden sie in der Bewegung gefrieren. Ihr Klammergriff wurde schwächer, bis Maebh sich aus ihnen herauswinden konnte. Ciarán tat es ihr gleich.

Sie wollte fragen, wie er das geschafft hatte, doch er schüttelte den Kopf, bevor sie überhaupt einen Ton herausbrachte. Mit den Lippen formte er nur still das Wort »weg«, dann zog er sie auf die Beine.

Obwohl ihre Vernunft sie förmlich anschrie, davonzurennen, tobte in ihr ein Konflikt zwischen ihrem Überlebensinstinkt und der Sorge um ihre Mitreisenden. Nur widerwillig ließ sie zu, dass Ciarán sie von der Gefahr wegführte, doch immer wieder wanderte ihr Blick über ihre Schulter. Zurück zu dem Grauen, das sich dort ereignete. Den Schreien. Den schwarzen Ranken und der hochgewachsenen, schneeweißen Gestalt in ihrer Mitte, deren Geweih heller erstrahlte als die Sonne.

Ein König des Waldes, ging es ihr durch den Kopf. *Ein verfluchter König.*

Dann schob sich ein Baumstamm vor das Bild, und sie kehrten in die Dunkelheit zurück.

Maebh hatte ihr Zeitgefühl komplett verloren, sodass sie kaum sagen konnte, wie lange sie unterwegs waren, bis sie endlich zum Stehen kamen. Schwer atmend, mitten auf einer Lichtung. Ihre Lunge schmerzte, als wäre sie mit Stroh gefüllt, während jeder Muskel in ihrem Körper nach Rast ächzte. Ein Wunder, dass sie nicht sofort zusammenbrach. Ein Wunder, dass ihr Herz sie nicht von innen zerriss.

Erschöpft schloss sie die Augen, legte den Kopf in den Nacken, sodass das kühle Licht des Mondes ihre Haut küsste. Doch wo es ihr sonst Trost spendete, hatte es nun etwas Bedrohliches an sich. Sie schluckte die Furcht hinunter, ehe sie sich vorsichtig umsah.

In Anbetracht des Grauens, vor dem sie geflohen waren, wirkte die kleine Lichtung geradezu trügerisch idyllisch. Selbst im Mondlicht hatte das Gras einen saftigen, dunkelgrünen Schein, während irgendwo ein Bach leise vor sich hinplätscherte.

Keine Schreie.

Nur die Natur und Ciaráns und ihr eigener keuchender Atem. Am liebsten wäre sie in Tränen ausgebrochen, doch das Adrenalin, das noch immer durch ihren Körper gepumpt wurde, machte es schwer, die Situation in ihrer Gänze zu verarbeiten. Und wenn Maebh ehrlich war, wollte sie auch gar nicht zu genau darüber nachdenken, was sie eben erlebt hatten, obwohl der Albtraum sich unweigerlich in ihr Gedächtnis gebrannt hatte.

Zögernd zog sie ihre Hand zurück, die Ciarán gehalten hatte, woraufhin er sich zu ihr umwandte. Sein Blick war erschöpft und gleichermaßen forschend, seine Augen klar und hell wie der Mond.

»Hier sollten wir in Sicherheit sein«, flüsterte er mit rauer Stimme, bevor er, ohne eine Antwort abzuwarten, in Richtung des Baches schritt.

Maebh beobachtete jede seiner Bewegungen. Sah zu, wie er erst in die Knie ging und dann mit den Händen Wasser daraus schöpfte, um es zu trinken. Er wirkte so gelassen, dass es ihr fast vorkam, als wären die Ereignisse eben spurlos an ihm vorbeigegangen. Ein Gedanke, der ihr Unwohlsein bereitete. Dabei sollte sie ihn eigentlich verstehen können. Was kümmerten Ciarán ein paar Menschen, die ihm vor wenigen Stunden noch den Tod gewünscht hatten? Aber so sehr sich Maebh auch einzureden versuchte, dass zumindest Fínghin es verdient hatte, es wollte einfach nicht in ihren Kopf. Niemand verdiente es, auf so grausame Art zu sterben.

Kraftlos ließ sie sich an Ort und Stelle auf den Boden sinken und betrachtete ihre nackten Unterschenkel, die unter dem Saum ihres Kleides hervorragten. Das Brennen war verschwunden und nur ein dunkler Streifen zeugte davon, dass die Ranke sie überhaupt berührt hatte. Ob das Wesen sie bewusst verschont hatte, weil sie ihm nichts Böses wollte? Oder war es nur Glück gewesen, dass Ciarán im richtigen Moment eingegriffen hatte?

»Ich dachte, du kannst ohne deinen Stab keine Magie wirken?«, murmelte sie abwesend, aber er hörte sie trotzdem.

»Doch, kann ich. Aber selbst so eine Kleinigkeit wie eben kostet mich fast meine gesamte Energie.«

»Also ist der Stab eine Art Energiequelle?«

»Eher ein Speicher.« Er seufzte. »Wie fühlst du dich?«

Müde sah Maebh auf und bemerkte erst jetzt, dass Ciarán zu ihr zurückgekehrt war. Tiefe Schatten lagen auf seinem Gesicht, dass sie nicht einmal hätte erraten können, was gerade in ihm vorging.

»Furchtbar.«

Er nickte, bevor er sich ebenfalls ins Gras setzte. Ihr fiel auf, dass er sich am Bach grob gewaschen hatte. Vom Schmutz auf seinen Wangen war kaum etwas zu sehen, auch wenn noch immer Zweige in seinen schwarzen Haaren steckten. Vermutlich sah sie kein Stück besser aus. Im Laufe ihrer Flucht hatten sich einzelne Strähnen aus ihrer Frisur gelöst und hingen ihr nun wie nasser Seetang ins Gesicht.

»Das da eben war ein Púca«, erklärte Ciarán. »Eine magische Kreatur, die überall im ganzen Land verteilt leben. Die meisten sind friedlich …«

»… solange man ihnen nichts tut«, beendete sie seinen Satz tonlos.

»Ja. Sie können ihre Gestalt verändern. Meistens treten sie als Ziegen oder Pferde auf. Andere folgen Reisenden unauffällig. Es gibt sogar eine Geschichte aus Gaillimh, laut der ein Púca einem talentlosen Musiker das Dudelsackspielen beigebracht haben soll.«

»Versuchst du, mich gerade abzulenken?«

Er zuckte mit den Schultern, was ihr als Antwort genügte.

»Es hat mich aufgeweckt«, fuhr Maebh unbeirrt vor. »Und angestarrt.«

»Magische Wesen spüren einander. Wahrscheinlich war es neugierig. Es passiert nicht oft, dass sich Selkies in die Wälder verirren.«

»Ist es überhaupt je geschehen?«

Ciarán schüttelte den Kopf. »Nicht, dass ich wüsste. Allerdings hat das wenig zu bedeuten. Bis ich dich getroffen habe, war ich mir nicht einmal sicher, dass euer Volk noch existiert. Die alten Geschichten gehen mit der Zeit verloren, irgendwann werden sie nur Legenden, bevor sie am Ende in Vergessenheit geraten.«

»Was ist mit deiner Geschichte?«, fragte Maebh vorsichtig, dankbar für die mögliche Ablenkung.

»Glaub mir, nichts wäre mir lieber, als wenn die Geschichten über mein Volk in Vergessenheit geraten würden. Wir sind Hexer und die Menschen fürchten sich vor uns – jetzt, wo sich der neue Glaube ausbreitet, umso mehr. Offiziell hat der König meinesgleichen vor Jahren begnadigt, aber die Einstellung der Menschen lässt sich nicht so leicht verändern.«

»Sind sie deshalb so gemein zu dir? Weil sie denken, dass du … böse bist?«

Er lachte. Ein bitteres, kühles Lachen. »Wer sagt denn, dass ich es nicht bin?«

»Ich.«

Kurz hob er die Brauen, zuckte sogar ein Stück zurück, als hätte er nicht mit einer derart knappen und aufrichtigen Antwort gerechnet. Dann fing er sich wieder, seine Miene wurde ernst. »Du bist naiv, Selkie-Mädchen.«

Sie schnaubte. »Möglich. Aber ich weiß auch, dass du mich eben nicht gerettet hättest, wenn du nicht zumindest einen Funken Gutes in deinem Herzen tragen würdest.«

Er sog scharf Luft ein, woraufhin Maebh realisierte, dass sie nicht das beste Thema angesprochen hatte. Stattdessen wollte sie wissen: »Das eben, was du da getan hast. Das Eis. War das also deine Magie?«

»Ja.« Ciarán seufzte. »Zumindest ein Bruchteil davon. Ohne Stab bin ich so gut wie machtlos. Wie ein Wolf ohne Zähne.«

Verwirrt runzelte Maebh die Stirn. »Ein Wolf ohne Zähne hat immer noch Klauen.«

Daraufhin lächelte er. Es hielt nur einen Augenblick, war eher ein Grinsen, doch es steckte so viel Ehrlichkeit darin, dass es Maebh den Atem raubte. Es ließ sie hoffen, dass es in seinem Herzen wirklich mehr gab als Bitterkeit und Kälte, wenn sie es nur irgendwie herauslocken konnte.

»Was machen wir jetzt?«, fragte sie etwas mutiger, aber als sie sein Gesicht sah, hätte sie sich am liebsten auf die Zunge gebissen.

Wir?, stand darin geschrieben, und vorbei war ihr Moment der Hoffnung. Ciarán presste die Lippen zusammen, um über seinen offensichtlichen Unwillen hinwegzutäuschen.

Sie kam ihm zuvor. »Wir trennen uns.«

Er nickte. Schon wieder ein Seufzen, bevor er zu einer Erklärung ansetzte. »Es wäre nicht klug, gemeinsam weiterzureisen. Und auch nicht sicherer.«

»Warum?«

»Was denkst du, hat den Púca überhaupt angelockt? Das waren wir beide. Wenn wir zusammen unterwegs sind, sind wir wie ein Leuchtfeuer, das sämtliche magischen Wesen auf sich aufmerksam macht. Und von denen gibt es in unserer Welt noch immer mehr als genug. Auch welche, die nicht so harmlos sind wie ein Púca.«

Harmlos, das Wort wollte nicht so recht zu den Bildern in ihrem Kopf passen. Aber sie verstand. Und auch wenn sie anderer Meinung war, was ihre Sicherheit betraf, so war ihr ebenso bewusst, dass sie Ciarán niemals würde umstimmen können. Sein Misstrauen allen Fremden gegenüber saß zu tief. Narben, von denen sie vermutlich nicht einmal etwas ahnte.

»Ich bin müde«, murmelte sie schließlich, als ihr klar wurde, dass sie immer noch nicht den Rand des Waldes erreicht hatten. Vor lauter Erschöpfung zitterte sie am ganzen Leib, und bei der Vorstellung, sich jetzt, mitten in der Nacht, durch das Dickicht zu kämpfen, wollte sie sich am liebsten zusammenrollen.

Ciarán zögerte. Maebh konnte deutlich sehen, wie die Gedanken durch seinen Kopf rasten, während er jede einzelne Möglichkeit durchging. Am Ende nickte er nur.

»Wir sollten hier fürs Erste sicher sein«, schloss er. »Ich bleibe bei dir, bis der Morgen graut und passe auf, während du schläfst.«

»Was ist mit dir? Du hast die letzten Nächte noch weniger geschlafen als ich.«

Nun grinste er wirklich. »Du vergisst, dass ich ein mächtiger Magier bin«, erklärte er. »Keine Robbe, die den ganzen Tag in der Sonne döst.«

Maebh wollte protestieren, da bemerkte sie etwas. »Hast du gerade einen Scherz gemacht?«

Ciarán zuckte mit den Schultern. »Gewöhn dich nicht dran.«

Ungläubig schüttelte sie den Kopf, obwohl seine Worte einen bitteren Beigeschmack hinterließen. Wie sollte sie sich daran gewöhnen, wenn er sie im Morgengrauen schon wieder verließ?

Um nicht weiter darüber nachzudenken, dass sie bald erneut auf sich allein gestellt war, beschloss sie, sein Angebot auszukosten. Sie ließ einen letzten, ruhelosen Blick über die Lichtung schweifen, bevor sie es sich im weichen Gras gemütlich machte. Der Untergrund war uneben und feucht vom Regen, doch verglichen mit dem Bett aus Farn, das sie sich im Wald gebaut hatte, geradezu idyllisch. Während Ciarán die Beine an den Körper zog, rollte sie sich zu einer Kugel zusammen und zog den Mantel bis unters Kinn, dass sie sich fast einbilden konnte, er wäre ihr eigener.

Kaum lag ihr Kopf auf dem Boden, drohte der Schlaf bereits, sie zu übermannen, als ihr ein letzter Gedanke kam. »Dein Mantel«, murmelte sie nur halb wach. »Den hast du vergessen.«

Sie schaffte es nicht mehr, die Lider zu heben, um seine Reaktion zu sehen. Zu müde, zu kraftlos, zu überwältigt. Beinahe war sie sogar dankbar für das bittersüße Gefühl der Erschöpfung, denn es ließ sie – zumindest für den Moment – verdrängen, was sie vor Kurzem erlebt hatte.

Ciarán nahm sich so lange Zeit für eine Antwort, dass sie kaum zuordnen konnte, ob sie noch wach war oder bereits träumte.

»Er war ein Geschenk.«

Sie spürte eine Berührung an der Schläfe, ganz sacht, wie ein Windhauch. Dann schlief sie endlich ein.

12

Im Schein der Morgensonne wirkte der Wald friedlich, fast wie aus einem Märchen. Warmes Licht ließ das Laub in satten Gold- und Grüntönen erstrahlen und die Tautropfen auf ihnen funkeln wie Diamanten. Nur sie und der schlammige Boden zeugten vom Unwetter der vergangenen Tage, ansonsten wirkte es fast so, als wäre Maebh in einer anderen Welt gelandet. Als hätte es diese verhängnisvolle Nacht nie gegeben.

Dabei wusste sie es besser. Wenn der Angriff des Púcas nie stattgefunden hätte, dann könnte sie jetzt nicht den Spuren folgen, die Ciarán und sie gestern eilig hinterlassen hatten. Zerbrochene Zweige, niedergetrampelter Farn, Fußstapfen im feuchten Boden. Falls irgendjemand hätte Jagd auf sie machen wollen, wären sie leichte Beute gewesen. Doch glücklicherweise waren sie den Rest der Nacht vor weiteren Bedrohungen verschont geblieben, obwohl Maebh es vermutlich nicht einmal mitbekommen hätte, so tief wie sie geschlafen hatte. Als sie schließlich aufgewacht war, war die Dämmerung gerade über sie hereingebrochen und sie hatte nur einen letzten Blick auf Ciaráns Rücken erhascht, bevor dieser zwischen den Bäumen verschwunden war. Ein wortloser Abschied. Wieso überraschte sie das nicht einmal?

Sie war eine ganze Weile auf der Lichtung geblieben, hatte still auf einem Stück feuchtem Brot herumgekaut, während sie vergebens versucht hatte, die Ereignisse der vorangegangenen Nacht zu verarbeiten. Nur mühevoll hatte sie sich aus ihrer Trance lösen können, um sich endlich auf den Weg zu begeben. Sie wusste, dass es keinen Sinn hatte, weiter zu verweilen und dass die Zeit nicht stehen blieb, bloß weil sie trauerte. Sie wusste es, und doch schien ihr Unterbewusstsein ein anderes Ziel für sie vorgesehen zu haben. Auch wenn jegliche Vernunft dagegensprach.

Sie musste mit eigenen Augen sehen, was passiert war.

Sowie sie endlich die Stelle erreichte, an der die Gruppe in der Nacht zuvor ihr Lager aufgeschlagen hatte, brauchte sie einen Moment, um zu realisieren, dass es wirklich derselbe Ort war. Am Tag wirkte der Wald so anders, dass sie vermutlich weiter nach Spuren gesucht hätte, wäre sie nicht auf die Überreste des Seils gestoßen, mit dem sie Ciarán an den Baum gefesselt hatten. Das Gras war hier niedergedrückt, wobei sie bei genauerer Betrachtung feine, graue Flocken entdeckten, die wie Schnee auf den Halmen ruhten. Asche.

Maebhs Herz machte einen Satz und mit einem Mal war die Angst wieder greifbar. Die Schreie, der brennende Schmerz, das gleißende Licht, das wie eine Klinge die Nacht durchschnitt. Sie schluckte schwer, bevor sie sich nun langsamer, mit Bedacht vorwärtsbewegte. Ständig sah sie sich dabei um, doch von dem Púca fehlte jede Spur, obwohl sie hätte schwören können, dass er sie aus dem dichten Geäst beobachtete.

Warum war sie so töricht gewesen? Wieso hatte sie unbedingt zurückkommen müssen?

Das Krächzen eines Vogels ließ sie erschrocken zusammenfahren. Laute Flügelschläge, die sich unter das Rascheln der Blätter im aufkommenden Wind mischten. Dann wieder Stille.

Der umgestürzte Baum war noch an seinem Platz, wobei seine Rinde von einer dünnen Staubschicht überzogen war. Maebh konnte genau die Stelle erkennen, von der aus der Púca Fínghin bekämpft hatte. Von diesem fehlte jedoch jede Spur. Entweder war er mit dem Leben davongekommen oder zu einem Haufen Asche zerfallen. Maebh konnte nicht sagen, welcher Gedanke ihr mehr Angst einjagte.

Etwas zuversichtlicher beschleunigte sie ihre Schritte und suchte den Boden ab. Der Geruch von Feuer lag in der Luft, doch nirgends war auch nur ein versengtes Blatt zu sehen.

Vermutlich die Ranken, dachte sie sich und erinnerte sich genau an die sengende Hitze, die die Berührung auf ihrer Haut hinterlassen hatte.

Dann entdeckte Maebh den ersten Körper. Instinktiv wandte sie sich ab, doch selbst so hatte sich der Anblick in ihr Gedächtnis gebrannt. Aufgeplatzte, schwarze Haut mit verkrustetem Blut, den Mund zu einem Schrei aufgerissen. Ihr Atem stockte, während sie verzweifelt gegen die Übelkeit kämpfte. Es musste einer der Rekruten sein, sie erkannte ihn vage an seinem gewaltigen Körperbau. Vermutlich hatte ihn der Angriff im Schlaf überrascht, denn er hatte es nie geschafft, zu einer Waffe zu greifen, sondern war im eigenen Bett verbrannt.

Maebh kannte nicht einmal seinen Namen.

Kaum hatte sie den ersten Toten entdeckt, fand sie schon einen zweiten, einen dritten, einen vierten. Irgendwann übergab sie sich, doch obwohl sie genug gesehen hatte, konnte sie noch nicht umkehren. Jedes Mal, wenn sie einen weiteren leblosen Körper fand, sah sie nur einen kurzen Augenblick hin, um festzustellen, dass er nicht Seamus, Sorcha, Oisin oder Éibhear gehörte.

Als sie den fünften und letzten entdeckte, brach sie zusammen. Dieses Mal konnte sie nicht wegsehen, legte den verbliebenen Abstand kriechend zurück, bevor ein verzweifelter Schluchzer ihrer Kehle entkam. Oisin.

Seine lange Kleidung war größtenteils verschont geblieben, dennoch erkannte Maebh, dass auch er der dunklen Magie des Púca zum Opfer gefallen war. Die Hitze hatte die Haut auf seinem jungen Gesicht aufplatzen lassen. Seine blauen Augen starrten schockgeweitet in den Himmel. Von einer Hand waren nur verbrannte Knochen übrig. Die andere dagegen war vollkommen unversehrt. Er hatte sie zur Faust geballt an seine Brust gepresst, die Finger um eine Kette mit dem Anhänger geschlungen, die Maebh nie bemerkt hatte.

Hilflosigkeit und Trauer überrollten sie förmlich. Ihr war klar, dass sie ihn in der Nacht nicht hatte retten können, dennoch fühlte sie sich schuldig, ihn hier allein gelassen zu haben. Sie konnte es sich nicht ausmalen, welche Qualen er ausgestanden haben musste, obwohl sein Gesicht im Vergleich zu den anderen fast schon friedlich wirkte. Als hätte er in seinen letzten Momenten sein Schicksal akzeptiert.

Maebh sank mehr in sich zusammen, während die Tränen inzwischen unaufhörlich über ihre Wangen rollten. Schluchzer ließen ihren

Körper erbeben, und ihr Herz fühlte sich an, als würde es mitten entzweireißen.

Niemand hatte sie hierauf vorbereitet. Niemand hatte ihr gesagt, wie weh es tat, jemanden zu verlieren, selbst wenn man denjenigen nicht wirklich gekannt hatte.

Die Selkies sprachen selten über den Tod. Für sie war er ein Teil des Lebens, der jedoch so fern war, dass er kaum eine Rolle spielte. Nur von Siobhan wusste sie, dass die meisten sich zurückzogen, wenn ihre Zeit gekommen war. Dass sie eines Tages einfach hinaus in den Ozean schwammen und nie mehr auftauchten.

Das hier war vollkommen anders. Es war real.

Sie hätte nicht herkommen sollen.

Wenn Selkies im Meer verschwanden, folgte ihnen niemand. Die Ungewissheit war ein Segen. Der Tod etwas Friedliches.

Wieso hatte sie das nicht akzeptieren können?

Wieso hatte sie nicht einmal im Leben ihre Neugier im Griff haben können?

Nachdem sie alle Tränen vergossen hatte, blieb Maebh an Oisins Seite sitzen. Nicht weil es besonders weise war, sondern weil sie es als angebracht empfand. Das Geringste, das sie tun konnte, wo sie doch nicht einmal die Möglichkeit gehabt hatte, sich von ihm zu verabschieden.

Sie sang ihm *Caoineadh Na Mara*, das Klagelied der See, eine Hymne ihres Volkes, erinnerte sich an ihre Gespräche, seine Offenheit, seine Neugier. Seinen festen Glauben und seine Pläne, in Cill Aire dem Kloster beizutreten. Wo immer er jetzt war, fand er hoffentlich, was er suchte.

Dann irgendwann hielt sie es nicht mehr aus. Ihre Glieder waren von ihrer kauernden Haltung ganz steif geworden. Ihr Kopf schmerzte vom vielen Weinen. Und ihr war klar, dass sie nicht ewig bleiben konnte. Dass sie Oisin nicht zurückholen konnte, indem sie ihm weiter nachtrauerte. Dass die Welt nicht stehen blieb, nur weil ein Leben verwirkt war.

Ein letztes Mal ließ sie ihren Blick über das Waldstück schweifen, doch zu ihrer Erleichterung schienen Fínghin, zwei der Rekruten, Éibhear sowie Sorcha, Seamus und das alte Pferd davongekommen zu sein. Immerhin. Kurz spielte sie mit dem Gedanken, das liegen gelassene Gepäck nach Proviant oder Nützlichkeiten zu durchsuchen, schaffte es aber nicht, sich dazu durchringen. Egal, wie hilfreich es wäre, es kam ihr falsch vor. Zumal sie ohnehin schon mehr als genug zu tragen hatte.

Ihr standen dreieinhalb Tage Wanderung bevor, bis sie überhaupt die nächste Stadt erreichte. Das hieß, solange sie sich nicht verlief.

Sie drehte sich um, und erneut kamen ihr die Tränen. Sonnenstrahlen brachen durch die Blätter und ließen Wald strahlen wie in einem Traum. Oisin lag noch immer an seinem Platz, aber aus diesem Winkel sah er aus, als würde er schlafen.

»Go dté tú slán«, murmelte Maebh zum Abschied. Dann machte sie sich auf den Weg.

13

Sich allein durchzuschlagen, war so herausfordernd, wie sie vermutet hatte. Immer wieder hatten ihre Mitreisenden betont, wie essenziell es war, sich in einer Gruppe fortzubewegen, am besten jemandem zu folgen, der die Wege kannte. Jetzt war sie auf sich allein gestellt.

Während der Wanderung durch den Wald – erst ihren eigenen Spuren nach, dann von der Lichtung aus in eine Richtung, die hoffentlich Westen war – hatte sie genügend Zeit, sich mit sich selbst und ihrer Umgebung auseinanderzusetzen. Den Klängen des Waldes zu lauschen, Vögel zu beobachten, zu rasten, wann sie es wollte, aber vor allem zu vergessen. Oder zumindest zu verdrängen. Die Trauer war ein wenig wie die Brandung. Sie kam und ging in einem stetigen Rhythmus. In einem Moment konnte Maebh optimistisch geradeaus stolzieren, im nächsten brannten ihr schon wieder Tränen in den Augen. Weiter wanderte sie dann allerdings trotzdem, ließ zu, dass die Fluten über sie hereinbrachen, ließ sich treiben in ihrem Auf und Ab, und kam so allmählich zur Ruhe.

Tief im Inneren war ihr klar, dass sie nicht trödeln durfte, doch was würde schon ein Tag ausmachen? Zumal sie wegen der Vegetation ohnehin nur schwer vorankam. Immerhin war das Wetter auf ihrer Seite, nur hin und wieder verdeckten dünne Wolken die Sonne, sodass sie im Tageslicht reisen konnte, bis sie schließlich den Rand des Waldes erreichte.

Als sie den ersten Schritt auf das weite Feld setzte, schien eine Last von ihr abzufallen. Wärmendes Sonnenlicht küsste ihr Gesicht und statt des immerwährenden Grünbrauns erstreckte sich endlich wieder

der Himmel über ihr, der in den Farben der Dämmerung erstrahlte. Sie schätzte, dass ihr ein, zwei Stunden blieben, bevor die Nacht hereinbrechen würde. Zeit, die sie nutzen wollte, um so viel Abstand wie möglich zwischen sich und das Dickicht zu bringen. Sie hatte fürs Erste genug von den Dingen, die dort lauerten.

Ihre Wanderung führte sie über grüne, wild wuchernde Wiesen, die inmitten sanfter Hügel eingebettet lagen. Der raue Wind trug den Duft des Meeres an sie heran, doch egal, wie sehr sie sich streckte, sie konnte nirgends einen Blick auf seine funkelnde Oberfläche erhaschen. Stattdessen erreichte sie irgendwann eine alte Steinbrücke, die über einen Fluss führte, und Erleichterung durchströmte sie. Éibhear hatte davon gesprochen. Sie allein war überhaupt der Grund gewesen, wieso sie den Wald hatten durchqueren müssen, statt sich an der Küste zu halten. Ein Stück weiter südlich mündete der reißende Fluss in einem Fjord und dann im Meer. Wenn sie nicht schwimmen wollte, gab es nur diesen einen Weg.

Ein wenig zuversichtlicher überquerte Maebh die Brücke, während sie beschloss, dass es ein günstiger Zeitpunkt war, sich einen Platz für die Nacht zu suchen. Auf der anderen Seite des Flusses war die Vegetation wieder etwas dichter geworden. Statt weiter Graslandschaft gab es Büsche, Sträucher und schiefe Bäume – glücklicherweise keinen Wald, aber immerhin eine Gegend, in der sie kaum Probleme hatte, eine vorm Wind geschützte Stelle zu finden.

Nachdem sie ihr Lager aufgeschlagen hatte, prüfte sie ihren Proviant. Durch die Übernachtung im Inn und den Fleiß der Jäger hatte sie ihre Vorräte kaum angerührt. Das Brot war zwar feucht vom Regen, doch wenn sie sich bemühte, konnte sie sich alles einteilen, bis sie die nächste Stadt erreichte.

Ursprünglich hatten sie geplant, am Waldrand zu rasten, und von dort aus wären es planmäßig drei weitere Etappen bis nach Neidín gewesen. Drei Tage. Maebh rang sich ein Lächeln ab. Das schaffte sie.

Ihre Geschwister hatten sie stets aufgezogen. Selkies waren für ihren Leichtsinn bekannt, doch laut ihnen hatte es nie eine gegeben, die so naiv, optimistisch und gleichzeitig unbekümmert war wie Maebh. Nachdem sie sie als Kind einen Angsthasen genannt hatten, war sie mit jedem Jahr furchtloser geworden. Mutig genug, um die Menschen aus der Nähe zu beobachten, ihnen als Robbe etwas Essbares abzuluchsen oder das Leben zu retten, wenn sie auf hoher See verunglückt waren.

»Was soll schon passieren?«, hatte sie immer wieder gefragt und war von einigen belächelt, von anderen missbilligend gemustert worden. Für Letztere lag nur ein schmaler Grat zwischen Optimismus und kopflosem Leichtsinn. Und je länger Maebh durch das Land irrte, desto mehr begann sie, zu begreifen, was ihre Familie ihr hatte sagen wollen.

Mittlerweile war sie bereits drei Tage unterwegs. Drei Tage, in denen sie vollkommen auf sich allein gestellt durch die Wildnis gewandert war, ohne einer Menschenseele zu begegnen. Maebh wusste weder, wo sie sich befand, noch, ob sie überhaupt auf dem richtigen Weg war. Außer der Brücke hatte ihnen Éibhear keine weiteren Punkte genannt. Sie erinnerte sich nur daran, dass sie nicht in Richtung der Berge zu ihrer Linken abdriften durfte und sich an den Verlauf der Küste halten musste. Doch dort war das Terrain uneben und zwang sie dazu, immer wieder Umwege um die zahlreichen Buchten und Fjorde zu laufen. Einmal hatte sie sogar geschlagene zwei Stunden auf einer Halbinsel verbracht, bis sie realisiert hatte, dass sie im Kreis gelaufen war. Seither hielt sie sich ein Stück weiter landeinwärts, doch das half nur bedingt. Sie meinte, sich zügig fortzubewegen, durchquerte Felder, Haine, Bäche. Mehrmals hatte sie sogar versucht, auf einen Baum zu klettern, in der Hoffnung, sich von dort aus einen besseren Überblick verschaffen zu können, hatte allerdings schnell gemerkt, dass ihr kurviger, kleiner Körper nicht dafür geschaffen war, Bäume zu erklimmen. Ihr blieb nur, zu hoffen. Geduldig zu bleiben. Optimistisch. Doch mit dem Hereinbrechen der Dämmerung am Ende des dritten Tages verlor sie auch den letzten Funken an Zuversicht.

Niedergeschlagen ließ sie sich auf einen Findling am Rande eines Hains sinken und starrte hinauf in den wolkenverhangenen Himmel. Sie war frustriert. Wütend. Auf sich selbst. Ihre Unfähigkeit, sich zurechtzufinden. Auf Ciarán, der sie überhaupt erst in diese Lage gebracht hatte. Hätte er sie nicht einfach begleiten können? Zumindest bis Neidín? Was sollte schon Schlimmeres passieren, als einem weiteren Púca zu begegnen?

Maebh biss sich auf die Zunge, als ihr klar wurde, dass sie darüber nicht herziehen sollte. Der Schmerz in ihrer Brust war immer noch frisch. Saß tiefer, als sie manchmal zugeben wollte. Ja, sie war wütend, dass Ciarán sie allein gelassen hatte. Aber er hatte recht: Es war vermutlich sicherer für sie beide.

Völlig demoralisiert brachte Maebh es an diesem Abend nicht über sich, auch nur einen weiteren Schritt zu gehen. Der Platz, an dem sie sich niedergelassen hatte, bot sich außerdem perfekt für ein Lager an. Zwischen dem Felsen und dem Waldstück war es weitestgehend windgeschützt und nur ein paar Schritte entfernt plätscherte ein Fluss dahin, an dem sie ihre Wasservorräte auffüllte und sich wusch. Sich einredete, dass sie die frühe Rast brauchte, weil sich sämtliche Muskeln in ihrem Körper anfühlten, als könnten sie einfach reißen, doch die Wahrheit war, dass sie viel zu deprimiert war. Inzwischen hatte sich jede Hoffnung, das nächste Dorf zu finden, in Luft aufgelöst. Ihr Magen knurrte, allerdings waren ihre Vorräte bis auf eine letzte, klägliche Scheibe Brot aufgebraucht und sie kannte sich nicht genug mit den Pflanzen aus, um zu wissen, welche Beeren und Wurzeln giftig waren.

Den Rest des Abends verbrachte sie an den Felsen gelehnt und starrte hinauf an den Himmel, der sich erst rot, dann lila, dann dunkelblau verfärbte. Der Mond kletterte allmählich an ihm empor und war auf einen Halbkreis geschrumpft, der mahnend auf sie herabblickte. Eine Woche war inzwischen vergangen. Eine Woche und ihre Frustration hatte einen Punkt erreicht, an dem sie sich fühlte, als wäre sie keinen Schritt weitergekommen. Nicht nur rieselte ihre verbleibende Zeit davon wie Sand auf einer Düne, mit jeder Minute, die verstrich, wurde die Entfernung zu ihrem Mantel größer. Wer wusste schon, wo er mittlerweile war? Ob der Soldat auf seinen Kumpanen wartete, ob er sich noch auf den Weg nach Cill Aire befand? Oder hatte er ihn bereits dem König abgeliefert? So oder so, es würde nicht leichter werden. Selbst wenn morgen ein Wunder geschähe.

Obwohl die Müdigkeit ihr in den Knochen saß, wollte Maebh sich nicht schlafen legen. Über ihr eroberte die Nacht endgültig das Firmament, ließ die Sterne umso heller erstrahlen. Der Gedanke, dass es immer noch derselbe Himmel wie in ihrem Zuhause war, machte die

Einsamkeit ein wenig erträglicher. Nicht aber die Kälte, die allmählich in ihre Haut kroch. Maebh zog Ciaráns Mantel enger um sich, während das Licht des Mondes über ihr langsam verblasste. Wolken schoben sich vor ihn und schon bald wurde sie in völlige Dunkelheit gehüllt. Frostiger Regen legte sich auf ihr Gesicht, prickelte auf ihren Wangen wie Eiskristalle. Irgendwo ertönte das sehnsuchtsvolle Heulen eines Wolfs. Normalerweise hätte ihr das Geräusch Angst eingejagt, doch gerade war ihr selbst das egal.

Sie wollte nur nach Hause.

14

Am nächsten Morgen wurde Maebh von einem lauten Rascheln geweckt und schreckte panisch aus tiefem Schlaf hoch. Es war früh, die Sonne war noch nicht über den Horizont gekrochen und nur ein rosa Schimmer deutete den anbrechenden Tag an, weshalb sie einige Augenblicke brauchte, um sich an die spärlichen Lichtverhältnisse zu gewöhnen.

Ihr Herz setzte kurz aus, als sie nicht unweit von ihrem Nachtlager eine gedrungene Gestalt entdeckte, die ihr im Stehen vermutlich nicht einmal bis an die Schulter gereicht hätte, gleichzeitig fast doppelt so breit wie sie war. Maebh hielt den Atem an und realisierte erst langsam, was das menschenähnliche Wesen da tat. Es wühlte sich durch ihre Tasche.

Instinktiv griff sie nach dem Messer, das sie vorsorglich in den Mantel eingewickelt hatte, obwohl sie gar nicht wusste, was sie damit überhaupt anfangen sollte. Zitternd streckte sie die Klinge von sich und rief: »Was tust du da?«

Das Wesen zuckte ertappt zusammen, bevor es sich überraschend gemächlich umwandte. Sofort erkannte sie, dass es einem Menschen ähnlich sah, wenn auch kleiner und runder mit rot-glänzenden Backen und einer ebenso roten Stupsnase auf der Maebh winzige Sommersprossen erkannte. Der Mann besaß einen struppigen, rötlich braunen Vollbart und lockiges Haar. Unter seinen dichten Augenbrauen funkelten ihr schmale, grüne Augen freundlich entgegen.

»*Tá an-bhrón orm, cailín.* Wollte dich nich wecken.« Er sprach so schnell, dass der Satz zu einem einzelnen Laut verschmolz, den sie nur mit Mühe entschlüsseln konnte. »Ich dacht nur, du hättest vielleicht was zu trinken bei dir.«

Maebh runzelte die Stirn, unschlüssig darüber, was sie tun sollte. Trotz ihres anfänglichen Schocks und der Tatsache, dass er in ihrem Besitz herumgewühlt hatte, wirkte er alles andere als bedrohlich. Er trug purpurrote Kleidung, eine Jacke mit sieben silbernen Knöpfen, hellblauen Strümpfen und schwarze Lederschuhe mit Schnallen aus poliertem Metall, die selbst im spärlichen Licht blitzten. Auf den ersten Blick hätte sie ihn für einen Nobelmann gehalten, doch das vertraue Prickeln auf ihrer Haut, das sich langsam bemerkbar machte, flüsterte ihr zu, dass mehr an ihm dran war, als das Auge verriet.

»Du hast mich erschreckt«, bemerkte sie heiser und ließ ihre Waffe allmählich sinken, weil ihr klar war, dass sie sie ohnehin nicht benutzen würde.

»Nich meine Absicht, versprochen«, erwiderte er und lächelte sanft. »Wollte nur schauen, ob du was zu trinken hast und wieder verschwinden.«

Mittlerweile waren seine Worte etwas deutlicher zu verstehen, doch ihre Verwirrung legte sich damit nicht.

»Ich habe nur Wasser aus dem Fluss.« Sie nickte in Richtung des Stroms, der keine zwanzig Schritte von ihr entfernt dahinplätscherte.

»Bah.« Der Mann verzog angewidert das Gesicht.

»Ist es etwa vergiftet?«

»Nein. Bloß widerliches Zeug. Versteh nich, wie die Menschen das trinken können.« Er sprach das Wort »Menschen« zweideutig aus, als wüsste er genau, dass Maebh keine von ihnen war. »Aber wo wir schon dabei sind. Gestatten? Deoch Leanna, Lupraccán.«

Ein Kobold, bemerkte Maebh etwas spät. Wieso hatte sie es nicht früher realisiert? Schließlich hatten Geschichten dieser Wesen sie selbst in den Tiefen des Ozeans erreicht. Es rankten sich allerlei Mythen um diese kleinen Gestalten. Sie galten als Einzelgänger unter den Faeries, und man sagte ihnen nach, dass sie Magie beherrschten und zu Scherzen aufgelegt waren, aber auch hilfsbereit. Und dass sie sogar Wünsche erfüllten, wenn man es schaffte, einen zu fangen.

Maebh hatte keineswegs vor, den kleinen Kerl zu schnappen und ihn zu zwingen, ihr zu helfen, doch vielleicht, wenn sie nur nett fragte, würde er ihr den Weg nach Neidín zeigen.

»Maebh«, stellte sie sich vor und rang sich ihr freundlichstes Lächeln ab. »Lass mich raten. Fae?«

Sie schüttelte den Kopf.

»Elfe? Obwohl nein, dafür bist du zu klein. Sirene?«

»Nah dran.«

»Selkie!«

Sie nickte, plötzlich erleichtert darüber, kein Geheimnis aus ihrer Herkunft machen zu müssen.

»Wusst ich's doch.« Grinsend kam der Kobold ein Stück auf sie zu und ließ sich mit dem Rücken zum Felsen ins Gras sinken. »Eigentlich bin ich ja nich auf Gesellschaft aus, aber eine wie dich sieht man nicht alle Tage. Wo kommst du her?«

Maebh zögerte. Grundsätzlich war sie froh darüber, endlich mit jemandem reden zu können. Noch dazu einem anderen übernatürlichen Wesen, das sie nicht nur mit Kälte bedachte. Doch sie war unschlüssig. Obwohl ihr Herz sich ihm am liebsten sofort anvertraut hätte, hatten sie die Ereignisse der letzten Woche vorsichtig werden lassen.

»Meine Familie lebt auf einer Insel vor der Küste«, erzählte sie schließlich so vage wie möglich.

»Aha.« Der Wind änderte leicht die Richtung, sodass Maebh plötzlich den Geruch des Kobolds einatmete. Dieser war seltsam süßlich, erinnerte an ihren letzten Besuch in einem Inn. »Wusste gar nich, dass es hier überhaupt welche von euch gibt. Mein Cousin aus dem Norden erzählt mir immer nur davon.«

»Wir sind überall.« Sicher schadete es nicht, wenn sie so viel verriet. »Meistens in kleinen Gruppen. Vom hohen Norden bis in die Länder im Osten. Eine meiner Schwestern stammt von dort.«

Hin und wieder hatte Siobhan von dem Ort, an dem sie aufgewachsen war, erzählt, einem Kontinent, weit im Osten, doch nie, wie oder warum sie nach Sceilg Mhichil gekommen war.

»Is ja interessant.« Aus einem Gürtel zog der Kobold ein dünnes Fläschchen, das er eilig entkorkte und an die Lippen setzte. Der Gestank wehte Maebh stechend in die Nase, dass sie es nicht einmal wagte, danach zu fragen. »Und was machst du hier? Passiert ja anscheinend ziemlich selten, dass ihr euch mal an Land verirrt.«

Wohl eher nie, oder?

»Hast du etwa schon von anderen Selkies gehört, die an Land gegangen sind?«

Der Kobold zuckte mit den Schultern, ehe er die Flasche wieder an seinem Gürtel verstaute. »Nur Geschichten, die man sich eben erzählt. Manche sollen an Land geblieben und dann vor Kummer gestorben sein, aber keiner kann sagen, was davon jetzt stimmt. Is bei uns Lupraccán nicht anders. Du müsstest mal hören, was die Menschen sich erzählen. Ts.«

»Du magst die Menschen nicht besonders, was?«

»Ich mag ihre Getränke«, erwiderte er ironisch. »Aber ansonsten sind sie mir egal, solange sie mich nicht ständig darum anbetteln, ihnen den Weg zu meinem Schatz zu zeigen. Mal ehrlich. Wenn ich irgendwo was vergraben hätte, müsste ich doch nicht jedes Mal warten, bis die Herrschaften eingeschlafen sind, dass ich mich in ihre Keller schleichen kann.«

Sie ahnte, dass es unklug war, zu fragen, wieso er sich überhaupt in irgendwelche Keller schlich.

»Aber zurück zu dir, cailín. Was verschlägt dich hierher? Langweile? Die Suche nach einem Abenteuer? Nach der Liebe? Rebellion?«

»Abenteuer«, antwortete sie ein wenig zu hastig. Dabei war das nicht einmal gelogen. »Die meisten meiner Familie verlassen unsere Insel nicht, aber ich wollte nicht den Rest meines Lebens dort verbringen, ohne etwas von der Welt gesehen zu haben.«

»Nur recht so. Ich für meinen Teil könnt mir gar nicht ausmalen, immer am selben Ort zu sein. Wäre ja langweilig.«

»Kennst du dich hier in der Gegend aus?«

Der Kobold hob vorwitzig eine Braue, und Maebh war klar, dass sie sich soeben verraten hatte. »Verlaufen?«

Sie nickte. Zum Leugnen war es jetzt ohnehin zu spät. »Ich war mit einer Gruppe unterwegs, aber wir sind im Wald getrennt worden. Seit ein paar Tagen schlage ich mich allein durch.«

Er nickte, ein mitleidiger Ausdruck huschte über sein Gesicht. »Und wohin bist du unterwegs?«

»Nach Neidín.«

Nervös strich Maebh über den rauen Stoff von Ciaráns Mantel. Die Textur hatte inzwischen etwas so Vertrautes. Die Berührung beruhigte sie, auch wenn sie nicht sicher war, ob sie gerade das Richtige tat. Dabei hatte sie eigentlich nur Gutes von Kobolden gehört.

Und wie sollte ihre Situation schon schlimmer werden? Die Aussicht darauf, weiter durch das Land zu irren, während sie langsam elendig verhungerte, war nicht gerade berauschend.

»Nei… Nei…« Der Kobold schien ein paar Augenblicke zu überlegen, da ging ihm ein Licht auf. »Ach ja! Neidín. Natürlich.«

»Du kennst die Stadt?«

»Natürlich, war vor Kurzem erst selbst dort. Nettes Plätzchen. Überraschend respektvoll einem wie mir gegenüber, muss man sagen.«

Maebhs Puls beschleunigte sich. Sie musste sich zurückhalten, den Kobold vor lauter Aufregung nicht an den Schultern zu fassen, um die Informationen, die sie haben wollte, aus ihm herauszuschütteln.

»Kannst du mir sagen, wie ich dorthin komme?«

»Aber klar! Du bist gar nicht so weit vom Weg abgekommen«, erklärte er freundlich. »Vielleicht noch ein, zwei Tagesreisen von hier.«

Vor Erleichterung wäre Maebh beinahe in Tränen ausgebrochen. Sie hatte zwar keine Vorräte mehr, doch den Tag würde sie schon schaffen. Womöglich verriet der Kobold ihr sogar, welche Beeren essbar waren.

»Wobei …« Er legte die Stirn in Falten und tippte mit seinen kurzen, dicken Fingern nachdenklich an sein Kinn. »Das letzte Stück kann ziemlich anstrengend sein. Zu Fuß eine echte Herausforderung.«

»Das stört mich nicht«, betonte Maebh. »Wirklich. Ich bin schon eine ganze Weile unterwegs. Ich muss nur wissen, wie ich mich zurechtfinde.«

Der Kobold nickte. »Mhm, mhm. Mir wäre nur wohler dabei, wenn ich wüsste, dass du gut aufgehoben bist und nicht noch eine weitere Nacht unter freiem Himmel verbringen musst.«

Maebh seufzte. »Das wäre schön. Aber dazu bräuchte ich ein Pferd oder …«

»EIN PFERD!«, rief er aus und hopste mit einer Energie auf die Füße, die Maebh ihm gar nicht zugetraut hätte. »Na klar. Warum bin ich nicht gleich darauf gekommen?«

Sie legte den Kopf schief. »Was meinst du? Du hast doch selbst keines.«

»Aber, aber, cailín. Vergisst du da gerade nicht etwas?«

»Was denn?«

Er baute sich auf mit vor Stolz geschwollener Brust und einem Grinsen, das von einem Ohr bis ans andere reichte. »Ich bin ein Kobold! Und wir Kobolde können Wünsche erfüllen!«

Maebh war skeptisch. »Aber muss ich dich dafür nicht bezahlen oder *einfangen*?«

Wohlwollend schüttelte er den Kopf. »Nein. Wärst du ein Mensch, sähe die Sache vielleicht anders aus. Aber unseresgleichen hat es schon schwer genug. Wir müssen zusammenhalten.«

Sie nickte und ein Gefühl der Wärme flutete ihre Brust. Es fühlte sich an, als wären Ewigkeiten vergangen, seit sie das letzte Mal so viel Güte erfahren hatten. Keinen Schrecken, sondern pure Freundlichkeit und Hilfsbereitschaft. Sie hatte vergessen, wie gut es tat. Eifrig nickte sie.

»Ich wäre dir auf ewig dankbar. Aber gibt es denn nichts, was ich für dich tun kann?«

»Hm.« Der Kobold verzog nachdenklich das Gesicht. »Sagen wir einfach, dass du mir etwas schuldest, falls wir uns noch einmal begegnen.«

Maebh nickte. »In Ordnung.«

»Dann will ich die Gute mal herbeirufen.«

Während er sich ein paar Schritte in Richtung Fluss entfernte, begann Maebh damit, ihre Sachen zusammenzupacken. Entschlossen legte sie den Mantel an, bevor sie sich ihrer Tasche zuwandte, deren Anblick sie schließlich zögern ließ. Vorsichtig kramte sie darin herum und fand ihre Habseligkeiten alle an ihrem gewohnten Platz. Sogar das Säckchen voll Gold hatte noch immer dasselbe Gewicht. Hm … Sie trank einen Schluck Wasser aus dem Lederschlauch. Obwohl der Kobold nichts entwendet zu haben schien, verunsicherten sie die Umstände ihres Kennenlernens. Auch wenn er wirklich nur nach etwas zu trinken gesucht hatte. Möglicherweise war seine Hilfe eine Art Wiedergutmachung?

Etwas anderes konnte sie sich nicht ausmalen.

Zuversichtlich steckte sie ihr Messer ein und schulterte die Tasche, die seit ihrem Aufbruch aus An Coireán einiges an Gewicht verloren hatte. Maebh musste dringend ihre Vorräte aufstocken.

Ein schriller Pfiff, wie der Klang eines scharfen Windhauchs, durchschnitt die Luft und riss sie aus ihren Gedanken. Maebh wandte sich überrascht um und entdeckte den Kobold direkt am Flussufer. Sein Blick war auf die Wasseroberfläche gerichtet, und wenn sie nicht alles täuschte, hatte er den Pfiff ausgestoßen.

Neugierig trat Maebh an ihn heran.

»Was …«

Er hob die Hand, um ihr das Wort abzuschneiden, legte den Zeigefinger an die Lippen und deutete anschließend auf den Fluss. Im Licht der Morgensonne erinnerte sie das Wasser an flüssige Glut. Leise plätscherte es über das Kiesbett dahin, das selbst an der tiefsten Stelle noch flach genug war, dass Maebh problemlos hindurchwaten könnte. Doch mit einem Mal veränderte sich etwas. Ein Kräuseln zog sich über die Wellen, feine Bläschen durchbrachen die spiegelnde Oberfläche. Erst langsam, dann immer mehr, bis sie sich zu einem Berg aus Schaum emportürmten, der in allen Regenbogenfarben schimmerte. Maebh konnte die Magie, die durch das Wasser floss, in jeder Zelle ihres Körpers spüren. Dieselbe uralte Kraft, die sie alle verband.

Schließlich erhob sich eine Gestalt aus dem Schaum. Maebh erkannte spitze Ohren, einen langen Kopf, eine schwarze Mähne, silberfarbenes Fell. Der Pferdekörper stieg aus dem Fluss, als hätte das Tier sich die ganze Zeit unter dem schlammigen Grund versteckt. Als hätte es nur darauf gewartet, dass sein Meister es zu sich rief. Nun stand es aufrecht vor ihnen und blähte aufgeregt die Nüstern.

»Da bist du ja«, sprach der Kobold mit sanfter Stimme, bevor er sich an Maebh wandte. »Darf ich dir meine treue Freundin Aróir vorstellen? Sie hat mich schon auf so manches Abenteuer begleitet und wird auch dir sicherlich gute Dienste leisten.«

»Ich bin noch nie geritten«, fiel Maebh auf.

»Das macht nichts. Sie ist wie wir. Sie wird auf dich aufpassen.«

Maebh nickte dankbar, dann ließ sie sich von dem Kobold auf den Rücken der Stute helfen. Allein hätte sie dafür sicher einige Anläufe gebraucht, denn das Tier war riesig, größer als das Pferd, das Sorcha getragen hatte. Maebh war ungeschickt auf seinem Rücken, wusste nicht so recht, wo und wie sie sich festhalten sollte.

»Sie scheint dich zu mögen«, bemerkte der Kobold zufrieden.

Tat sie das? Maebh konnte die Regungen des Pferdes kaum einschätzen. Spürte nur seine sanften Atemzüge unter sich. Dennoch streichelte sie zögerlich seine Seite und erntete ein Schnauben, das sie als Zustimmung interpretierte. Oder vielleicht so etwas wie: *Ich bin bereit.*

Mit einem scheuen Lächeln wandte Maebh sich an Deoch Leanna. »Ich danke dir.«

»Nicht dafür, cailín.«

»Wohin muss ich jetzt?«

»Aróir kennt den Weg«, erklärte er. »Sie wird dich vor der Stadt absetzen.«

»Alles klar.«

Die Stute trappelte energisch mit den Hufen und ließ dabei ein lautes Platschen entstehen. Nicht zum ersten Mal kamen Maebh Zweifel an dieser ganzen Sache, und ein Blick ins Gesicht des Kobolds bestätigte, dass sie damit vielleicht gar nicht unrecht hatte. Der freundliche Ausdruck war daraus verschwunden, stattdessen zierte ein Grinsen seine Lippen, das Maebh nur schwer interpretieren konnte. Es wirkte irgendwie schadenfroh.

Nein. Boshaft.

Doch ehe sie Gelegenheit hatte, zu reagieren, war es längst zu spät.

Der Kobold sagte nur: »*Slán go fóill, cailín.*« Dann verpasste er dem Pferd einen Klaps auf den Hintern.

Der gewaltige Körper der Stute bäumte sich unter Maebh auf, dass sie fürchtete, abzurutschen, doch ihre Beine waren geradezu verankert. Vor Schreck krallte sie die Hände dennoch in die Mähne des Tieres, während nackte Panik durch ihre Venen schoss.

Der Gedanke, dass sie in eine Falle getappt war, kam, da preschte das Pferd auch schon davon.

15

Bevor Maebh in die Welt der Menschen gekommen war, hatte sie die Magie stets als ehrfurchtgebietend empfunden. Etwas Kraftvolles, das sie beschützte, sie mit der Natur und ihrer Familie verband. Dann war sie auf den Púca gestoßen, hatte gelernt, dass nicht nur Anmut im Zauber ruhte, sondern auch Gefahr. Dass sie ebenso geben wie auch nehmen konnte. Der Welt Leben verleihen und sie gleichermaßen zerstören.

Jetzt spürte sie diese Form der destruktiven Magie erneut. Sie floss durch den Körper des Pferdes, ließ sein Fell Funken sprühen und band Maebh an das Tier, als läge sie in Ketten. Während die Stute mit ihr durch die Morgendämmerung galoppierte, rauschten Wind und Land an ihr vorbei wie im Flug. Die Hufe des Pferdes preschten durch das seichte Flussbett, spritzten das Wasser auf, das sich kalt auf Maebhs Haut legte.

Wären die Umstände anders gewesen, hätte sie den Ritt genossen, doch ihr war schnell klargeworden, dass es nicht nur ihr erster, sondern auch letzter sein würde. Kelpies nannte man die magischen Pferde, die in Flüssen und Seen hausten und leichtgläubige Menschen mit ihrer Anmut zu einem Ritt verführten, um sie dann in einem nahegelegenen Gewässer zu ertränken. Glücklicherweise war der Fluss dafür zu seicht, aber Maebh war bewusst, dass er irgendwo münden musste – vermutlich im Meer. Und in dieser Gestalt würde sie unter Wasser keine zwei Minuten überleben. Wenn sie nicht schnell eine Möglichkeit fand, den Bann zu brechen, der sie an das Kelpie kettete, würde es zu spät sein.

Maebh überlegte fieberhaft, wie sie sich befreien konnte, wobei sie immer wieder versuchte, mit Gewalt ihre Beine vom Körper des

Pferdes zu lösen, obwohl es keinen Zweck hatte. Sie galoppierten in halsbrecherischem Tempo durch die Ebene, Maebh hielt sich nicht einmal mehr mit den Händen fest, und dennoch wurde sie nicht hinuntergeschleudert.

Sie sah sich um, doch weil sie sich nur entlang des Flusses bewegten, gab es nicht einmal Äste über ihrem Kopf, nach denen sie hätte greifen können. Mit jedem Schritt, den sie zurücklegten, wuchs Maebhs Panik. Nicht zu wissen, wann es vorbei sein würde, war furchtbar genug, aber ihre eigene Hilflosigkeit machte die Situation nur unerträglicher. Ein Hilferuf steckte in ihrer Kehle fest, blieb dort. Tränen brannten in ihren Augen, doch selbst diese rührten sich nicht. Maebh war buchstäblich gelähmt, gerade so fähig, den Kopf zu wenden, nur um zu realisieren, dass der Fluss allmählich tiefer wurde. Inzwischen reichte er dem Kelpie fast bis an den Rumpf, was dieses seltsamerweise nur schneller werden ließ.

Bald spürte Maebh, wie die Fluten ihre Sohlen streiften, und ihr wurde bitter bewusst, dass sie wahrscheinlich nicht einmal den Ozean erreichen würden. Wenn das Wasser weiterhin so rapide an Tiefe gewann, mussten sie nur noch ein Stück weiter flussabwärts reiten, bevor sie ganz unter der Oberfläche verschwanden. Doch dann verbreiterte sich das Bett auf einmal, verzweigte sich, wurde wieder flacher, und Maebh sah sie. Die funkelnden Wellen des Meeres, die im Morgengrauen orange und rosafarben schimmerten. Unter ihr bäumte das Kelpie sich auf, eine Pose des Triumphs, bevor es zu einem Endspurt ansetzte, dass Maebh kurz das Gefühl hatte, sie würde jeden Moment von seinem Rücken fallen. Aber natürlich tat sie das nicht. Stattdessen befand sie sich im nächsten Augenblick bereits unter Wasser.

Eiseskälte bohrte sich in ihren Körper wie die Spitzen Tausender Pfeile. Maebh schmeckte Salz, hielt intuitiv den Atem an, dabei hatte sie nicht einmal eine Chance gehabt, überhaupt Luft zu holen. Sie riss die Augen auf. Über ihr driftete die lichtdurchbrochene Wasseroberfläche in weite Ferne, während Dunkelheit sie umfing. Die Mähne des Kelpies veränderte seine Form, wurde zu Seegras, das sich um ihre Handgelenke, ihren Körper schlang und sie umso gewaltsamer mit sich in den Abgrund riss.

Maebhs Lunge brannte, doch noch konnte sie dem Impuls, nach Luft zu schnappen, standhalten. Was würde wohl zuerst geschehen? Würde sie ertrinken, würde das Kelpie sie verzehren, oder würde sie vor Kälte erstarren?

Ihr kam der Gedanke, wie ironisch dieses Ende doch wäre. Die Selkies sahen den Ozean als ihre Mutter – und nun brachte ausgerechnet diese Maebh den Tod. Maebh erinnerte sich, wie behütet sie sich stets in ihren Armen gefühlt hatte. Wie naiv sie doch gewesen war in ihrer Welt. Sceilg Mhichil war wie ein unangetastetes Paradies, fernab von der Wirklichkeit, in der Maebh kaum mehr als eine Woche überstand.

Der letzte Rest an Luft entwich aus ihrem Mund, stieg vor ihren Augen nach oben. Eine von ihren Händen löste sich aus dem Klammergriff des Kelpies, trieb wie schwerelos im Wasser. Sehnsuchtsvoll streckte Maebh sie aus in Richtung der Oberfläche, wo die letzten Reste des Sonnenlichts von aufgewühlten Schlamm immer trüber wurden. Ein Schatten glitt durch die Fluten, doch sie hatte nicht mehr die Kraft, ihren Blick darauf zu fokussieren.

Vermutlich ein Fisch. Oder eine Robbe. Eines ihrer Geschwister, das sie halb mitleidig, halb tadelnd betrachtete. Ein Feuer wütete in Maebhs Lunge. Ein Hustenreiz erschütterte sie, doch statt Luft atmete sie nur mehr Salzwasser ein. Der Schmerz war beinahe unerträglich, und es kam ihr so vor, als würde das Kelpie sie erlösen wollen, als es seine schlickartige Mähne um ihren Hals schlang.

Das war's, dachte Maebh traurig, verbittert, erleichtert, wütend, enttäuscht. Ihr Sichtfeld wurde schwarz. Sie konnte nicht beurteilen, ob sie inzwischen so weit untergetaucht waren oder ob ihre Lider keine Kraft mehr hatten, sich zu halten. Gleichzeitig wurden ihre Gedanken träge. Das Brennen in ihrer Brust ließ nach.

Jetzt war da nur die Kälte.

Und eine Schlinge, die sich um ihren freien, ausgestreckten Arm schloss.

Dann ein Lichtblitz, gefolgt von einem Ruck, der durch ihren Körper ging, bevor sie endgültig das Bewusstsein verlor.

Als sie wieder zu sich kam, war das Erste, das sie bemerkte, das Licht, das sich hell und strahlend hinter ihren geschlossenen Lidern abzeichnete. Maebh dachte, dass sie im Nachleben angekommen war, doch ihr schmerzender Körper und das Brennen in ihrer Kehle sprachen dagegen. Zu deutlich konnte sie jeden einzelnen Atemzug spüren, der ihre Lunge mit Luft füllt. Ihr Puls rauschte lautstark in ihren Ohren. Schwindel hatte sie erfasst, dass sie eine Zeit lang nicht wusste, wo oben oder unten war, bis sie das weiche Gras unter ihren ausgestreckten Fingern bemerkte.

Aber das konnte nicht sein.

Es kostete sie einiges an Kraft, doch schließlich gelang es ihr ihre salzverkrusteten Augen zu öffnen. Über ihr war der Himmel von einer dünnen Wolkenschicht bedeckt, die ungeahnt hell erstrahlte. Als würde nur ein hauchdünnes Tuch zwischen Maebh und der Sonne stehen.

Sie blinzelte ein paar Mal, um sich an die grellen Verhältnisse zu gewöhnen, während sie zu sich kam und versuchte, sich zu erinnern, was passiert war. Das Kelpie hatte sie im Meer ertränken wollen und Maebh war sich sicher gewesen, dass dies ihr Ende bedeutet hätte. Doch hier war sie. Definitiv mehr lebendig als tot.

Bruchstückhaft kamen die Erinnerungen zurück. Etwas, das sich um ihre Hand geschlossen hatte. Ein greller Lichtblitz. Schwärze. Ein Schwall Wasser, der sich vor ihr ergoss. Husten. Ciarán.

Augenblicklich schoss sie in die Höhe, woraufhin sich ihr Körper sofort bemerkbar machte. Keine gute Idee. Der Schwindel kam umso stärker zurück, doch Maebh hielt ihm stand, atmete ein paar Mal bewusst ein, bis sie sicher war, dass sie nicht gleich wieder ohnmächtig wurde. Dann sah sie sich um.

Sie saß auf einem Grasstück unmittelbar an der Küste. Kleine Felsen ragten vor ihr hinaus in das graublaue Meer, während hinter ihr ein paar Sträucher einen Großteil dessen verbargen, was landeinwärts lag. Nicht einmal die Berge konnte sie sehen – geschweige denn den Fluss. Und wo immer sie sich befand, sie war mutterseelenallein. Natürlich. Was hatte sie auch erwartet?

Maebh zog die Beine an den Körper und legte den Kopf darauf. Ihre Tasche lag neben ihr im Gras, daneben Ciaráns Mantel, der vollkommen durchnässt war und sie somit daran erinnerte, dass ihr Ritt auf dem Kelpie nicht irgendeinem Albtraum entstammte.

Maebh seufzte. Sie fühlte sich ausgelaugt, nicht nur körperlich, sondern vor allem mental. Die Geschehnisse nagten an ihr. Es war erst ein paar Tage her, seit sie dem Púca begegnet war, und nun war sie erneut um Haaresbreite mit dem Leben davongekommen. Mittlerweile hatte sie mehr als realisiert, dass sie nicht für diese Welt geschaffen war. Dass sie sie nicht einfach unterschätzt hatte, sondern auch – und das gab sie nicht gern zu –, dass ihre Geschwister mit ihren Warnungen richtig gelegen hatten.

Traurig starrte Maebh aufs Meer hinaus. Der Wind strich ihr sanft über das Gesicht, als wollte er ihr Beistand leisten. Vergeblich. Gerade konnte sie nichts mehr trösten. Weder der funkelnde Anblick des Wassers noch das Tosen der Wellen. Die Hoffnungslosigkeit wog schwer wie Blei. Wenn sie es nicht einmal schaffte, die Hälfte des Weges nach Cill Aire zurückzulegen, ohne sich mehrfach in tödliche Gefahr zu begeben, wie sollte sie da ihren Mantel zurückbekommen? Dies war nur der erste Schritt ihrer Mission und schon jetzt wäre sie gescheitert. Wenn es nicht ein Kelpie oder Púca waren, welche Gefahr würde das Schicksal ihr als Nächstes in den Weg stellen?

Maebh wusste nicht, wie lange sie dort saß und sich in ihrem Selbstmitleid suhlte, doch als Ciarán zurückkehrte, war sie so am Boden zerstört, dass sie sich zurückhalten musste, ihm nicht gleich einen sarkastischen Kommentar an den Kopf zu werfen. Wieso machte er sich überhaupt die Mühe, hier aufzutauchen, nachdem er mehrmals klargestellt hatte, dass er lieber allein reiste?

»Du bist schon wach?« Seine Stimme hatte eine Sanftheit an sich, die sie nicht von ihm kannte.

»Du bist noch hier?«, schoss sie zurück. So viel zu ihren Vorsätzen. Sie hob nicht einmal den Blick, hörte nur, dass er sich neben ihr auf den Boden setzte. Nahe genug, dass sie seine Hand im Augenwinkel sah, mit der er sich im Gras abstützte. Im Vergleich kam Maebh ihre eigene beinahe winzig vor.

Zuerst antwortete Ciarán nicht, worüber sie insgeheim sogar erleichtert war. Sie wusste, dass sie ihm ihren Dank schuldete, doch gerade brachte sie es nicht über sich. Der Sturm, der in ihrem Inneren wütete, war noch zu gewaltig, dass sie Ciarán fast angefahren hätte, weil er sie aus dem Wasser gezogen hatte. Dabei kannte sie sich gar nicht so verbittert.

Nach einer Weile des Schweigens seufzte er schließlich. »Willst du mir verraten, wieso du ausgerechnet auf einem Kelpie weiterreisen wolltest?«

Maebh verzog grimmig das Gesicht. Obwohl er sich sichtlich bemühte, weder spöttisch noch vorwurfsvoll zu klingen, war der Unterton in seiner Stimme kaum zu überhören.

»Ist das nicht offensichtlich?«, murrte sie. »Zu Wasser reist es sich viel schneller.«

»Und die Wahrheit?«

Nun war es an Maebh, zu seufzen. »Ein Kobold. Ich dachte, er wäre nett, also habe ich ihn nach dem Weg gefragt. Er hat mir das Pferd angeboten.« Daraufhin schwieg Ciarán, was Maebh als Antwort genügte. »Na los, mach dich ruhig lustig darüber, wie naiv ich doch bin, weil ich geglaubt habe, irgendjemand hier draußen wäre hilfsbereit.«

»Tatsächlich sind Kobolde hilfsbereit«, bemerkte Ciarán zu ihrer Überraschung.

»Dann war der wohl eine Ausnahme.«

»Nein. Das war ein Clúrachán. Sie sind verwandt mit den Lupraccán, aber eben nicht dasselbe; sie trinken gern Alkohol und sind Diebe.«

»Und was wollte er dann von mir?«

»Selkie-Mäntel gelten als wertvoll.«

»Aber ich …« Maebh zögerte und realisierte, dass sie den Kobold möglicherweise selbst auf falsche Gedanken gebracht hatte. Sie hatte ihm nicht erzählt, dass sie ihren Mantel suchte, sondern nur, dass sie auf ein Abenteuer aus war. »Ich bin so leichtgläubig.«

»Nein«, widersprach Ciarán. »Du kennst dich nur nicht aus.«

Zum ersten Mal hob Maebh den Blick, um ihn anzusehen. Seine Augen, heute graublau, waren direkt auf sie gerichtet und musterten sie auf eine Art, die sie von ihm nicht kannte. Eine Art, die ihren Herzschlag kurz aussetzen ließ. Sie schenkte ihm ein flüchtiges, scheues Lächeln, dann fragte sie: »Wie hast du gewusst, wo ich bin?«

Ciarán zuckte mit den Schultern. »Der Clúrachán. Er ist mir gestern aufgelauert, aber ich bin ihn losgeworden.« Maebh runzelte die Stirn, und zu ihrer Überraschung wandte er sich ab. »Mir war klar, dass er sich noch eine Weile in der Gegend rumtreibt und sicher spürt, dass du auch hier bist.«

Die Implikation hinter Ciaráns Worten, nämlich, dass er sie vor dem Clúrachán warnen oder gar beschützen wollte, passte nicht zu der Kälte, die auf einmal in seiner Stimme lag. Doch auch wenn es Maebh auf der Zunge brannte, verkniff sie sich die Frage.

»Danke«, sagte sie stattdessen, und zu ihrer Überraschung erwiderte er: »Gern geschehen.«

Danach herrschte erneutes Schweigen, und Maebh kam langsam zur Ruhe. Der Sturm in ihrem Inneren flaute ab, das Tosen der Brandung lullte sie ein wie ein Schlaflied, dass sie sich am liebsten wieder hingelegt hätte. Doch obwohl die dunklen Gedanken verschwanden, saß die Angst noch zu tief in ihren Knochen. Rastlosigkeit gesellte sich zu ihrer Übermüdung.

Nach einer Weile reichte Ciarán ihr wortlos den Wasserbeutel, den Maebh dankbar entgegennahm. Das kühle Nass linderte das Brennen in ihrer Kehle kaum, aber sie wusste, dass es bald nachlassen würde.

»Wie fühlst du dich?«

»Erschöpft«, antwortete sie aufrichtig. »Vielleicht auch ein wenig desillusioniert.«

Er nickte. »Denkst du, du schaffst es, ein Stück zu laufen?«

»Schon. Wieso?« Sie ließ verhalten den Blick schweifen. »Ist es hier etwas nicht sicher?«

»Ist es«, erwiderte er. »Aber bis nach Neidín sind es nur ein, vielleicht zwei Stunden. Dort können wir rasten, Vorräte aufstocken, bevor wir nach Cill Aire weiterreisen.«

»Wir?« Das hatte er nicht wirklich gesagt.

Ciarán hob die Schultern, wobei er ihr immer noch nicht ins Gesicht sah.

»Offensichtlich scheint es keinen Unterschied zu machen, ob wir gemeinsam unterwegs sind oder nicht. Du ziehst auch allein genug Aufmerksamkeit auf dich.«

Maebh zog eine Braue nach oben. »Soll das ein Kompliment sein?«

»Nein.« Er grinste leicht. »Aufmerksamkeit auf sich zu ziehen, ist so ziemlich die letzte Fähigkeit, die man braucht, wenn man allein durch die Menschenwelt reist.«

»Wie aufbauend.«

»Aber genau deshalb ist es vielleicht sicherer, wenn wir gemeinsam reisen.«

Maebh nickte, war dankbar für seine Einsicht. Dennoch konnte sie sich die nächste Frage nicht verkneifen. »Woher der Sinneswandel?«

»Wir können auch weiterhin getrennt wandern.«

»Nein.« Die Antwort rutschte gegen ihren Willen heraus, dass sie sich sofort auf die Zunge biss. Allein das Wort kam ihr vor, wie ein Geständnis, dass sie sich insgeheim genau das wünschte. Und gleichzeitig auch ein Eingeständnis der Schwäche, weil sie es nicht ohne fremde Hilfe schaffte.

Falls Ciarán sich daran störte, ließ er es sich nicht anmerken. Stattdessen huschte auf einmal für einen Wimpernschlag ein rätselhaftes Lächeln auf seine Lippen. Dann sagte er: »Zumal es ohnehin kaum einen Unterschied macht. Jedes Mal, wenn sich unsere Wege trennen, scheint uns das Schicksal wieder zusammenzuwerfen.«

16

Neidín war die bisher größte Ortschaft, die Maebh gesehen hatte, mehr Stadt als Dorf, und lag am Ende des langen Fjords, dessen Nordküste sie die letzten Tage gefolgt war. Durch sie strömte ein Fluss, den die Anwohner *An Ruachtach*, den *Rauen Fluss*, nannten. Heute lag seine Oberfläche ruhig da, zeigte sattes, grünblaues Wasser, in dem sich einzelne Regentröpfchen kräuselten. Inzwischen hatte sich der Himmel völlig zugezogen, dunkle Wolken fraßen das Tageslicht beinahe restlos auf. Hätten Maebh und Ciarán nur ein bisschen länger gebraucht, wären sie mitten in das heranziehende Unwetter gesteuert.

Die Straßen hier waren befestigt, die kleineren zumindest flach und festgetreten, die größeren sogar mit Pflastersteinen belegt, über das ein Fuhrwerk ratterte. Der Bauer, der einen Haufen Stroh geladen hatte, war einer der letzten Menschen, die noch draußen unterwegs waren, und er hatte es so eilig, dass er die Neuankömmlinge nicht einmal zu bemerken schien.

Maebh dagegen konnte trotz ihrer Müdigkeit nicht genug von den neuen Eindrücken bekommen, die sich ihr hier boten. Die hohen, oft mehrstöckigen Häuser aus gelblichgrauem Stein, die wie Bäume in einem Wald aneinandergereiht waren, besaßen Fensteröffnung, durch die warmes Licht auf die Straße fiel. Die meisten von ihnen wurden gerade mit Holzbrettern verbarrikadiert, vermutlich zum Schutz vor dem aufkommenden Regen.

»Warst du schon einmal hier?«, fragte Maebh, überrascht darüber, wie zielsicher sich Ciarán durch die Straßen bewegte.

»Nein. Es ist nur leicht, sich zurechtzufinden. Die meisten Inns liegen im Zentrum der Ortschaft, und das findest du in der Regel in der Nähe eines Flusses oder des Hafens.«

Maebh nickte und fragte sich nicht zum ersten Mal, woher Ciarán all diese Dinge wusste. Er machte kein Geheimnis daraus, dass er wenig von den Menschen hielt und lieber allein blieb. Also musste er wohl schon weit gereist sein, was automatisch die Frage aufwarf, womit er normalerweise seine Zeit verbrachte, wenn er nicht damit beschäftigt war, seinem Stab hinterherzujagen. Hatte er ein Zuhause? Oder blieb er mal hier, mal dort? Maebh konnte sich gut vorstellen, dass er möglicherweise in einer Höhle an einem verlassenen Strand lebte, oder einer einsamen Hütte hoch oben auf einer Klippe.

Nachdenklich betrachtete sie ihn von der Seite. Die dunklen Locken, die ihm bis ans Kinn reichten, waren feucht. Er sah mittlerweile nicht mehr ganz so mitgenommen aus wie noch während ihrer Wanderung, dennoch war ihm anzumerken, dass er den Schlaf dringender nötig hatte als Maebh. Immerhin hatte er Zeit gefunden, sich den Schmutz abzuwaschen, sodass man sie vielleicht nicht auf den ersten Blick für Ungeheuer hielt. Auf den zweiten dagegen wurde dennoch deutlich, welche Strapazen hinter ihnen lagen.

Ciaráns Kleidung, noch immer nur Hemd und Hose, in denen er wundersamerweise jeder Kälte trotzte, waren vollkommen zerschlissen und Maebh wusste, das die Kleider, die sie von Fiadh bekommen hatte, in Mitleidenschaft gezogen waren. Hoffentlich konnten sie bei ihrer Weiterreise größere Gefahrensituationen vermeiden.

Das Inn war das größte Gebäude in diesem Teil der Stadt, in das die Taverne in An Coireán vermutlich fünfmal hineingepasst hätte. Ein langes Haus mit zwei Stockwerken und einem spitzen Ziegeldach, über dessen Eingangstür ein Schild prangte, das ein Pferd mit Schwanzflosse zeigte. Maebh biss missmutig die Zähne zusammen. Ein Kelpie, welch Ironie.

Ciarán schien ihr Unwohlsein zu bemerken. »Es ist nur ein Name«, murmelte er, ehe er die Tür öffnete und Maebh zuerst eintreten ließ.

Hitze schlug ihr entgegen sowie der ihr mittlerweile bekannte Geruch nach Schweiß und herzhaftem Essen. Der ausladende Gastraum war bis zum Bersten gefüllt, doch es herrschte eine ganz eigentümliche Stimmung, die perfekt zum Wetter draußen passte. Gespräche wurden möglichst leise gehalten, selbst das Klappern des Geschirrs wirkte irgendwie verhalten.

Für einen Sekundenbruchteil legte Ciarán seine Hand zwischen Maebhs Schulterblätter, um sie in Richtung des Tresens zu lenken. Dort, wo seine Finger sie berührten, schien ihre Haut zu brennen, nur federleicht, dass sie sich dem Gefühl kaum bewusst werden konnte.

An der Bar stand eine griesgrämig dreinschauende Wirtin. Eine kleine, dickliche Frau, deren langes, dunkles Haar sich mit ihrer Brust bei jedem Atemzug hob und senkte. Mit verschränkten Armen musterte sie die beiden, während ein Mann und eine weitere Frau hinter ihr umherhuschten, um Speisen und Getränke zu servieren. Als Maebh und Ciarán den Tresen erreichten, hob die Wirtin nur skeptisch eine Braue.

»Ein Zimmer für die Nacht«, erklärte Ciarán, ohne sich von ihrem Auftreten beirren zu lassen.

Die Miene der Frau blieb ungerührt. »Glaube nicht, dass du dir das leisten kannst. Wir sind aktuell ziemlich gefragt.« Vielsagend nickte sie in Richtung Gastraum, wo sich allerlei Gestalten tummelten. Die meisten davon waren junge Männer mit teils entschlossenen, teils besorgten Blicken, und Maebh ahnte, dass einige sich auf dem Weg zum Kriegsdienst befanden. Die Wirtin verdiente sich vermutlich eine goldene Nase.

Ohne mit der Wimper zu zucken, legte Ciarán ein paar Münzen auf den Tisch, die geradezu provokativ laut klirrten. Nun veränderte sich etwas im Gesicht der Frau. Ein Grinsen ließ ihre Mundwinkel nach oben wandern, offenbarte einen fehlenden Eckzahn.

»Ich fürchte, ich habe nur noch Platz in der Dachkammer«, erklärte sie. »Wird sicher eng dort, aber das sollte schon passen.«

Wortlos legte Ciarán eine weitere Münze auf den Haufen.

»Ich sehe, ihr wollte eure Ruhe.« Sie hob die Brauen. »Oder ist die Schönheit da noch zu haben?«

Ein Schauer lief Maebh den Rücken hinunter. Der anzügliche Blick der Wirtin schien sich nicht nur durch ihre Kleidung zu bohren, sondern auch durch ihre Haut hindurch bis hinab auf ihre Knochen. Ciaráns Hand landete auf ihrer Schulter, wobei Maebh nicht entging, dass seine Finger sich einen Moment lang verkrampften.

»Sie gehört zu mir«, erklärte er kühl.

»Schade. Eine vierte im Bunde würde uns die Arbeit hier echt erleichtern, stimmt's?« Sie klatschte dem Mann, der sich gerade an ihr vorbeischob, auf den Po, woraufhin dieser amüsiert schnaubte. Es schien bei Weitem kein frostiges Verhältnis zwischen ihnen zu herrschen, dennoch war Maebh nach dem unerwartet direkten Angebot verlegen. »Oder gehört ihr zu diesen Einfaltspinseln, die dem Einen folgen?«

»Nein«, erwiderte Ciarán.

»Den Göttern sei Dank.« Nachdem sie ihre anfängliche Skepsis überwunden hatte, schien die Wirtin um einiges wohlwollender geworden zu sein. »Mit unseren eigenen Männern und ihrem Spott werde ich fertig, aber wer weiß, was diese engstirnigen Neuankömmlinge mit einer wie mir anstellen. Hoffe, das Thema hat sich bald erledigt.«

»Mit Sicherheit.«

Sie nickte und hatte dabei mehr Zuversicht im Blick als all die Männer, die für sie in den Krieg ziehen würden. »Ein Zimmer habe ich noch. Ist das im oberen Stock. Da hinten die Treppe hoch, dann den Gang runter und die letzte Tür rechts.« Sie nahm das Gold entgegen. »Habt ihr Hunger?«

Ciarán nickte und entspannte sich sichtlich, während er sich auf einen der freien Stühle direkt am Tresen setzte. »Und Durst.«

Missmutig senkte die Wirtin die Augenbrauen. »Hoffentlich kein Ale.«

»Wieso das?«, fragte Maebh, die endlich ihre Stimme gefunden hatte.

»Wir hatten letzte Nacht einen Einbruch«, knurrte die Frau. »Jemand hat sich in unseren Keller geschlichen und unsere Vorräte verschwinden lassen. Die nächste Lieferung kommt erst in ein paar Tagen.«

»Hast du Wein?«, fragte Ciarán, woraufhin sie nickte und sich abwandte.

Während sie ein paar Worte mit ihrer Frau, einer jungen Brünetten, die kaum älter als Maebh sein konnte, wechselte, sagte Ciarán: »Scheint so, als hätte dein Freund hier auch schon sein Unwesen getrieben.«

Maebh runzelte die Stirn. »Wer?«

»Der Clúrachán. Wenn sie nicht gerade irgendwelchen Wanderern auflauern, brechen sie am liebsten in Inns oder Brauereien ein und machen sich über deren Alkoholvorräte her.«

»Wem's schmeckt.« Bei der Erinnerung an den Kobold wurde ihr schlecht. Noch hatte sie im Vergleich zu Ciarán nicht den Punkt erreicht, an dem sie sich mit Humor an die Situation vom Morgen zurückerinnern konnte. Auch wenn sie buchstäblich mit einem blauen Auge davongekommen war und jetzt sogar das Glück hatte, die Nacht mit einem Dach über dem Kopf zu verbringen.

Maebh sah sich erneut im Gastraum um, doch wie schon bei ihrer Ankunft, schienen die meisten Gäste zu sehr mit sich selbst beschäftigt zu sein, um überhaupt von ihnen Notiz zu nehmen. Eine willkommene Abwechslung gegenüber dem letzten Inn, das Maebh zusammen mit Ciarán betreten hatte.

»Es ist schön, einmal nicht angestarrt zu werden«, bemerkte sie vorsichtig.

»Gewöhn dich nicht dran«, erwiderte er und zögerte kurzzeitig, als zwei Krüge mit Wein vor ihnen auf dem Tresen landeten. »Normalerweise holen die Leute gleich ihre Mistgabeln, sobald ich auch nur in die Nähe eines ihrer Dörfer komme.« Er ließ es wie einen Scherz klingen, doch da war kein Funke Ironie in seinem Blick.

»Wieso heute nicht?«

Ciarán hob die Hand und deutete auf sein rechtes Auge, dessen Iris eine dunkelgraue Farbe besaß, als hätte er einen wolkenverhangenen Tag darin gefangen. Zunächst ohne eine genauere Erklärung nahm er einen Schluck Wein, dann antwortete er: »Normalerweise ist der Stab mein erstes Erkennungszeichen. Er lässt seine Form nicht verändern und sich nur für kurze Zeit unsichtbar machen. Aber auch wenn er auf den ersten Blick wie ein einfacher Wanderstock wirkt, ist die Magie darin so stark, dass selbst die Menschen sie spüren. Vielleicht sollte ich mich bei den Soldaten bedanken.«

»Aber deine Augen«, bemerkte Maebh. »Sie sind wie das Meer.«

Er nickte. »Die Finfolk ziehen ihre Magie aus dem Ozean, sind mit ihm verbunden, genauso, wie es die Selkies sind.«

»Wie viele von euch gibt es?« Maebh wollte sich auf die Zunge beißen, denn kaum hatte sie die Frage ausgesprochen, wurde ihr klar, wie unangebracht sie war. Ciaráns Miene wurde ernst. Bitter. Fast schon ein bisschen traurig.

»Wenige. Und wenn dieser Krieg vorbei ist, vielleicht niemanden mehr.«

Maebh schluckte. Seine Worte ließen ihr Herz schwer werden, legten einen bitteren Geschmack auf ihre Zunge, den selbst die Süße des Weins nicht ganz verdrängen konnte. Oder der salzige Eintopf, den die Frau der Wirtin ihnen kurz darauf hinstellte.

Sie aßen ihre Mahlzeit schweigend, jeder in Gedanken versunken, als hätte die Stimmung im Raum ebenfalls von ihnen Besitz ergriffen. Maebh dachte an die Finfolk, an den bevorstehenden Krieg, und fragte sich, ob die Veränderungen in der Welt auch irgendwann die Selkies betreffen würden. Die Ahnungslosigkeit, mit der sie bisher ihr Leben verbracht hatte, war Fluch und Segen zugleich. Doch wie lange würden sie diese aufrechterhalten können, wenn das Rad des Schicksals selbst vor den mächtigen Finfolk keinen Halt machte?

Nachdem sie fertig gegessen hatte, winkte Ciarán die Wirtin noch einmal zu sich heran. Inzwischen war es um einiges stiller geworden. Viele der Gäste, die aus der Stadt kamen, hatten sich auf den Heimweg gemacht, um nicht von dem Sturm erwischt zu werden, der die Holzbalken über ihnen zum Knarzen brachte.

»Was gibt's?«, fragte sie salopp, wobei feine Schweißtropfen auf ihrer Stirn funkelten. Die Hitze im Raum war seit ihrer Ankunft um einiges intensiver geworden, doch während Maebh die Temperaturen genoss, mussten sie unerträglich sein, wenn man wie die Wirtin ständig im Gastraum umhereilte.

»Weißt du, wie wir am besten nach Cill Aire kommen?«

»Am besten oder am schnellsten?«

»Wo liegt der Unterschied?«

Die Wirtin seufzte und stützte sich mit den Ellenbogen auf dem Tresen ab.

»Am schnellsten seid ihr, wenn ihr von hier aus in Richtung Norden aufbrecht, über die Berge, und dann dem Wasser bis in die Hauptstadt folgt. Den Weg nehmen die meisten. Soweit ich mitbekommen habe, auch viele der Rekruten, die im Moment unterwegs sind.«

»Aber?«, bohrte Ciarán nach.

»Das Gelände ist nicht ideal. Und gerade um diese Zeit ist das Wetter unberechenbar. Dazu sind die Wälder nicht ungefährlich, so kurz vor Samhain.«

Samhain?, lag es Maebh auf der Zunge, doch sie konnte ihre Neugier im letzten Moment zurückhalten.

»Besser wäre es, wenn ihr nach Westen ausschert, den Fluss entlang bis nach Cill Gharbháin. Von dort nach Nordosten bis an den Fuß der Berge, durch das Tal und ab da haltet ihr euch nordöstlich. Wenn ihr euch sputet, seid ihr vielleicht nur einen, anderthalb Tage länger unterwegs, als wenn ihr den Pass nehmt.«

Als Ciarán nickte, konnte Maebh nur hoffen, dass er wirklich verstanden hatte, wie ihre Route verlief, denn ihr rauchte allein von der kurzen Beschreibung den Kopf. Zwar kannte sie die vier Himmelsrichtungen und wusste sich grob am Stand der Sonne zu orientieren, sich jedoch durch dieses unbekannte Land zu navigieren, klang wie ein Albtraum. Wie hätte sie das allein nur schaffen sollen, wenn sie nicht wieder in Ciarán hineingestolpert wäre?

Besser, sie dachte nicht darüber nach. Denn obwohl der Mond nicht einmal ganz verschwunden war, konnte sie es sich nicht mehr leisten, tagelang ziellos im Kreis zu irren.

Es fühlte sich himmlisch an, endlich wieder innerhalb von vier Wänden zu schlafen – eine seltsame Feststellung. Als Robbe war Maebh normalerweise nicht so wählerisch, ihr genügte eine Sandbank draußen im Meer oder auch mal ein Felsen in der Sonne, aber ihr menschlicher Körper war wesentlich anspruchsvoller. Das Lager, auf dem sie es sich bequem gemacht hatte, war aus weichem Stroh und mit Decken bedeckt, die einen milden Duft nach Meer verströmten, als wären sie vor Kurzem gewaschen und dann zum Trocknen direkt am Strand aufgehängt worden. In der Ecke tauchte eine Laterne den Raum in sanftes, warmes Licht, wobei ihre Flamme im Wind flackerte, der durch die Ritzen der Holzbretter drang. Regen prasselte gegen das Holz und erfüllte die Kammer mit seinen weichen Klängen.

Verglichen mit den letzten Nächten, konnte diese Schlafstätte nicht perfekter sein, und dennoch, trotz aller Erschöpfung, fand Maebh keinen Schlaf. Rastlos wälzte sie sich hin und her, doch obwohl ihr Körper förmlich um Erholung lechzte, hatte sie eine Unruhe befallen, die sich nicht abschütteln ließ. Wie wild rasten ihre Gedanken umher. Bilder in ihrem Kopf wechselten im Sekundentakt. Mal zeigten sie

Fínghin Ó Sé, dann das Kelpie, den Púca, Ciarán, dann Oisins leblosen Körper. Maebhs Herz schlug so heftig, dass sie es hören konnte.

Irgendwann, nachdem sie sich zum gefühlt hundertsten Mal von ihrem Bauch auf ihren Rücken gewälzt hatte, räusperte sich Ciarán vom anderen Ende des Raums. Maebh schlug die Augen auf, doch es dauerte ein paar Sekunden, bis sie ihn im schwachen Schein der Laterne erkannte. Das zweite Lager, das eigentlich seines hätte sollen, lag verlassen da. Stattdessen saß er an die Tür gelehnt und musterte sie aus nachtschwarzen Augen, während das Licht seiner Haut ein geisterhaftes Glühen verlieh.

»Kannst du nicht schlafen?« Seine Miene war undurchdringlich. Ernst.

Maebh zuckte mit den Schultern, richtete sich halb auf, den Kopf auf die Hand gestützt, um ihn besser ansehen zu können. »Du?«

Er antwortete nicht und schloss die Augen. Dabei wirkte er, falls möglich, noch müder als sie es war. Als lägen nicht nur ein paar anstrengende Tage hinter ihm, sondern ganze Jahre.

»Liegt es am Sturm?«, fragte Maebh sanft.

Ein Kopfschütteln.

»Oder an dem Ort?«

Nicken. Sie verstand.

»Du vertraust den Menschen wirklich kein bisschen.«

»Was du nicht sagst«, knurrte er mit rauer Stimme.

»Denkst du etwa, sie könnten uns im Schlaf ausrauben?« Kein Spott lag in Maebhs Worten, es war eine aufrichtige Frage.

»Das wäre harmlos.«

»Sprichst du aus Erfahrung?«

Keine Antwort. Obwohl Maebh dachte, dass sie mittlerweile ein Stück weiter waren, schien Ciaráns Mitteilsamkeit noch immer eingeschränkt zu sein. Entweder war das seine Art, oder er war gerade einfach zu müde. Vielleicht auch ein bisschen etwas von beidem.

»Die Wirtin schien doch ganz nett zu sein.«

Ein Grinsen huschte über seine Lippen. »Du bist zu naiv. Sie ist nur deshalb nett, weil sie glaubt, dass wir wie sie sind, keine Solae – und weil ich für das Zimmer überbezahlt habe.«

»Was sind Solae?« Jetzt, wo sie mit ihm allein war, hatte sie endlich Gelegenheit, all die Fragen stellen, die ihr schon seit Tagen auf der Zunge brannten.

Ciarán seufzte, und selbst im Halbdunkel konnte Maebh erkennen, wie er angestrengt die Stirn runzelte. »Wie erkläre ich das am besten? Das Land, in dem wir uns befinden, ist das Königreich Deasmhumhain, eines von vielen, die auf der ganzen Insel verteilt sind. Die Menschen hier haben einen tief verwurzelten Glauben, legen Wert auf traditionelle Bräuche, vertrauen in die alten Götter, Helden und Magie. Das Volk der Danu, Faeries, Cú Chulainn.«

Er wartete kurz, um zu sehen, ob sie ihm folgte, aber ausnahmsweise fielen Begriffe, mit denen Maebh etwas anfangen konnte. Scheinbar lauschten die Menschen denselben Geschichten wie die Selkies.

Ciarán fuhr fort: »Vor ein paar Jahrhunderten kam allerdings ein Mann hierher, der die Welt mit anderen Augen sah. Seither verbreitet sich sein Wort und täglich gewinnt der Glaube neue Anhänger, die sich Solae nennen. Das Königreich Deasmhumhain ist das letzte freie Königreich, in dem noch immer vorrangig der alte Glaube herrscht.«

»Wo ist der Unterschied?«

»Die Solae glauben an einen einzigen Gott. Für sie ist alle Magie böse. Sie halten nicht viel von unseren Gepflogenheiten. Nimm die Wirtin als Beispiel, die als Frau eine Verbindung mit einem Mann und einer Frau eingegangen ist.«

»Und das ist falsch?«

»Manche glauben ja.«

Maebh schürzte die Lippen. Unter den Selkies ging man eine Partnerschaft mit jemandem ein, den man liebte. Egal, auf welche Art.

»Auf der anderen Seite setzen sie sich auch gegen die blutigeren Traditionen ein.«

Maebh wollte nicht wissen, was das bedeutete. Stattdessen fragte sie: »Gibt es deshalb den Krieg?«

»Ja. Die umliegenden Königreiche haben sich einem fremden Land, Otrea, angeschlossen, einem jenseits des Meeres, das die gesamte Insel unter einem Banner vereinen will.«

»Aber wieso? Können sie nicht einfach in Frieden leben?«

Ciarán stieß ein kaltes Lachen aus. »So sind sie eben, die Menschen. Seit Jahrhunderten machen sie Wesen wie uns für Katastrophen verantwortlich, dabei sind sie es, die sich gegenseitig vernichten.«

Maebh schluckte, und ein bitterer Geschmack legte sich auf ihre Zunge. Waren sie wirklich so furchtbar, die Menschen? Ja, sie hatte mitangesehen, dass sie es sein konnten. Doch da war mehr. Da war nicht nur Grauen und Hass gewesen. Sondern auch Freundlichkeit, Güte, Liebe. Mehr als man auf den ersten Blick erahnte.

Ihr war klar, dass es nichts bringen würde, mit Ciarán zu diskutieren. Sein Misstrauen war zu tief in seinem Bewusstsein verankert, führte vermutlich auf Jahre zurück, in denen er Abweisung erfahren hatte. Maebh fiel auf, dass sie nicht einmal wusste, wie alt er war. Oder woher er kam. Wohin er ging. Wovon er hoffte und träumte. Hatte er überhaupt Träume? Oder hatte er sie zusammen mit seinem Vertrauen in andere längst begraben?

»Du solltest schlafen«, sagte er.

»Was ist mit dir?«

»Ich komme auch so zurecht.« Die Lüge war so offensichtlich, dass er Maebhs Skepsis bemerkte, ohne dass diese etwas erwidern musste. »Schlaf einfach. Die nächsten Tage werden hart.«

»Genau deshalb solltest du dich auch ausruhen.«

»Maebh.« Seine Stimme klang halb sanft, halb gequält. »Bitte.«

»Wann hast du das letzte Mal vernünftig geschlafen?«

Er seufzte und sah ihr direkt in die Augen, dass sich Gänsehaut auf ihren Armen bildete. »Ich kann erst dann wieder richtig schlafen, wenn ich meinen Stab zurückhabe. Wenn ich weit weg von hier bin, wo mich kein König je finden kann.«

Da war mehr, das erkannte Maebh an der Art, wie er am Ende des Satzes Luft holte. Aber Ciarán schwieg, wandte sich ab, als hätte er bereits jetzt zu viel von sich preisgegeben. Und Maebh war klar, dass es keinen Zweck hatte, weiterzubohren. Der Schmerz war deutlich aus seinen Worten herauszuhören, erkennbar an der Art, wie er den Kiefer anspannte, an der Dunkelheit, die hinter seinen Augen schimmerte. Und auch wenn alles in ihr danach schrie, herauszufinden, was diese Dunkelheit war, so ahnte selbst sie, dass die Antwort darauf ihr Untergang sein könnte.

17

Der Herbst war bekannt für seine Launen, dennoch überraschte es Maebh, als sie am nächsten Morgen mit Ciarán zusammen ins Freie trat und von einem strahlend blauen Himmel begrüßt wurde. Die Kälte, die in der Luft lag, erinnerte sie daran, dass der Winter nicht mehr lange auf sich warten ließ, doch die Sonnenstrahlen bildeten einen wärmenden Kontrast, der augenblicklich ihre Stimmung hob. Ein seliger Seufzer glitt über ihre Lippen, ehe sie fragend zu Ciarán hinaufblickte, der die Szene vor ihnen in Augenschein nahm.

Da das Inn mitten im Zentrum der Stadt lag, herrschte reges Treiben. Karren ratterten lautstark über die gepflasterten Straßen, Menschen unterhielten sich laut, Händler priesen ihre Waren an. Irgendwo schrie ein kleines Kind. Ein Trubel, den Maebh so noch nie gesehen hatte, dass ihr der Mund offen stehen blieb.

Ohne auf ihr Erstaunen einzugehen, marschierte Ciarán los. Er wirkte seltsam entschlossen, wahrscheinlich konnte er es gar nicht erwarten, die Einkäufe zu erledigen und die Stadt hinter sich zu lassen. Ob er überhaupt geschlafen hatte?

Als Maebh vorhin aufgewacht war, hatte er es jedenfalls nicht mehr, wobei sein Lager vollkommen unangetastet erschienen hatte. Wie machte er das nur? Ginge es nach Maebh, würde sie den lieben langen Tag verschlafen. Manchmal, wenn sie nicht gerade damit beschäftigt war, ihren gestohlenen Mantel zurückzuholen, tat sie das sogar.

Sie lächelte und merkte sofort, wie das Wetter aber auch die erholsame Nacht ihre Laune hoben. Statt in Selbstmitleid zu versinken, war sie heute hoffnungsvoll, dass sie ihr Ziel erreichen konnte. Irgendwie.

Der Hafen, der nur eine Straße vom Inn entfernt lag, war falls möglich noch betriebsamer als der Rest der Stadt. Der große Platz, von dem aus hölzerne Piers in den Ozean hineinragten, war über und über von bunten Marktständen belagert, an denen vor allem Lebensmittel angeboten wurden. Der Geruch von frischem Fisch lag in der Luft und während Ciarán angewidert die Nase rümpfte, als ihnen ein Schwall davon entgegenschlug, ließ er Maebh das Wasser im Mund zusammenlaufen. Sie fühlte sich an einen warmen Sommertag erinnert, den sie mit ihren Geschwistern draußen auf den Sanddünen verbrachte, träge in der Sonne liegend mit vollem Magen. Heute brachte die Erinnerung daran einmal keinen Schmerz, sondern Vorfreude.

Sie überließ Ciarán die Führung, der genau zu wissen schien, wo sie ihre Vorräte am besten aufstocken konnten. Frischer Fisch war zwar keine Option, doch inzwischen war Maebh so weit an die menschliche Kost gewöhnt, dass selbst die Aussicht auf Käse sie beflügelte. Dazu gab es Nüsse und getrocknete Beeren – alles eine willkommene Abwechslung zu dem trockenen Brot, auf dem sie die letzten Tage herumgekaut hatte.

Allmählich füllte sich ihre Tasche, wobei Ciarán ohne Anstalten für alles bezahlte. Nicht, dass Maebh eine andere Möglichkeit gehabt hatte, dennoch wunderte es sie, woher seine scheinbar unermesslichen Goldvorräte stammten. Sie musste ihn bei Gelegenheit fragen.

»An einen wie dich verkaufe ich nicht.« Maebh war zu sehr in ihren Gedanken versunken gewesen, dass sie den feindseligen Blick des Händlers erst bemerkte, als dieser seinem Unmut bereits Luft gemacht hatte. Er war ein älterer Mann mit faltigem, blassen Gesicht, blondem Haar und einem vollen Bart. Abweisend hatte er die muskulösen Arme vor der Brust verschränkt und musterte abwechselnd erst Ciarán, dann Maebh, als könnte er nicht so recht verstehen, wieso um alles in der Welt die beiden gemeinsam unterwegs waren.

»Wir sind einfache Reisende«, erwiderte Ciarán kühl, beinahe routiniert. »Wir wollen nur unsere Vorräte aufstocken.«

»Einfach Reisende, hä?« Die laute, barsche Stimme des Händlers erregte die Aufmerksamkeit der umstehenden Menschen, die sich nach und nach ungeniert um den Backwarenstand versammelten. »So siehst du mir aber nicht aus.«

Der Händler deutete mit dem Kinn auf Ciaráns Gesicht und Maebh verstand. Aus der Ferne fiel das dunkle, satte Blau in seinen Augen kaum auf, doch wenn man ihm nahe genug kam, konnte man die Magie darin nur zu deutlich sehen. Die Ströme und Wirbel, undurchdringliche Tiefe wie der Ozean selbst.

»Ich kann bezahlen.«

»Ich will dein verdammtes Geld nicht«, zischte der Händler. »Verschwinde von hier.«

»Bitte«, mischte sich Maebh vorsichtig ein. »Wir wollen nichts Böses.«

Der Mann zögerte. Er wandte sich von Ciarán ab, um stattdessen sie genau in Augenschein zu nehmen. Dabei veränderte sich sein Blick, Unsicherheit lag mit einem Mal darin, aber auch etwas anderes, das ihre Haut zum Prickeln brachte.

»Bitte«, wiederholte sie sanft.

»Hat er dich etwa verhext?« Trotz der Anschuldigung klangen seine Worte weicher als noch gerade eben, was Maebh Hoffnung schöpfen ließ. An ihrer Seite verkrampfte sich Ciarán. Sie konnte ihm anmerken, dass er etwas sagen oder am liebsten verschwinden wollte, doch sie griff nach seiner Hand. Nicht nur, um ihn aufzuhalten, sondern auch, um ihr eigenes rasendes Herz zu beruhigen. Er war nicht ausgeschlossen, dass sie sich hier um Kopf und Kragen redete.

Mühevoll schob sie den Gedanken beiseite und setzte ein sanftes Lächeln auf. »Nein«, erklärte sie geduldig. »Wir reisen nur zusammen. Aber dafür brauchen wir Vorräte. Würdest du uns etwas von deinem Brot verkaufen? Bitte.«

Maebh hielt den Blickkontakt, während der Mann sie noch immer wie gebannt betrachtete. Als könnte er nicht verstehen, was hier vor sich ging. Wieso sie sich für Ciarán einsetzte. Die Menschentraube um sie herum begann, verschwörerisch zu murmeln, ohne dass Maebh einschätzen konnte, worüber sie so aufgeregt tuschelten.

Mit jeder Sekunde, die verstrich, wurde sie nervöser, bis sie am Ende sogar halb zitternd in ihre Tasche griff und das Säckchen voll Geld herausholte, das Ciarán ihr gegeben hatte. Etwas hölzern, aber entschlossen, ihre Position zu unterstreichen, legte sie es auf die Holzplatte, die er als provisorischen Verkaufstresen verwendete, bevor sie scheu ein weiteres »Bitte« hinzufügte.

Sie hielt Ciaráns Hand so fest, dass es ihm vermutlich wehtun musste, aber endlich regte sich der Mann. Er löste die vor der Brust verschränkten Arme, sein Blick wurde sanfter, dann nickte er. »Natürlich. Was darf's sein Mädchen?«

Zu ihrer Verwunderung kam er ihrer Bestellung ohne weitere Widerworte nach. Er reichte ihnen das Brot, das sie als Proviant kaufen wollten, legte sogar ein Gebäckstück mit drauf, dessen honigsüßer Geruch Maebhs Magen zum Grummeln brachte. Nachdem er ihr die Summe genannt hatte, gab sie ihm mehr, als er verlangte, bevor sie sich jetzt zuversichtlich lächelnd an Ciarán wandte. »Brauchen wir noch etwas anderes?«

Sein Gesichtsausdruck hatte etwas Überfordertes an sich, das nicht recht zu ihm passen wollte. Kein Vergleich zu seiner sonst so ernsten Miene, was Maebh fast ein Kichern entlockt hätte. Kaum merklich schüttelte er den Kopf, eine stille Antwort, über die sie sehr erleichtert war, denn noch immer lag sämtliche Aufmerksamkeit auf ihnen. Wie auch Ciarán schienen die umstehenden Leute nicht so recht zu wissen, wie sie mit der Situation umgehen sollten. Als hätte ihnen nie jemand beigebracht, dass man mit Freundlichkeit oft mehr erreichte als mit Wut oder Druck.

Ein letztes Mal wandte sich Maebh an den Händler und schenkte ihm ein strahlendes Lächeln, während sie sich herzlich bedankte. Dann zog sie Ciarán mit sich vom Marktstand weg.

Die Menge machte ihnen freiwillig Platz, wobei Maebh nicht entging, dass alle Blicke jetzt nicht auf ihrem Begleiter, sondern auf ihr lagen. Die meisten davon waren wohlwollend, manche Menschen lächelten sogar, und ein kleines Mädchen zupfte aufgeregt am Kleid seiner Mutter und deutete mit dem Finger auf Maebh. Es war seltsam, aber auch gleichermaßen beflügelnd. Denn es zeigte ihr, dass die Menschen nicht nur schlecht waren. Dass nicht alle unbelehrbare Monster waren. Und wenn sie das Gute in ihnen herauslocken konnte, dann war es vielleicht sogar möglich, dass Ciarán es ebenfalls erkannte.

Sie folgten dem Verlauf des Flusses in Richtung Osten, wobei sie sich an dessen nördlichem Ufer aufhielten. Während sie das Meer langsam zurückließen, kam Maebh nicht umhin, ständig besorgt auf die ruhige Oberfläche des Wassers zu schauen, aus Angst, das sich dort ein weiteres Monster rühren könnte. Irgendwann sprach Ciarán sie sogar darauf an.

»Du brauchst dir wegen des Kelpies keine Sorgen zu machen«, erklärte er. Das erste Mal seit dem Markt, dass er überhaupt das Wort an sie richtete. »Kelpies haben es auf Menschen abgesehen. Und ihre Magie funktioniert nur, wenn du auf ihrem Rücken sitzt.«

Maebh nickte. Nie wieder würde sie sich freiwillig auf ein Pferd setzen. Vor allem nicht, wenn ein Kobold sie freundlich aufforderte.

»Was, wenn mich eines verzaubert?« Maebh konnte sich nicht vorstellen, dass irgendetwas auf der Welt sie dazu bewegen könnte, das zu tun. Gleichzeitig kannte sie aber auch die Geschichten um die Macht der Kelpies. Dass sie mit ihrer Schönheit und ihrem Zauber Nichtsahnende zu einem Ritt verführten.

»Magie, die den Geist manipuliert«, fuhr Ciarán ungewohnt redselig fort, »funktioniert bei anderen magischen Wesen nicht so gut wie bei Menschen. Die sind erheblich leichter zu beeinflussen.«

Sie liefen nebeneinanderher und Maebh konnte seinen Blick förmlich auf sich spüren, obwohl sie weiter geradeaus sah. Bereits in der Stadt hatte sie seine Hand losgelassen, dennoch war er ihr gerade so nah, als kettete ihn irgendetwas an sie. Oder sie an ihn …

Verlegen wandte sie den Kopf, um ihn anzusehen, wobei sie beide unbewusst stehen blieben. Die Farbe in Ciaráns Augen verblasste allmählich, war nur noch ein zartes Blau, das sie an Winter erinnerte. In ihnen stand eine unausgesprochene Frage, die Maebh nicht einmal erahnte. Herausfordernd hob sie eine Braue, denn wenn er sich einbildete, dass sie seine Gedanken lesen konnte, und es ihm so ersparte, den Mund aufzumachen, hatte er sich getäuscht.

Eine Weile lieferten sie sich ein wortloses Blickduell, das Maebhs Puls vollkommen durcheinanderbrachte. Wenn er sie so ansah, wurde ihr warm und kalt zugleich, während eine kaum greifbare Nervosität ihren Körper befiel. Immer wieder öffnete Ciarán den Mund, setzte an, nur um die Worte gleich darauf zu verwerfen.

»Du hättest das nicht tun müssen«, sagte er schließlich, und Maebh wusste sofort, dass er eigentlich etwas anderes hatte sagen wollen.

»Was?«

»Das Brot«, fuhr er seufzend fort, wobei er ihr nicht mehr in die Augen sah, sondern den Blick auf einen imaginären Punkt neben ihrem Gesicht gerichtet hielt. »Ich wäre schon mit dem Kerl fertig geworden. Notfalls hätten wir das Brot woanders kaufen können.«

»Es war einen Versuch wert.« Maebh war überrascht darüber, wie lange er an die Situation auf dem Marktplatz gedacht hatte. »Man muss nicht jeden Konflikt mit Gewalt und harschen Worten lösen.«

Ciarán zog amüsiert einen Mundwinkel nach oben, was Maebhs Herz kurz stolpern ließ. »Ich habe da andere Erfahrungen gemacht.« In seiner Stimme schwang ein eigenartiger Unterton mit.

»Hast du es überhaupt probiert?«

Endlich wandte er sich ab und setzte den Weg fort. Dabei merkte Maebh erst jetzt, wie flach sie ihren Atem während des Gesprächs unbewusst gehalten hatte.

»Glaub mir, kleine Robbe, so funktioniert das bei mir nicht. Wenn ich einmal lächele, holen die Menschen eher ihre Mistgabeln, als dass sie vernünftig mit mir reden.«

»Ach, komm schon«, erwiderte sie. »Dir täte es gut, mehr zu lächeln.«

»Das wage ich, zu bezweifeln.« Er versuchte, seine Stimme bewusst finster klingen zu lassen, doch der zuckende Mundwinkel strafte ihn Lügen. Maebh glaubte nicht, dass diese Reaktion das Ergebnis ihrer Arbeit war, sondern, dass er sich hauptsächlich über ihre Naivität amüsierte.

»Bei dem Händler vorhin hat es jedenfalls funktioniert.«

»Was sicher nicht an der magischen Kraft eines Lächelns lag.«

»Denkst du etwa, ein Streit hätte uns weiter gebracht?«

Ciarán starrte sie von der Seite an. Wieder dieser Ausdruck in seinen Augen. Wieder etwas, das er dachte, aber nicht aussprach.

Maebh seufzte. »Du solltest wirklich ein wenig mehr Vertrauen in andere haben.«

Nun hob er skeptisch die Brauen. »So wie du in den Kobold?«

Unter normalen Umständen hätte Maebh ihm die Aussage übel genommen, doch er schien selbst zu realisieren, dass der Vorwurf unangebracht war.

»Entschuldige.«

Maebh zuckte mit den Schultern und setzte demonstrativ ein Lächeln auf, während sie damit begann, in ihrer Tasche herumzukramen. »Na ja, wenn man es so sieht. Bedenkenloses Vertrauen ist vielleicht nicht immer optimal. Andererseits …« Endlich fand sie, wonach sie gesucht hatte, und zog das süße Gebäck, das der Händler ihr geschenkt hatte, heraus. »Wird man manchmal auch dafür belohnt.«

Sie biss herzhaft hinein und verzog verzückt die Lippen. Die vielen neuen, unbekannten Geschmäcker brachten ihre Zunge beinahe zum Explodieren und sie wünschte sich, Siobhan wäre hier, um davon zu probieren, bevor sie sie einen Vielfraß schimpfte.

Ciarán starrte sie fassungslos an, als sie ein Stück abbrach und es ihm hinhielt.

»Du meinst also, das Risiko, dich in Gefahr zu bringen, ist es vollkommen wert, solange ab und zu etwas zu essen für dich herausspringt?« Trotz des Spotts in seiner Stimme nahm er Maebhs Angebot an.

»Essen ist wichtig«, antwortete sie unbekümmert. »Wenn der Winter kommt, brauche ich den Speck, um mich vor der Kälte zu schützen.«

Daraufhin lachte Ciarán. Zum ersten Mal. Laut. Aufrichtig. Echt. Und das Herz in Maebhs Brust geriet völlig durcheinander. Sie spürte, wie Röte ihr in die Wangen schoss, weshalb sie ihre Aufmerksamkeit schnellstmöglich auf ihr verspätetes Frühstück richtete. Doch der Klang von Ciaráns Lachen hallte in ihrem Inneren wider wie das vertraute Rauschen der Wellen, wenn sie gegen Sceilg Mhichil prallten. Es erinnerte sie an zu Hause. An Familie.

Sie biss sich auf die Zunge. Gar nicht auszudenken, wie er reagieren würde, wenn er wüsste, was ihr gerade durch den Kopf ging. Und dennoch wollte sie es wieder tun. Ihn erneut dazu bringen, in ihrer Gegenwart so ausgelassen zu sein.

Welch ein absurder Gedanke.

18

Obwohl der Nieselregen die meiste Zeit dicht an ihren Fersen haftete, kamen Maebh und Ciarán schnell voran. Das lag vor allem daran, dass der Weg, den sie für ihre Reise nach Cill Aire eingeschlagen hatten, auch als Handelsroute zur Hauptstadt diente. Zwar begegneten sie so gut wie keinen Menschen, über weite Strecken fand sich sogar eine Art Weg, der sich zwischen den grasbewachsenen Hügeln hindurch ins Zentrum des Königreichs schlängelte. Hin und wieder kamen sie an einem einsamen Bauernhaus vorbei, wo Maebh nach dem Weg fragen konnte, wenn sie sich einmal nicht sicher waren.

Dieser Teil des Landes war dichter besiedelt als die raue Küste, an der Maebhs Heimat lag, und der Herbst hatte hier umso deutlicher Einzug gehalten. Während die Hügel und Bäume in der Nähe des Ozeans dank der milden Temperaturen noch teilweise grün gewesen waren, offenbarte sich hier der Herbst in all seiner Schönheit. Gold dominierte die Landschaft, das unter der grauen Wolkendecke umso intensiver erstrahlte. Allerdings brachte der Wechsel der Jahreszeiten nicht nur das mit sich, sondern auch eins: Kälte.

Landeinwärts sanken die Temperaturen vor allem nachts so weit, dass Maebh Ciaráns Mantel kaum reichte. Besonders die konstante Nässe machte ihr zu schaffen. Die Wälder, die vereinzelt zwischen den Hügel lagen, waren nicht dicht genug, um einen ausreichenden Schutz vor dem Regen zu bieten. Und gerade jetzt, mehr denn je, sehnte Maebh sich nach der tröstenden Wärme ihres Robbenfells, das selbst den Tiefen der See standhielt.

Doch was sie über all dem verwunderte, war die Tatsache, wie Ciarán es aushielt. Denn obwohl er sich in Neidín frische Kleidung besorgt hatte, war der neue Mantel, den er trug, wesentlich dünner als sein alter. Maebh rechnete jede Nacht damit, dass er halb erfror, aber zu ihrer Überraschung, beschwerte er sich kein einziges Mal. Nein, die Kälte schien ihn nicht einmal zu stören.

Irgendwann, sie näherten sich gerade dem Ende der dritten Tagesetappe, sprach sie ihn darauf an.

»Ist dir nicht kalt?« Es waren die ersten Worte, die sie seit dem Aufbruch am Morgen wechselten, und inzwischen war es der Helligkeit der Wolken nach zu urteilen Nachmittag.

»Nein.« Ciarán lief ihr ein Stück voraus, wandte sich nicht einmal um, um ihr zu antworten.

Obwohl Maebh behaupten würde, dass sie mittlerweile so etwas wie Freunde waren, ließen sich ihre Gespräche an einer Hand abzählen. Ciarán war niemand, der sich gern äußerte, solange er nichts zu sagen hatte, wohingegen sie manchmal kaum den Mund halten konnte. Das führte dazu, dass sie ihm alles erzählte, was ihr gerade in den Sinn kam. Eine Anekdote aus ihrer Vergangenheit, eine Geschichte, die sie einmal gehört hatte. Ob er ihr zuhörte? Schwer zu sagen, aber er hatte sie nie dazu aufgefordert, die Klappe zu halten. Also schien er sich zumindest nicht daran zu stören.

»Mir ist furchtbar kalt«, fuhr sie deshalb ungeachtet seiner einsilbigen Antwort fort. »Ist es an Land immer so kalt?«

»In der Nähe des Meeres schwanken die Temperaturen nicht so stark«, erklärte er. »Weil das Wasser nicht so schnell abkühlt – vor allem dort, wo du herkommst. Aber sobald man mehr ins Landesinnere reist, sieht das anders aus.« So viel auf einmal hatte Ciarán seit dem ersten Tag nicht gesprochen.

»Bist du schon sehr weit gereist?«

Dieses Mal ließ er sich etwas Zeit mit der Antwort, hielt den Blick weiterhin starr nach vorne gerichtet, sodass Maebh nur seinen dunklen Haarschopf betrachten konnte.

»Mein ganzes Leben lang.«

Maebh schnappte überrascht nach Luft. »Hast du denn kein Zuhause?«

»Nein.«

»Aber wieso nicht?«

Eigentlich müsste ihr klar sein, dass solche Fragen sie nichts angingen. Dass vor allem jemand wie Ciarán ihr diese nicht beantworten würde, doch ihre Neugier behielt die Oberhand. Und zu ihrer Überraschung reagierte er. Mit einem gequälten Seufzen drehte er sich um, wartete auf der Stelle, bis sie zu ihm aufgeschlossen hatte, ehe er antwortete: »Weil es schwer ist, ein Zuhause zu finden, wenn dich nirgendwo jemand haben will.«

Die Aufrichtigkeit seiner Antwort sowie die Kälte seines Blicks schnürten Maebh die Kehle zu. So hatte sie die Sache nie betrachtet. Dabei wusste sie selbst, dass zu Hause nicht unbedingt ein Ort, sondern mehr ein Gefühl war. Für sie bedeutete »zu Hause«, dort zu sein, wo immer sich ihre Familie aufhielt. Auf den felsigen Klippen von Sceilg Mhichil, auf den Sandbänken weit draußen vor der Küste, selbst in den dunkelsten Tiefen des Ozeans.

»Es war keine Übertreibung, als ich gesagt habe, dass die Menschen meinesgleichen nicht trauen. Du hast es doch erlebt.«

»Aber so sind nicht alle«, gab Maebh reflexartig zu bedenken und dachte dabei an all die freundlichen Leute, die sie auf ihrer Reise kennengelernt hatte. Ja, diese Welt bot so manchen Schrecken, doch das war eben nur eine Seite der Medaille.

Ciarán schüttelte den Kopf. »Nein. Aber die allermeisten. Und selbst die, die nicht sofort mit Steinen nach dir werfen, sind kaum besser. Egal, was du ihnen gibst, was du für sie tust, sie sind nur so lange gut zu dir, wie sie dich ausnutzen können.«

»Aber …«

»Maebh«, unterbrach er sie harsch. »Es ist nicht so, als ob ich es nicht versucht hätte. Ich habe versucht, offen zu sein, ihnen zu zeigen, dass die Geschichten, die man sich über die Finfolk erzählt, nicht der Wahrheit entsprechen.«

»Das tut mir leid.« Sofort bereute sie, dieses Gespräch überhaupt angefangen hatte. Auch wenn ihr Glaube an das Gute in den Menschen fast unerschütterlich war, konnte sie Ciaráns Erfahrungen nicht einfach ignorieren. Er hatte jahrelang unter ihnen gelebt. Der Ernst in seiner Miene verdeutlichte, dass er nicht übertrieb.

Sie wandte den Blick ab, unfähig, ihm weiter in die Augen zu sehen. Neben ihnen plätscherte der Fluss leise vor sich hin. Regentröpfchen brachten seine Oberfläche zum Kräuseln, unter der Maebh Fische erkannte, die hin und wieder nach etwas zu essen schnappten.

»Schon gut«, murmelte Ciarán. »Ich habe mich daran gewöhnt, dass sowieso keiner zuhört.«

»Ich höre dir zu!« Sofort sah sie ihn an, wobei die Entrüstung in ihrer Stimme sie selbst überraschte.

Ciarán hob die Braue, sein Mundwinkel zuckte, und auch wenn die Verbitterung nicht ganz aus seinem Blick verschwunden war, wirkte er weniger angespannt als noch vor einem Moment. »Das tust du wohl.«

»Na also«, erwiderte Maebh zufrieden. »Und ich bin sicher nicht die Einzige.«

Seufzend legte er den Kopf in den Nacken. Die Geste wirkte fast schon gequält, doch Maebh hoffte, dass es – zumindest ein wenig – gespielt war. »Du bist viel zu naiv, kleine Robbe.«

»Und du bist ein unverbesserlicher Pessimist, Herr Zauberer.«

»Hexer«, verbesserte er sie.

»Siehst du, da fängt es schon an.« Maebh verschränkte belehrend die Arme vor der Brust. »Wenn du dich selbst so negativ wahrnimmst, wieso sollen es die Menschen anders machen? Hexer klingt böse. Herr Zauberer ist viel freundlicher.«

»Eigentlich hat das damit zu tun, dass …« Er stockte.

»Dass?«, bohrte Maebh stirnrunzelnd nach.

»Psst.« Er hob den Finger an die Lippen.

»Hm?«

Ihr Verstand kam nicht schnell genug nach. Zu spät realisierte sie, dass er etwas gehört hatte, da hatte Ciarán sie auch schon gepackt und mit sich hinter ein Gestrüpp am Ufer des Flusses gezogen. Die spitzen Äste kratzten Maebhs Gesicht und boten nur bedingt Deckung. Gleichzeitig konnten sie aber genau beobachten, was auf der anderen Seite vor sich ging.

Zuerst erkannte Maebh überhaupt nichts. Die mit Sträuchern und einzelnen Bäumen durchzogene Wiese lag verlassen da. Kein Mensch weit und breit. Nicht einmal ein Vogel war irgendwo zu sehen. Dann drehte der Wind, und ein Geräusch wurde direkt an ihr Ohr getragen. Jemand sang.

»Dúlamán na binne buí, dúlamán Gaelach
Dúlamán na farraige, be'fhearr a bhí in Éirinn.«

Als Maebh die Worte erkannte, runzelte sie die Stirn. »Was? Das Lied. Wieso singt er ein Lied über Seetang? Ist er etwa ein …«

Ciarán stieß sie in die Seite, und endlich realisierte sie, dass ihr die Stimme bekannt vorkam. Sofort fiel jede Leichtigkeit von ihr ab, ein Schauer erfasste ihren ganzen Körper.

Wenige Augenblicke später traten zwei Gestalten in ihr Sichtfeld. Fínghin Ó Sé und der zweite Soldat, den sie zuletzt am Strand gesehen hatte, kurz nach Ciaráns Rettung. Er führte ein Pferd mit sich und war erstaunlich heiter, sang vor sich hin, pfiff und schien die Reise sichtlich zu genießen.

Fínghin wirkte dagegen wesentlich mitgenommener. Eher schlurfend als gehend folgte er seinem Kumpanen in einigem Abstand. Seine Haltung war gebeugt und selbst aus der Entfernung entging Maebh das leichte Humpeln nicht.

»Was machen die hier?« Sie biss sich auf die Zunge, aber glücklicherweise hatte sie die Aufmerksamkeit der beiden Männer nicht erregt. Diese zogen nur weiter ihres Weges, jeder mit sich selbst beschäftigt, ohne ein Auge für ihre unmittelbare Umgebung. Ein Vorteil für Maebh und Ciarán, die unbewaffnet vermutlich keine Chance gegen die beiden hatten.

Sobald sie sich außer Hörweite befanden, konnte sich Maebh kaum beherrschen.

»Wie kann das sein?«, platzte es aus ihr heraus. »Müssten sie nicht schon längst in Cill Aire sein?«

Ciarán erhob sich langsam aus der Deckung, wobei er zögernd den Blick schweifen ließ. Seine Körperhaltung war angespannt, die Hände entschlossen zu Fäusten geballt. »Wer weiß«, antwortete er. »Vielleicht hat der eine in Neidín gewartet, nachdem er vorausgereist ist. Unser Freund Fínghin sieht jedenfalls nicht so aus, als wären die letzten Tage leicht für ihn gewesen.«

»Er hat mit dem Púca gekämpft«, gab Maebh zu bedenken und erschauderte bei der Erinnerung.

»Und ist vermutlich noch geschwächt.« Ciarán legte den Kopf schief. »Du weißt, was das bedeutet.«

Möglicherweise standen ihre Chancen gegen die beiden doch nicht so schlecht wie vermutet. Wenn sie das Überraschungsmoment nutzten, konnten sie mit etwas Glück einen direkten Kampf vermeiden.

»Dein Stab!«, rief Maebh begeistert aus, ehe ihr – viel zu spät – auch ein anderer Gedanke kam: »Und mein Mantel!«

Wie Schatten huschten sie den Soldaten hinterher, stets darauf bedacht, außer Sichtweite zu bleiben. Ein Kinderspiel, denn einerseits kamen die Männer wegen Fínghins Verletzung nur langsam voran, andererseits hinterließ das Pferd deutliche Spuren im feuchten Grund, sodass es Maebh und Ciarán ein Leichtes war, ihnen auf den Fersen zu bleiben.

Für den Rest des Tages wechselten sie kein Wort miteinander. Ciarán lief ihr in einigem Abstand voraus, da er bei Weitem mehr Erfahrung damit hatte, sich so lautlos wie möglich durch die Natur zu bewegen. Auf diese Art war Maebh nur umso einsamer mit sich und ihren Gedanken, während sie durch das breite Tal in Richtung Norden wanderten.

In ihrem Kopf wütete ein Orkan an Gefühlen. Aufregung, Vorfreude, Panik. Alles zusammen. Falls ihr Vorhaben glückte, musste sie nicht einmal ehr in die Hauptstadt, um ihren Mantel zurückzubekommen. Das war die optimistische Stimme in ihrem Kopf. Gleichzeitig war da aber auch die irrationale Furcht, dass der Soldat ihn gar nicht mehr bei sich hatte. Im Vergleich zu Ciaráns Stab war der Mantel nichts, wonach der König explizit suchte. Fínghin hätte ihn genauso gut in Neidín oder irgendwo sonst auf dem Weg verkaufen können. Und Maebh war leider zu überrascht über das plötzliche Auftreten der beiden Männer gewesen, um nachzusehen, ob sie ihren Schatz bei ihm entdecken konnte.

Nicht auszumalen, was passieren würde, wenn dies tatsächlich der Fall wäre. Wenn ihr Mantel gerade jemand anderem Wärme spendete oder schlimmer noch: sich auf einem der Handelsschiffe befand, die in Neidín vor Anker gelegen hatten.

Nein. So durfte sie nicht denken. Er musste einfach bei den Soldaten sein. Und sie würden ihn sich zusammen mit Ciaráns Stab wiederholen und sicher nach Hause zurückkehren. Keine Gefahren mehr, keine zwielichtigen Gestalten oder Monster, die in Wäldern lauerten. Nur ihr Zuhause. Siobhan, Sceilg Mhichil, ihre Familie.

Doch seltsamerweise erfüllte sie der Gedanke daran nicht nur mit Freude, sondern auch, und das war neu, einem Tropfen Wehmut. Hätte man sie vor ein paar Tagen gefragt, hätte sie sich nichts sehnlicher gewünscht, als endlich wieder in ihre eigene Welt zurückzukehren. Jetzt war der Wunsch zwar immer noch da, aber lange nicht so präsent. Ja, sie wollte ihre Familie wiedersehen, doch gleichzeitig gab es hier so viel zu entdecken. Die endlosen Wälder und Felder, die Gipfel der Berge, Dörfer, Städte. Ein ganz eigenes Universum, das bisher vor ihr verborgen gewesen war und dessen Grenzen sie gerade erst ertastete.

Würde sie das einfach so zurücklassen können, wenn die Zeit kam?

19

Die Zeit zog sich wie zäh fließender Honig, bis endlich die Nacht hereinbrach und die Soldaten ihr Lager aufschlugen. Im Licht des sichelförmigen Mondes hatten sie noch ein beachtliches Stück zurückgelegt, hinaus aus dem Tal in die weite Ebene, und sich am Flussufer niedergelassen. Hier zwischen zwei Ausläufern der Bergkette war das Land so flach, dass Maebh und Ciarán besonders vorsichtig sein mussten. Es gab nur ein paar Büsche und hohes Gras, hinter dem sie sich verbergen konnten.

Mit der Nacht kam auch die Kälte wieder, doch es stand außer Frage, ein Feuer zu entfachen. Stattdessen saßen sie in gebückter Haltung im hohen Gras und beobachteten die beiden Männer wortlos aus der Ferne. Der Geruch ihres Essens drang Maebh in die Nase, entlockte ihrem Magen ein verräterisches Grummeln, aber inzwischen war die Anspannung so greifbar, dass ihr vermutlich jeder Bissen im Hals stecken geblieben wäre.

»Ruh dich aus.« Ciaráns Stimme war so nah an ihrem Ohr, dass sie seine Worte als Windhauch auf ihrer Haut spürte.

Fragend legte sie den Kopf schief und sah ihn an. Im fahlen Licht schimmerten seine Augen, als wären sie aus Mondlicht gegossen, und auf seinen Lippen lag ein zuversichtliches Lächeln. *Bald haben wir es geschafft*, wollte es ihr sagen, aber Maebh fiel es schwer, seinen Optimismus zu teilen. Seltsam. Wann hatten sie so plötzlich die Rollen getauscht?

»Es wird noch eine Weile dauern, bis die beiden sich schlafen legen«, erklärte er weiter. »Sobald es soweit ist, müssen wir bei Kräften sein.«

Sie wollte erst fragen, ob das nicht auch für ihn galt, entschied sich jedoch dagegen. Einer musste schließlich ein Auge auf die beiden Männer behalten. Zur Antwort nickte Maebh nur zögernd, ehe sie versuchte, es sich so geräuschlos wie möglich bequem zu machen. Flach auf dem Rücken liegend war sie vor fremden Blicken geschützt, obwohl der feuchtkalte Boden ihr kaum Komfort bot.

Über ihr spannte sich der Himmel, der mittlerweile eine tiefschwarze Färbung angenommen hatte. Die Sicht war so klar, dass jeder einzelne Stern an ihm deutlich hervortrat. Funkelnde Diamanten auf einer schwarzen Decke, mal weiß, mal gelblich, manchmal sogar bläulich. Hin und wieder traten sie vereinzelt auf, an anderer Stelle standen sie so dicht beieinander, dass sich ein langes Band wie Nebel über den Himmel zog, bei dessen Antlitz sich Maebh immer furchtbar klein vorkam. Und zwischen all dem der Mond, der mittlerweile nur noch eine dünne Sichel bildete. Nicht mehr lange und sie würde die Halbzeit ihrer Frist erreicht haben, und bereits jetzt war sie ihrem Ziel zum Greifen nah.

Vielleicht, dachte sie, *kann ich mir ja ein paar Tage Zeit lassen?*

Nicht damit, ihren Mantel zurückzuerlangen, aber zumindest mit der Rückreise. Ihr blieb ein halber Mond dafür, und sie musste lediglich in der Nähe des Meeres sein, um sich zurückzuverwandeln. Wieso also nicht die verbliebene Zeit nutzen? Die Menschenwelt kennenlernen. Sehen, was sich alles jenseits des Ufers verbarg. Vielleicht konnte sie Ciarán fragen, ob er sie auf eine seiner Reisen mitnahm?

Ihr Blick fiel auf sein Gesicht, das vom Mond zur Hälfte erleuchtet wurde. Sein Kiefer war angespannt, während er konzentriert in Richtung der Soldaten starrte, in stiller Erwartung, dass es bald soweit sein würde. Nachdem er seinen Bart in Neidín gestutzt hatte, traten die Stoppeln inzwischen wieder deutlicher hervor, verliehen ihm etwas Verwegenes, beinahe Unbezähmbares.

Wie gern hätte Maebh die Hand danach ausgestreckt, ihre Finger erst über sein Kinn, seine Wange entlang und dann in seine Haare gleiten lassen. Einzig die Vernunft stoppte den Impuls. Schon bei ihrer ersten Begegnung hatte er Maebh verdeutlicht, wie wenig er von Berührungen oder plötzlichen Zuneigungsbekundungen hielt. Dann wiederum, war es seither immer wieder zu eben genau diesen gekommen. Und das nicht nur von ihr aus.

Ob sie einfach fragen sollte? Nein. So naiv war selbst sie nicht.

»Wieso starrst du mich an, kleine Robbe?« Seine Stimme war ein Raunen, das ihren Herzschlag augenblicklich beschleunigte.

»Tue ich nicht.«

»Tust du sehr wohl.«

»Nein. Ich schaue mir nur die Sterne an.«

Kurz sah sie seine weißen Zähne aufblitzen. Er veränderte seine Sitzposition, wobei seine Finger ganz flüchtig, zart, ihre Schulter streiften. Schon wieder.

Vorsichtig hob sie ihre Hand, gerade hoch genug, dass Ciarán es bemerkte, und deutete auf den Streifen über ihr, wo die Sterne am dichtesten standen.

»Sgríob Chlann Uisnich«, sprach sie leise. »*Der Pfad der Kinder Uisneachs*. Weißt du, wieso man das Sternenband so genannt hat?«

Ciaráns Blick wanderte nach oben. Still schüttelte er den Kopf.

»Der Name geht zurück auf die Geschichte von Deirdre und Noíse, einen der Söhne des Uisneach-Clans. Die beiden waren ineinander verliebt, doch Noíse fiel in einer großen Schlacht, woraufhin Deirdre ihm vor Kummer ins Grab folgte. Die Körper der beiden wurden aus der Erde gerissen und stattdessen separat beerdigt, doch schon bald wuchsen zwei Bäume aus den Gräbern, bis ihre Äste sich verzweigten. Dies verärgerte den König, der sie fällen ließ. Aber kurz darauf wuchs ein weiteres Paar in die Höhe. Wieder ließ er sie fällen. Und wieder wuchsen Sprosse aus der Erde. Irgendwann wurde es dem König zu viel. Er befahl, die beiden Liebenden noch einmal aus ihren Gräbern zu holen und sie an zwei sich gegenüberliegenden Seiten eines Sees beizusetzen, zu weit voneinander entfernt, um die Distanz zu überbrücken. Daraufhin versammelten sich zwischen den Gräbern die Sterne zu einem strahlenden Pfad, dem Sgríob Chlann Uisnich, der, so sagt man, Deirdre und Noíse auch heute noch verbindet.«

Maebh wusste gar nicht so genau, wieso sie Ciarán diese Geschichte erzählte. Er wirkte nicht wie jemand, der viel für alte Märchen übrig hatte, doch zu ihrer Überraschung, erhob er zögerlich die Stimme.

»Ich war dort«, flüsterte er. »An dem See, neben dem die beiden beerdigt sind. Hoch oben im Norden, im Königreich Ulaidh.«

Maebh runzelte die Stirn. »Ich dachte, du kanntest die Geschichte nicht?«

»Vielleicht wollte ich einfach nur, dass du sie mir erzählst?«

Hitze schoss durch ihren Körper, die selbst der Kälte der Nacht trotzte. Ihr ganzes Gesicht musste glühen wie die untergehende Sonne. Doch ehe ihr eine angemessene Reaktion auf Ciaráns Worte einfiel, hatte dieser sich bereits abgewandt.

»Ich glaube, es ist soweit.«

»Was?« Sie war so verwirrt, dass sie ein paar Sekunden brauchte, um sich wieder im Hier und Jetzt zurechtzufinden. Oder sich an ihre Mission zu erinnern.

»Zeit, dein Fell zurückzuholen, kleine Robbe.«

So richtig bewusst, wie sie am besten vorgehen sollten, war sich Maebh nicht, also heftete sie sich an Ciaráns Fersen und hoffte, dass er ihr schon sagte, was sie zu tun hatte, sobald es nötig war.

Mittlerweile hatte sich Stille über das Tal gelegt. Kein Tier war zu hören, kein Blätterrauschen, selbst der Fluss war hier so ruhig, dass das Wasser lautlos seinem Lauf folgte. Der Mond hatte alles in weiches, silbernes Licht getaucht, in dem es Maebh leichtfiel, sich zurechtzufinden und dabei auf Hindernisse zu achten, die ihr vielleicht ein verräterisches Geräusch entlockt hätten.

Schon bald waren sie nah genug am Lager der Soldaten, um das Schnarchen des einen Mannes zu hören, das beängstigend laut die Nacht durchschnitt. Der andere, Fínghin, lag dagegen still da, hatte sich unter seinem Mantel zusammengerollt, als quälte ihn ein besonders schwerer Albtraum. Zwischen ihnen war das Feuer bis auf die Glut heruntergebrannt, während das Pferd sorglos am Ufer des Flusses graste. Sowie es Maebh und Ciarán entdeckte, hob es nur schaulustig den Kopf, ohne einen Laut von sich zu geben.

Braves Tier.

Als sie nur noch wenige Schritte vom Feuer entfernt waren, verharrte Ciarán halb in der Hocke und bedeutete Maebh mit einem Wink, es ihm gleichzutun. Sorgsam sondierte sie das Lager.

Sie entdeckte Ciaráns Stab direkt neben dem zweiten, unbekannten Wachmann, der ihn so dicht bei sich liegen hatte, dass es schwierig werden würde, ihn zu holen, ohne den Mann aus dem Schlaf zu reißen. Zumal sein Schwert sich ebenfalls griffbereit in seiner Nähe befand. Ein falsches Geräusch und sie wären geliefert.

Neben ihr unterdrückte Ciarán ein Fluchen, während Maebh sich weiter umsah. Direkt auf der ihr gegenüberliegenden Seite des Feuers lag ein Bündel auf dem Boden. Sie entdeckte die Taschen der beiden Soldaten, einen Sattel, sowie – sie traute ihren Augen kaum – ein Stück Fell, das sie selbst in tiefster Dunkelheit erkannte hätte: Ihr Mantel.

Blitzartig beschleunigte sich Maebhs Herzschlag, als die vertraute magische Energie in ihren Körper strömte. Bereits jetzt spürte sie förmlich, wie sich der weiche Pelz an ihre Haut schmiegte, wie sich ihre Beine zu einer Schwanzflosse verbanden und Kälte auf einmal keine Rolle mehr spielte. Beinahe wäre sie in Tränen ausgebrochen, dabei wusste sie, dass ihnen die eigentliche Arbeit noch bevorstand.

Nervös tastete sie nach Ciaráns Hand, um mit der kurzen Berührung seine Aufmerksamkeit zu erlangen. Als er sie anblickte, strahlten seine Augen heller als der Mond, doch die Zuversicht von vorhin war Sorge gewichen. Kaum merklich sank er tiefer ins Gras, während sich Sorgenfalten in seine Stirn gruben. Wie sollten sie vorgehen?

Eine Weile beobachtete er die Männer, als wollte er sichergehen, dass sie auch wirklich schliefen, dann nickte er.

Mein Stab, formte er mit den Lippen, wobei er gleichzeitig auf sich deutete. Maebh verstand. Wenn er den erst einmal hatte, konnten ihm vermutlich selbst die Klingen der Soldaten nichts mehr anhaben.

Fragend zeigte Maebh auf sich, doch Ciarán schüttelte den Kopf. *Warte*, vermittelte er lautlos.

Sicher?

Er nickte, dann löste er sich aus seiner gebückten Haltung und schlich auf den schlafenden Soldaten zu. Je intensiver sie darüber nachdachte, desto mehr fragte sich Maebh, ob das der richtige Weg war. Sicher, ihnen bot sich gerade *die* Gelegenheit, aber sich plump anschleichen? Sie könnten irgendwo Lärm veranstalten und versuchen, die Wachen so wegzulocken, oder …

Sie verfluchte sich. Wieso fiel ihr dieser Plan erst jetzt ein? Jetzt, wo sie keine Chance mehr hatte, mit Ciarán darüber zu sprechen, denn der trat bereits in das warme Licht der Glut, das seiner Haut einen bedrohlichen roten Schein aufmalte.

Angespannt hielt Maebh den Atem an, beobachtete, wie er sich mit achtsamen und gleichzeitig fließenden Bewegungen durch das Lager schlich. Ein Schritt nach dem anderen. Nicht einmal das Rascheln seiner Kleidung war zu hören. Er war wie ein Schatten, weshalb sie sich unbewusst fragte, ob er so etwas öfter tat.

Mit jedem Stück, das er seinem Ziel näher kam, wurde Maebhs Herzschlag intensiver. Als hätte es sich vorgenommen, sie hier und jetzt zu verraten. Doch es war nicht ihr eigenes Herz, das sie auffliegen ließ, sondern das Pferd, das urplötzlich aufgeregt wieherte.

Einen Augenblick kam es Maebh so vor, als würde die Zeit stillstehen. Nichts rührte sich, nicht einmal Ciarán, der mit weit aufgerissenen Augen in Richtung des Tiers starrte. Dann passierte alles viel zu schnell. Der Soldat war schlagartig hellwach, als hätte er genau mit dieser Situation gerechnet. Sofort griff er nach seinem Schwert, attackierte Ciarán, der nur notdürftig ausweichen konnte und sich suchend nach einer Waffe umsah. In seiner Verzweiflung schnappte er sich den Spieß, auf dem die Überreste einer Mahlzeit steckten, und hielt ihn wie eine Klinge von sich gestreckt.

Fieberhaft überlegte Maebh, was sie tun sollte. Noch hatte sie niemand entdeckt. Vielleicht konnte sie das nutzen, um Ciarán einen Vorteil zu verschaffen? Während er im Zweikampf immer weiter zurückgedrängt wurde, rappelte sich nun auch Fínghin auf. Er wirkte sichtlich desorientierter als sein Begleiter. Müde. Geschafft. Doch sobald er erst einmal realisiert hatte, was geschah, tastete er ebenfalls nach seinem Schwert.

Maebh wurde klar, dass ihr keine Zeit blieb, sich einen Plan zu überlegen. Jede Sekunde zählte. Kopflos schoss sie aus der Deckung direkt auf Fínghin zu, den ihr plötzliches Auftauchen einen Moment lang aus dem Konzept zu bringen schien. Er blinzelte verblüfft, als wäre er nicht sicher, ob er gerade träumte, was Maebh Gelegenheit gab, an ihm vorbei zu hechten und dabei sein Schwert an sich zu reißen.

Nachdem sie ein paar Schritte Abstand gewonnen hatte, zog sie unbeholfen die Klinge aus der Scheide, um sie danach wie einen

Fremdkörper von sich zu halten. Die Waffe war gefühlt hundertmal schwerer als ihr Arm und so sehr, wie sie unter ihrem Griff zitterte, zweifelte Maebh daran, dass sie ihr von Nutzen sein würde.

Mittlerweile hatte Fínghin sich aufgerichtet. Die Nasenflügel vor Wut gebläht, stapfte er auf sie zu, wobei ihm allein diese Bewegung sichtbar Schmerzen bereitete.

»So sieht man sich wieder«, begrüßte er sie, während er versuchte, mit einem spöttischen Grinsen über seinen Zustand hinwegzutäuschen.

Maebh ließ sich davon nicht beirren, ahnte allerdings, dass ihre Chancen gegen ihn selbst jetzt verschwindend gering standen. Sie schaffte es ja kaum, das Schwert in der Hand halten.

Verzweifelt warf sie einen Blick zu Ciarán, der sich selbst nur mühsam gegen die zunehmend aggressiver werdenden Angriffe zur Wehr setzen konnte. Maebh war überrascht, dass er sich mit einem Spieß bewaffnet überhaupt so gut hielt. Wenn er doch einfach seinen Stab hätte …

Ihr Blick fiel auf den unscheinbaren, langen Stock, der unangetastet neben dem Schlaflager des Soldaten lag. An seinem Ende verzweigte sich das Holz zu kleinen Ästen, zwischen denen ein Kristall steckte, der im Mondlicht weiß schimmerte. Maebh ließ sich keine Zeit für Überlegungen. Reflexartig schleuderte sie das Schwert von sich, in der Hoffnung die beiden Männer damit nicht nur zu verwirren, sondern es auch Fínghin so umständlich wie möglich zu machen, an es heranzukommen. Die bleischwere Klinge flog keine vier Schritte weit, aber es musste reichen.

Hastig sprang sie zurück, als der Soldat nach ihr greifen wollte, und wäre dabei fast aus dem Gleichgewicht geraten. Dann schoss sie herum, stürzte sich auf den Stab, der am Boden lag.

»Sie will den Stab!«, stellte ihr Gegner fest, was nun auch seinen Begleiter alarmierte. Ohne auf ihn zu achten, schnappte sich Maebh das Artefakt. Das dunkle, verschlungene Holz schien vor Magie zu bersten und hinterließ ein kühles Prickeln auf ihrer Haut.

Kaum hatte sie den Stab in der Hand, gewann Ciarán im Kampf kurzzeitig die Oberhand. Maebhs Einsatz hatte den Soldaten aus dem Konzept gebracht, weshalb dieser den gezielten Schlag gegen seinen Brustkorb nicht hatte kommen sehen. Taumelnd fiel er nach hinten, was wiederum Maebh die Gelegenheit gab, Ciarán seine Waffe zuzuwerfen.

Als sich die Hand des Hexers um den Griff schloss, schien die ganze Luft auf einmal wie elektrisiert, als bestünde sie aus purer Magie. Gänsehaut bildete sich auf Maebhs Haut. Der Kristall leuchtete auf, und ein grelles Licht durchzuckte die Nacht wie ein Blitz. Doch genau so schnell erstarb es wieder und Ciarán sackte in die Knie.

Erst wusste Maebh nicht, was passiert war, bis sie den Pfeil erkannte, der sich in sein Bein gebohrt hatte. Im selben Moment landete ein weiterer in seiner Schulter. Ein schmerzverzerrtes Keuchen kam über seine Lippen. Gleichzeitig richtete sich der Soldat wieder auf, der nun seine Chance gekommen sah, das Schwert fest in der Hand.

Maebh fuhr herum in Richtung des Schützen. Dort, in einigem Abstand humpelte Fínghin auf das Pferd zu, gerade dabei, seine Armbrust auf seinem Rücken zu verstauen. Er hatte sich nicht einmal die Mühe gemacht, sein Schwert aufzuheben. Ihm musste klar sein, dass er keine Chance gegen Ciaráns Magie hatte.

Aber warum half er seinem Freund nicht?

Da realisierte sie, wieso er es auf einmal so eilig hatte. Sie erkannte das Bündel Fell, das er so fest an die Brust gepresst hielt, als wäre es ein Neugeborenes.

Er ließ seinen Kameraden zurück, um nicht zu riskieren, dass etwas mit Maebhs Mantel geschah. Panisch sah sie ihm hinterher. Sie hatte hier und jetzt die Möglichkeit, ihm hinterherzulaufen. Ihn in seinem geschwächten Zustand vielleicht noch einzuholen.

Aber Ciarán …

Entschlossen drehte sie sich um, ohne zu wissen, wie sie helfen konnte. Sie hatte nie gekämpft, außer zum Spiel mit ihren Geschwistern, doch für Zweifel war es jetzt zu spät. Stattdessen nahm sie Anlauf und warf sich mit ihrem gesamten Körpergewicht in die Seite des zweiten Soldaten. Der Aufprall schmerzte – sie selbst vermutlich mehr als ihn. Aber er reichte, um ihn zu Boden zu reißen.

Maebhs Blick fand Ciaráns. Schock stand in seinen Augen geschrieben, während ihre Lippen ein stilles Flehen formten. Er musste etwas tun. Irgendwas. Und er verstand.

»Weg von ihm!«, rief er.

Obwohl der Schmerz ihn beinahe zu zerreißen schien, sammelte er all seine Kräfte. Das Licht erfüllte erneut das Tal, und dieses Mal blieb es bestehen, während Maebh hastig von dem Soldaten wegstolperte, der sich bereits wieder aufrichtete. Sein Atem ging keuchend, formte bei jedem Zug feine Nebelschwaden, die sich in winzige Eiskristalle auflösten und zu Boden rieselten. Ein Schrei kam über seine Lippen, der sich in der Kälte verlor, und binnen Sekunden erstarrte sein Körper zu Eis. Es geschah so schnell, dass Maebh kaum realisierte, was sie sah, bis das Licht wieder erstarb.

Neben ihr brach Ciarán endgültig zusammen.

Hufgetrappel durchschnitt die Nacht und wurde leiser.

Und Maebhs Mantel war erneut in unerreichbare Ferne gerückt.

20

Nachdem der Lärm verebbt war, stürzte sich Maebh neben Ciarán und versuchte mit aller Kraft, ihn in eine andere Position zu bewegen, in der sich die Pfeile nicht noch tiefer in sein Fleisch bohrten. Besorgt legte sie ihm eine Hand an die Stirn.

»Ciarán?« Seine Haut fühlte sich bitterkalt an, als wäre er selbst mit den Soldaten zu Eis erstarrt. »Ciarán? Hörst du mich?«

Er reagierte nicht.

»Bitte, bleib bei mir.«

Vor lauter Überforderung wusste sie nicht, was sie sonst sagen sollte. Panik schoss ihr durch die Venen, mehr als während des Aufeinandertreffens mit den Männern. Was wenn …?

Nein.

Sie strich Ciarán die Haare aus der Stirn, dann legte sie ihr Ohr an seine Brust. Sein Herz schlug, leise, doch rasch wie ein Vogeljunges. Er lebte. Aber würde er es schaffen?

Beklommen betrachtete Maebh die Pfeile, die in seinem Körper steckten. Einer im Oberschenkel. Der andere hatte sein Herz um einige Zentimeter verfehlt. *Keine wichtigen Organe*, dachte sie zumindest. So genau kannte sie sich mit der menschlichen Anatomie nicht aus.

»Ciarán?« Sie wünschte, er würde ihr antworten. Und ihr am besten sagen, was sie tun sollte.

Sie hatte so viele Menschen vor dem Ertrinken bewahrt, doch solche Kampfwunden überstiegen ihren Erfahrungshorizont. Normalerweise, wenn sie verletzt war, leckte sie sich die Stelle. Als Robbe, verstand sich. Aber Ciarán war keine Robbe. Mist. Mist. Mist.

Vor lauter Angst stiegen ihr die Tränen in die Augen. Ihr war klar, dass sie seine Situation nicht verbesserte, indem sie nur tatenlos herumsaß. Aber was, wenn sie stattdessen einen Fehler beging?

Sollte sie die Pfeile herausziehen? Irgendetwas auf die Wunden legen? Pflanzen? Sie hatte ja nicht einmal gelernt, welche Beeren essbar waren.

Maebh war so verzweifelt, dass sie die Schritte, die sich ihr näherten, erst bemerkte, als eine unbekannte Gestalt sich neben sie kniete.

Beinahe hätte sie laut aufgeschrieben aus Furcht, der Soldat wäre aus seiner Starre erwacht, doch die Person, die jetzt unbeirrt Ciaráns Puls an seiner Kehle ertastete, war Maebh nicht bekannt.

»Was tust du da?«

Angsterfüllt reagierte ihr Körper von allein, streckte die Hände aus, um die des Fremden wegzudrängen. Doch der ließ sich kaum beirren. Antwortete nicht einmal auf ihre Frage, sondern sagte nur plump: »Er wird es schaffen.«

Obwohl Maebh völlig aufgewühlt war, löste die Erleichterung die Schwere in ihrer Brust. Bangend betrachtete sie den Mann von der Seite, während ihr allerlei Fragen durch den Kopf geisterten.

Wer war er? Wo kam er her? Wie hatte er es geschafft, so schnell hier aufzutauchen?

Sie biss sich auf die Lippe. »Du wirst ihm doch nicht wehtun, oder?«

Lachfältchen bildeten sich um seine Augenwinkel, die selbst im Mondlicht deutlich zu erkennen waren. Sein Haar war dunkel, sein Gesicht dagegen wirkte alterslos, was in Maebh die Frage aufwarf, ob er überhaupt ein Mensch war.

»Nein.« Wenn er einer war, dann keiner der gesprächigen Sorte.

Still beobachtete Maebh ihn dabei, wie er in einer mitgebrachten Tasche kramte, die einen eigenartigen Duft verströmte. Er erinnerte sie an einen Wald, war aber gleichzeitig vollkommen überladen mit den verschiedensten Noten, dass ihr schwindelig wurde, als der Mann etwas daraus zutage förderte. Mit einem Ruck zog er die beiden Pfeile aus Ciaráns Körper, doch selbst der damit verbundene Schmerz konnte diesem nicht mehr als ein kraftloses Stöhnen entlocken.

»Der Zauber hat ihn viel Energie gekostet«, beantwortete der Fremde Maebhs unausgesprochene Frage und warf dabei einen Blick auf den Soldaten, der hinter ihm festgefroren war.

»Ist er tot?« Maebh schluckte.

»Nein. Ein paar Stunden, einen Tag vielleicht, dann lässt die Magie nach, solange ihn vorher niemand auftaut. Schlimmstenfalls wird er danach erkältet sein. Halt das mal für mich, bitte.«

Er reichte ihr ein Bündel aus Stoff, während er sich selbst daran machte, eine pechschwarze Tinktur anzurühren. Maebh bereitete es Mühe, überhaupt hinzusehen. Obwohl der Mann ihr versichert hatte, dass Ciarán es schaffte, ließ sie das viele Blut, das unaufhaltsam aus den Wunden quoll, das Schlimmste vermuten.

»Na, na. Kein Grund, zu weinen.«

Maebh hatte gar nicht realisiert, dass die Tränen ihr noch immer über die Wangen rollten. Erst, als der Mann kurz mit dem Daumen darüberstrich, spürte sie die Feuchtigkeit auf ihrer erhitzten Haut. Er schenkte ihr ein Lächeln, das unter seinem vollen, langen Bart kaum zu erkennen war, dann machte er sich wieder daran, Ciarán zu versorgen. Er goss eine stinkende Flüssigkeit auf die Wunden, um sie auszuwaschen, bevor er ein paar getrocknete Pflanzen aus einem Säckchen darüberstreute. Danach nahm er Maebh die Stoffe ab, strich die Tinktur darauf und verband anschließend die Verletzungen.

Das alles geschah so schnell, dass Maebh nur fasziniert dabei zusehen konnte. Die Bewegungen des Mannes wirkten routiniert, als würde er jeden Tag irgendwelche Wanderer versorgen, die in ein unerwartetes Gefecht verwickelt worden waren, was ihre Verwirrung nur verstärkte.

»Wer bist du?«, wollte Maebh wissen.

»Nicht hier«, raunte der Mann und sah sich dabei um. »Die Grenzen sind dünn. Keine Zeit, uns mit Förmlichkeiten aufzuhalten. Hilf mir lieber.«

Gemeinsam halfen sie dem bewusstlosen Ciarán auf. Ein anstrengendes Unterfangen, denn er war größer als sie beide und schwer. Der Mann stieß einen frustrierten Laut aus, ehe er die Finger in den Mund steckte und einen eigentümlichen Pfeiflaut ausstieß, der Maebh an den Gesang eines Vogels erinnerte.

Der Schrei einer Eule ertönte wie zur Antwort, bevor sie durch die Nacht segelte und neben ihnen im Gras landete. Ein schönes, ungeahnt großes Tier, mit Gefieder, das schimmerte, als hätte es

Sternenlicht darin gefangen, und Augen, die leuchteten wie flüssiges Gold. Der Anblick weckte eine unliebsame Erinnerung, die Maebh erschrocken zurücktaumeln ließ, sodass Ciaráns Gewicht allein auf ihren schmalen Schultern ruhte.

Panisch sah sie dabei zu, wie die Eule ihre Schwingen ausbreitete und sich verwandelte. Ihre Größe veränderte sich. Federn wurden zu Fell. Klauen zu behuften Beinen. Flügel zu einem Geweih strahlend hell wie die Sonne. Nur die Augen blieben gleich.

Maebh wich einen weiteren Schritt zurück. Ihre Beine zitterten unter der Last. Grenzenlose Furcht erfüllte sie, als sie dem Púca in die Augen sah. Die Erinnerungen an jene verhängnisvolle Nacht im Wald kehrten mit aller Kraft zurück. Die Dunkelheit. Die Magie. Oisin.

Sie wollte wegrennen, dabei war ihr klar, dass sie mit Ciarán keine zehn Schritte weit kommen würde. Aber was blieb ihr sonst? Sich dem Wesen kampflos ergeben? Und wieso rührte der Fremde sich nicht?

Fragend betrachtete er sie von der Seite, scheinbar nicht im Geringsten beunruhigt durch das plötzliche Erscheinen des Gestaltwandlers.

»Deine erste Begegnung mit einem Púca?«, fragte er.

Maebh schüttelte den Kopf. Wie konnte er nur so sorglos sein? Er schlenderte sogar auf das Wesen zu.

Ungläubig beobachtete sie ihn dabei, wie er die Hand ausstreckte und dem Púca, der jetzt in seiner weißen Hirschgestalt steckte, über die die Seite strich.

»Spéir wird euch nichts tun«, versicherte der Mann. »Sie wird uns helfen, deinen Freund an einen sicheren Ort zu bringen. Sie ist eine alte Freundin von mir.«

Maebh schüttelte vehement den Kopf.

»Sie wird euch nichts tun.«

»Aber …« Sie wusste nicht, was sie sagen sollte. Konnte kaum in Worte fassen, was sie erlebt hatte. »Ich habe gesehen, wie …«

»Ein Púca jemanden angegriffen hat?« Die Stimme des Mannes war sanft.

Maebh nickte, sah entgeistert dabei zu, wie sowohl er, als auch der Geist auf sie zukamen. Immer wieder huschte ihr Blick zur Seite, in stiller Erwartung, dort die Ranken zu entdecken, die die anderen bei lebendigem Leibe verbrannt hatten. Aber nichts dergleichen geschah. Einen Augenblick später befand sich der Kopf des Wesens auf einer Höhe mit ihrem. Die goldenen Augen bohrten sich förmlich in ihre Gesicht, Magie strömte durch sie hindurch, direkt in Maebhs Bewusstsein, liebkoste sie mit beruhigender Wärme. Sie schluckte, als ihr mit einem Mal etwas klar wurde. Diese Welt war gemein, voll von Gut, Böse und allem dazwischen – und das Gleiche galt für die Magie. Mit einem Unterschied: Magie log nicht. Sie konnte die wahren Absichten ihrer Quelle nicht verbergen.

Wenn ihr Ursprung böse war, so war sie es auch.

Selbst im Wald hatte sie es gespürt. Der Púca dort war kein unheilvoller Geist gewesen. Erst Fínghins Pfeil hatte seinen Zorn geweckt.

Vielleicht war das auch der Grund, wieso sie Ciarán vertraute. Weil keine Bosheit in seiner Magie steckte. So wie bei dem Wesen, das ihr nun auffordernd seinen Rücken anbot.

Maebhs Widerwille bröckelte. Und schließlich nickte sie, bevor der Fremde ihr half, Ciaráns Körper auf den Leib des Púcas zu hieven.

21

Obwohl er Ciarán und sie nicht bei lebendigem Leib aufgefressen hatte, konnte Maebh dem Púca auch dann nicht vertrauen, als er in Gestalt eines Eichhörnchens neben der Feuerstelle hockte und dort eifrig an einer Schale Nüsse knabberte. Als Nagetiers wirkte er zwar bei Weitem weniger bedrohlich, dennoch entging Maebh nicht, wie seine goldenen Augen immer wieder nach ihr suchten.

Inzwischen schien es Ciarán besser zu gehen. Zumindest war seine Ohnmacht einem friedlichen Schlaf gewichen, nachdem seine Bandagen die Blutung gestillt hatten. Maebh blieb an seiner Seite, obwohl der hölzerne Boden kalt und unbequem war, und bemühte sich eifrig darum, ständig seine Temperatur zu prüfen.

Als plötzlich eine Decke auf ihr landete, fuhr sie erschrocken zusammen. Sie war versucht, sie abzustreifen, noch immer beklommen wegen ihrer Situation, da stellte ihr der Mann eine Schale voll dampfender Flüssigkeit neben die Beine. Er selbst nahm auf einem hölzernen Stuhl an der offenen Feuerstelle Platz, die einzig andere Sitzgelegenheit neben einem Fell auf dem Boden und der Schlafstätte, die Ciarán in Beschlag genommen hatte.

Die Hütte war winzig, rund und befand sich in einem Waldstück in der Nähe des Talausgangs, wo sie vor den Blicken neugieriger Reisender geschützt war. Neben ihr lag ein kleiner Wasserfall, den Maebh selbst über das Knistern der Flammen hinweg hörte.

Im einzigen Raum roch es nach einer Mischung aus Holz und Kräutern, von denen einige über dem Feuer zum Trocknen hingen. Ein verblüffend gemütlicher Ort, hier mitten im Nirgendwo.

»Du musst die Unordnung entschuldigen«, sagte der Mann, nachdem er den ganzen Weg geschwiegen hatte. »Hier draußen bekomme ich nicht häufig Gesellschaft.«

Maebh nickte, ließ den Blick weiter schweifen über Schränke und Regale, die voll waren mit Säckchen, Töpfen, Kesseln und sogar einigen Schriftrollen aus Papier.

»Also, was verschlägt eine Selkie und einen Hexer der Finfolk in diesen Teil der Welt?«

Maebh zuckte ertappt zusammen. Dabei musste sie zumindest Ciaráns Stab, der neben der einzigen Eingangstür an die Wand gelehnt war, verraten haben.

»Woher …?«

»Die Magie, die dein Freund verwendet, war im ganzen Tal zu spüren«, erklärte er. »Ich war gerade dabei, Mondtau zu sammeln, da ging sein Zauber wie eine Erschütterung durch die Luft. Sehr mächtig.«

Maebh hob überrascht die Brauen. »Dann bist du auch ein magisches Wesen?«

»Ja und nein.«

»Was meinst du?«

Der Mann nahm einen Schluck aus seiner Schale und legte den Kopf in den Nacken. Im warmen Licht der Feuerstelle fiel es Maebh nicht leichter, sein Alter einzuschätzen.

»Ich bin ein Mensch, falls das deine Frage beantwortet«, erklärte der Mann.

»Aber du kannst Magie spüren?«, horchte sie verwirrt nach. Es wäre das erste Mal, dass ihr ein Mensch unterkam, der etwas mit Zauberei am Hut hatte und sie nicht nur fürchtete. Doch zu ihrer Überraschung nickte der Fremde.

»Mein Name ist Daithi. Ich bin ein Druide, ein Diener der Göttin Danu.«

Danu. Maebh hatte Geschichten über sie gehört. Selbst unter den Selkies war sie bekannt als die Schöpferin der Welt und Mutter der Tuath Dé, dem Volk der Götter.

»Ich wusste nicht, dass die Göttin menschliche Diener hat oder die Menschen überhaupt noch an sie glauben.«

»Nicht mehr viele.« Daithi seufzte. »Mit der Ausbreitung des Solaetums geraten unsere Traditionen und Gottheiten in Vergessenheit. Mit jedem Jahr werden wir weniger und meinesgleichen, einst mächtige Berater, zieht sich in die Einsamkeit zurück.«

»Kann man denn nichts dagegen tun?«

»Mädchen, man kann sich dem Lauf der Dinge nicht erwehren. Wir befinden uns in einer Spirale. Alles, was du siehst, was du kennst, was du liebst, was du weißt, ja das Leben und das Universum selbst folgen ihrem Lauf. Die Dinge kommen und gehen, doch niemand hat die Macht das Rad der Welt aufzuhalten. Also müssen wir das Beste aus dem machen, was uns gegeben ist.«

Maebh nickte müde. Die Worte des Druiden hatten die Traurigkeit zurückgebracht. Zärtlich strich sie Ciarán eine dunkle Haarsträhne aus dem Gesicht, um sich von ihren eigenen wirbelnden Gedanken abzulenken.

»Du schuldest mir aber immer noch eine Antwort.«

Sie nickte, schluckte hart, um den Kloß in ihrem Hals loszuwerden, ehe sie sprach. »Mein Name ist Maebh. Das hier ist Ciarán. Er ist mein Begleiter. Die Soldaten des Königs haben seinen Stab gestohlen und meinen Mantel. Wir verfolgen sie seit Tagen, um unsere Sachen zurückzubekommen, bevor sie sie dem König bringen.«

»Deshalb der Kampf.«

Maebh nickte. »Wir dachten, wir könnten uns unauffällig an sie heranschleichen und …« Tränen traten ihr erneut in die Augen. Ihr Mantel. Ihr kostbarer Mantel. Sie war gescheitert. Schon wieder. »Wenigstens hat Ciarán seinen Stab zurück.«

Und sie hatte sein Leben gerettet. Doch so froh sie über diesen Umstand und diese Entscheidung war, sie brachte auch Bitterkeit mit sich. Denn nun gab es für ihn keinen Grund, mit ihr gemeinsam zu reisen. Er hatte zurück, wofür er hierhergekommen war. Und sobald er wieder auf den Beinen war, war sein Schicksal nicht mehr an Maebhs gebunden. Sie würde allein weiterziehen müssen und irgendwie versuchen, an ihren Mantel zu kommen, während die Zeit knapper wurde.

»Trink etwas Tee, Maebh.«

Sie nickte und nahm dankend die Schale in die Hände. Die Wärme des Getränks sowie sein süß-herber Geschmack nach Kräutern und Honig beruhigten ihre angeschlagenen Nerven und brachten Müdigkeit mit sich.

»Hast du Hunger?«

Kopfschütteln. Sie war nur erschöpft.

»Wenn du willst, kann ich dich ein wenig ruhen lassen«, schlug Daithi vor. »Ich bin aus gutem Grund vorhin hinausgegangen. Vielleicht ist es nicht zu spät, noch etwas Mondtau zu sammeln.«

»Wenn es dich nicht stört, dass wir hier allein sind.«

»Ach, wieso denn? Ich habe so selten Gäste, da komme ich mir furchtbar vor, euch keine Gesellschaft zu leisten. Aber wenn ihr beide erst einmal Ruhe braucht, kann ich derweil meiner Arbeit nachgehen.«

Daraufhin stand der Druide auf und nahm sich seine Tasche von der Stuhllehne. Er trug weite, zweckmäßige Kleidung, die aus den verschiedensten Materialien zusammengenäht schien. Schuhe besaß er keine.

»Daithi?« Als er gerade zur Tür hinaus wollte, hielt Maebh ihn auf.

Er warf einen fragenden Blick über die Schulter. »Ja?«

»Danke für deine Hilfe.«

»Nicht dafür, Mädchen.«

Hinter ihm fiel die Tür ins Schloss und Maebh war mit Ciarán allein in der Hütte. Auch wenn es angenehm war, der Tee köstlich schmeckte und sie sich hier so sicher fühlte wie schon seit Langem nicht mehr, kam sie nicht zur Ruhe. Der Kummer über ihren Mantel zerfraß sie, obwohl sie die richtige Entscheidung getroffen hatte, Ciarán zur Hilfe zu eilen.

Traurig betrachtete sie sein friedliches Gesicht, das im Schlaf nicht von den üblichen Sorgen zerfurcht war. So wirkte er ein ganzes Stück jünger. Glücklicher. Maebh legte ihm erneut zögernd die Hand auf die Stirn, doch dieses Mal verharrte sie nicht dort. Stattdessen wanderten ihre Fingerkuppen langsam, zärtlich erst über seine Schläfe, dann entlang der Wange zu Ciaráns Kiefer. Die Stoppeln seines Barts kratzten sanft auf ihrer Haut. Zögerlich umfasste sie die Seite seines Gesichts mit der Hand und strich mit dem Daumen darüber. Das Gefühl war beinahe vertraut, sandte ein angenehmes Prickeln ihren Arm hinauf, während sie sich insgeheim wünschte, sie könnte ihn öfter so berühren, ohne sich dabei wie eine Verbrecherin vorzukommen.

Ertappt zuckte sie zurück und wandte den Blick ab. So etwas durfte sie nicht einmal denken. Erst recht nicht bei Ciarán.

Um sich abzulenken, sah sie sich ein weiteres Mal im Raum um. Dabei entdeckte sie das Eichhörnchen, das es vorgezogen hatte, hierzubleiben, statt seinem Freund zu folgen. Es musterte Maebh aus treuen, goldenen Augen und wieder war da diese Welle der Magie, die ihren Körper erfasste. Anscheinend war das die Art des Púcas zu kommunizieren und ihr zu versichern, dass er nichts Böses wollte.

Maebh rang sich ein sanftes Lächeln ab. »Du wirst mich doch nicht auffressen, oder?«, fragte sie mit schiefgelegtem Kopf.

Zur Antwort blinzelte das Wesen zweimal, was hoffentlich Nein bedeutete, denn etwas mutiger geworden streckte Maebh die Hand nach ihm aus.

»Willst du herkommen?«

Kurz zögerte es, als hätte es mehr Angst vor ihr als sie vor ihm, doch dann kam das pelzige Tierchen herbeigehüpft und beschnupperte ihre Hand. Dort, wo seine winzigen Pfötchen sie berührten, war der Magiestrom besonders intensiv. Warm und wohltuend.

»Es tut mir leid, dass ich dir zuerst misstraut habe«, murmelte Maebh. »Einer deiner Freunde hat mir einen ziemlichen Schrecken eingejagt.«

Eine Untertreibung, doch sie wollte nicht darauf eingehen. Ihr war klar, dass der Púca rein aus Selbstschutz gehandelt hatte, bevor sein Zorn am Ende die Kontrolle gewonnen hatte.

Wie zu Bestätigung krabbelte das Eichhörnchen an ihrem Arm hinauf. Strich um ihren entblößten Nacken, was ihr ein leises Kichern entlockte, bevor es sich in ihrem Schoß niederließ und dort zufrieden zusammenrollte. Es kostete Maebh einen Funken an Überwindung, um auch die letzten Zweifel beiseitezuschieben, aber dann strich sie mit den Fingern über das weiche, weiße Fell.

Die wiederholende Bewegung heilte ihr bröckelndes Herz ein klein wenig und zusammen mit dem Tee sowie Ciaráns sanften Atemgeräuschen fühlte sich Maebh bald nicht mehr so einsam. Womöglich hatte Daithi genau das gemeint, als er ihr von den Spiralen erzählt hatte. Vielleicht war es Schicksal gewesen, dass sie heute ihren Mantel nicht zurückbekommen hatte, sondern nur ein weiterer Schritt auf ihrer Reise. Wenn ja, half es nichts, dem, was hätte sein können, nachzutrauern. Stattdessen musste sie, wie er gesagt hatte, das Beste herausholen aus dem, was ihr gegeben worden war.

Ein Dach über dem Kopf. Wärme. Behaglichkeit. Und die Gewissheit, dass sie richtig gehandelt hatte. Denn wenn sie ehrlich war, hatte sie sich inzwischen so sehr an das Fehlen ihres Mantels gewöhnt, dass ihr der Gedanke daran, Ciarán zu verlieren, unendlich schlimmer vorkam.

Maebh konnte nicht lange geschlafen haben, als eine plötzliche Berührung am Kopf sie aus einem wirren Traum erwachen ließ. Erschrocken zuckte sie zusammen, brauchte ein paar Sekunden, um sich daran zu erinnern, wo sie sich befand und wie sie hierhergekommen war. Im Kamin knisterte noch immer das Feuer – scheinbar war Daithis Abschied gar nicht so lange her. Oder er war schon wieder zurück.

Nein, das hätte sie mitbekommen.

Langsam öffnete sie die Augen. Sie lag auf der Seite, den Kopf in Richtung Wand gerichtet und auf Ciaráns unverletzte Schulter gebettet. Ein Umstand, der ihr sofort Hitze in die Wangen rauschen ließ.

»Maebh?« Seine Stimme klang brüchig, reichte jedoch, um sie ruckartig in die Höhe schießen zu lassen. Die plötzliche Bewegung wurde von dem Púca, der in Maebhs Arm geschlafen hatte, mit einem empörten Fiepen quittiert.

»Entschuldige«, murmelte sie halb benommen, während sie sich den Schlaf aus den Augen rieb. »Habe ich dir wehgetan?«

»Nein.«

Die Antwort kam so direkt, dass Maebh kurz die Stirn runzelte. Dabei musterte Ciarán sie aus klaren, hellen Augen, in denen gleichzeitig alles und nichts geschrieben schien. Als würde er sie zum ersten Mal sehen.

Scheu wandte sie den Blick ab, kraulte stattdessen das Eichhörnchen, das bereits wieder in ihrem Schoß döste. Scheinbar war es genauso erschöpft, wie sie sich fühlte.

»Wo sind wir?«, fragte Ciarán.

»Im Haus eines Druiden. Er hat uns am Flussufer entdeckt. Und Spéir hier hat geholfen, dich herzubringen.«

»Hast du schon wieder einen neuen Freund gefunden?«

Maebh zuckte mit den Schultern. Gerade fiel es ihr schwer, überhaupt ein Wort herauszubringen. Womöglich war das die unbewusste Angst, ihr wild schlagendes Herz könnte gleich mit heraushüpfen.

»Können wir ihnen vertrauen?«

Sie nickte vorsichtig. Für eine andere Antwort wäre es ohnehin zu spät.

»Maebh?« Ohne Warnung lag Ciaráns Hand auf ihrer. Seine raue Haut ein angenehm kühler Kontrast zu der Hitze, die in ihrem Körper umherwirbelte. Sie schielte zu ihm hinüber. Mittlerweile hatte er sich halb aufgerichtet und schien dabei keine Schmerzen zu haben. Die Kräuter des Druiden mussten ein Wunder bewirkt haben. »Wo ist dein Mantel?«

Sie schluckte. Ein Zittern fuhr durch ihren Körper, das sie verzweifelt mit einem Lächeln zu überspielen versuchte.

»Maebh.«

Wie hypnotisiert betrachtete sie Ciaráns Hand. Der gebräunte Teint neben ihrem eigenen blassen. Die vielen Furchen und Linien, die von einem ganzen Leben zeugten, während ihre so zart und glatt waren, als hätte sie sie nie benutzt.

»Der eine, Fínghin …«, erklärte sie mit leiser Stimme. »Er konnte fliehen. Er hat meinen Mantel. Anscheinend war er ihm lieber als das Leben seines Freundes.«

Ciarán verkrampfte sich, entzog sich ihr und starrte stattdessen ins Feuer. »Du hättest das nicht tun müssen.«

»Es war meine Entscheidung.« Jetzt fiel es ihr leichter, zu lächeln, obwohl sie am liebsten schon wieder in Tränen ausgebrochen wäre. »Und immerhin hast du deinen Stab zurück. Ziemlich beeindruckend, was du damit alles zaubern kannst.«

Ciaráns Mundwinkel zuckte nach oben, wobei sein Blick auf das Artefakt fiel, das neben der Tür lehnte. Noch immer leuchtete der Kristall dezent, und selbst jetzt spürte Maebh die Energie, die darin gefangen war, auf ihrer Haut.

»Er war nach der langen Zeit kaum mit Magie aufgeladen«, ging Ciarán auf ihren Ablenkungsversuch ein. »Normalerweise hätte mich so ein Zauber nicht so leicht entkräften dürfen.«

»Machst du Witze? Du hast den Soldaten in eine Eisstatue verwandelt.«

»Aber nur ihn. Wenn ich gewusst hätte, dass der andere … Es tut mir leid, Maebh.«

Obwohl jeder Funke an Verstand, der noch übrig war, ihr eine Warnung entgegenschleuderte, beugte sich Maebh ein Stück nach vorne. Gerade weit genug, dass sie ihre Hand ausstrecken und an seine Wange legen konnte, um ihn so dazu zu bringen, ihr wieder in die Augen zu sehen.

»Es ist in Ordnung«, versicherte sie ihm, obwohl das Zittern in ihrer Stimme ihre Worte Lügen strafte. »Wir hatten ja sowieso nicht damit gerechnet, auf die Soldaten zu treffen. Ich mache einfach weiter mit dem Plan, gehe nach Cill Aire und hole mir dort meinen Mantel zurück.«

Ausgesprochen waren die Worte viel zu leicht. Wenn sie nur irgendwie auch daran glauben könnte …

22

Als das hereinfallende Sonnenlicht sie am nächsten Morgen weckte, bemühte sich Maebh, keinen zu großen Lärm zu veranstalten. Ciarán schlief tief und fest, und obwohl es ihr beinahe das Herz entzweiriss, wusste sie, dass sie alles nur schmerzhafter machen würde, wenn sie sich von ihm verabschiedete. Stattdessen kramte sie nur ihre Sachen zusammen, warf sich den Mantel über, den sie zwar am liebsten hiergelassen hätte, ohne den sie aber nachts erfrieren würde, und schlich sich auf Zehenspitzen aus dem Haus des Druiden.

Draußen wurde sie von Vogelgezwitscher und feinem Nebel begrüßt, der ihre Füße kühl umwaberte. Der Geruch des nahenden Winters lag in der Luft und obwohl die Sonne durch das goldene Blätterdach brach, war es so kalt, dass Maebh den Mantel enger um sich schließen musste. Ein paar Schritte von der Hütte entfernt, direkt neben dem Wasserfall, diente ein umgestürzter Baum als Bank, von der aus Daithi sie aus wachen Augen beobachtete.

Zögernd näherte sie sich ihm.

»Schläfst du denn nie?«

Er grinste. »Die Nacht ist zu schön, um sie zu verschlafen. Meistens lege ich mich gegen Mittag erst hin. Und du? Brichst du schon auf?«

»Mir bleibt nicht mehr viel Zeit«, erklärte sie, während sie zum Wasserfall ging, um dort ihren Schlauch auszuwaschen und neu zu befüllen. »Bis zum nächsten Vollmond muss ich meinen Mantel finden und zurück an die Küste. Und ich weiß nicht einmal, wie ich jetzt weitermachen soll.«

»Was ist mit deinem Freund?«

Sie seufzte. »Ciarán hat seinen Stab zurück. Für ihn gibt es keinen Grund mehr, weiter mit mir zu reisen.«

»Sieht er das denn auch so?« Daithis wissender Blick ließ sie kurz zögern. Dabei kannte sie die Antwort genau.

»Er reist ohnehin nicht in Gesellschaft«, beendete sie das Thema. »Und ist nicht gern unter Menschen.«

Daithi lachte herzhaft. »Na dann wird er später ein böses Erwachen erleben.«

»Er weiß von dir«, erwiderte sie. »Dass du uns geholfen hast.«

»Du meinst also, dass er nicht gleich ein Gewitter auf meine Hütte jagen wird?«

Nun hob auch Maebh die Mundwinkel. Sie war sich nicht einmal sicher, ob er das konnte, aber vermutlich wusste der Druide das besser als sie.

»Daithi, wie alt bist du eigentlich?« Die Frage kam von allein über ihre Lippen.

Überrascht hob er die buschigen Augenbrauen, bevor er einen Moment zu überlegen schien. »Wenn ich mich noch recht erinnere, dann müsste ich inzwischen über zweihundert Winter erlebt haben.«

Maebh stand der Mund offen. Für ein Selkie war dieses Alter nichts ungewöhnliches, doch für Menschen galten andere Regeln.

Als könnte er ihre Gedanken erahnen, fügte Daithi hinzu: »Magie wirkt manchmal auf mysteriöse Weise.«

»Das tut sie.« Verlegen trat Maebh von einem Bein aufs andere. »Ciarán geht es übrigens schon besser. Deine Kräuter haben Wunder gewirkt.«

Für einen Sekundenbruchteil wirkte der Druide überrascht und fuhr sich mit der Hand über den struppigen Bart. »Haben sie das?«

Maebh nickte eifrig. »Ja. Tausend Dank dafür. Und dafür, dass du uns Unterschlupf gewährt hast.«

»Gern geschehen, Maebh.«

»Dann werde ich mich wohl auf den Weg machen«, sprach sie viel zu leise. Jetzt, wo sie nicht mehr herumtrödeln konnte, traf sie die Nervosität vor der bevorstehenden Reise mit voller Wucht.

»Bist du sicher, dass du nicht auf deinen Freund warten willst?«

Sie schüttelte entschieden den Kopf. »Nein. Es ist besser so. Danke noch einmal für deine Hilfe.«

Der Druide stand auf, deutete eine Verbeugung an. »*Go dté tú slán, Maebh.*«

»*Slán agat, Daithi.*«

Als sie aus dem Wäldchen trat und sich direkt am Talsausgang wiederfand, drängte ihr die Schönheit des Herbstes beinahe die Tränen in die Augen. Warmes, gleißendes Sonnenlicht erleuchtete das Land, die Hänge der Berge, die Oberfläche des Flusses, das Laub der Blätter, verwandelte alles in eine Welt aus Gold, deren Schönheit nicht zu ihrer Stimmung passte. Regen. Nur dieses eine Mal wünschte sie sich Regen, der sie begleitete. Graue Wolken, klirrende Kälte, Wetter, das sie nicht noch trauriger machte als ohnehin schon.

Seufzend ließ Maebh den Blick schweifen. Von hier aus war der Fluss in Sichtweite, doch sie erinnerte sich nicht genau, wo die Soldaten ihr Lager aufgeschlagen hatten. Lag es in Richtung von Maebhs Ziel? Sie wollte nicht herausfinden, ob der Mann noch immer zu Eis erstarrt war oder auf sie lauerte, denn jetzt konnte sie sich nicht mehr auf Ciarán verlassen, um sie zu beschützen.

»Wenn du nur wie angewurzelt stehen bleibst, schaffst du es nie nach Cill Aire.«

Vor Schreck hätte sie beinahe aufgeschrien, bis ihr klar wurde, wer sich ihr unauffällig von hinten genähert hatte. Doch obwohl sich allein der Klang seiner Stimme anfühlte wie Balsam, wagte Maebh es nicht, sich umzudrehen. Wenn sie ihm jetzt ins Gesicht sah, würde sie nur in Tränen ausbrechen. Oder schlimmer: ihm um den Hals fallen.

Angespannt ballte sie die Hände zu Fäusten, starrte hinauf zu einer schneeweißen Wolke, die am sonst klaren Firmament genauso verirrt zu sein schien, wie Maebh sich fühlte.

»Du bist schon wach?«

»Es ist schwer, auszuschlafen, wenn jeder einzelne Vogel auf den Beinen ist und alles nach Salbei stinkt.«

Sie sog scharf Luft ein. Genau das, was sie hatte vermeiden wollen, war eingetreten. Ciarán ließ ihr keine Wahl. Jetzt konnte sie ihn nicht ohne ein Wort des Abschieds zurücklassen.

»Ciarán, ich …« Maebh stockte. Sie hatte beste Absichten, das Ganze kurz und schmerzlos hinter sich zu bringen, aber ihre Zunge rührte sich nicht. Sie schien festzukleben, und ehe sie ein weiteres Wort herausbrachte, kam Ciarán ihr zuvor.

»Du wolltest doch nicht etwa ohne mich weiterziehen?«

Entgegen ihrer Vorsätze wandte sie sich um, sah ihm direkt in die hellen, strahlenden Augen und merkte zu spät, wie nah er ihr war. Sein Geruch, in dem tatsächlich ein Hauch von Salbei mitschwang, drang ihr in die Nase, ein Umstand, über den sie fast gelacht hätte.

Ciarán hatte eine Braue hochgezogen, und Maebh war klar, dass er eine Antwort von ihr erwartete. Nur etwas Besseres als das heisere »Ja« fiel ihr beim besten Willen nicht ein. Sie fühlte sich ertappt. Überrumpelt. Und nervös, als sein Mundwinkel nach oben zuckte. Nur mit Mühe schaffte sie es, ihre Starre zu durchbrechen und mit einem Nicken auf den Stab zu deuten, den er in der Hand hielt. Sofort wurde Ciaráns Miene wieder ernst.

»Du hast deinen Stab zurück.«

Er nickte.

»Ich dachte nur, es wäre … Du warst so erschöpft, da wollte ich dich nicht wecken, um Lebewohl zu sagen.« Für wie leichtgläubig hielt sie ihn? Es war ein Wunder, dass die Übelkeit, die ihr diese einzige Lüge bereitete, sie nicht gleich zu Staub zerfallen ließ.

Da schüttelte er auf einmal den Kopf. Ganz sacht, kaum mehr als ein Wiegen im Wind, aber der Widerspruch war deutlich herauszulesen, obwohl kein Laut über seine Lippen kam.

»Ich komme mit dir.«

Vier. Vier klitzekleine Worte, doch sie reichten.

Reichten, um Maebhs Herz vollkommen aus dem Takt zu bringen.

Reichten, um ihr den Atem zu rauben.

Reichten, um sie auch den letzten Abstand zwischen ihnen überwinden zu lassen und das Gesicht an Ciaráns Brust zu vergraben.

Kurz versteifte er sich unter der abrupten Berührung, bis er die Schultern senkte, ausatmete und nun seinerseits die Arme um sie schlang. Er war größer als sie, wodurch sich die Geste anfühlte, als würde eine riesige Welle sanft gegen ihren Körper branden. Und Maebh verlor sich darin, verlor sich in dem Prickeln auf ihrer Haut, der Wärme, die wie flüssiges Sonnenlicht durch ihre Adern strömte. Ein Gefühl wie Nach-Hause-Kommen. Wie die Rückkehr zu ihrer Familie am Ende einer viel zu langen Nacht.

23

Die Begegnung mit dem Druiden, aber vor allem Ciarán an ihrer Seite zu haben, hatten Maebh mit neuem Mut erfüllt. Zu wissen, dass sie ihren Weg nicht allein bestreiten musste, verlieh ihren Beinen ein Gefühl von Leichtigkeit, dass die Meilen geradezu dahinflogen. Das sonnige Wetter tat sein Übriges, ebenso der Umstand, dass sie inzwischen wieder einem gefestigten Weg folgten.

»Wie weit noch?«, wollte Maebh wissen, als die Sonne langsam orange färbte.

Ciarán, der wie immer vorausgegangen war, hielt an und sah skeptisch hinauf in den klaren Himmel. »Ich bin mir nicht sicher. Allzu weit dürfte es nicht mehr sein bis Cill Aire, aber mir wäre es lieber, wenn wir die Nacht nicht dort verbringen.«

»Wieso?«

Vielsagend deutete er erst auf seinen Stab, dann mit den Fingern auf seine Augen, die inzwischen hell waren. »Wir fallen auf. Und sehr wahrscheinlich hat der Soldat die Stadt schon erreicht und Alarm geschlagen. Wir können uns sicher hineinschleichen, aber ich will nicht mehr Zeit als nötig dort verbringen, wenn die Gefahr besteht, dass uns jemand sucht.«

Maebh nickte. »Verstehe.«

»Wenn wir uns allerdings sputen«, fügte er an, dieses Mal mit einem weichen Lächeln auf den Lippen, »können wir mit Glück noch eines der umliegenden Dörfer erreichen.«

Ohne Weiteres nahm er den Weg wieder auf, während Maebh ihm stirnrunzelnd hinterhertrottete. »Ist das denn nicht genauso gefährlich wie die Stadt?«

»Schon. Aber mit ein paar wütenden Bauern werde ich eher fertig als mit der gesamten Stadtwache. Außerdem bin ich es leid, die Nächte im Freien zu verbringen.«

»Ich dachte, dir wird nicht kalt.«

»Nein, ich sagte, mir wird ›so schnell nicht kalt‹«, verbesserte er. »Aber hier in den den Bergen bei klarem Himmel sind die Nächte noch unbarmherziger als am Meer.«

»Willst …«

»Meinen Mantel will ich trotzdem nicht. Nur ein vernünftiges Bett für die Nacht.«

Maebh stockte und biss sich auf die Zunge. Verwirrt betrachtete sie seinen Hinterkopf, die dunklen, gelockten Haare, als könnte sie daraus lesen, was in Ciarán vorging. Irgendetwas hatte sich verändert, seit er seinen Stab wiederhatte. Zweifelsohne war er entspannter, was sich auch auf seine Zunge ausgewirkt hatte. Aber lag das wirklich an der Erleichterung? Vielleicht hatte er nur einen guten Tag?

Je mehr sie darüber nachdachte, desto klarer kehrte der Moment vom Morgen zu ihr zurück. Die Wärme in seinem Blick. Das Lächeln auf seinen Lippen. Die Umarmung, in der sie sich so geborgen gefühlt hatte wie sonst nur im Schutz des Ozeans. Jedes Mal, wenn sie daran erinnerte, begann ihr Herz, laut und schnell zu schlagen, Röte schoss ihr in die Wangen – ein Gefühl, das ihr vollkommen neu war. Und das sie gleichermaßen verunsicherte wie auch berauschte. Sie wollte mehr davon, doch sie kannte Ciarán genug, um zu wissen, dass sich dieser Moment nicht wiederholen würde, den er vermutlich nur unter Schmerzen ertragen hatte.

Die Sonne war bereits untergegangen, als sie das Dorf erreichten, und nur der glühend rote Abendhimmel tauchte die Welt in einen verblassenden Rest Licht. Lissivigeen befand sich laut Ciarán keine Stunde von Cill Aire entfernt und war nicht viel größer als An Coireán, wo sie ihre Reise vor wenigen Wochen begonnen hatte.

Sobald sie die ersten Häuser passierten, roch Maebh die eigentümliche Stimmung, die in der Luft lag. Es schien fast, als hätte etwas Altes und Mächtiges einen Bann über den Ort gelegt. Niemand war mehr auf den Straßen und die Stille war so greifbar, dass ihre Schritte auf dem gepflasterten Weg von den Mauern der eng stehenden Häuser widerhallten. Diffuses Licht fiel durch die wenigen Fensteröffnungen, aber selbst dahinter waren keine Gespräche zu hören. Gern hätte sie Ciarán gefragt, ob er wusste, was vor sich ging, doch was auch immer für ein Zauber hier am Werk war, er schien ihre Zunge schwer zu machen wie Blei.

Sie fanden das örtliche Gasthaus am Rand des Dorfes an einem Fluss gelegen, dessen verhaltenes Plätschern als einziges Geräusch die Nacht erfüllte, und traten schweigend durch die Eichentür. Der Gastraum dahinter war unerwartet gut besucht, doch die leisen Gespräche erstarben augenblicklich, sobald Ciarán und Maebh den Raum betraten. Hastige, vielsagende Blicke wurden getauscht, Hände zu Fäusten geballt und die Anspannung war plötzlich so präsent, dass Maebh am liebsten auf dem Absatz kehrtgemacht und doch unter freiem Himmel übernachtet hätte.

Ciarán schien sich dagegen nicht beirren zu lassen. Ohne die Anwesenden zu beachten, steuerte er auf den Tresen zu, hinter dem ein bärtiger Wirt ihn abschätzig musterte. Während Maebh ihm folgte, ließ sie immer wieder ihren Blick schweifen. Es war schon vorgekommen, dass sie an Ciaráns Seite einen wenig herzlichen Empfang erlebte, aber das erste Mal, dass ihr Feindseligkeit förmlich entgegenschlug. Und auch wenn sie ihrem Begleiter bedingungslos ihr Leben anvertrauen würde, konnte sie nicht verhindern, dass Angst ihr wie eine Spinne den Nacken emporkroch.

Unbeirrt zückte Ciarán zwei Geldmünzen und legte sie auf den Tresen. »Ein Zimmer für die Nacht.«

Etwas rührte sich im runden Gesicht des Wirtes. Er wirkte überrascht, dann fast schon belustigt, ehe er missbilligend den Kopf schüttelte. »Für einen wie dich gibt es hier keine Zimmer.«

Ciaráns Miene blieb ungerührt, doch Maebh sah genau, wie sich seine Hand um den Stab verkrampfte. Mit der anderen griff er ein zweites Mal in seine Tasche und förderte drei weitere Münzen zu Tage, die klimpernd auf dem Holz landeten.

Erneut schüttelte der Wirt den Kopf. »Nein.«

Nun wurden Stimmen im Gastraum laut, als die Anwesenden lautstark zu tuscheln begannen. Das wenigste verstand Maebh, aber es reichte, um ihre Angst nur weiter zu schüren. Vorsichtig legte sie ihre Hand um Ciaráns Unterarm, wobei sie selbst durch den Stoff seines Hemds spürte, dass seine Muskeln zum Zerreißen gespannt war.

»Lass uns gehen, Ciarán«, flüsterte sie ihm zu, ihre Stimme leise wie das Fiepen einer Maus. Inzwischen schwoll die Lautstärke um sie herum nicht nur an, sondern die Menschen regten sich auch. Geschirr klapperte, Stühle wurden auf den Dielen zurechtgerückt, Schritte ertönten, doch Maebh wagte es nicht noch einmal, sich umzusehen.

»Und was bist du?«, zischte der Wirt. »Bist du eine von seiner Sorte und versuchst, uns mit deiner Schönheit zu blenden?«

Maebh riss entsetzt die Augen auf. »Nein.«

»Ihr seid hier nicht willkommen«, wiederholte der Mann eindringlich. »Beide nicht. Vor allem nicht heute.«

Schnaubend nahm Ciarán die Münzen vom Tresen. »Wenn das so ist.«

Erleichterung durchströmte Maebh, die jedoch nicht lange anhielt. Denn nachdem sie sich endlich umgedreht hatte, realisierte sie, dass die Dorfbewohner nicht bereit waren, sie ungeschoren ziehen zu lassen. Einige groß gebaute Männer versperrten die Tür nach draußen. Andere hatten sich Geschirr, Holzscheite und Schürhaken aus dem Kamin geschnappt, die sie als provisorische Waffen in die Höhe hielten. Keine sonderlich bedrohliche Waffen, aber ihre schiere Überzahl lehrte Maebh trotzdem das Fürchten. Erschrocken wich sie zurück, während Ciarán demonstrativ mit seinem Stab auf den Boden klopfte.

»Tut nichts, was ihr nicht später bereuen werdet«, raunte er, die Stimme so kalt, wie Maebh sie noch nie gehört hatte.

»Du jagst uns keine Angst ein, Hexer«, zischte eine Frau, die sich mutig an eine Holzschale klammerte.

»Was wollt ihr hier?«, fragte der Mann, der neben ihr stand. »Uns verfluchen? Uns töten und unsere Kinder mit nach Tír na nóg nehmen?«

Als wollte er die Worte bestätigen, begann der Kristall in Ciaráns Stab, zu leuchten. Feiner Nebel stieg von ihm auf, der wie ein Wasserfall an dem Griff hinabfloss. Besorgt sah Maebh zu ihrem Begleiter, erinnerte sie sich doch zu genau, was das letzte Mal passiert war, als er seine Magie verwendet hatte – und das nur gegen einen Einzelnen.

Selbst jetzt wirkte er angestrengt, als würde ihn dieser kleine Trick, um die Leute einzuschüchtern, schon sämtliche Kraftreserven kosten.

»Wir wollen gehen«, erklärte er, wobei man ihm deutlich anhörte, wie er verzweifelt versuchte, seine Stimme unter Kontrolle zu behalten. »Mehr nicht.«

»Oh, keine Sorge«, mischte sich der Wirt ein. »Wir bringen euch dahin zurück, wo ihr hergekommen seid.«

»Hört auf damit!« Ehe sie sich eines Besseren besinnen konnte, platzten die Worte aus Maebh heraus, während sie sich schützend vor Ciarán aufbaute. Das irritierte nicht nur ihren Begleiter, sondern auch die Menschen, deren Blicke sich nun bedrohlich auf sie richteten.

»Wir wollen euch nichts tun«, beteuerte Maebh, obwohl sie wusste, dass sie sich um Kopf und Kragen redete.

»Und wieso taucht ihr dann ausgerechnet an Samhain hier auf? Jedes Kind weiß, dass euresgleichen nicht ohne Grund die Anderswelt verlässt.«

Maebh biss sich auf die Zunge, um sich nicht mit einer Frage zu verraten. Stattdessen sagte sie: »Wir sind schon eine Weile unterwegs. Wir kommen aus Neidín und wollen hier nur rasten, bevor wir morgen nach Cill Aire aufbrechen. Bitte.«

Zu ihrer Überraschung schienen ihre Worte Wirkung zu zeigen. Oder reichten zumindest, um ein paar der Menschen zum Nachdenken anzuregen. Maebh nutzte die Gelegenheit, um sich zu Ciarán umzudrehen und ihm mit einem Blick zu bedeuten, seinen Stab wieder zu deaktivieren. Oder wie er das nannte. Zuerst schüttelte er warnend den Kopf, formte mit den Lippen Worte, die nicht bei Maebh ankamen. Sie lächelte, obwohl jeder Muskel in ihrem Körper angespannt war, und nickte.

Es ist in Ordnung, erwiderte sie ebenso still, und endlich schien sich etwas zu regen. Ciarán blinzelte ein paar Mal, fast so, als käme ihm eine Erkenntnis, bevor er dann ihrer Aufforderung nachkam.

»Wir wollen euch nichts Böses«, betonte Maebh ein weiteres Mal und bemühte sich, jeden Einzelnen genau anzusehen und dabei Freundlichkeit und Wärme in ihren Blick zu legen. Angefangen bei der Frau mit der Schale, einmal durch den Raum, bis sie schließlich dem grantigen Wirt direkt ins Gesicht sah. Seine Miene war noch immer ausdruckslos, doch er nickte.

»Schön«, knurrte er widerwillig. »Du darfst bleiben. Aber nur du.«

Maebhs Mut sank. »Aber wieso denn?«

»Wir können ihm nicht trauen«, zischte die Frau wieder. »Er ist ein Hexer. Sie sind gefährlich.«

»Ach ja?«, erwiderte Maebh in einem Anflug von Frust.

»Maebh.« Ciaráns warnende Stimme prallte an ihr ab. Sie hatte es satt, ständig von den Menschen hören zu müssen, was für ein furchtbares Wesen er doch war, ohne dass diese ihn überhaupt kannten.

»Was gibt euch Anlass zu diesem Misstrauen?«, fragte sie lauter, eindringlicher. »Hat er euch einen Grund gegeben, ihm nicht zu vertrauen?«

»Er ist ein Hexer. Und jedes Kind weiß, dass die nie etwas Gutes im Schilde führen«, brummte der Wirt.

»Hast du etwa je einen Hexer dabei gesehen, wie er etwas Böses getan hat?«

Darauf schwieg der Wirt und Maebh wandte sich an die anderen. »Was ist mit euch? Seid ihr überhaupt schon einmal jemandem der Finfolk begegnet?«

Stille.

»Das hier ist Ciarán. Er mag vielleicht auf den ersten Blick düster wirken mit seinem Stab und der schwarzen Kleidung, aber ich versichere euch, sein Herz und seine Seele sind vollkommen rein. Er hat mir das Leben gerettet. Mehr als einmal. Und er passt auf mich auf, lässt mich nicht im Stich, obwohl es sicherlich leichter für ihn wäre, mich einfach zurückzulassen. Ja, er mag ein Hexer sein, seine Magie beängstigend, aber er würde seine Kräfte niemals dazu verwenden, jemandem aus Bosheit Schaden zuzufügen. Glaubt mir, wenn ich euch sage, Ciarán ist ein guter Mann. Und mein Freund.«

Ihr Herz flatterte aufgeregt in ihrer Brust, nachdem sie ihre Ansprache beendet hatte. Tränen standen ihr in den Augen, so verzweifelt wünschte sie sich, all die Menschen fühlen zu lassen, was sie fühlte. Sie sehen zu lassen, was sie sah. Da war nichts Hinterlistiges an Ciarán. Kein Schalk. Keine Bosheit. Da war nur er. Und ein Jahrzehnte alter Schmerz, der sich in seinem Blick spiegelte, als Maebh sich zu ihm umwand.

Um auch noch den letzten Rest an Verstand und Vorsicht über Bord zu werfen, streckte sie die Hand aus und legte ihre Finger um seinen Stab. Das Holz schien unter der Berührung zu vibrieren, reagierte auf ihre Magie, dass sich Gänsehaut auf Maebhs Haut bildete, und glitt nahezu widerstandslos aus Ciaráns Hand. Ihr Blick fand seinen. Und in seinen Augen lag auf einmal so viel Vertrauen, dass all ihre eigenen Zweifel an ihrem Handeln einfach verpufften.

Vorsichtig, als wäre er aus Eis, zog sie den Stab an sich und sah sich erneut im Raum um. Sie waren wehrlos. Ohne das magische Artefakt war Ciarán kaum mehr als ein Mensch, der zu ein paar kleinen Zaubertricks fähig war, und Maebh hätte es höchstens als Stock verwenden können, um im Falle eines Kampfes um sich zu schlagen.

Aber nichts geschah.

Fast zeitgleich ließen die Anwesenden ihre provisorischen Waffen sinken, ihre Mienen neutral, manche sogar wohlwollend oder verwundert. Keine Spur mehr von Feindseligkeit.

Am Ende war es der Wirt, der sich räusperte und die Stimme erhob. »Du bist ganz schön mutig, Mädchen.«

Maebh hob einen Mundwinkel, auch wenn sie das Unausgesprochene »Aber«, das in dem Satz mitschwang, beinahe hörte.

Und dann, als hätte es den Moment eben nicht gegeben, wurde seine Miene freundlich. »Ein Zimmer für die Nacht, ja?«

Sie nickte.

»Da habt ihr Glück. Wir haben nur noch wenige frei. Und heute Nacht erwartet euch ein besonderes Spektakel.«

24

Während der Wirt sie auf ihr Zimmer führte, schien er ein völlig anderer Mensch zu sein. Er hörte nicht auf, sein Gasthaus anzupreisen, und betonte immer wieder, welch wichtige Leute hier oft hausten, die den Trubel der Stadt vermeiden wollten. Ja, sogar der König selbst hatte angeblich einmal in dem Raum übernachtet, den er Maebh und Ciarán zur Verfügung stellte. Und tatsächlich ließ er sich das Zimmer sehen lassen mit dem Teppich, den ausladenden Betten und Fenstern, die aus trübem Glas bestanden und hinter denen man die Nacht erahnen konnte. Es gab sogar eine kleine Feuerstelle, die der Wirt nun eilig in Betrieb nahm.

»Ihr wollt sicher auch ein Bad nehmen vor den Feierlichkeiten heute Abend. Ich sage Aoife, dass sie euch eines einlassen soll.«

»Das wird nicht nötig sein«, erklärte Ciarán kühl, doch der Wirt winkte sofort ab.

»Ich bestehe darauf. So könnt ihr euch nicht blicken lassen, und es bringt Unglück, den ersten Abend des Samhain zu verpassen. So.« Zufrieden betrachtete er das Feuerchen, das er entzündet hatte, und klatschte in die Hände. »Das sollte reichen bis später.«

Als er sie ansah, lächelte Maebh ihn wohlwollend an. »Vielen Dank.«

Verlegen erwiderte er es, dann fiel ihm ein »Oh, das Bad!«, ehe er auch schon durch die knarzende Tür verschwand.

Zurück blieben Maebh und Ciarán, der das Feuer mit einem derart kalten Blick betrachtete, dass es ein Wunder war, dass es nicht sofort wieder erstickte.

»Was?«, stichelte Maebh amüsiert. »Lässt es sich nicht mit deiner Sturheit vereinen, dass Menschen auch gut sein können, wenn du nur mit ihnen redest?«

Er schnaubte. Dabei zuckte sein rechter Mundwinkel, was bedeutete, dass er nicht ganz so übellaunig war, wie er sich gab. Ohne ihr eine Antwort zu geben, schritt er zum Fenster, um einen skeptischen Blick nach draußen zu werfen. Als erwartete er förmlich, dass auf dem Dach eines gegenüberliegenden Hauses ein Schütze lauerte.

Während er die Umgebung sondierte, machte Maebh sich eilig daran, aus Mantel und den Stiefeln herauszukommen, überrascht darüber, dass sie seit ihrem Aufbruch aus Neidín nicht auch dort festgewachsen waren. Immerhin sahen ihre Füße trotz der langen Wanderung nicht so furchtbar aus wie zunächst befürchtet. Sie waren rot, wo das Leder an ihrer Haut gerieben hatte, aber nicht wund. Und die Aussicht auf ein Bad und die Nacht nicht draußen verbringen zu müssen, hörten sich märchenhaft an.

Weil sie sich nicht mit der schmutzigen Kleidung aufs Bett werfen wollte, ließ sie sich stattdessen auf dem Teppich unmittelbar vor dem Kamin nieder. Wärme küsste ihr Gesicht, dass Maebh jetzt erst realisierte, wie kalt die letzten Tage und Nächte gewesen waren, als ihre Haut zu kribbeln begann und ihre Muskeln dankbar ächzten. Bald war selbst das Sitzen ihr zu viel, weshalb sie sich auf den Rücken legte und die hölzerne Decke anstarrte, die ein leises Knarzen von sich gab.

Wer hätte erwartet, dass das Leben als Mensch so anstrengend sein konnte?

»Findest du es nicht komisch?«, fragte Ciarán da auf einmal aus Richtung des Fensters. Maebh konnte sein Gesicht nicht sehen, doch in seiner Stimme schwang ein seltsamer Unterton mit.

»Was meinst du?«

»Eben wollten uns die Menschen noch an den Kragen, und jetzt werden wir auf einmal behandelt, als wären wir Könige.«

Ahnungslos zuckte Maebh mit den Schultern und schloss die Augen. Ihre Lider fühlten sich bleischwer an. »Du hast zu viel für das Zimmer bezahlt«, bemerkte sie müde. »Vielleicht wollte er sich auch entschuldigen?«

»Glaube ich nicht.« Schritte näherten sich. Kleidung raschelte. Dielen knarzten und ein sanfter Windzug streifte Maebhs Haut, als Ciarán sich neben sie setzte.

Verwirrt öffnete sie die Augen. Plötzlich war er ihr so nah, dass sie nur die Hand ausstrecken musste, um sein Gesicht zu berühren, wie sie es letzte Nacht getan hatte. Doch etwas in seinem Blick hielt sie zurück.

»Was denn sonst?«

Er betrachtete sie auf diese Art, als stünde die Antwort mitten auf ihre Stirn geschrieben. Klar erkennbar für alle – außer sie selbst.

»Menschen ändern ihre Meinung nicht einfach so«, erklärte er. »Ohne Anlass, nur weil man sie nett fragt.«

»Hast du es etwa schon probiert?«

»Was? Denkst du, ich habe mein Leben nur damit verbracht, Dörfer heimzusuchen und den Leuten meinen Stab unter die Nase zu halten?«

Bei der Vorstellung lachte Maebh, obwohl sie sie gar nicht für abwegig hielt, so wie sie Ciarán bisher kennengelernt hat.

»Was weißt du über dich? Die Selkies?«, kam es da auf einmal messerscharf über seine Zunge und Maebhs Amüsement verebbte jäh. Überrascht blinzelte sie, legte dann den Kopf schief und sah wieder an die Decke.

»Nicht sehr viel«, gestand sie. »Der Legende nach sind wir die Kinder des Meerkönigs und wurden einst von einer Hexe verflucht. Seither sind wir Robben und können nur im Vollmond unseren Mantel ablegen. Und was es damit auf sich hat, weißt du ja.«

Der Gedanke an ihren Mantel trübte ihre Laune. Nicht mehr lange bis Neumond, bis die Hälfte ihrer Frist abgelaufen war. Und sie musste noch nach Cill Aire und viel wichtiger: ihren Mantel überhaupt finden. Vom Rückweg ganz zu schweigen.

»Was ist mit anderen magischen Kräften?«

»Nicht, dass ich wüsste.«

Ciarán nickte sichtlich unzufrieden mit der Antwort. »Die Menschen glauben, dass eure Mäntel ihnen Unsterblichkeit verleihen können.«

»Das würde erklären, was der König damit wollen könnte«, murmelte sie. »Aber ich habe nie etwas darüber gehört. Allgemein halten sich meine Geschwister immer brav von den Menschen fern. Vor allem, wenn sie sich verwandeln.«

»Außer du.«

»Außer ich.«

Hinter geschlossenen Lidern spürte Maebh, wie ihre Augen brannten. Der Gedanke, dass ihr eigener Leichtsinn sie in diese Lage gebracht hatte, schmerzte noch immer. »Früher wollte ich unbedingt mehr über sie erfahren«, erzählte sie. »Und habe mich ständig in ihrer Nähe aufgehalten – als Robbe wie auch in dieser Gestalt. Meine Geschwister erzählen sich Geschichten, Legenden über Helden, die Abenteuer bestreiten, über Götter, Geister, Faeries, aber mir hat das irgendwie nie gereicht. Und manchmal kam mir selbst der große, weite Ozean vor wie ein Gefängnis.«

»Dein Abenteuer hast du wohl etwas anders vorgestellt?«

Maebh nickte. »O ja. Auf die Jagd nach meinen Mantel könnte getrost verzichten. Und irgendwelche miesepetrigen Hexer, die in allem nur das Schlimmste sehen.«

Unter halb geschlossenen Lidern schielte sie zu ihm hinüber und sah, dass Ciarán lächelte. Wenn auch nur leicht.

»Ich kenne es nicht anders«, gestand er plötzlich.

»Ich weiß. Das sollte kein Vorwurf sein. Selbst meine Schwester Siobhan sagt immer, dass mich mein Optimismus irgendwann noch ins Grab bringt.«

»Ziemlich sicher sogar.«

»Ts«, zischte sie gespielt empört. »Er hat uns immerhin für heute ein Dach über dem Kopf beschert. Und ein Bad. Wäre es nach dir gegangen, müsste ich dich jetzt den ganzen Weg zurück zu Daithi tragen, weil du dich schon wieder überanstrengt hast.«

Sie konnte ihm ansehen, dass er gern noch etwas hinzugefügt hätte. Aber was es auch war, er behielt es für sich, verfiel nur in Stille, wobei sich sein Blick im prasselnden Kaminfeuer verlor. Die Flammen spiegelten sich in seinen Augen, während der Schein sanfte Schatten auf die scharfen Konturen seines Gesichts zeichnete. Normalerweise wusste er es zu verbergen, doch gerade war ihm die Erschöpfung so deutlich anzusehen, als läge es Jahre zurück, seit er das letzte Mal ausreichend geschlafen hatte.

Abwesend, ohne zu realisieren, was sie da tat, streckte Maebh die Hand nach ihm aus. Mit den Fingerkuppen folgte sie der Linie seines Kiefers, über seine Bartstoppeln hinweg, bis ihre Hand von ganz allein ihren Weg an seine Wange fand. Eigentlich erwartete sie, dass er zurückzuckte und sie mit einem finsteren Blick bemaß, doch zu ihrer Überraschung schloss er sogar die Augen und schmiegte, wenn auch federleicht, sein Gesicht an ihre Haut.

»Wie machst du das nur?«, raunte er, die Stimme rau wie das Rauschen des Ozeans.

»Hm?«

Eine Antwort blieb er ihr schuldig. Stattdessen legte er seine eigene Hand auf ihre, die im Vergleich so viel größer war. Ciarán öffnete die Augen erneut und die Traurigkeit, die plötzlich darin geschrieben stand, brach Maebh das Herz. Vorsichtig, als könnte eine falsche Bewegung den Moment zersplittern lassen, richtete sie sich auf, ohne die Berührung zu unterbrechen.

»Ciarán?«

Sie war ihm so nahe, dass ihre langen, offenen Haare seinen Unterarm streiften. Mit der freien Hand nahm er eine Strähne, ließ sie zwischen seinen Fingern hindurchgleiten, bevor er zögernd seinen Arm um ihre Taille schlang. Maebhs Atem stockte. Allein diese Berührung schien ihre Kehle zuzuschnüren, aber ihr wäre nicht einmal im Traum eingefallen, jetzt von ihm Abstand zu nehmen. Dafür war seine Nähe viel zu intensiv. Süchtig machend. Beinahe berauschend.

Ihr kam der Gedanke, dass sie ihn gern küssen würde. Aber nicht so wie sie es sonst bei ihren Geschwister tat. Kein kurzer, zarter Kuss auf die Wange. Maebh wollte mehr. Ihn umarmen. Ihn an sich ziehen, sodass zwischen ihren Körpern nicht einmal genug Raum für Luft zum Atmen blieb. Und ihn küssen, bis die Dunkelheit aus seinen Augen verschwand.

Ciaráns Blick fand ihren, und allein der Gedanke fühlte sich verboten an. Doch gleichzeitig auch verführerisch. Ob sie es wagen sollte? Die Gunst der Stunde, in der er ausnahmsweise keine Schutzmauer um seine Gefühle herum aufgebaut hatte, nutzen? Aber was dann? Würde er sie von sich stoßen? Es zulassen? Und was würde danach passieren?

Sie hatte kaum Gelegenheit, darüber nachzudenken, denn nun näherte er sich ihr. Sanft legte er seine Stirn an ihre, kam ihr dabei so nah, dass sich ihre Nasenspitzen berührten und sie seinen Atem auf ihrem Gesicht spürte. Nur ein Stück mehr …

»Wie machst du das?«, wiederholte er, und dieses Mal klang es nicht einmal wie eine Frage. Eher so, als würde er sich dem Umstand, dass sie etwas tat, einfach ergeben. Dabei wusste Maebh nach wie vor nicht, wovon er sprach.

Gern hätte sie ihn danach gefragt. Oder es akzeptiert. Doch am Ende kam sie nicht dazu, weder das eine noch das andere zu tun, als ein Klopfen an der Tür den Moment jäh zerstörte. Ciarán seufzte, und Maebh bildete sich ein, dass es etwas Dankbares hatte, bevor er vor ihr zurückwich und seine Arme beinahe leblos sinken ließ. Am Ende verharrte ihre Hand auf seiner Wange. Er sah sie an aus undurchdringlichen, mondsilbernen Augen. Dann schüttelte er kaum merklich den Kopf. Und Maebh wusste, dass der Moment, ihre Chance, ein für alle Mal vorbei war.

25

Als Ciarán nach seinem Bad den Raum betrat, hätte Maebh beinahe gelacht, so anders sah er plötzlich aus. Sein Bart war gestutzt, sein schwarzes Haar ordentlich zurückgekämmt und die Kleidung, die der Wirt ihm gegeben hatte, war sauber und verströmte einen angenehmen Duft nach Lavendel. Der Hexer verzog missmutig das Gesicht, doch Maebh konnte nicht beurteilen, ob es nur an ihrer Reaktion auf sein Auftreten lag oder an der Tatsache, dass die Menschen darauf bestanden hatten, ihn für den Abend neu anzukleiden.

Maebh hatte sich dem ebenfalls nicht entziehen können, wobei sie unendlich dankbar gewesen war, als sie endlich die schmutzigen Klamotten hatte ablegen können und ihre Haare von all dem Schmutz befreien, der sich in den letzten Tagen darin verfangen hatte. Obwohl das lange Kleid aus dunkelblauer Wolle nicht ihr eigenes war, fühlte sie sich ein Stück weit mehr wie sie selbst. Es war wesentlich eleganter als das, das Fiadh ihr geschenkt hatte. Mit langen, wehenden Ärmeln, die mit grünen Stickereien verziert waren, einer Kapuze und feiner Schnürung an der Brust. Eine offensichtlich wertvolle Leihgabe, die ihr, wenn sie so an sich hinabblickte, automatisch Ciaráns Worte von zuvor ins Gedächtnis riefen. Selbst sie realisierte, dass es eigentümlich war, dass man sie plötzlich wie eine Königin behandelte.

»Willst du deine neuen Freunde nicht bitten, uns von den Feierlichkeiten zu befreien?«, murrte Ciarán, der zur Feuerstelle gegangen war und missmutig in der Glut herumstocherte. Die Flammen waren fast komplett runtergebrannt, sodass nur ein fahles, orangefarbenes Glimmen den Raum erhellte, während draußen tiefste Nacht herrschte.

»Sie bestehen darauf, dass wir anwesend sind«, antwortete Maebh, der selbst wenig nach Feiern und Gesellschaft zumute war und mehr nach Schlaf. »Auch wenn ich noch immer nicht ganz verstanden habe, was der Anlass für die Feierlichkeiten sein soll.«

»Es ist Samhain, der höchste Feiertag der Menschen, die noch dem alten Glauben folgen.«

»Und was ist das genau?« Maebh runzelte die Stirn und setzte sich auf ihrem Bett auf, um Ciarán anzusehen, damit er ja nicht auf die Idee kam, sie mit einer vagen Erklärung abzuspeisen.

Als er ihren Blick bemerkte, verdrehte er die Augen. Aber immerhin tat er ihr den Gefallen. »Der Tag markiert den Mittelpunkt zwischen Herbstanfang und der Wintersonnenwende. Nicht nur sollen um diese Zeit des Jahres einige Legenden gespielt haben, die Menschen glauben außerdem, dass die Grenzen zwischen unserer Welt und Tír na nóg besonders schmal ist. Daher auch der herzliche Empfang vorhin.«

Maebh legte den Kopf schief.

»Du kennst es vielleicht unter einem anderen Namen: Tír fo Thuinn.«

»Das Land unter den Wellen«, dämmerte es ihr. »Die Anderswelt.«

»Weil die Grenze so dünn ist, fürchten die Menschen sich vor den Faeries, die herüberkommen könnten. Deshalb stellen sie überall Gaben auf, um sie zu beschwichtigen.«

Maebh schmunzelte. »Also müssen wir ihnen wohl einen ziemlichen Schrecken eingejagt haben, als wir vorhin einfach zur Tür hereinspaziert sind. Sind sie deshalb jetzt so nett zu uns?«

»Wer weiß«, äußerte Ciarán schulterzuckend. »So oder so sollten wir auf der Hut sein. Die Feierlichkeiten dauern üblicherweise eine ganze Woche, aber heute finden sie ihren Höhepunkt. Es wird ein Freudenfeuer geben. Hoffen wir, dass sie uns nicht darauf werfen.«

Maebh wurde blass und Ciarán schmunzelte.

»Meinst du das ernst?«

»Nein. Aber sollten sie es doch tun, kannst du es ja mit ein paar netten Worten versuchen.«

»Jetzt wirst du aber gemein«, schnaubte sie. »Willst du mich etwa aufziehen?«

Kurz schwieg er, während sein Blick wieder in Richtung der Feuerstelle huschte. Ein seltsam ernstes Lächeln umspielte seine Lippen. Wissend. Dann sagte er: »Nein.«

Nur ein paar wenige Fackeln und das Licht des Mondes erhellten den Weg der Prozession, die sich gemächlich den Hügel hinaufschlängelte. Nachdem der Wirt Bescheid gegeben hatte, hatten sich Maebh und Ciarán den Menschen angeschlossen und folgten ihnen schweigend zum Austragungsort der Feierlichkeiten. Es herrschte Schweigen, sodass die Schritte ihm Gras und das Heulen des Windes Maebh beinahe ohrenbetäubend laut vorkamen. Wie die anderen hatte sie ihre Kapuze aufgesetzt und hielt sich nur mühsam davon ab, sich nicht aufgeregt umzusehen und Aufmerksamkeit zu erregen, bloß weil sie nicht einordnen konnte, was gerade geschah.

Ciarán dagegen schien genau zu wissen, was von ihm erwartet wurde. Er hielt den gesenkten Kopf unter einem schwarzen Umhang verborgen, während er den Stab demonstrativ in der Hand behielt. Fast schon wie eine Warnung.

Mehr als einmal drohte Maebh, auf dem unwegsamen Pfad zu stolpern oder im feuchten Gras abzurutschen, doch es dauerte nicht allzu lang, bis sie ihr Ziel erreichten. Der Gipfel des Hügels war eine Art Schüssel, in deren Mitte sich die Dorfbewohner im Kreis versammelten. Durch die Kapuzen erkannte Maebh keinen von ihnen wieder, doch sie war beeindruckt, wie viele gekommen waren. Genug, dass sie sich in mehreren Reihen aufstellen mussten.

Als Maebh und Ciarán sich näherten, machte eine Gruppe ihnen bereitwillig Platz, um sie in das Innere des Kreises zu lassen. Diese Bevorzugung war Maebh nicht geheuer, aber sie war zu neugierig auf das, was passieren würde, um das Angebot auszuschlagen.

Im diffusen Licht erkannte sie jedoch kaum etwas. Die wenigen Fackeln, die die Menschen mitgebracht hatten, erloschen eine nach der anderen. Ein kalter Windzug umspielte Maebhs Nacken, während völlige Dunkelheit sich über die Welt legte. Reflexartig nahm sie Ciaráns Hand, als der Schrei einer Eule die Stille durchbrach, und allein seiner Nähe hatte sie es zu verdanken, dass sie vor Furcht nicht den Verstand verlor.

Nur langsam gewöhnten sich ihre Augen an die neuen Lichtverhältnisse, doch selbst dann reichten sie kaum, um mehr auszumachen als Schemen. Lediglich der Himmel über ihnen zeigte sich in seiner vollen Pracht; nicht einmal ein Zweig verdeckte den Blick auf die Sterne, in deren Gegenwart sich Maebh unendlich klein vorkam. Vorsichtig rückte sie ein bisschen näher an Ciarán, der zu ihrer Überraschung ihre Hand losließ und stattdessen seinen Arm um ihre Schulter legte. Eine willkommene Geste, denn in dem dünnen Kleid wurde ihr allmählich kalt.

Dann plötzlich erklangen Trommelschläge zu ihrer Rechten. Drei an der Zahl, tief und voll, dass Maebh das Gefühl hatte, ihr Herz schlüge mit ihnen im Takt. Danach setzten weitere Trommeln mit ein, etwas leiser dieses Mal, verschmolzen zu einem monotonen Rhythmus, unter den sich kurz darauf auch eine hypnotische Flötenmelodie mischte. Und das weiche Singen einer Harfe.

Gänsehaut bildete sich auf Maebhs Armen. Gern hätte sie Ciarán gefragt, was jetzt passieren würde, doch sie war wie gefesselt. Als hätte diese eigentümliche Musik ein Garn gesponnen, das sich um ihren Brustkorb schlang und ihr langsam die Luft zum Atmen raubte.

Vage meinte sie, eine Bewegung in der Mitte des Kreises zu erkennen, als sich auch schon eine Stimme über die Musik erhob. Die Worte waren in einer ihr fremden Sprache, älter als die Menschen oder die Selkies sie verwendeten, und ihnen wohnte ein Zauber inne, der wie Nebel aus dem Boden kroch und sich um sie alle herum legte.

»Ein Gebet«, raunte Ciarán ihr zu, seine Lippen so nah an ihrem Ohr, dass Maebh flau im Magen wurde. »Die Druidin dankt den Göttern für die reiche Ernte.«

»Verstehst du etwa, was sie sagt?«

Ein Nicken, das sie zwar nicht sah, aber spürte.

Sie blinzelte ein paar Mal, in der Hoffnung, mehr erkennen zu können, doch die Dunkelheit blieb undurchdringlich. Maebh meinte, das Meckern einer Ziege zu hören, das jedoch so jäh erstarb wie die Worte der Druidin. Dann ertönte ein mahlendes Geräusch, als würden Steine aneinanderreiben. Funken sprühten und endlich konnte Maebh erahnen, was vor ihr passierte.

Sie erkannte eine gedrungene Gestalt, die über eine Art Apparatur gebeugt war. Ein Rad, das mithilfe eines Mechanismus angetrieben wurde, eine flache Steinoberfläche schleifte und Funken schlug, die wie Glühwürmchen die Nacht erhellten. Bald schon traf einer davon auf ein Stück Torf, das daraufhin in Brand geriet. Ohne Scheu nahm die Druidin, die selbst ganz in weiß gekleidet war, das Feuer in die Hand und hob es in die Höhe, ein weiteres Gebet sprechend.

Der Lichtkegel, der dadurch entstand, enthüllte eine Art Altar, auf dem sich das Rad befand, daneben ein Bündel Fell und ein riesiger Haufen aus Holz. Während die Druidin weitersprach, begann sie damit, darum herumzulaufen, das Feuer noch immer in der erhobenen Hand, als könnte Hitze ihr nichts anhaben.

Sein Schein erleuchtete einen Kreis aus Steinen, die um die Mitte herum aufgestellt waren und tanzende Schatten auf die Gesichter der Anwesenden zeichneten. Die Druidin umrundete den Altar genau drei Mal, bevor sie das brennende Stück Torf hastig in den Holzstapel warf, als hätte sie erst jetzt realisiert, dass ihre Hand eigentlich schmerzen müsste. Es dauerte nur Sekunden, bis er sich lichterloh entzündete und der Geruch von Holz und verbrannter Erde die Nacht erfüllte. Das Feuer war riesig, weshalb Maebh selbst aus der Entfernung das heiße Prickeln auf ihrer Haut spürte. Fasziniert sah sie dabei zu, wie die Druidin Kräuter in ihrer Hand zermalmte, die sie anschließend ebenfalls zusammen mit dem Bündel aus Fell den Flammen übergab. Danach traten die Männer und Frauen des Dorfes vor, um ihre Fackeln erneut zu entzünden, gaben das Feuer aneinander weiter und brachten es zu sieben kleineren Feuerstellen, die sie am Rand des Hügelkamms errichtet hatten.

Schon bald machten Feuer die Nacht zum Tag und die Menschen setzen ihre Kapuzen ab, während sich die Musik veränderte, ausgelassener wurde und sich unter ihre Klänge nun auch aufgeregte Gespräche mischten. Einige Männer holten einen Karren, den sie zuvor außerhalb des Kreises hatten stehen lassen. Auf ihm waren Fässer und Kisten, in denen sich allerlei Köstlichkeiten befanden.

Maebh warf einen fragenden Blick zu Ciarán hinauf, als die Menschen dorthin eilten. »War es das schon?«

Er nickte. »Es ist immerhin eine Feier. Die Zeremonie ist nur ein Teil davon.«

In seinem Gesicht spiegelte sich Unsicherheit, die fast schon an Unglauben erinnerte. Als wäre er ernsthaft überrascht darüber, dass man sie wirklich nicht aufs Feuer geworfen hatte.

»Willst du zurück ins Gasthaus?«, fragte Maebh vorsichtig. »Sicher werden sie uns jetzt gehen lassen, wenn wir nun lieb fragen.«

»Was ist mit dir?«

»Meinetwegen müssen wir nicht hierbleiben«, antwortete sie schulterzuckend.

»Sagst du das, weil du denkst, dass ich nicht hierbleiben will oder weil du selbst nicht bleiben willst?«

Ertappt zuckte Maebh zusammen, während sie erneut ihren Blick über die Szene schweifen ließ. Von dem Karren, wo sich die Menschen an den Speisen bedienten, bis hin zum Zentrum des Steinkreises, wo neben der Druidin auch ein paar weitere Frauen begonnen hatten, im Rhythmus der Musik um das Freudenfeuer herumzutanzen.

»Lass uns bleiben«, schlug Ciarán vor, bevor sie überhaupt Gelegenheit hatte, ihm eine Antwort zu geben. »Du wolltest immer sehen, wie die Menschen sind.«

Maebh verzog die Lippen zu einem schmalen Strich. Sie wollte ihm nicht aufbürden, an einer Feier teilzunehmen, auf der er sich unwohl fühlte. Oder seine Sorge, dass doch etwas passieren könnte, völlig außer Acht lassen. Aber da blieb ihr auf einmal keine Zeit mehr, sich über das Für und Wider den Kopf zu zerbrechen, denn eine Gestalt trat an ihre Seite und hakte sich bei ihr unter.

»Bist du nicht auch durstig?«

Maebh erkannte das Gesicht der Frau, mit der sie vorhin im Gasthaus gesprochen hatte. Ein breites Lächeln zierte ihre Lippen, kein Hauch mehr von Feindseligkeit, während der Schein der Flammen ihr blondes Haar aussehen ließ, als hätte sie die untergehende Sonne darin gefangen.

Verlegen blickte Maebh Ciarán an und wusste nicht so recht, was sie mit seinem Gesichtsausdruck anfangen sollte. Er hatte wieder dieses seltsame Lächeln aufgesetzt, als sähe er etwas, das ihr entging, und er nickte.

Und als hätte die Frau nur auf seine Zustimmung gewartet, zögerte sie keine Sekunde, um Maebh mit sich zu dem Wagen zu ziehen, direkt in die Menge hinein. Der plötzliche Trubel war schier überwältigend. Auf einer Seite die zwitschernde Stimme der Frau, die sich als Fionnuala vorstellte, während jemand anders ihr und Maebh zwei hölzerne Becher in die Hand drückte. Es war der Wirt, der mit geröteten Wangen ein nach Honig riechendes Getränk aus den Fässern zapfte.

»Slan«, sagte Fionnuala und stieß mit Maebh an, die inzwischen so überfordert war, dass ihr Körper von allein handelte. Sie hob ihren Becher an die Lippen und nahm einen Schluck. Das Getränk war süß, leicht prickelnd und vertrieb schnell auch noch den letzten Rest der nächtlichen Kälte.

»Ich wette mit dir, so wird dort, wo du herkommst, nicht gefeiert«, quasselte die Frau auf sie ein.

Maebh lächelte, dankbar dafür, dass sie sich nicht einmal eine Ausrede einfallen lassen musste. »Nein.«

»Merkt man. Schade, dass ihr nicht gestern schon hier wart. Wir haben ein Turnier veranstaltet, wie es sonst immer der König tut.«

»Ja, nur ohne Pferde«, warf eine weitere Frau kichernd von der Seite mit ein. »Und mit unseren Männern statt stattlicher Ritter!«

»Das klingt wirklich wunderbar.« Obwohl sich Maebh nichts darunter vorstellen konnte.

»He, kommt doch nächstes Jahr einfach wieder«, schlug Fionnuala vor, und Maebh verschluckte sich an ihrem Getränk.

Allein der Gedanke kam ihr vollkommen absurd vor. Sie? Noch einmal in die Menschenwelt kommen? Freiwillig? Seltsamerweise klang das gar nicht so abwegig. Die Welt zu entdecken, ohne dabei um ihr Leben zu bangen. Nur wusste sie nicht, ob das überhaupt möglich war. Sie hatte nie eine Selkie gekannt, die sich vom Meer entfernt hatte und dann nach einem Mond zurückgekehrt war. Würde sie sich noch verwandeln können? Oder hatte sie ihre Zeit in ihrer wahren Gestalt damit verwirkt?

Maebh trank eilig ihren Becher aus, in der Hoffnung, den Gedanken somit ertränken zu können. Etwas, worauf Fionnuala anscheinend gewartet hatte, denn keine Sekunde später drückte sie ihr schon den nächsten in die Hand.

Vorsichtiger dieses Mal leerte Maebh auch diesen, während die berauschende Wirkung des Getränks langsam zu Kopf stieg. Nicht übermäßig, aber genug, um sie von innen heraus zu wärmen und sie zumindest für den Moment glauben zu lassen, sie wäre ein Mensch.

Fasziniert lauschte sie den Gesprächen der anderen, die sich hauptsächlich um den neuesten Tratsch drehten, wer mit wem heimlich das Bett geteilt hatte. Geheimnisse aus dem Dorf wurden ihr zugeraunt, als gehörte sie dazu. Sobald auch ihr zweiter Krug geleert war, ließ sie sich gleich zwei weitere geben und begab sich damit auf die Suche nach Ciarán.

Sie fand ihn etwas abseits der Menge und zu ihrer Überraschung nicht vollkommen allein. Sobald sie näher kam, verschränkte er die Arme vor der Brust und hob skeptisch den Blick, als sie ihm einen der Becher reichte.

»Was ist das?«

Maebh zuckte mit den Schultern, während sie sich neben ihn stellte. »Es ist lecker und süß. Ist dir klar, dass du beobachtet wirst?«

»Mhm.«

Vorsichtig schielte sie in Richtung eines der Steine, hinter dem nicht einer, sondern gleich sieben kleine Köpfe vorwitzig hervorlugten. Die Kinder schienen nur wenig von den Gesprächen der Erwachsenen zu halten, waren aber offensichtlich sehr von Ciarán fasziniert.

»Bestimmt haben sie Angst, ich könnte sie in Kröten verwandeln«, zischte er.

»Ach komm. Da würden sie sich garantiert besser vor dir verstecken. Ich glaube, sie sind einfach nur neugierig.«

Vorsichtig trank er einen Schluck und schnaubte. »Du bist viel zu gut für diese Welt, Selkie-Mädchen.«

»Nein, aber ich versuche, nicht in allem das Schlechteste zu sehen. Und mal ganz davon abgesehen, wenn du nur griesgrämig hier stehst, wie soll man denn da keine Angst vor dir haben?«, stichelte sie.

»Sicher. Gleich sagst du mir noch, dass ich zur Abwechslung mal lächeln könnte.«

»Wäre doch mal ein Anfang.«

Herausfordernd sah sie zu ihm auf, aber seine Mundwinkel waren wie festgefroren, während er die dunklen Brauen gesenkt hatte. Nur sein Blick verriet, dass er sich insgeheim zumindest ein bisschen amüsierte.

»Schauen sie immer noch her?«, fragte er leise.

»Ja. Sieht ganz so aus, als würden sie etwas erwarten.«

Ciarán seufzte genervt. »Bestimmt hat ihnen irgendeiner der Alten erzählt, dass ich ein Magier bin, und sie wollen mir jetzt beim Zaubern zusehen.«

Allein die Vorstellung brachte Maebh zum Lachen. Ciarán, der seine mächtige Magie dazu verwendete, Kinder auf einer Feier zu unterhalten. Dennoch fragte sie: »Hast du nicht irgendeinen Trick für sie? Einer, der nicht darauf hinausläuft, Menschen in Eisstatuen zu verwandeln?«

»Ja sicher doch«, schoss er zurück, seine Stimme triefend vor Ironie.

»Ich meine ja nur. Du willst, dass die Menschen dich mögen. Manchmal musst du dafür den ersten Schritt tun.«

Jetzt sah er endlich zu ihr herab, nicht mehr gar so ernst wie eben, aber die Abneigung in seinem Blick war deutlich zu erkennen. Maebh verstand, obwohl es sie gleichzeitig traurig stimmte, dass seine Zweifel so tief saßen. Schließlich nickte sie und setzte ein Lächeln auf, das sich wie eine einzige Lüge anfühlte. Danach wandte sie sich um und machte sich auf den Weg zurück zu den Menschen, die sich noch immer grölend über die Verpflegung hermachten. Doch dann, als sie sie nur wenige Schritte entfernt hatten, ging ein Raunen durch die Runde. Das Getuschel erstarb, und alle Blicke wandten sich in ihre Richtung.

Erst verstand Maebh nicht, was die anderen von ihr wollten, bis einer der Männer den Arm hob und nicht auf sie, sondern auf etwas hinter ihr deutete. Verwirrt wandte sich Maebh um und brauchte einige Sekunden, ehe sie realisierte, was da gerade geschah.

Der Kristall am Ende von Ciaráns Stab hatte zu glühen begonnen und tauchte den ganzen Platz in fahles, hellblaues Licht. Jetzt, wo sie hinsah, spürte Maebh die Magie, die sich wie fallender Schnee auf ihre Haut legte und Gänsehaut hinterließ. Ein Prickeln breitete sich durch ihren Körper aus, bis hinab in ihre Zehenspitzen. Ciaráns Miene war konzentriert, während das Licht im Kristall feine Fäden spannte, die wie ein Windspiel um den Stab herumkreisten.

Hinter sich hörte Maebh leises Gemurmel. Die Menschen tuschelten aufgeregt, was der Hexer da tat. Einige klangen dabei aufrichtig interessiert, andere missbilligend, wieder andere ängstlich, aber keiner machte Anstalten, dem Ganzen Einhalt zu gebieten.

Um den Stab herum verdichteten sich die Lichtstrahlen, das Glühen im Kristall wurde heller und heller, bis plötzlich eine Kugel aus Licht in den Himmel schoss. Ein Donner zerriss die Nacht, obwohl weit und breit keine Wolke in Sicht war. Dann wurde es still. Gespräche erstarben. Selbst die Musiker hatten aufgehört, zu spielen.

Maebh suchte den Blickkontakt zu Ciarán, doch der starrte nur hinauf in die Sterne, ein zufriedenes Grinsen auf den Lippen. Sekunden verstrichen, dann ging ein weiteres Raunen durch die Runde, bevor eines der Kinder aufgeregt quietschte. Maebh legte den Kopf in den Nacken und konnte nicht glauben, was sie da sah. Blasen, Tausende von Schaumblasen in unterschiedlichen Größen schwebten vom Himmel auf sie herab und schimmerten in allen Farben des Regenbogens. Verblüfft sah sie wieder zu Ciarán, der ihr verschwörerisch zuzwinkerte.

Maebh wusste nicht, was zuerst geschah. Ob es die Kinder waren, die aufgeregt durch das Meer aus bunten Kugeln sausten, oder die Musiker, die voller Energie wieder ihr Spiel aufnahmen, aber wie aus dem Nichts fiel die Anspannung von den Menschen ab. Und mit ihren Zungen schienen sich auch ihre Beine zu lösen. Während die Mehrheit sich zuvor um die Getränke versammelt hatte, kehrten die meisten nun wieder zum Feuer zurück und begannen, im Kreis darum herum zu tanzen. Und Maebh wurde einfach mitgerissen. Selbst wenn sie sich hätte wehren wollen, wäre der Sog der Feiernden zu kraftvoll gewesen. Auf halber Strecke verlor sie ihren noch halb vollen Becher, doch keiner schien sich darum zu scheren. Fionnuala hakte sich bei ihr unter und zog Maebh mit in den Kreis. Eine Fidel setzte ein und verlieh der Musik etwas Beschwingtes, dem sich bald niemand mehr entziehen konnte. Maebh kannte weder die Lieder noch die Tänze der Menschen, aber das musste sie auch gar nicht. Ihr Körper bewegte sich wie von allein im Rhythmus der Musik, als wäre sie in dieser Nacht wirklich und wahrhaftig ein Teil von ihnen.

26

Der Wirt war vorausgegangen, um das Samhain-Feuer ins Haus zu bringen, wodurch ihr Zimmer sie mit wohliger Wärme empfing. Beim Eintreten schwebte Maebh wie auf Wolken. Vom vielen Tanzen war ihr schwindelig geworden, dazu hatte der süße Met ein Prickeln in ihrem Körper hinterlassen. Achtlos streifte sie ihre Schuhe ab und steuerte geradewegs auf ihr Bett zu, auf das sie sich rücklings fallen ließ.

»Ich hatte keine Ahnung, dass die Menschen solche Feste feiern«, äußerte sie völlig außer sich, während sich die Decke über ihr leicht zu drehen schien.

»Es gibt vier davon im Jahr«, erklärte Ciarán. »Samhain ist das größte, wobei die Menschen in Lissivigeen das Feiern wirklich sehr wörtlich nehmen im Vergleich zu anderen Dörfern.«

Maebh runzelte die Stirn, wollte ihn ansehen, aber schaffte es nicht, ihren Kopf zu heben. »Warst du etwa schon einmal dabei?«

»Gelegentlich.«

»Das hast du gar nicht erzählt.«

Sie hörte seine schweren Schritte auf den Dielen und den Umhang rascheln, als er die Kleidung ablegte. »Ich habe dir gesagt, dass ich nicht nur durch die Welt reise und Leuten wahllos meinen Stab unter die Nase halte.«

»Vielleicht solltest du das öfter tun, wenn du dabei schöne Dinge zauberst«, bemerkte sie und kicherte albern, als sie sich an die Schaumblasen erinnerte.

»Natürlich.«

Noch immer zu müde, um den Kopf zu heben, drehte Maebh ihn zur Seite, um zu sehen, was im Raum vor sich ging.

Ciarán hatte sich von ihr abgewandt und streifte sich das Hemd, das der Wirt ihm geliehen hat, über den Kopf. Seine nackte Haut leuchtete im Feuerschein und offenbarte allerlei Kratzer, Narben und blaue Flecken von vergangenen Reisen. Spuren, die seine sonst so verschlossenen Gesichtszüge zu verbergen wussten.

Maebh stieg Hitze in die Wangen, während sie das Spiel seiner definierten Muskeln beobachtete. Um sich davon abzulenken fragte sie: »Hat er dir denn gefallen?«

»Nein.«

Sie schnaubte. »Wirklich nicht?«

Mit einem Seufzen wandte sich Ciarán um und sah sie direkt an. Seine dunklen Locken hingen ihm dabei zerzaust ins Gesicht, verliehen seinem Aussehen etwas Verwegenes, das Maebhs Herzschlag unkontrolliert beschleunigte.

»Maebh«, sagte er seufzend. »Wie viel hast du getrunken?«

Sie zuckte mit den Schultern, auch wenn ihr Grinsen sicher Bände sprach. »Nicht so viel. Wirklich. Ich hätte nur nicht damit gerechnet, einen so schönen Abend hier zu verbringen.«

Ein weiches Lächeln legte sich auf seine Züge, das jedoch sofort verschwand. Sein Blick wurde ernst, als er sich näherte. »Wir sollten schlafen. Morgen wird ein anstrengender Tag.«

»Ich weiß«, murmelte sie, schlagartig wieder realisierend, wieso sie überhaupt hier waren. »Das hatte ich ganz verdrängt.«

»Entschuldige. Ich wollte deine gute Laune nicht zerstören.«

Sie winkte ab. »Nein, du hast ja recht. Ist irgendetwas passiert?«

Ihr war nicht entgangen, dass er sich ungewöhnlich distanziert verhielt, seit sie zurückgekehrt waren. Die Art, wie er sie jetzt betrachtete, tat ihr Übriges.

»Nein.« Selbst ihr entging die Lüge nicht. »Ich zerbreche mir schon den ganzen Abend den Kopf darüber, wie wir am besten vorgehen sollen. Cill Aire ist riesig.«

Maebh nickt abwesend und drehte den Kopf wieder, um an die Decke zu schauen. »Ich schätze, es ist keine Option, einfach zum König zu gehen und ihn lieb zu fragen, ob er mir meinen Mantel wiedergibt.«

»Wer weiß? Du hast auch die Dorfbewohner umgestimmt.«

Inzwischen erkannte sie diesen Unterton in seiner Stimme. »Du bist doch nicht wirklich der Meinung, dass ich irgendwelche magischen Kräfte besitze.«

»Wäre das denn so abwegig?«, bohrte er sanft nach. »Dass du dich in eine Robbe verwandeln kannst, ist für dich doch selbstverständlich. Wieso kannst du dir dann nicht vorstellen, dass du zu mehr fähig bist?«

Maebh zuckte mit den Schultern. »Weil ich mir noch nie Gedanken darüber gemacht habe? Ich weiß es nicht. Es ist nicht so, als würde ich die Menschen beeinflussen wollen. Vielleicht hatten wir bisher einfach Glück, dass sie meinem Robben-Charme nicht widerstehen konnten.«

Sie lachte, als sie sich daran erinnerte, wie sie in ihrer zweiten Gestalt einmal mit großen Augen einen Fischer um einen Bissen seines Fangs angebettelt hatte.

»Selbst wenn«, fügte sie hinzu. »Es ist nichts, das ich bewusst kontrollieren kann. Möglicherweise ist es überhaupt nichts, oder es klappt im entscheidenden Moment nicht.«

»Ich glaube, du unterschätzt dich.«

»Oder du traust mir zu viel zu.«

»Nein.«

Erneut musterte sie ihn, und dieses Mal brachte der Ausdruck in seinen Augen sie beinahe um den Verstand. Nicht nur das ungewohnte Vertrauen darin, sondern auch etwas, das weit tiefer ging als Zuversicht. Ciarán betrachtete sie, als sähe er in ihr, was allen anderen bisher entgangen waren. Als wäre sie ein Schatz, dessen Wert nur er kannte.

Verlegen wandte sie sich ab, bevor sie mehr durcheinandergeriet. »Was ist, wenn wir uns morgen erst einmal in der Stadt umsehen?«, schlug sie vor.

»Wir müssen schnell sein«, warf er ein. »Es ist wahrscheinlich, dass der Soldat die Stadtwache alarmiert hat. Wenn wir überhaupt ungesehen durch das Tor kommen, ist es nur eine Frage der Zeit, bis uns jemand entdeckt.«

»Wir könnten hier eine Art Lager aufschlagen. Erst erkunden wir schnell die Stadt und kehren hierher zurück, um einen Plan zu fassen.

Wenn wir den König nicht fragen können, bleibt uns ja nichts anderes übrig, als meinen Mantel zurückzustehlen.«

Maebh war selbst überrascht, wie leicht ihr diese Feststellung über die Lippen kam. Das Wort »stehlen« fühlte sich falsch und fremd zugleich an, obwohl es in dieser Situation das einzig richtige war.

»Das wäre vermutlich sicherer, als in der Stadt zu übernachten. Mir gefallen unsere Aussichten allerdings im Allgemeinen nicht.«

»Du musst nicht mitkommen, Ciarán«, murmelte Maebh und schloss die Lider, die mit jeder Sekunde schwerer wurden. »Du hast schon so viel für mich getan.«

»Willst du etwa so schlafen?«

»Hm?«

Die Müdigkeit hatte bereits ihre Klauen in sie geschlagen, weshalb Maebh nur am Rande mitbekam, dass ihre Beine halb über das Bett hinaushingen. Vermutlich würde sich ihr Rücken am nächsten Morgen für diese seltsame Position bedanken, doch im Moment hätte sie sogar auf einem Felsen friedlich einschlafen können.

»Ob du so schlafen willst.«

Sie zuckte kraftlos mit den Schultern, startete einen Versuch, sich ein Stück höher zu schieben, den sie sofort wieder verwarf. Wozu die Mühe?

»Maebh?«

Neben ihr regte sich Ciarán, doch sie realisierte zunächst kaum, was passierte. Erst als sich ein Schatten in ihr Sichtfeld schob, blinzelte sie kurz, erkannte, dass sein Gesicht direkt über ihrem schwebte.

»Ich bin müde«, murrte sie.

Er lächelte leicht. »Ich weiß. Aber sobald das Feuer ausgeht, wirst du erfrieren.«

»Mhm.«

»Maebh. Komm schon.« Er beugte sich weiter herunter und schob seinen rechten Arm unter ihre Beine. »Leg deine Arme um meinen Hals.«

Sie runzelte verwirrt die Stirn, tat aber wie geheißen und ließ zu, dass er sie hochhob. Müde fiel ihr Kopf gegen seine Schulter und wenn sie nur ein bisschen mehr Mut gehabt hätte, hätte sie ihn gefragt, ob sie nicht in seinen Armen schlafen dürfte.

»Ich dachte, Menschen mögen es nicht, wenn man sie einfach so umarmt«, sagte sie stattdessen amüsiert.

»Ich bin kein Mensch.«

»Du weißt, was ich meine.«

Er sog scharf Luft ein, und fast meinte sie, zu spüren, wie er sie ein wenig fester an sich drückte. »Wir wissen doch beide, dass das nicht mehr gilt.«

Wussten sie das?

Als er sie ins Bett legte, vermied er ihren Blick. Maebh war klar, dass sie ihn jetzt loslassen musste, aber ihre Hände waren wie verankert, verstärkten sogar ihren Griff wie von allein, als Ciarán im Begriff war, sich von ihr zu entfernen.

»Maebh.«

Ihr Name war nur ein Flüstern in der Nacht, doch die Art wie Ciarán ihn aussprach, jagte eine Gänsehaut über ihre Arme. Sie konnte nicht beschreiben, was gerade passierte. Ihre Gefühle waren vollkommen durcheinander. Sie war müde. Noch glückstrunken von der Feier. Gleichzeitig voller Furcht vor dem nächsten Tag. Am liebsten hätte sie aus Überforderung geweint.

Sie hatte keine Ahnung, wie es jetzt weitergehen sollte. Der Moment fühlte sich wie ein Abschied an, wie der letzte Sonnenstrahl vor einer viel zu langen Nacht. Sie wusste nicht, wie sie es schaffen sollte, ihren Mantel zurückzuholen. Sie könnte sterben. Und selbst wenn nicht, was würde danach sein? Würde sie einfach so in ihr Leben als Selkie zurückkehren und alles vergessen? Würde sie Ciarán wiedersehen?

All das hätte sie ihm gern anvertraut, aber so sehr die Worte herauswollten, schnürten sie ihr gleichzeitig die Kehle zu. Am Ende brachte sie nur einen einzigen Satz heraus, der mit aller Gewalt auch noch die letzte Mauer zerstörte, die zwischen ihnen stand.

»Lass mich nicht los.«

Ciarán verkrampfte sich. Zögerte. Und Maebh war sich sicher, dass er sie jeden Moment von sich stoßen und in ihre Schranken weisen würde, während er die Mauern binnen von Sekunden erneut errichtete. Doch am Ende überraschte er nicht nur sie, sondern vermutlich vor allem sich selbst. Er nickte, bevor er seinerseits die Umarmung verstärkte. Als er sich auf dem Bett niederließ, hatte Maebh das

Gefühl, seine Haut stünde in Flammen. Eine intensive Hitze, die auf sie überging und den Schwindel unerträglicher machte.

»Werde ich nicht«, murmelte er in ihr Haar hinein, da hatte Maebh ihre Fragen bereits vergessen. Viel zu berauscht war sie von seiner Nähe. Seinem Geruch nach Meersalz und Magie. Nach zu Hause.

Und Ciarán hielt sein Wort. Er hielt sie. Ließ sie nicht los. Die ganze Nacht nicht.

27

Vom Dorf aus dauerte es keine Stunde, bis Cill Aire in Sichtweite war. Die Hauptstadt des Königreichs lag idyllisch an einem Lough, in dessen Oberfläche sich die umliegende Berglandschaft sowie der klare Morgenhimmel spiegelte. Und dort, direkt am Ufer im Schutz einer Bucht, stand eine Burg. Der Sitz des Königs und Oberhaupt des Mac Cárthaigh-Clans. Das Ziel ihrer langen Reise.

Unbewusst war Maebh auf der kleinen Anhöhe, von der aus sie die Stadt im Blick hatten, stehen geblieben und wusste nicht, ob sie noch einen Schritt gehen konnte. Plötzlich mit der Realität konfrontiert zu sein, dass sie wirklich so weit gekommen war, machte diese überhaupt erst greifbar. Sie war hier, nach all den Strapazen der letzten Tage. Und dennoch stand ihr das Schlimmste noch bevor.

»Maebh?«

Ciarán hatte ebenfalls angehalten, schaute sie fragend aus seinen silberfarbenen Augen an. Sorge lag darin, was ihr Herz schwerer werden ließ. Gern hätte sie ihn darum gebeten, sie ab jetzt allein zu lassen, weil sie nicht wollte, dass er sich ihretwegen in Gefahr begab. Aber ihr war bewusst, dass sie ohne ihn gar nicht so weit gekommen wäre. Und es vermutlich auch nicht viel weiter schaffen würde. Sie hatte sich inzwischen ein wenig an die Menschen und ihr Verhalten gewöhnt, doch der Trubel der Stadt, den sie selbst von hier aus erahnte, war völliges Neuland für sie. Zweifelsohne würde sie auffallen und sich möglicherweise schon an der Art verraten, wie sie lief. Die Wachen würden sie entdecken und in ein Verlies sperren, in dem sie nur durch einen schmalen Spalt in der Wand hindurch den Mond beobachten und die ihr verbliebenen Tage zählen konnte.

»Maebh«, wiederholte Ciarán, dieses Mal eindringlicher, sodass sie endlich aus ihren düsteren Tagträumen erwachte. »Was ist los?«

Sie schüttelte den Kopf und marschierte wieder los, damit er ihr Gesicht nicht sah. »Ich mache mir Sorgen.«

»Brauchst du nicht«, antwortete Ciarán, der zu ihr aufschloss.

»Sagst du das, weil du es auch so meinst, oder nur, um mich zu beruhigen?«

Ertappt verzog er die Lippen und unternahm keinen weiteren Versuch, sie zu besänftigen. Stattdessen umfasste er still ihre Hand, drückte sie einmal. Vermutlich, um ihr zu versichern, dass sie nicht allein war, aber es machte Maebhs Sorge unerträglicher. Was, wenn ihm etwas geschah?

Glücklicherweise blieb ihr nicht viel Zeit, sich in ihrer Angst zu suhlen, denn schon kurz darauf bog die Straße, der sie gefolgt waren, auf eine weitere mit Steinen befestigte ein, die direkt auf das Tor der Stadt zuführte. Der Tag war jung, und so mischten sie sich unter den Strom an Menschen, die in Richtung Cill Aire unterwegs waren. Bauern und Händler mit ihren Karren, Frauen mit Körben, aber vor allem junge Männer mit teils grimmigen, teils furchterfüllten Gesichtern, die sich an das wenige Hab und Gut klammerten, das sie mitgebracht hatten. Augenblicklich sah sich Maebh suchend um, in der Hoffnung, einen ihrer ehemaligen Reisebegleiter im Getümmel auszumachen, doch wie hoch waren die Chancen darauf? Sie konnte lediglich hoffen, dass Éibhear, Sorcha und Seamus es sicher aus dem Wald herausgeschafft hatten. Wer weiß, vielleicht waren sie schon lange in der Stadt?

Maebh versuchte, optimistisch zu bleiben, als sie sich den Toren näherten, wohingegen Ciarán an ihrer Seite zunehmend nervöser wurde. Immer wieder huschte sein Blick umher, während er sich gleichzeitig darum bemühte, seinen Kopf niedrig zu halten, damit niemand seine leuchtend hellen Augen sah. Er murmelte ein paar Worte, woraufhin sich sein Stab, den er auf dem Rücken trug, scheinbar in nichts auflöste. Maebh zog überrascht Luft ein.

»Es ist nur eine Illusion«, raunte er ihr zu, wobei die Anstrengung deutlich aus seiner Stimme herauszuhören war. »Bis wir durchs Tor sind.«

Sie nickte und versuchte, sich möglichst unauffällig zu sputen. Zwar hatte sie keine Ahnung, wie Ciaráns Magie funktionierte, doch sie sah ihm an, wie viel Kraft ihn jede Sekunde dieses Zaubers kostete.

Inzwischen waren sie fast am Tor angelangt, kamen dadurch wesentlich weniger schnell voran. Immer wieder stoppten Soldaten mit dem Banner des Königs, einem roten Hirsch auf weißem Grund, die Leute, um sie nach dem Anlass ihrer Reise zu fragen. Dann waren Maebh und Ciarán auch schon an der Reihe.

»Name und Anliegen?«, wollte ein gelangweilt dreinschauender Mann wissen, dem der metallene Helm so tief in die Stirn hing, dass Maebh sich fragte, ob er überhaupt etwas sah.

»Ich bin Eoin Ó Murchadha und das ist meine Schwester Cara Breathnach«, antwortete Ciarán, als hätte er die Worte tagelang einstudiert. »Der Ehemann meiner Schwester ist vom König an die Front beordert worden, daher bringe ich sie zu unseren Eltern, die in der Stadt leben.«

Beinahe hätte Maebh darüber gelacht, dass er dieselbe alte Ausrede erneut gebrauchte. Während der Soldat sie musterte, legte sie den Kopf in den Nacken, um die Stadtmauer genau in Augenschein zu nehmen. Über ihnen hing ein metallenes Tor, dessen Spitzen im Licht der aufgehenden Sonne funkelten. Darüber befand sich ein Raum mit schlitzartigen Öffnungen, hinter denen Maebh weitere Soldaten erahnte. Dazu flankierten zwei Türme die gesamte Toranlage. Auf ihren Gipfeln saßen riesige Waffen, die Maebh an die Bögen erinnerten, die die Menschen zum Jagen benutzten. Bisher war das Wort »Krieg« nur ein vages Konzept gewesen, dessen Bedeutung sie aus Erzählungen kannte, doch hier wurde es auf einmal greifbar.

»Und was ist mit dir Junge? Du siehst mir aus, wie ein fähiger Mann«, bohrte der Soldat argwöhnisch nach. »Du kennst die Befehle des Königs.«

Allein die Worte jagten Maebh einen Schauer den Rücken hinunter. Sie fühlte sich augenblicklich durchschaut, hätte sogar schwören können, dass die Männer über dem Tor sie beobachteten, aber Ciarán schien sich von der Neugier der Wache nicht beirren zu lassen, sondern lächelte schlicht.

»Auch aus diesem Grund bin ich hier«, antwortete er. »Ich konnte meine Schwester allerdings unmöglich die gefährliche Reise auf sich allein nehmen lassen.«

»Wieso hat sie denn ihr Mann nicht mitgenommen?«

Maebh biss sich auf die Unterlippe.

»Er wurde früher einberufen. Vor ein paar Monaten schon, als der König einfach nach Freiwilligen gesucht hat. Keine Woche nach der Heirat ist er dem Ruf gefolgt. Die Breathnachs haben den Mac Cárthaighs bereits in vielen Schlachten gedient.«

»Und kann die kleine Dame nicht für sich selbst sprechen?« Nun hefteten sich die Augen des Mannes direkt an sie, wobei er keinen Hehl daraus machte, wie genau er sie musterte. Allein sein Blick bescherte Maebh Gänsehaut, aber sie rang sich ein Lächeln ab.

»Das kann ich sehr wohl«, antwortete sie mit möglichst sanfter Stimme. »Mein Bruder neigt allerdings dazu, mir die Worte aus dem Mund zu nehmen. Er war schon immer der große Redner in der Familie.«

»Und stimmt es, was er da erzählt?«

»Natürlich. Ohne ihn hätte ich die Reise hierher unmöglich allein überstanden. Aber jetzt freue ich mich, meine Eltern zu sehen, und ehrlich gesagt auch endlich auf eine warme Mahlzeit.«

Ihre Worte schienen den Mann wohlwollender zu stimmen. Dabei konnte Maebh nicht sicher sagen, ob es an der Lüge lag oder tatsächlich mehr dahintersteckte, wie Ciarán immer wieder vermutete.

Nach letztem Zögern winkte er sie hindurch. »Ihr dürft passieren.«

Am liebsten wäre Maebh kopflos losgeprescht, doch ihr war bewusst, dass das einen völlig falschen Eindruck vermittelt hätte. Stattdessen zwang sie sich, die Mundwinkel ein Stück weiter zu heben und dem Mann von der Stadtwache einen schönen Tag zu wünschen. Zur Sicherheit hakte sie sich bei Ciarán unter, der sie mit einem Schmunzeln auf den Lippen durch das Tor führte.

Dahinter verbreiterte sich die Straße. Steinerne Häuser säumten beide Seiten, formten eine Reihe, die allein schon länger war als jedes Dorf, das Maebh bisher besucht hatte. Menschen in bunten Kleidern, Tiere, Karren bewegten sich zwischen ihnen hindurch, untermalt von lautem Stimmengewirr. Irgendwo bellte ein Hund, während an anderer Stelle eine Frau herzhaft fluchte. Die Eindrücke waren schier überwältigend, weshalb Maebh dankbar war, dass Ciarán eine Querstraße ansteuerte, in der der Trubel augenblicklich abnahm. Hier standen die Häuser dichter beisammen, und ein stechender Gestank hing in der Luft. Aber sie waren für den Moment allein, noch dazu außer Sichtweite der Stadtmauer.

Kaum hatten sie die Gasse betreten, löste Ciarán den Zauber, der seinen Stab verborgen hatte. Keuchend stützte er sich auf die Knie. Schweißperlen traten auf seine Stirn.

»Wie schaffst du das nur?«, fragte Maebh, die sich erst jetzt wieder traute, ein Wort zu sprechen.

»Was? Die Magie?«

»Nein, das Lügen. Ich hätte dir beinahe selbst geglaubt.«

Er grinste. »Du hast doch geholfen.«

»Ja, aber auch nur, weil mich der Wachmann gefragt hat. Ein Wunder, dass ich nicht an meiner eigenen Stimme erstickt bin.«

»Was? Sag mir nicht, ihr Selkies seid immer vollends ehrlich«, kommentierte Ciarán amüsiert.

»Sind wir.« Maebh nickte ernst. »Wir haben keine Geheimnisse voreinander.«

Bei ihren Worten verzog Ciarán den Mund. »Das erklärt einiges.«

»Was denn?«

Lächelnd winkte er ab. »Wir sollten weitergehen.«

Maebh schnaubte und verschränkte die Arme vor der Brust, gab schließlich aber klein bei. Sie wusste, dass sie weitaus Wichtigeres zu tun hatten, als sich hier darüber zu streiten, dass sie sich typisch Selkie verhielt. Stattdessen fragte sie: »Was machen wir jetzt?«

Ciarán hielt einen Moment inne, als müsste er äußerst intensiv über ihre Frage nachdenken. »Um ehrlich zu sein, hätte ich nicht einmal damit gerechnet, überhaupt so weit zu kommen. Ich bin davon ausgegangen, dass die Soldaten uns am Tor bereits erwischen und wir Hals über Kopf zum Palast rennen müssen, um deinen Mantel zu stehlen.«

Maebhs Augen weiteten sich vor Schock. »Dein Ernst? Ich wäre dir auf halber Strecke verloren gegangen. Diese Beine sind nämlich nicht zum Rennen gemacht.«

Er lachte leise. »Dann ist es ja gut, dass es nicht so weit gekommen ist.«

»Wie lautet dann die Alternative?«

»Ich schätze«, äußerte er zögernd, »wir machen uns auf den Weg zur Burg und sondieren erst einmal die Umgebung, schauen, ob es vielleicht einen Eingang gibt, der nicht so gut abgesichert ist, oder ob wir uns als Händler verkleidet hineinschleichen können. Wir finden schon etwas.«

Es kam selten vor, dass Ciarán überhaupt so tat, als wäre er optimistisch, und allmählich verstand Maebh, wieso er es bisher immer vermieden hatte, eine allzu hoffnungsvolle Einschätzung zu geben. Ihr Plan, die Umgebung der Burg erst zu erkunden, entpuppte sich nicht nur als äußerst mühselig, er war auch noch wenig von Erfolg gekrönt. Der König von Deasmhumhain hatte seinen Sitz in eine einzige Festung verwandelt. Keine Tür, kein Fenster, nicht einmal ein Abwasserschacht, der nicht von mindestens einer Wache beobachtet wurde. Jeder, der durch das große Tor ein und aus ging, wurde von den dort Stationierten ausführlich befragt, und die einzige Alternative, über die hohen Mauern zu klettern, die die eigentliche Burg umrundeten, war ausgeschlossen, da diese ebenfalls vollständig bewacht waren.

Unmittelbar vor dem Tor erstreckte sich der riesige Marktplatz der Stadt. Zwar war der Trubel perfekt, um unterzutauchen, doch selbst hier kamen immer wieder Soldaten vorbei, die jeden der Anwesenden genauestens musterten. Deshalb teilten Ciarán und Maebh sich irgendwann auf. Damit er sich mit seinem Stab etwas mehr im Verborgenen halten konnte, während sie unschuldig zwischen den einzelnen Ständen hindurchschlenderte. Immer wieder versuchte ihr ein Händler, seine Waren anzubieten – Backwaren, frischen Fisch aus dem Lough, gepökeltes Fleisch. Aber obwohl Maebh am Morgen schon kaum einen Bissen heruntergebracht hatte, war ihr so flau im Magen, dass sie gar nicht erst in Versuchung geriet. Zumal sie gar keine Zeit hätte, sich mit einem der Verkäufer auseinanderzusetzen. Sie musste ständig auf der Hut sein, nicht nur wegen der Wachen, sondern auch vor dem unwahrscheinlichen Fall, dass sich eine Chance ergab. Oder ihr zumindest eine Idee kam, wie sie es ungesehen in die Burg schaffte.

Aber egal, wie lange sie sich auf dem Marktplatz herumtrieb, es tat sich keine Möglichkeit auf. Menschen gingen in der Burg ein und aus, doch die Wachsamkeit schien niemals nachzulassen. Soldaten wurden abgelöst, ohne dass auch nur ein Moment entstand, in dem keiner von ihnen auf seine Umgebung achtete. Am Ende war Maebh so ernüchtert, dass sie sich frühzeitig auf den Weg zum Treffpunkt begab, zurück in die dunkle Gasse in der Nähe des Stadttors.

Über ihr hatte sich der Himmel zugezogen, sodass es Maebh später vorkam, als es eigentlich war. Vereinzelt fielen feine Regentropfen auf sie herab, aber das hinderte die Leute nicht daran, sich weiterhin auf der Straße herumzutreiben, sodass Maebh stellenweise Mühe hatte, sich zwischen ihnen hindurchzuschieben. Ständig rempelte jemand in sie hinein oder ein Ellenbogen landete in ihrer Seite, ohne dass eine Entschuldigung folgte.

Als sie schließlich die Gasse erreichte, in der sie sich vorhin unterhalten hatten, begann es, zu regnen. Feine, eiskalte Tröpfchen fielen auf Maebhs Haut, während sie ihren Kopf in den Nacken legte und versuchte, die Verzweiflung, die sich in ihr anbahnte, im Zaum zu halten. Doch gerade fühlte es sich so an, als hätte sie die Schlacht bereits verloren. Als wären sämtliche Chancen vertan, ihren Mantel je wiederzubekommen. Dabei wusste sie, dass das nicht stimmte. Dass ihr immer noch ein paar Tage blieben. Und dass die Möglichkeit bestand, dass Ciarán erfolgreicher gewesen war als sie. Möglicherweise kam ihr im Traum eine Idee. Später im Gasthaus, wo sie sich unter der weichen Decke verstecken konnte, bis der Schlaf sie irgendwann übermannte.

Maebh war so mit sich selbst beschäftigt, dass sie die Veränderung um sich herum zunächst gar nicht bemerkte. Erst die feine Gänsehaut, die sich auf ihren Armen bildete, holte ihre Gedanken ins Hier und Jetzt zurück, lenkte ihre Aufmerksamkeit auf die Straße, die sich zügig leerte, während der Regenschauer durch sie hindurchfegte. Mit ihm kam die Kälte, aber auch etwas anderes, dessen sich Maebh erst langsam bewusst wurde. Magie. Magie, die sich wie Spinnenfäden auf ihre Haut legte, sie einhüllte. Sofort kam sie ihr vertraut vor, doch Maebh ließ sich nicht die Zeit, sie genauer zu erspüren, weil ihr schlagartig ein Gedanke kam: *Ciarán!*

Er war noch nicht wieder hier. Und der Zauber konnte nur seiner sein. Ciarán wirkte Magie. Und das tat er erst, wenn es keine andere Möglichkeit gab. Ihr sank das Herz in die Knie, während sie sich gleichzeitig in Bewegung setzte. Die Energie kam aus Richtung der

Gasse, führte sie von der Straße weg in eine dunklere Gegend der Stadt, in der die Häuser so dicht beieinanderstanden, dass es Maebh fast vorkam, als wäre es längst tiefste Nacht. Dennoch ignorierte sie sämtliche Warnungen, die die Vernunft ihr entgegenschrie, und beschleunigte ihre Schritte. In ihrem Kopf war kein Platz mehr für Furcht oder Zweifel. Stattdessen war da nur ein einziger Gedanke: *Ciarán steckt in Schwierigkeiten.*

28

Je tiefer sie in das Labyrinth aus Gassen und kleineren Straßen vordrang, desto unerträglicher wurde der Gestank, obwohl der Regen immer mehr zunahm. Mit ihm kam auch ein heftiger Wind auf, der durch die Stadt fegte. Fensterläden wurden eilig geschlossen, hastige Schritte hallten von den Mauern der Häuser wider, vermischten sich mit Maebhs eigenen.

Sie konnte sie spüren. Ciaráns Magie, die mit jedem Schritt stärker wurde, einen regelrechten Sog kreierte, der Maebh in die richtige Richtung lenkte. Erst geradeaus, dann nach rechts, links, tiefer in die Stadt hinein und in ein Viertel, das weitaus heruntergekommener aussah als die Gegend um das Tor herum. Einige Dächer waren eingefallen, Türen hingen schief in den Angeln, statt Pflastersteinen bestand der Boden nur aus festgetretener Erde.

Was hatte Ciarán hier gesucht? So weit weg von der Burg noch dazu?

An einer Gabelung blieb Maebh stehen, um Luft zu holen, nachdem sie den letzten Teil der Strecke gerannt war. Ihr Atem ging schwer, wobei jeder einzelne Luftzug sich anfühlte, als würden tausend Nadeln auf ihre Lunge einstechen. Aber sie durfte keine Pause machen. Sie musste Ciarán finden.

Sie schloss die Augen, um in sich hineinzuhorchen. Inzwischen war der Energiestrom so intensiv, dass sie ihm kaum eine Richtung zuordnen konnte. Und etwas fühlte sich mit einem Mal falsch daran an. Gänsehaut bildete sich auf Maebhs Armen, als sie die Lider wieder hob und sich umsah. Es war dunkel geworden. Sie sollten schon längst zurück auf dem Weg nach Lissivigeen sein, bevor sie am Ende nicht einmal mehr die Straße sahen. Doch von Ciarán fehlte jede Spur. Ob es wohl leichtsinnig war, ihn zu rufen?

Zwiegespalten sah Maebh sich um und versuchte, im Halbdunkel etwas zu erkennen, aber da waren lediglich Mauern, schlammige Pfützen, die sich am Boden sammelten, und zwei Ratten, die der Regen aus ihrem Versteck gejagt hatte. Dieser ging inzwischen so heftig nieder, dass Maebh sich nicht einmal auf ihr Gehör verlassen konnte. Um sie herum herrschte nichts als monotones Rauschen, in dem selbst das Hufgetrappel von Pferden untergegangen wäre.

Sie schluckte. Nach wie vor war die Magie präsent, und Maebh ahnte, dass sie längst hätte umdrehen sollen. Dass Ciarán nicht, ohne ein Wort zu sagen, in die hintersten Winkel der Stadt verschwinden würde. Etwas stimmte nicht.

Energisch strich sie sich eine triefende Haarsträhne aus dem Gesicht. Zeit, zurückzukehren. Ciarán würde schon auftauchen. Vielleicht wartete er bereits auf sie und machte sich Sorgen … Beinahe hätte dieser absurde Gedanken sie zum Lächeln gebracht, als sie plötzlich einen Schemen im Augenwinkel entdeckte. Eine Gestalt, die sich ihr langsam näherte.

Ihr Herz setzte einen Wimpernschlag lang aus, sowie sich ein Mensch aus einer Gasse schälte. Erst hoffte sie, es sei Ciarán, doch sie merkte trotz des langen Umhangs dass die Statur nicht passte. Dieser Mann hier war kleiner, schlanker, obwohl er ebenfalls einen Stab bei sich trug.

Ein anderer Hexer, schoss es ihr durch den Kopf, da traf sie die Welle an Magie mit so einer Kraft, dass ihre Knie schlagartig nachgaben und sie zu Boden sank. Kälte sickerte in rasender Geschwindigkeit in ihre Glieder, machte ihre Muskeln taub, lahmte ihr Denken.

»W-wer bist du?«, brachte sie zwischen klappernden Zähnen hervor.

Mittlerweile war der Mann nah genug, dass sie seine Gesichtszüge vage erkannte. Die kinnlangen, blonden Haare, eine Narbe, die sich quer über seine Wange zog, und die strahlend hellen Augen. Er war ein Fin-Mann, daran bestand kein Zweifel.

Eine Antwort blieb er ihr schuldig. Stattdessen verharrte er kurz vor ihr, gerade außerhalb ihrer Reichweite, hätte sie überhaupt die

Kraft gehabt, den Arm zu heben. Aber der Zauber, den er auf sie gelegt hatte, wurde mit jeder Sekunde erbarmungsloser. Taubheit machte sich in ihren Beinen breit begleitet von einer Eiseskälte, die selbst den tiefsten Winter in den Schatten stellte.

Wer war der Mann? Und was verdammt noch mal passierte hier?

Ein Schrei blieb in Maebhs Kehle stecken, kam nur als Flüstern über ihre Lippen, das sich im prasselnden Regen verlor. Ciarán? Wo war er? Hatte der andere Fin-Mann ihn beseitigt? Oder war er hier irgendwo? Womöglich sogar auf der Suche nach ihr? Er musste die Magie spüren, genau wie sie, musste ahnen, dass ihr etwas zugestoßen war.

Wenn er überhaupt noch lebt …

Der Gedanke kam so rasch, dass Maebh ihn kaum greifen konnte, denn ihr Verstand arbeitete mit jeder Sekunde langsamer. Mit der Kälte und der Taubheit kam auch die Erschöpfung. Ihr Körper nutzte alle Ressourcen, um dem Kältefluch zu trotzen, sie bei Bewusstsein zu halten, aber es reichte nicht. Und schon bald würde das Eis nicht nur ihre Gliedmaßen befallen, sondern sich bis zu ihrem Herzen vorgetastet haben. Müde blinzelnd nahm Maebh wahr, wie sich feine Schneekristalle auf Ciaráns Mantel sammelten, die vor ihren Augen verschwammen.

Wie seltsam, dachte sie sich. *Dass selbst in diesem fürchterlichen Zauber Schönheit ruhte.*

Dann wurde um sie herum alles schwarz.

Als sie wieder zu sich kam, fürchtete Maebh zunächst, sie wäre tot. Sie hatte schon zu viele Schauergeschichten gehört von Menschen, die während des Winters einfach erfroren waren, weil ihr Körper der Kälte nicht länger hatte trotzen können. Doch Maebh war dem Tod entkommen – ob nun von dem Fin-Mann gewollt oder nicht –, das verrieten ihr das Pochen in ihrem Kopf und das schmerzhafte Prickeln in ihren Zehen.

Noch immer vollkommen gerädert hob sie die Lider und konnte sich kaum orientieren, so finster war es. Nur vage erkannte sie farblose Mauern mit einer vergitterten Öffnung, durch die ein matter Lichtstrahl fiel. War es Abend? Oder schon Morgen? Von draußen drang der Geruch des Regens herein, vermischte sich mit dem Gestank dieses Ortes nach Schimmel, modrigem Holz und Fäkalien. Allmählich gewöhnten sich Maebhs Augen an die Verhältnisse, sodass sie zumindest schemenhafte Details wahrnahm. Einen großen Topf, ein Haufen Stroh und eine Tür.

Wo war sie?

Sie brauchte eine Weile, um auf die Beine zu kommen, denn jeder Muskel darin brannte, als hätte sie sie Jahre nicht bewegt. Am Ende taumelte sie förmlich in Richtung der Tür, stemmte sich dagegen, ohne etwas zu erreichen. Das Holz rührte sich nicht.

»Hallo?«, rief sie nach draußen, aber es folgte keine Antwort. Stattdessen meinte sie, ein leises Rascheln zu hören, gefolgt von Schritten, die sich entfernten. Glaubte sie zumindest.

Als Nächstes ging Maebh zu der vergitterten Öffnung, die nach draußen führte. Aber selbst wenn sie sich auf die Zehenspitzen stellte, kam sie nicht einmal mit ihren Händen daran. Da hätte sie schon so groß wie Ciarán sein müssen, um hinausspähen zu können.

Ciarán.

Der Gedanke an ihn brachte die Erinnerung an die Begegnung in der Gasse mit aller Klarheit zurück. Der Fin-Mann, der es auf sie abgesehen hatte und sicherlich auch dafür verantwortlich war, dass sie sich an diesem trostlosen Ort wiederfand.

Wer war er? Und was wollte er von ihr?

Die Fragen fanden kein Ende, während mit jeder weiteren die Panik in Maebhs Gedanken Einzug hielt. Wieder lag ein Schrei auf ihrer Lippen und wieder wollte er nicht heraus. Ihre Kehle war wie zugeschnürt, Tränen brannten in ihren Augen, als ihr klar wurde, dass sie eine Gefangene war.

Ein weiteres Mal stellte sie sich auf Zehenspitzen, um vielleicht doch das Fenster zu erreichen und sich am Gitter hochzuziehen. Sie hüpfte sogar, aber es reichte nicht. Sie war zu klein, zu schwer und als Robbe definitiv nicht zum Springen geschaffen.

Dann plötzlich näherten sich Schritte. Dieses Mal war das Geräusch eindeutig, denn es schienen gleich mehrere Paar Füße zu sein, die direkt auf ihre Zelle zusteuerten. Reflexartig wandte sich Maebh um und drückte sich mit dem Rücken gegen die kalte Mauer, so weit wie möglich von der Tür entfernt. Schutzlos. Ausgeliefert.

Stimmengemurmel wurde laut, dann öffnete sich die Tür mit einem Knarzen und herein traten drei Menschen. Einer davon war

Fínghin Ó Sé. Dazu ein hochgewachsener, grimmig dreinblickender Mann mit vollem, schwarzen Bart. Und der Hexer, der ihr in der Gasse aufgelauert hatte. Automatisch blieb ihr Blick an ihm hängen, denn im Licht der mitgebrachten Fackel schienen seine Augen beinahe zu leuchten, erinnerten sie unweigerlich an Ciarán, sodass ihr Herz sich schmerzhaft zusammenzog.

»Das ist also das Selkie-Mädchen?«, brummte der Bärtige, wobei sein Blick eine kalte Spur auf Maebhs Haut zu hinterlassen schien, während er sie anstarrte.

»Das ist sie in der Tat, mein König. Unversehrt wie befohlen.«

Also war das König Diarmaid? Bemüht, sich nicht von der schieren Überzahl der Menschen einschüchtern zu lassen, schaute Maebh ihn ebenfalls an, vor allem sein Gesicht, die müden, blauen Augen und die missbilligend gesenkten, dichten Brauen. Unwillkürlich fragte sie sich, ob sie sich unter dem Herrscher etwas anderes vorgestellt hätte – dann wiederum hatte sie nie einen gesehen.

»Eine Schönheit. Sie macht den alten Legenden alle Ehre.«

Unter ihre Angst mischte sich Unwohlsein darüber, dermaßen begafft zu werden. Als wäre sie die Ware eines Händlers vom Marktplatz.

»Kannst du sprechen, Weib?«

»Ja.«

Der König nickte ausdruckslos. »Ich nehme an, du weißt, wieso du hier bist?«

Sie schüttelte den Kopf.

»Laoghaire.«

Übertrieben höflich räusperte sich der Hexer. »Du und dein Begleiter seid des Attentats auf zwei königliche Soldaten angeklagt. Fínghin Ó Sé ist gestern hier eingetroffen und hat uns berichtet, wie ihr ihm und seinem Kameraden auf dem Weg von Neidín aufgelauert habt. Er kam mit dem Leben davon, Fergal Ó Cuill allerdings sollt ihr grausam verhext haben. Was sagst du zu deiner Verteidigung?«

Ein Zittern erfasste Maebhs Körper, als sie endlich auch Fínghin ansah, auf dessen Lippen sich ein triumphierendes Grinsen ausbreitete. Eigentlich sollte sie starr sein vor Angst, doch stattdessen brachen die Worte unkontrolliert aus ihr heraus: »Er ist nicht tot.«

Fínghin runzelte die Stirn, wohingegen der Hexer nur abwartend die Hände vor dem Körper verschränkte. »Sondern?«

»Er … Ci…« Sie unterbrach sich, um nicht mehr über ihren Begleiter preiszugeben als nötig. »Es war ein Zauber, ja. Aber er hat ihn nur für eine Weile eingefroren. Inzwischen müsste es ihm besser gehen und …«

»Also gibst du zu, die beiden Männer angegriffen zu haben?«, fuhr ihr Laoghaire scharf ins Wort.

»Ja, aber …«

Der Hexer wandte sich ab und nickte dem König wissend zu, ohne überhaupt weiter auf Maebh zu achten. Worte blieben in ihrer Kehle stecken, weil so viele auf einmal herauswollten. Was sollte sie sagen? Und vor allem: Was *konnte* sie sagen, ohne sich selbst und möglicherweise Ciarán noch mehr in Schwierigkeiten zu bringen?

»Ich wollte nur meinen Mantel zurückholen«, warf sie schließlich hastig ein. Worte, die ihre Wirkung nicht verfehlten, denn nun sahen sie die drei Anwesenden mit Adleraugen an. Maebh fuhr fort: »Ich war am Strand unterwegs, beim letzten Vollmond, und da hat Fínghin mir meinen Mantel gestohlen. Seither folge ich ihm durchs ganze Land, um ihn wiederzubekommen.«

»Papperlapapp. Du warst nicht einfach am Strand unterwegs, Weib. Du hast einem Verbrecher das Leben gerettet«, mischte sich der Soldat ein.

»Ich wusste nicht, dass er ein Verbrecher ist. Ich habe ihn zurück an Land gebracht und …«

»Er war tot, als wir ihn am Strand gefunden haben. Und jetzt ist er es plötzlich nicht mehr. Wie erklärst du dir das?«

Darauf schwieg Maebh. Der Morgen am Strand kam ihr inzwischen wie eine ferne Erinnerung vor. Die Worte des Soldaten, der Ciarán für tot erklärte, und ihr Kampf gegen Wind, Kälte und Dunkelheit, um ihn am Leben zu halten. Alles war so schnell passiert.

»Und überhaupt. Ein so mächtiges Artefakt gehört in die Hände eines Königs, nicht irgendeines kleinen Mädchens.«

»Der Mantel gehört mir«, erwiderte sie heftig. »Ich wurde damit geboren. Und ohne ihn sterbe ich.«

Stille, während die drei Männer sie mit versteinerten Mienen anschauten. Als wäre ihnen nie bewusst gewesen, wie viel Maebh ihr Mantel bedeutete. Oder als wäre ihnen egal, was mit ihr geschah.

»Ich flehe dich an«, wandte sie sich an den König. »Ich will niemandem etwas Böses, sondern nur wiederholen, was mir gestohlen wurde. Ich brauche meinen Mantel, bevor es zu spät ist. Bitte.«

Tränen sammelten sich in ihren Augen, obwohl sie verzweifelt dagegen ankämpfte. Sie wollte nicht, dass die Männer sie so sahen. So verletzlich. Schwach.

Seltsamerweise schienen ihre Worte dieses Mal Wirkung zu zeigen. Die Miene des Königs wurde plötzlich weicher. Die Schatten unter seinen Augen traten weniger deutlich hervor. Er wollte etwas sagen, dessen war Maebh sich absolut sicher. Sie erkannte es an der Art, wie seine Lippen bebten, oder wie seine Stirn sich nachdenklich in Falten legte. Ja, selbst Fínghin schien für einen Moment seine Taten zu überdenken.

Doch dann mischte sich Laoghaire wieder mit ein. Seine Worte so bitterkalt wie der Zauber, den er gegen sie verwendet hatte: »Hört nicht auf sie, Majestät. Sie versucht, euch zu verhexen. Ich kann es spüren.«

Maebh schnappte nach Luft: »Was? Nein!«

Da änderte sich die Miene des Herrschers erneut. Jetzt funkelte kalter Zorn in seinen Augen, »Willst du mich veralbern, Weib?«, donnerte er. »Denkst du, deine süße Stimme, dein liebreizendes Gesicht und dein fauler Zauber hätten Einfluss auf mich? Deinen König?«

Maebh fuhr zusammen, drückte sich fester gegen die Wand in ihrem Rücken. Worte des Widerstands wollten ihr über die Lippen, doch ebenso gut konnte sie auch schweigen.

»Majestät«, meldete sich Fínghin. »Sollen wir die Hinrichtung vorbereiten?«

»Nein. Wer weiß, zu was sie in ihrem letzten Atemzug fähig ist. Wir behalten sie hier, auf dass sie ihre Jahre in Dunkelheit verbringen wird.«

»Dann werde ich sterben«, murmelte Maebh trotzig. »Ohne meinen Mantel bleiben mir kaum mehr als ein paar Tage, und mein Blut wird trotzdem an euren Händen kleben.«

Der König, der bereits im Begriff war, sich abzuwenden, hielt noch einmal inne und warf dem Hexer einen fragenden Blick zu. Dieser schüttelte den Kopf. »Eine leere Drohung, mein König. Jeder weiß, dass Selkies ganze Jahrhunderte lang leben.«

Nicht ohne ihren Mantel.

Maebh war zu ermattet, um erneut zu protestieren. Ihr Kopf schmerzte und ihre Sicht verschwamm, während der König und Fínghin endgültig aus dem Raum traten. Zurück blieb nur Laoghaire, dessen Anwesenheit ihren Zusammenbruch nicht stoppte. Kraftlos glitt sie an der Wand hinab, zog die Beine an ihren Oberkörper und vergrub das Gesicht im Stoff ihres Kleids. Noch immer meinte sie, Ciaráns Geruch daran zu wahrzunehmen, was den Schmerz in ihrer Brust nur unerträglicher werden ließ. Sie hatte alles verloren. Und nun würde sie die wenigen Tage, die ihr blieben, in diesem Verlies sitzen, bis der Fluch der Meerhexe sie endgültig dahinraffte. Allein. Während weder Ciarán noch ihre Geschwister ahnten, was mit ihr geschehen war.

»Wie ist dein Name, Selkie-Mädchen?«

Maebh fuhr zusammen, als die Stimme des Hexers erneut den Raum erfüllte. So schnell hatte sie vergessen, dass er noch immer in der Tür stand.

Zögerlich hob sie den Kopf und sah ihn an, wobei die Tränen seine Gestalt vollkommen verzerrten. Mühsam machte sie Details aus. Er hatte den Umhang gegen eine feine, dunkelblaue Robe eingetauscht, die seine schlanke Statur betonte. Edle silberne Ornamente prangten an den Nähten und dort, wo eigentlich sein rechter Arm sein müsste.

»Maebh«, beantwortete sie seine Frage matt.

»Stimmt es, was Fínghin sagt? Dass du mit einem Mann meines Volkes unterwegs warst?«

Also hatten sie Ciarán nicht geschnappt. Immerhin eine Erleichterung. Maebh nickte müde, wischte sich die Tränen weg.

»Wie lautet sein Name?«

»Tadhg«, log sie.

»Und die Wahrheit?«

Beinahe hätte sie gelacht. Wie leicht sie doch zu durchschauen war, wenn sie sich nicht äußerste Mühe mit ihrer Lüge gab. Sie schwieg. Aus ihr würde er keine Informationen herausbekommen. Es gab nicht einmal etwas, mit dem er ihr drohen konnte, das grausamer war als das, was ihr bevorstand. Dessen schien sich Laoghaire ebenso klar zu werden, denn am Ende seufzte er lediglich.

»Dir ist bewusst, dass er uns früher oder später ohnehin in die Fänge geraten wird wie der Rest der Finfolk auch?«

Maebh blinzelte. »Bist du nicht ebenso Teil davon?«

»Das bin ich.«

»Mir wurde erzählt, dass der König die Menschen der Finfolk zwingt, sich ihm anzuschließen und ihn im Krieg zu unterstützen.«

»Worauf willst du hinaus?«, schnaubte der Hexer.

»Auf nichts. Ich frage mich nur, ob es nicht wehtun muss, dabei zuzusehen, wie dein Volk, einer nach dem anderen, seine Freiheit verliert, während du dem König so treu dienst.«

Maebh wusste nicht, aus welcher Tiefe ihres Bewusstseins diese Worte kamen. Es war eine Trotzreaktion, ausgespuckt von ihrem Verstand, der viel zu benebelt war, um überhaupt noch klar zu denken. Was hatte sie schon zu verlieren? Da konnte sie sich ebenso um Kopf und Kragen reden, in der Hoffnung, in irgendeiner Weise zu verstehen, was hier vor sich ging. Warum die Menschen so grausam waren. Oder wieso Laoghaire sein eigenes Volk verriet.

Auf ihre Aussage hob sich sein Mundwinkel, auch wenn keine Freude in seinem Blick lag. In gewisser Weise war er Ciarán darin ähnlich. Die Art, wie er es meisterte, seine wahren Gedanken hinter seiner Miene zu verbergen.

Schließlich zuckte er mit den Schultern. »Wir alle müssen manchmal Dinge tun, für die wir uns später einmal hassen werden.«

Und mit diesem Satz wandte auch er sich um und verschwand, ohne Maebh die Gelegenheit zu geben, nach der Bedeutung seiner kryptischen Worte zu fragen.

29

Der Regen nahm kein Ende, bis auch der letzte Funken Licht verschluckt worden war, und Maebh verbrachte die Nacht in ihrer Zelle. Der Wind hatte gedreht, wehte eisige Tropfen direkt durch die Öffnung, sodass sich schon bald Pfützen auf dem Boden sammelten, die Maebh im Dunkeln ertasten konnte. Ihr Lager aus Stroh war ebenso feucht wie der Mantel, den sie trug. Sie war müde, hungrig, verzweifelt. Und allein. So furchtbar allein.

Nachdem Laoghaire ebenfalls gegangen war, hatte sie leise geweint, bis keine Tränen mehr übrig gewesen waren, und sich danach ins Stroh gelegt. Dort verharrte sie auch jetzt, während die Finsternis um sie herum so dicht war, dass sie an pechschwarzen Nebel erinnerte, der beinahe greifbar erschien.

Bereits jetzt sehnte sich Maebh nach dem Gasthaus, dem kuscheligen Bett, dem Kamin. Nach Ciarán, seiner Umarmung. Nach Siobhan, ihrer Familie. Nach zu Hause. Aber all diese Dinge konnten nicht ferner sein und waren schon bald nicht mehr als eine Erinnerung, die eine klaffende Wunde in Maebhs Brust hinterließ.

Die Nacht verbrachte sie halb schlafend, halb frierend, während sie sich in Gedanken verzweifelt an jedes bisschen Glück klammerte, das sie finden konnte, um nicht erneut in Tränen auszubrechen. Schöne Momente ließ sie bewusst in ihrem Kopf Revue passieren, in der Hoffnung, dass diese selbst heraufbeschworenen Träume ihr Trost spendeten.

Als ihr keine mehr einfielen, versuchte sie, sich an alte Legenden zu erinnern. Die Sagen von Deirdre und Noíse, Cú Chulainn und seinem Gefährten Ferdia oder ihre liebste Geschichte von Oisin und Niamh.

Früher hatte sie die Legende von Tír fo Thuinn geliebt, doch nun machte sie die bittere Parallele nur noch trauriger. Wie auch Oisin war Maebh im Exil. Getrennt von allem, was ihr lieb war, blieb ihr nicht mehr viel Zeit in dieser Welt, weshalb sie sich die verbitterte Frage stellte, ob sie vor dem nächsten Vollmond nicht an einem gebrochenen Herzen sterben würde wie er.

Sie kam nicht umhin festzustellen, dass fast alle Sagen traurig endeten. Deirdre und Noíse waren nur im Tod vereint, Oisin starb, Cú Chulainn tötete Ferdia, Selkie Maebh verendete einsam in einer Zelle, ohne je wieder den freien Himmel zu erblicken.

Irgendwann musste sie doch für längere Zeit weggedämmert sein, denn als sie aufwachte, fiel bereits Tageslicht zwischen den Gitterstäben hindurch und spiegelte sich in den Pfützen auf dem Boden. Müde richtete Maebh sich auf, wobei jeder Muskel in ihrem Körper schmerzte, als hätte sie auf einem Felsen geschlafen – selbst die Nächte an der Küste erschienen ihr im Vergleich zu dieser Zelle plötzlich wie Luxus.

Neben der Tür hatte ihr jemand eine Schale mit Essen hingestellt, aber anscheinend beschlossen, dass der Regen letzte Nacht ihr genug Trinkwasser gegeben hatte. Skeptisch nahm Maebh die Speise in Augenschein, bei der es sich vermutlich um irgendwelche Reste handelte. Sie erkannte ein Stück Brot, ein paar Knochen, an denen kaum Fleisch hing, und eine magere Brühe, die versalzen schmeckte. Keine besonders füllende Mahlzeit, aber etwas, das sie für kurze Zeit beschäftigt hielt.

Sobald sie gegessen hatte, setzte sie sich zurück auf ihren Platz unter dem Gitter, von wo aus sie die Tür im Auge behalten konnte, sollte wider Erwarten etwas passieren. Gleichzeitig spitzte sie die Ohren, doch lediglich das Heulen des Windes und das ferne Treiben des Marktplatzes waren zu hören.

Nachdenklich legte Maebh den Kopf in den Nacken und fragte sich, was Ciarán wohl tat. Hatte er inzwischen realisiert, was mit ihr geschehen war? War er sogar schon über alle Berge? Zurück in seinem alten Leben als einsamer Wanderer, auf der Flucht vor den Schergen des Königs, die ihn in einen Krieg verwickeln wollten, der nicht seiner war?

Der Gedanke, dass er sie vielleicht schon vergessen hatte, schmerzte, obwohl Maebh es ihm nicht verübeln konnte. Sie hatte seine Geduld lange genug überstrapaziert. Wahrscheinlich war er froh, sie endlich los zu sein.

Und doch wünschte sich ein nicht unbedeutender Teil von ihr das Gegenteil. Wünschte sich, dass er sie nicht im Stich ließ, sondern in diesem Augenblick an einem Plan arbeitete, sie aus ihrem Verlies zu befreien. Dass er die Burg stürmte, die Wachen in Eis verwandelte und nicht eher ruhte, bis er sie wieder in seinen Armen halten konnte. Danach würden sie zusammen mit ihrem Mantel fliehen und ans Meer zurückkehren.

Und dann?, flüsterte ihr eine gemeine Stimme zu, und schaffte es mit nur zwei Worten, Maebhs kühnste Wunschgedanken in einen Albtraum zu verwandeln. Denn genau das war der Punkt. Selbst wenn all das geschehen würde, am Ende würden sich ihre Wege unweigerlich trennen. Maebhs Leben war an den Ozean gebunden, wohingegen Ciarán in der ganzen Welt zu Hause war. Niemals würde sie ihn davon überzeugen können, sich eine Hütte auf einer Klippe zu bauen, um ihr beim Schwimmen zuzusehen. Denn wenn sie den Regeln der Selkies glauben durfte, hatte sie ihre Zeit in menschlicher Gestalt mit ihrer Rückkehr verwirkt.

Maebh schüttelte den Kopf, aber der Gedanke saugte sich wie ein Egel an ihrem Bewusstsein fest. Dabei war ihr klar, dass es so weit nicht einmal kommen würde.

Als sich das nächste Mal Schritte näherten, war sie erneut weggedämmert und brauchte einige Momente, um zu realisieren, wo sie war. Sie blinzelte verwirrt in die von Tageslicht erleuchtete Zelle und lauschte dem Echo der Fußstapfen vor ihrer Tür. Kurz kam ihr der irreale Gedanke, es könnte wirklich Ciarán sein, doch jedwede Hoffnung wurde im selben Augenblick bereits vernichtet.

Die Person, die eintrat, kannte Maebh noch nicht. Es war eine Frau mit dunklem, wettergegerbtem Gesicht, zu einem Zopf gebundenen braunen Haaren, die die Tracht der königlichen Soldaten trug, eine Rüstung mit einem roten Hirsch auf der Brust. Sobald sie Maebh auf dem Boden entdeckte, runzelte sie die Stirn, fast so, als hätte sie nicht damit gerechnet, jemanden wie sie vorzufinden. Dann verwandelte sich ihre Miene zu Stein.

»Mitkommen.« Selbst ihr Tonfall war ausdruckslos, machte jedoch deutlich, dass sie keine Widerworte duldete. Aber wieso hätte Maebh die geben sollen? Egal, wie dunkel ihre Aussichten waren, die Vorstellung, aus der Zelle herauszukommen und ein Stück zu gehen, klang wesentlich überzeugender, als den Rest ihrer Tage hier drin zu versauern.

Unter schmerzenden Gelenken richtete sie sich auf, klopfte sich reflexartig den Schmutz vom Kleid, obwohl für das schöne Stück vermutlich jede Hilfe zu spät kam. Immerhin würde sie ohnehin keine Gelegenheit bekommen, es Fiadh zurückzugeben.

Genug davon, schalt sie sich in Gedanken. Es war eine Sache, dass sie in dieser ausweglosen Situation feststeckte. Da musste sich nicht noch jede freie Minute damit verbringen, sich ihr eigenes Leid vor Augen zu führen. Und wer wusste schon, ob es wirklich zu spät war, die Hoffnung aufzugeben. Denn, dass sie abgeholt wurde, widersprach dem Urteil, das der König gestern ausgesprochen hatte.

Wortlos trat Maebh an die Soldatin heran und schenkte ihr ein trauriges Lächeln. Erneut wurde sie mit Skepsis gemustert, Ketten klapperten, und erst da bemerkte sie, dass die Frau einen Gegenstand bei sich trug, der an zwei aneinandergekettete Armreife erinnerte. Eindeutig ein Mittel, um sie in ihrer Bewegungsfreiheit einzuschränken. Als wäre Maebh in irgendeiner Weise gefährlich.

»Du wirst doch keine Probleme machen, oder?«, fragte die Soldatin.

Maebh schüttelte den Kopf und sah überrascht dabei zu, wie die Frau die Armreife in einem Beutel verstaute, den sie bei sich trug.

»Gut so«, zischte sie zufrieden. »Dann ab mit dir. Los.«

Vorsichtig trat Maebh aus der Zelle und lief in die Richtung, in die die Frau deutete. »Wo gehen wir hin?«

»Der König möchte dich sehen. Los, schneller.«

Während sie ihre Schritte beschleunigte, sah Maebh sich unauffällig um. Sie befand sich in einem dunklen, modrig riechenden Gang, von dem mehrere Türen wie die zu ihrer Zelle abzweigten. Die Wände bestanden aus dicken, grob gehauenen Steinquadern, die im Licht der vereinzelt an den Mauern angebrachten Fackel orangefarben leuchteten. Insgesamt zählte Maebh sieben Zellen, neben der letzten führte eine gewundene Treppe nach oben.

Allmählich beschleunigte sich ihr Herzschlag, als ihr klar wurde, dass sie nicht träumte. Zwar wusste sie nicht, was geschah, aber vielleicht hatte der König ja seine Meinung geändert und über Nacht realisiert, dass sie unschuldig und sehr wohl auf ihren Mantel angewiesen war. Oder er war ihrer bereits jetzt überdrüssig, weil ihm selbst die Essensreste zu schade waren, um sie an eine Selkie zu verschwenden. Maebh schluckte den Kloß in ihrem Hals herunter, der sich bei diesem Gedanken formte. Sie würde es schon früh genug herausfinden.

Am oberen Absatz der Treppe wurde das Gemäuer heller. Ein vergittertes Tor versperrte den Weg zu einem sonnigen Platz, auf dem sich allerlei Menschen tummelten – die meisten davon Soldaten, aber auch ein paar Frauen und Männer in schlichter Kleidung. Maebh beobachtete die Soldatin an ihrer Seite genau dabei, wie sie einen Schlüssel hervorholte, um den Eingang zum Kerker zu öffnen. Wenn sie überhaupt eine Gelegenheit und vor allem den Mut dazu haben sollte, einen Fluchtversuch zu wagen, durfte sie das nicht vergessen. Nicht nur musste sie ihrer Zellentür aufbrechen, sondern auch diese hier, um sich anschließend über den Platz zu einem hohen Torbogen zu schleichen, hinter dem Maebh in einiger Entfernung den Marktplatz erkannte.

Sie war also wirklich in der Burg des Königs und damit ihrem Ziel näher. Zumindest, was die Position betraf. Wenn sie dagegen ihre Situation berücksichtigte, war ihr Mantel noch nie weiter entfernt gewesen.

Nachdem sie den Platz betreten hatten, gab die Soldatin neue Anweisungen, denen Maebh folgte. Diese führten sie nach rechts, weg vom Marktplatz in Richtung des Bergfrieds, dessen Eingang von zwei Soldaten bewacht wurden. Maebh konnte ihre argwöhnischen Blicke geradezu auf sich spüren, während sie erhobenen Hauptes an ihnen vorbeiging. Im Inneren erwartete sie ein Korridor, der jedoch wesentlich breiter und höher war als im Verlies. Zu beiden Seiten zierten Flaggen mit dem Wappen des Königs die nackten Wände, vor denen je ein weiterer Gardist platziert war. Maebh zählte zwölf Stück. Zwölf bewaffnete Männer und Frauen, die nur einen kurzen Sprint davon entfernt waren, ihr ihre Fluchtroute abzuschneiden. Wieso zog sie diese Möglichkeit überhaupt in Betracht?

Als sie sich näherten, öffnete ein weiterer Wachmann ein geflügeltes Tor, das in einen riesigen Raum führte. Links und rechts befanden sich lange Tischreihen, die um diese Zeit komplett leer waren. Ein Kronleuchter hing von der hohen, hölzernen Decke, tauchte den Raum in warmes Licht. Es gab nicht einen Fleck an der Wand, an dem kein Wandteppich oder Emblem des Königshauses hing. Maebh kam aus dem Staunen gar nicht mehr heraus, saugte gierig jedes Detail dieses prunkvollen Saales ein, ohne auch nur das geringste bisschen Einschüchterung zu spüren.

Dabei entging ihr nicht, wie der König sie von seinem Platz am Ende des Raumes an einer weiteren Tafel genauestens beobachtete. Neben ihm saß Laoghaire, dazu zwei Frauen und ein junger Mann, der kaum aus dem Kindesalter heraus war. Alle sahen dabei zu, wie sie den schmalen Gang zwischen den Tischreihen entlangschritt, und plötzlich war die Furcht zurück, als ihr bewusst wurde, was der König trug. Einen edel aussehenden Mantel aus rotem Stoff, der mit einem goldfarbenen Gürtel verschlossen war. Und darüber ein Fell, das er trotz der milden Temperaturen wie ein Cape auf seinen Schultern drapiert hatte. Maebhs Fell.

Ihr Atem stockte und ihr Herz setzte einige Schläge aus. Selbst aus der Distanz spürte sie die Magie darin. Wie ein Jucken auf ihrer nackten Haut. Wie Kälte, die sich in ihren Körper bohrte, ein schmerzhafter Reflex, der sie an den Fluch erinnern sollte, der sie an den Mantel band.

Obwohl sie keine Schwäche zugeben wollte, wurden ihre Augen feucht. Verzweiflung breitete sich in ihrem Inneren aus, erstickte alles, selbst ihr Denken. Fast wäre sie auf den König zugestürmt, um ihren Schatz an sich zu reißen, hätte sie dadurch nicht ihr eigenes Todesurteil gefällt. Sie fragte sich völlig aufgelöst, wieso er sie hierher beordert hatte. Was wollte der König von ihr? Hatte er nicht schon alles, das sie ihm geben konnte, oder belustigte es ihn, sie leiden zu lassen?

Als sie einige Schritte vor seiner Tafel zum Stehen kam, hätte sie am liebsten geschrien, bis ihr plötzlich eine weitere Person auffiel, die sie wegen der Tische erst jetzt entdeckte. Aber dort direkt neben dem Gang halb auf dem Boden kauernd saß Ciarán. Obwohl er sie nicht ansah, hätte sie ihn unter tausenden Leuten erkannte. An der Art, wie sein Hals in seine breiten Schultern überging. Wie sich sein dunkles Haar in seinem Nacken lockte.

»Ciarán.« Auf einmal war da kein Platz mehr für Vernunft oder weise Entscheidungen. Nichts, das ihre Impulse kontrollierte und sie davon abhielt, zu ihm zu hasten und sich neben ihm auf den Boden sinken zu lassen.

Ein schabendes Geräusch ertönte, als ein Soldat, der an Ciaráns Seite stand, sein Schwert zückte, doch selbst die Waffe machte ihr keine Angst, da war nur noch er. Mit der scharfen Klinge im Nacken legte Maebh die Hand auf Ciaráns Schulter. Er zitterte, schien seinen Oberkörper nur mit Mühe auf seinen Händen abstützen zu können, doch die Berührung ließ ihn aufblicken. Und Maebh meinte zu spüren, wie sich feine Risse in ihrem Herzen bildeten. Seine Augen waren klar wie das Silber des Schwerts, wobei sich dunkle Ringe darunter abzeichneten, als hätte er Jahre nicht geschlafen. Seine Haare waren vollkommen durcheinander, seine Lippen aufgesprungen. Er sah mitgenommener aus, als sie es je erlebt habe, doch das Seltsame war, dass er lächelte, sobald er sie erblickte. Erleichterung lag darin, obwohl nichts an ihrer Situation Anlass dazu gab.

»Ciarán«, wiederholte Maebh, dieses Mal mahnender, weil sie bemerkte, dass er im Begriff war, sich aufzurichten. Auf einmal schien es, als hätte ihm allein diese Begegnung neue Kraft verliehen, denn er stand auf, schob sogar kämpferisch das Schwert weg, das der Soldat nun ihm an die Kehle hielt, als wäre es ein lästiger Ast.

Maebh richtete sich ebenfalls auf und sah zum König, der der Situation bisher nur schweigend beigewohnt hatte. Tiefe Falten hatten sich auf seiner Stirn gebildet, während er ungeduldig mit den Fingern auf dem Tisch herumtrommelte.

»Mein König«, meldete sich Laoghaire zu Wort. »Habe ich euch nicht gesagt, dass es lediglich eine Frage der Zeit ist, bis wir ihren Begleiter finden?«

»Spar die deine Selbstgefälligkeit«, zischte der Herrscher. »Kennst du diesen Hexer?«

Laoghaire schüttelte den Kopf. »Er ist mir nie begegnet.«

»Wie lautet dein Name, Hexer?«

»Ciarán«, stellte sich dieser kühl vor. »Aus Ulaidh.«

Nickend sagte der König: »Wie töricht von dir, Ciarán aus Ulaidh, einfach so hierherzukommen, nachdem du mir deine Treue verweigert und noch dazu meine Männer angegriffen hast.«

Überrascht riss Maebh die Augen auf. Dann war Ciarán gar nicht gefangen genommen worden? Sondern freiwillig hier? Aber wieso? Hatte er etwa versucht, sie zu befreien? War *dies* sein Plan, um ihr zur Flucht zu verhelfen?

»Meine Verbrechen sind mir bewusst, mein König.« Nie hatte Maebh ihn dermaßen gefasst sprechen gehört. Jedes Wort, jede Silbe schien genaustens durchdacht zu sein. Hoffentlich wusste Ciarán, was er tat. »Und mir ist bewusst, dass ich die gerechte Strafe dafür erhalten werde. Dennoch bin ich hier, um euch ein Angebot zu machen.«

Der König lachte bitter. »Was glaubst du, wer du bist, mir ein Angebot machen zu können? Nach allem, was du getan hast?«

Ciaráns Miene blieb eisern, und er schwieg geduldig, während der König ein weiteres Mal lachte. Als wäre das alles nur ein Spiel, dessen Ausgang er bereits kannte. Oh, wie sehr beneidete Maebh ihn um diese Selbstsicherheit. Schließlich beruhigte sich der König wieder, ehe er einen fragenden Blick in Richtung seines Hexers warf.

»Was kann jemand wie du mir schon bieten?«, fragte er, wobei ein Funke Neugier in seiner Stimme mitschwang. Offensichtlich schien Ciaráns Mangel an Furcht ihn zum Nachdenken anzuregen.

»Meine Treue.«

Maebh blinzelte überrascht, wandte sich ihm zu, weil sie nicht glaubte, was sie da hörte. Er, Ciarán, bot dem König freiwillig seine Dienste an? Nachdem er vor wenigen Tagen noch alles dafür gegeben hätte, diesem Mann nie unter die Augen treten zu müssen?

»Meine Macht läge in euren Händen«, fügte er hinzu. »Bis ans Ende meiner Tage.«

Das konnte nicht sein Ernst sein. Er musste einen Plan verfolgen. Eine List. Irgendetwas!

Nachdenklich verschränkte der König die Arme vor der Brust, ein Lächeln umspielte seine Lippen, das Maebh eine Gänsehaut bescherte. »Du hast von einem Angebot gesprochen. Was erwartest du also als Gegenleistung für deine Aufopferung?«

Ciaráns Hand zitterte noch immer, doch seine Stimme klang fest, unerschütterlich: »Maebhs Freiheit und ihren Mantel.«

Sie zog scharf Luft ein, was ihn dazu brachte, ihr in die Augen zu schauen. Panisch versuchte Maebh, aus seinem Blick zu lesen, was er im Schilde führte. Wann genau der Moment kommen würde, in dem er einen Zauber entfesseln und ihnen die Flucht ermöglichen würde. Aber da war nichts. Kein Schalk. Keine Lüge. Kein Risiko. Nur Traurigkeit, Hoffnung und etwas, das Maebh nicht genau benennen konnte. Ihre Sicht verschwamm endgültig, als ihr klar wurde, dass er kein falsches Spiel spielte. Er war hierhergekommen, um das, was ihm am meisten bedeutete, für ihr Leben einzutauschen. Seine Freiheit.

»Das scheint mir in der Tat kein schlechter Handel«, bemerkte der König seltsam zufrieden. »Aber wer sagt mir, dass du dich auch daran hältst und mir nicht in den Rücken fällst?«

»Ihr habt meinen Stab. Und mein Wort.«

Erst jetzt fiel Maebh auf, dass einer der Wachen hinter dem Herrscher mit besorgtem Blick Ciaráns Waffe in Händen hielt. So trennte sie nicht nur die königliche Gesellschaft, sondern auch zwei Stufen und ein breiter Tisch.

»Und du würdest wirklich deine Freiheit opfern, mir dienen und jedem meiner Befehle Folge leisten? Für das Selkie-Mädchen?«

»Ja.«

Gänsehaut bildete sich auf Maebhs Armen, während sie kaum verstand, was gerade passierte. Sie sah Ciarán in die Augen und konnte keine Lüge darin erkennen. Er war aufrichtig.

»Ist sie das denn wert?«

Nun zögerte er ganz kurz, bevor er antwortete: »Ja.«

Und dieses Mal sah er sie an, ein absolut unpassendes Lächeln auf den Lippen, das Maebh um den Verstand brachte. Sie wollte ihn verfluchen, ihn anschreien, ihn umarmen, ihn küssen, doch sie wagte es nicht, ihm noch näher zu kommen, denn sie war sich der Blicke, die auf ihnen lagen, zu bewusst.

Regung ging durch das bisher strenge Gesicht des Königs, als würde er ernsthaft über Ciaráns Worte nachdenken. Als hätte sein Versprechen tatsächlich etwas in ihm gerührt. Seine Miene war weicher geworden, nur die Falten in seiner Stirn waren tief. Er dachte nach. Aber würde er darauf eingehen? Und wenn ja, was dann?

Noch hatte Maebh die Hoffnung nicht aufgegeben, dass all das hier lediglich eine Farce war, die dem höheren Zweck diente, sie beide herauszuholen, aber sie sah nicht wie. Und sie spürte, dass es echt war. Ciarán. Seine Worte. Seine Bereitschaft, alles für sie zu opfern.

Dann plötzlich seufzte der König. Ein bitteres Lächeln lag auf seinen Lippen, das nicht so recht zu seinem herrschaftlichen Auftreten passte. Hätte Maebh es nicht besser gewusst, hätte sie gesagt, dass er hin- und hergerissen war. Aber schließlich räusperte er sich.

»Dein Angebot ist verlockend, Hexer. Laoghaire leistet mir treue Dienste und einen weiteren eures Volkes bedingungslos an meiner Seite zu wissen, würde mein Herz leichter machen. Aber ich kann nicht ignorieren, in welcher Lage sich mein Königreich befindet. Der Krieg hat begonnen. Die Otreaer stehen buchstäblich an unserer Schwelle und werden nicht eher ruhen, bis auch noch der Letzte von uns sich ihrem Willen gebeugt hat. Und genau deshalb kann und werde ich euch beide nicht gehen lassen. Die Finfolk sind mächtig, und um die Macht der Selkies ranken sich Mythen, von denen ich nicht einmal zu träumen wage.«

Wütend ballte Maebh die Hände zu Fäusten. Nicht diese Geschichte schon wieder. Wieso versuchten die Menschen ständig, etwas aus ihr zu machen, das sie nicht war? Sie war keine Magierin, keine Göttin. Nur eine Robbe.

»Also werdet ihr uns beide gefangen nehmen?«, zischte Ciarán verächtlich.

»Glaub mir, ich wünschte, es gäbe einen anderen Weg, aber in diesen Zeiten kann ich es mir nicht leisten, eine mächtige Waffe einfach so aus den Händen zu geben.«

»Maebh ist keine Waffe!«

»Das werden wir noch sehen. Wachen!«

Auf das Kommando hin traten mehrere Soldaten an ihre Seite und umringten sie. Die Frau von vorhin packte Maebh an den Armen, wobei sie dieses Mal keine Sekunde zögerte, ihre Hände auf den Rücken zu fesseln. Das Gleiche geschah mit Ciarán, der sich fluchend zur Wehr setzte. Sie brauchten schleunigst einen Plan – irgendeinen –, doch selbst wenn Maebh eine zündende Idee gekommen wäre, hatten sie eine Übermacht gegen sich.

»Bringt ihn in den Kerker«, befahl der König.

»Was?« Erst jetzt konnte Maebh sich aus ihrer Starre lösen. »Nein!«

Verzweifelt versuchte sie, die Fesseln loszuwerden, aber sie hatte keine Chance. Allein drei Soldaten hielten sie in ihrem Griff, wohingegen sich Ciarán gegen ganze fünf von ihnen auflehnte. Und für einen Moment sah es fast so aus, als hätte er Erfolg. Bärenkräfte schienen in ihm zu schlummern, die zum Leben erwachten, während sich gleichzeitig eine Eiseskälte aus seiner Richtung ausbreitete. Ein Zauber, wobei die Magie ohne Stab nicht annähernd so gewaltig war. Dann schien einer der Soldaten genug zu haben. Wütend zückte er sein Schwert und schlug Ciarán mit dem Griff gegen den Hinterkopf, welcher daraufhin kraftlos zusammensackte.

Maebh schrie, doch keiner hörte ihr zu. Sie war nichts. Zu schwach, um sich gegen die Soldaten zu wehren, zu hilflos, um sich einen Plan einfallen zu lassen, zu untauglich, um einen Zauber zu wirken, der ihnen eine Fluchtmöglichkeit schaffte. Und sie sollte eine mächtige Waffe sein?

Verzweifelt sah sie dabei zu, wie die Wachen Ciarán aus dem Thronsaal abführten, während auch das letzte bisschen Hoffnung in der Leere ihrer Brust verpuffte. Plötzlich war da nichts mehr, kein Schmerz, keine Tränen. Nur das alles betäubende Gefühl der Niederlage. Das Bewusstsein, dass nichts sie noch retten konnte.

»Was ist mit dem Mädchen, mein König?«, fragte die Soldatin.

»Bringt sie nach oben, richtet ihr ein Zimmer ein und bewacht sie.«

Verwirrt hob Maebh den Kopf und ihr Blick fand den des Königs, der sie gedankenverloren musterte.

»Majestät, mit Verlaub, aber nach oben?« Selbst seine Wachen schienen irritiert von dieser Entscheidung.

»Ja. Der Hexer und sie gehören zusammen. Ich will kein Risiko eingehen, indem wir sie beide im Kerker unterbringen. Außerdem möchte ich sie an meiner Seite wissen, wer weiß, wozu ihresgleichen nützlich ist.«

»Aye!«

Maebh wollte fragen, was er sich von dieser Entscheidung erhoffte. Hatte er Angst, sie würde ihn verfluchen? Glaubte er ernsthaft, sie würde ihm nützlich sein? Ihm Unsterblichkeit verleihen, wie sich die Menschen erzählten? Oder verschaffte es ihm nur Genugtuung, sie während ihrer letzten Tage von allem zu trennen, das sie liebte?

30

Nachdem man Maebh auf ihr neues Zimmer gebracht hatte, fühlte sie sich überforderter, als sie ohnehin schon war. Der Raum war unerwartet groß, kam ihr mit dem Bett, dem prasselnden Kaminfeuer und den Glasfenstern vor wie eine luxuriöse Herberge, wären da nicht die Wachen, die man vor ihrer Tür postiert hatte. Sie war eine Gefangene. Daran hatte sich nichts geändert. Und sie würde sterben.

Zögernd ließ sich Maebh auf dem Bett nieder und starrte an die hölzerne Decke, während sie ihre Gedanken ordnete, versuchte, zu verarbeiten, was gerade geschehen war. Ciaráns Auftauchen. Seine Aufopferungsbereitschaft. Und die Eiseskälte des Königs. Wie hatte sie auch nur eine Sekunde lang geglaubt, der Herrscher würde sie mit ihrem Mantel ziehen lassen? Wie hatte Ciarán hier ohne einen Plan erscheinen können?

Jetzt war er ebenso ein Gefangener und bald schon ein Diener des Königs, Soldat in einem Krieg, den er nie hatte führen wollen. Und das alles wegen Maebh.

Warum nur?

Zu gern hätte sie ihn danach gefragt, oder überhaupt mit ihm gesprochen, sich zumindest in eine tröstliche Umarmung ziehen lassen, aber genauso gut konnte sie darauf hoffen, doch freigelassen zu werden. König Diarmaid hatte sein Urteil gefällt, und Maebh war sich sicher, dass er sie keinen Moment aus den Augen lassen würde. Jetzt, wo sie direkt in der Burg untergebracht war, umso mehr.

Seufzend ließ sie sich in die federweiche Matratze fallen, merkte jedoch schon bald, dass sie viel zu rastlos war, um tatenlos herumzusitzen. Also stand sie auf, schritt zunächst nervös im Raum auf und ab. Sie versuchte sich an der Tür, die wie erwartet versperrt war. Anschließend ging sie zum Fenster, das aus vielen durchsichtigen, runden Scheiben zusammengesetzt war, die den Blick nach draußen leicht verzerrten. Dahinter erahnte sie die Landschaft. Ein grauer Himmel, goldene Berge und einen See, dessen Wasser bis an die Burg heranzureichen schien, vermutlich bis direkt unter die Mauern ihres Zimmers. Selbst wenn Maebh das Glas hätte zerbrechen können, ohne dass die Wachen etwas davon mitbekamen, lag der Raum ein gutes Stück über der Wasseroberfläche. Ein Sprung bedeutete womöglich ihren Tod und würde sie dazu zwingen, sowohl ihren Mantel als auch Ciarán zurückzulassen.

Solange sie keinen Weg fand, sich durch den schmalen Kamin aufs Dach zu quetschen, musste sie darauf hoffen, dass sich eine andere Möglichkeit bot, zu fliehen, ihren Mantel zu stehlen und Ciarán zu befreien. Und das, bevor ihre Frist abgelaufen war. Vielleicht …

Ein Klopfen an der Tür unterbrach ihre Gedanken und ließ sie ertappt zusammenfahren, als könnte, wer immer dort draußen stand, ihre Fluchtpläne hören. Dann runzelte Maebh verwirrt die Stirn. Sie war nach wie vor eine Gefangene. Wieso sollte der König irgendwelche Höflichkeiten an sie verschwenden? Dem oder der Unbekannten schien das ebenfalls bewusst zu werden, denn im nächsten Moment trat schon eine Person herein.

Die Frau war ein weiteres neues Gesicht und hatte einen so strengen Blick aufgesetzt, dass Maebh ihr Alter kaum schätzen konnte. Sie wirkte nicht so jung wie Fiadh, gleichzeitig aber nicht älter als die Wirtin in der Taverne in Neidín – mit braunem Haar, das sie zu einem um den Kopf geschlungenen, geflochtenen Zopf trug. Als sie Maebh entdeckte, schien sie einen Moment nach Luft zu schnappen, ehe sie sich räusperte.

»Der König schickt mich«, begann sie leise, aber kühl. »Du sollst ein Bad nehmen.«

Überrascht blinzelte Maebh, ohne zu wissen, was sie mit dieser Information anfangen sollte. Ein Bad … Sicher, nach der Nacht im Kerker hatte sie eines nötig, aber wieso? Was scherte es ihn, ob sie schmutzig war?

Wortlos nickte sie und trat auf die Frau zu, die von der plötzlichen Bewegung erschrocken zusammenfuhr, sich jedoch sofort zusammenriss. Hatte sie etwa Angst vor Maebh?

»Komm mit.«

Hastig wandte sie sich ab, schien dabei zu erwarten, dass Maebh ihr folgte, und verließ den Raum. Maebh zögerte nur kurz, bevor die Aussicht darauf, mehr von der Burg zu sehen, sie antrieb.

Zwei Gardisten begleiteten sie durch die schier endlos langen steinernen Gänge, die ansonsten verlassen dalagen. Kein Vergleich zu dem regen Treiben im Hof, was Maebh vermuten ließ, dass sie sich hier in einem Bereich befand, zu dem nicht viele Menschen Zugang hatten. Ihr Weg führte sie zu einer gewundenen Treppe, die sich hinab in den Keller der Burg wandte. Kurz wallte in Maebh Hoffnung auf, dass sie in der Nähe des Kerkers sein musste, doch mit den Teppichen und den an metallenen Lüstern angebrachten Kerzen, war selbst der darauffolgende Korridor viel zu nobel ausgestattet, um auch nur im Entferntesten an ihre Zelle zu erinnern.

Am Ende erreichten sie eine hölzerne Tür, vor der sich die Wachen erneut postierten, während die Frau Maebh hindurchbegleitete. Dahinter lag ein Badezimmer, ähnlich wie Maebh es im Gasthaus in Lissivigeen gesehen hatte, mit einem Kamin, einem großen Waschzuber, der bereits verheißungsvoll dampfte.

»Zieh dich aus«, wies die Frau sie an, kaum hatte sie die Tür geschlossen.

Beklommen kam Maebh der Aufforderung nach, wobei sie sich nur zu genau der Blicke bewusst war, die sie dabei erntete. Vor ihren Geschwistern nackt zu sein, war ihr nie unangenehm vorgekommen, doch plötzlich so angestarrt zu werden, machte sie verlegen.

Daher fragte sie vorsichtig: »Ist etwas?«

Ertappt wandte die Frau den Blick ab, ohne zu antworten.

»Mache ich dir Angst?«, bohrte Maebh weiter.

Ein Schnauben. »Es passiert nicht häufig, dass man eine wie dich zu Gesicht bekommt.«

Maebh lächelte leicht, ehe sie zum Testen ihre Finger in das warme Wasser tauchte. »Ich weiß. Meinesgleichen verschlägt es nur selten an Land. Aber du brauchst keine Angst zu haben. Ich bin Maebh.«

Beinahe hätte sie gelacht. Wie wenig vertrauenswürdig das für einen Menschen klingen musste, der plötzlich vor einem Wesen stand, das er bisher nur aus Märchen kannte. Und doch schienen ihre Worte Wirkung zu zeigen. Zumindest genug, dass die Frau die angespannten Schultern ein wenig löste und einen Schritt auf sie zukam, um ebenfalls die Wassertemperatur zu fühlen.

»Ich bin Grainne. Scheint ganz so als wollten sie dich bei lebendigem Leib kochen«, brummte sie. »Warte kurz.«

Sie ging zu einer der Mauern, aus der ein einziger Zapfhahn herausragte, der wie aus dem Nichts Wasser ausspuckte.

»Das Wasser bekommen wir direkt aus dem See«, erklärte Grainne, als sie Maebhs fragenden Blick bemerkte. »Daher ist das Bad auch hier unten.«

»Gibt es einen Grund dafür?«

»Dafür, dass wir das Wasser aus dem See nehmen?«

»Nein. Dafür, dass der König mich herschickt.«

Grainne zuckte mit den Schultern. Ächzend trug sie den vollen Eimer zum Becken und schüttete das frische, kalte Wasser hinein. Anschließend fühlte sie noch einmal und nickte. »Schon besser. Rein mit dir.«

Sowie Maebhs in den Zuber stieg, spürte sie den Blick der Frau erneut auf sich. Wieder wollte sie danach fragen, doch Grainne kam ihr zuvor.

»Scheint ganz so, als würde ich meine Wette verlieren«, äußerte sie schmunzelnd.

»Wette?«

»Die anderen Bediensteten und ich haben uns darüber gestritten, ob du dich wohl in eine Robbe verwandelst, sobald du badest. Deshalb wollte auch niemand …« Sie unterbrach sich, und Maebh wusste nicht, ob sie lachen oder weinen sollte. Einerseits war die Vorstellung durchaus amüsant, andererseits …

»Das könnte ich gar nicht«, erklärte sie, während sie sich tiefer ins Wasser sinken ließ. »Selbst wenn ich wollte. Der König hat meinen Mantel und ohne ihn kann ich mich nicht zurückverwandeln.«

Die Worte hinterließen einen bitteren Beigeschmack, den selbst die Wärme des Bads nicht ganz betäubte. Auch wenn sich Maebhs müde Muskeln automatisch entspannten.

»Ist er denn so wichtig?«, frage Grainne geradeheraus. »Ich meine, ich spreche natürlich nicht aus Erfahrung, aber ist es nicht schöner, ein Mensch zu sein und die Welt zu sehen?«

»Er ist ein Teil von mir«, erklärte Maebh, ohne darauf einzugehen, dass das Leben als Robbe durchaus seine Vorzüge hatte. Oder darauf, was geschehen würde, wenn sie ihn nicht wiederbekam.

»Verstehe. Ich denke, unser König glaubt, dass dein Mantel ihm Unsterblichkeit verleihen könnte.«

Maebh presste die Lippen zusammen.

»Ist da etwas dran?«, horchte Grainne weiter nach.

»Ich weiß es nicht.« Ihr Ton war kälter als beabsichtigt, aber sie konnte es nicht verhindern. Allein wenn sie daran dachte, dass der König ihren Tod in Kauf nahm, um sich selbst ein langes Leben zu verleihen …

»Du bist sicher wütend auf ihn.«

Ach was, hätte Maebh am liebsten geknurrt. Stattdessen ließ sie sich tiefer ins Wasser gleiten, sodass am Ende nur noch ihr Gesicht und ganz knapp ihre Ohren aus der Oberfläche herausragten. Ihr graubraunes Haar breitete sich wie ein Fächer um sie herum aus, während ihre Haut eine leicht rötliche Färbung bekam. Ihrem geschundenen Körper tat die Wärme gut, dennoch sehnte sie sich gerade nach der Kälte des Atlantiks.

»Ich weiß, ich kann mich nicht in deine Lage versetzen«, sprach Grainne weiter, wobei sie damit begann, Maebhs Haar zu waschen. »Aber ich bitte dich, sei nicht wütend auf ihn. Tiarna Diarmaid ist ein gütiger König, der immer das Beste für uns im Sinn hat. Er kümmert sich um sein Volk, behandelt selbst uns Diener gut. Kein Vergleich zu seinem Vater. Er musste allerdings einige schwierige Entscheidungen treffen.«

Maebh blinzelte die Tränen weg, war dankbar dafür, dass das Wasser sie verbarg. Ein bisher ungewohntes Gefühl staute sich in ihrem Inneren auf. Wut. Nicht nur auf die Taten des Königs, sondern auch wegen Grainnes lächerlichen Rechtfertigungen. Sie bat um Verständnis für ihren Herrscher, aber wann hatte dieser je Mitleid für sie gezeigt? Oder für Ciarán, die Finfolk?

»Er wird dich gehen lassen, wenn das alles, der Krieg, vorbei ist.«

»Meinst du?«, brachte Maebh mit Mühe hervor.

»Ganz sicher. Dafür würde ich meine Hand ins Feuer legen. Vermutlich will er auch deshalb, dass es dir hier gut geht.«

Sie runzelte die Stirn. »Warum?«

»Damit du ihm zur Seite stehst. Es gibt da Gerüchte.«

»Gerüchte?« Während Grainne ein Stück Seife zur Hand nahm, schob sich Maebh wieder ein wenig aus dem Wasser, um der Magd entgegenzukommen.

»Mhm. Seit du hier bist, rätseln alle darüber, was es mit den Selkies auf sich hat. Ich meine … Die meisten von uns haben nicht mal daran geglaubt, dass solche Wesen existieren. Und jetzt bist du hier und Fínghin beharrt darauf, dass du einen Mann zurück ins Leben geholt haben sollst. Sicher wird auch der König davon gehört haben.«

Maebh seufzte. Sie hatte es so satt, zu hören, welche Wunder sie angeblich vollbringen konnte. Schlimm genug, dass Ciarán daran festhielt, sie würde die Menschen magisch beeinflussen. Aber Tote zum Leben erwecken? Sie hatte einfach Glück gehabt und war ihm in letzter Sekunde zur Seite geeilt. Da war kein Zauber im Spiel gewesen.

»Wenn das wirklich stimmt«, sinnierte Grainne weiter, »überleg dir mal, was für einen Vorteil uns das im Krieg verschaffen könnte. Die Otreaer hätten eine Übermacht gegen sich. Und niemand müsste mehr einen Sohn oder eine Tochter betrauern, die nicht von der Front nach Hause kommen.«

»Ihr habt ja alle großes Vertrauen in mich.«

Grainne zuckte mit den Schultern und begann damit, die Seife in Maebhs langes Haar zu reiben. »Es ist nur ein Gedanke. Dieser Krieg könnte unser aller Ende bedeuten und wir klammern und an jedes Körnchen Hoffnung, das wir finden können.«

Maebh lächelte traurig und spürte, wie die Wut verpuffte. Sie hasste diese Zwickmühle, die Tatsache, dass sie einerseits an sich denken und ihr der Krieg der Menschen egal sein sollte, und dass sie andererseits trotzdem Mitgefühl hatte. Schließlich war ihr inzwischen klar, wie viel für die Bevölkerung auf dem Spiel stand. Nicht nur das Leben ihrer Kriegerinnen und Krieger, sondern auch ihr Glaube, ihre Geschichte und ihre gesamte Lebensweise.

»Gibt es denn keine Möglichkeit, Frieden mit euren Feinden zu schließen?«

»Machst du Witze?«, rief Grainne aus, ehe sie zu realisieren schien, dass Maebh es vermutlich nicht besser wusste. »Es ist nicht so einfach. Die Otreaer, sie sind anders. Sie leben anders, glauben an den Einen und akzeptieren gleichzeitig niemanden, der ihrem Denken nicht folgt. Fast die ganze Insel steht schon unter ihrer Macht. Die anderen großen Königreiche, Tuadhmhumhain, Laighin, Osraighe, sind bereits gefallen und Deasmhumhain ist das letzte unter eigener Herrschaft.«

»Ich verstehe«, murmelte Maebh, obwohl das nur der halben Wahrheit entsprach. Krieg war für sie ein vages Konzept, ein Wort, das sie aus Erzählungen kannte. Sie wusste, was es bedeutete, konnte es sich aber nicht vorstellen. Dazu war ihre Lebensrealität zu anders. Die Selkies stritten ja nicht einmal wirklich. Meinungsverschiedenheiten wurden friedlich diskutiert und wenn man zu keiner Einigung kam, ließ man das Thema fallen. So simpel war das. Zumindest für ihresgleichen.

»Gibt es noch mehr Selkies?«, wechselte Grainne plötzlich das Thema.

»Ja. Wir sind viele. Und auch fast überall in den Weltmeeren zu finden.«

»Und sehen alle so aus wie du?«

»Nein.« Maebh schloss die Augen, um sich die Gesichter ihrer Familie wieder in Erinnerung zu rufen. »Wir sehen alle ganz verschieden aus, wie die Menschen auch. Unterschiedliche Haut- und Augenfarben. Manche sind dicker, manche dünner, größer oder kleiner als ich. Nur unsere Haarfarbe ist ähnlich.«

Wie konnte etwas gleichermaßen so guttun und doch so schmerzen? Sie war glücklich darüber, jemandem ungehemmt von ihrer Familie zu erzählen, ohne verschweigen zu müssen, wer oder was sie war. Aber gleichzeitig machte der Gedanke an Siobhan und ihre anderen Geschwister sie auch unendlich traurig. Vor allem, als sich ein weiterer daruntermischte. Die Gewissheit, dass sie sie wirklich nie wiedersehen würde, wenn sie nicht doch einen Weg fand, mitsamt ihrem Mantel aus der Burg zu fliehen.

Doch statt sie vor Angst und Trauer zu lähmen, erfüllte diese Gewissheit sie dieses Mal mit Tatendrang. Ob es nun eine plötzliche Erkenntnis war, das Gespräch mit Grainne oder lediglich das heiße Bad, aber irgendetwas, hatte ihr die nötige Energie zurückgegeben, endlich wieder klar zu denken und zu sehen.

Sie musste einen Weg finden. Nein, sie *würde* einen Weg finden, dessen war sie sich absolut sicher. Vielleicht, wenn sie sich nur anständig benahm, entspannten sich ihre Wachen irgendwann, dass sie sich in einem unbeobachteten Moment davonstehlen konnte. Oder … Wenn sie nur fragte, würde man sie zu Ciarán lassen, damit sie das Gemäuer weiter erkunden konnte. Ja, das schien ihr ein solider Plan. Zumindest ein erster Schritt, der ihr Herz wild zum Pochen brachte.

Zuerst musste sie Ciarán finden. Nicht nur, um ihre Flucht zu planen, sondern auch, um sicherzugehen, dass es ihm gut ging. Um ihn wieder in ihre Arme zu schließen. Und ihn zu fragen, was verdammt noch mal in ihn gefahren ist, seine Freiheit gegen ihre eintauschen zu wollen.

31

Ein goldener Käfig. Anders konnte Maebh ihre neue Bleibe nicht bezeichnen. Das Bett war das bequemste, in dem sie je gelegen hatte. Man brachte ihr drei Mal täglich eine frisch zubereitete Mahlzeit und Grainne kam jeden Morgen und Abend vorbei, um ihr beim An- und Auskleiden zu helfen. Mit den teuren Stoffen und ihrem nach Seife duftenden Haar hätte sich Maebh wie eine Königin fühlen können, würde sie die Zeit nicht damit verbringen, entweder die Maserung der Decke, die Flammen im Kamin oder die verschwommene Aussicht aus ihrem Fenster zu studieren.

Maebh wusste nicht, was weniger zu ertragen war – die Untätigkeit oder die Tatsache, dass sie mit ihrem Fluchtplan auch nach Tagen nicht weitergekommen war. Der Mond in der Nacht hatte inzwischen wieder zu wachsen begonnen. Langsam, aber beharrlich wurde er von einem schmalen Faden zu einer Sichel und bedeutete Maebh, dass ihre Zeit immer knapper wurde.

Immerhin ließ der König sie für eine Stunde am Tag mit Grainne und einigen Wachen zusammen nach draußen. Meistens gingen sie zum See, um an dessen Ufer zu spazieren. Und während Maebh das winzige bisschen Abwechslung willkommen hieß, versuchte sie, es zu nutzen, um irgendetwas über ihr Gefängnis in Erfahrung zu bringen. Nach zwei Ausflügen kannte sie so den Weg von ihrer Kammer in den Hof, in dem das Gitter den Weg zum Kerker versperrte.

Bisher hatte sie es nicht gewagt, nach Ciarán zu fragen aus Angst, ihre wenigen Privilegien zu verlieren, doch mit jeder weiteren Nacht wuchs die Unruhe in ihr an. Nicht nur wegen ihres Mantels, sondern auch, weil sie so lange nicht von ihm gehört hatte. Nicht einmal

Grainne konnte ihr sagen, ob Ciarán gesund war, ob er genug zu Essen bekam, oder ob er nicht schon längst an die Front geschickt worden war. Die Front, die das einzige Gesprächsthema in der Burg zu sein schien. Vor allem ein Ort: Port Láirge.

Von den Gerüchten über den Krieg verstand Maebh wenig, nur dass er näher kam, und dass der König an einer Strategie arbeitete. Ein zusätzlicher Grund, wieso sie sich dringend etwas einfallen lassen musste.

Am fünften Abend hielt sie es nicht länger aus. Ein weiterer ereignisloser Tag war vergangen, den sie fast ausschließlich allein verbracht hatte. Ihr Spaziergang war ausgefallen und Grainne war beim Auskleiden weniger gesprächig gewesen als sonst, hatte kaum auf Maebhs Fragen geantwortet.

Eine seltsame Stimmung hatte sich über die Burg gelegt. Es war stiller, angespannter, trauriger – passend zu dem Regen, der von draußen unablässig an das Fenster trommelte und Maebh um den Schlaf brachte. Ihre Gedanken drehten sich wie so oft im Kreis, ständig dieselben wenig nützlichen Überlegungen, während hilfreiche Einfälle auf sich warten ließen. Ebenso die Müdigkeit.

Wenn sie doch nur mit Ciarán sprechen könnte …

Nachdenklich wanderte ihr Blick zur Tür, hinter der sie leises Schnarchen hörte. Comhghall war der Mann, der nachts ihre Tür bewachte, den Geräuschen nach zu urteilen, allerdings die Zeit mit Schlafen verbrachte. Es war verführerisch, diesen Umstand zu nutzen, aber bisher hatte sie sich nicht getraut, denn selbst, wenn es ihr gelingen sollte, sich an ihm vorbeizuschleichen, war die nächste Wache sicher nicht weit. Doch allmählich war die Tatenlosigkeit kaum mehr auszuhalten, und ihr war klar, dass sie früher oder später ein Risiko eingehen musste. Warum nicht jetzt?

Beklommen richtete sich Maebh im Bett auf und sah sich um. Das Feuer im Kamin war fast heruntergebrannt und tauchte den Raum in spärliches, rotes Licht, gerade genug, dass sie die Umrisse der einzelnen Möbelstücke erkannte. Und die Tür, unter der ein Streifen Fackelschein hindurchfiel. Trotz ihrer Angst schlief Comhghall weiter, was Maebh ermutigte. Sie schob sich zögernd aus dem Bett und erschauderte, als ihre nackten Füße den kalten Steinboden berührten. Sofort kamen ihr die Zweifel – sie trug nur ein Nachthemd. Wieder ertönte das Schnarchen, und Maebh biss sich auf die Unterlippe. Sie war im Zwiespalt. Allein bei dem Gedanken, was sie im Begriff war zu tun, beschleunigte sich ihr Puls, bis ihr Blick aufs Fenster fiel. Feine Regentropfen prasselten gegen die Scheibe, hinter der sie nichts als Dunkelheit erkannte. Aber trotz des wolkenverhangenen Himmels wusste sie, dass sie den Neumond bereits überschritten hatten. Sie biss die Zähne zusammen, zählte im Kopf nach und realisierte, dass sie keine Zeit mehr zum Zögern hatte. Ihr blieben zehn Tage, um ihren Mantel zu stehlen, Ciarán zu befreien und an die Küste zu gelangen.

Nein, sie hatte keine Zeit.

Entschlossen richtete sie sich auf und schnappte sich Stiefel und den Mantel, den Grainne ihr für die Spaziergänge gegeben hatte, und schlüpfte hinein. Auf leisen Sohlen schlich sie zur Tür, legte dort das Ohr gegen das Holz, um zu lauschen. Comhghalls Schnarchen war nun laut und deutlich zu hören, doch ansonsten herrschte Stille auf dem Gang. Kein leises Geflüster aus einem der benachbarten Zimmer. Nicht einmal entfernte Schritte im Gemäuer.

Maebh zog scharf Luft ein, ehe sie all ihren Mut zusammennahm und die Tür einen Spaltbreit öffnete. Zögernd lugte sie hindurch. Wie erwartet saß Comhghall an die Wand gelehnt auf dem Gang, wobei ihm der Helm so tief ins Gesicht hing, dass seine Augen komplett verdeckt waren. Sein Mund stand leicht offen, während sein linkes Bein im Schlaf zuckte. Allein vom Zusehen bekam Maebh Rückenschmerzen, doch immerhin schien er nichts mitzubekommen.

Etwas mutiger öffnete sie die Tür weiter, bis der Spalt breit genug war, dass sie hindurchpasste. In der Stille kam ihr selbst das Reiben ihres Mantels an der Mauer vor wie der Schrei einer Banshee, weshalb sie Comhghall keine Sekunde aus den Augen ließ. Aber sie zog die Tür geräuschlos hinter sich zu, ohne den Soldaten geweckt zu haben.

Sie sah sich um, stellte sicher, dass sie wirklich allein auf dem Gang war, bevor sie sich still auf den Weg in Richtung Hof begab. Mit jedem Schritt stieg ihr die Panik mehr zu Kopf. Wieder und wieder fragte sie sich, ob sie nicht doch lieber auf ihr Zimmer zurückkehren sollte, um alles genau zu überdenken, aber das kam nicht infrage. Sie war schon zu weit gekommen.

Wie ein Schatten huschte Maebh von einer Abzweigung zur nächsten, blieb ständig stehen, um in die Gänge der Burg hineinzuhorchen. Doch bald verlor sich selbst der Klang von Comhghalls Schnarchen und nur das ferne Trommeln des Regens durchbrach die Nacht. Kerzen erleuchteten die Korridore gerade genug, dass Maebh sich zurechtfand, warfen tanzende Schatten an die edlen Wandteppiche, die in dieser Etage überall angebracht waren, und erfüllten die Luft mit ihrem rußigen Duft.

Bald erreichte Maebh die Dienstbotentreppe, die Grainne ihr gezeigt hatte, und war überrascht darüber, es überhaupt bis hierher geschafft zu haben. Ein weiteres Mal lauschte sie, sah sich um, dann folgte sie den gewundenen Stufen ins Erdgeschoss. Der Trakt, in dem die Bediensteten schliefen, lag ebenso verlassen da wie der Rest der Burg. Als würde ein Fluch auf diesen Mauern lasten. Unter normalen Umständen hätte sich Maebh vor den hohen Wänden gegruselt, doch heute hieß sie die Dunkelheit Willkommen. Ihre einzige Verbündete bei ihrem Unterfangen.

Hastig huschte sie durch den letzten Gang, der sie vom Hof trennte, dann endlich erreichte sie die schmale Tür, die die Angestellten benutzten. Eine Tür, die tagsüber bisher zumindest immer unbewacht gewesen war. Erneut machten sich Zweifel in Maebhs Innerem breit, eine mahnende Stimme, dass das alles viel zu leicht war. Aber jetzt war es zu spät, auf sie zu hören.

Entschlossen drückte Maebh die Klinke herunter und eilte blitzschnell nach draußen. Eisige Luft schlug ihr entgegen. Feine Regentröpfchen landeten auf ihr, schienen sich wie bitterkalte Nadeln in ihre Haut zu bohren, während der Wind ihr die Haare ins Gesicht fegte. Sie verfluchte sich dafür, ausgerechnet in dieser Nacht den Mut gefunden zu haben, denn ihr dünnes Nachthemd unter dem edlen Mantel machte das Wetter nur unerträglicher.

Der Hof war spärlich beleuchtet. Vereinzelte Fackeln bildeten Lichtpunkte in unbestimmter Entfernung, deren Schein kaum die dichte Finsternis durchdrang. Nur schemenhaft erkannte Maebh die Mauern der Burg sowie einzelne Gestalten, die sich zwischen den Zinnen entlangbewegten. Sie presste die Zähne zusammen, während sie versuchte, etwas auf dem Hof zu erkennen.

Was in Danus Namen hatte sie sich dabei gedacht? Was hatte sie erwartet? Dass sich ihr ein Weg schon magischerweise auftun würde?

»He, du.«

Maebh erstarrte. Unfähig, auch nur einen Muskel zu rühren, stand sie da, überlegte fieberhaft, was sie tun sollte. Wieder zurück in die Burg gehen, in der Hoffnung, dass man sie dort aus den Augen verlor? Rennen? Oder sich aus der Situation rausreden? Ihr blieb keine Zeit, sich über das Für und Wider den Kopf zu zerbrechen, denn schon im nächsten Moment hielt ihr jemand eine knisternde Fackel entgegen.

Der helle Schein blendete ihre an die Dunkelheit gewöhnten Augen, sodass sie das Gesicht des Wachmannes kaum erkannte.

»Was willst du hier um diese Zeit?«, brummte er.

»Ich …« Sie stutzte über seinen Tonfall. Da lag keine Bosheit in seiner Stimme, kein Zorn und auch kaum Strenge. Sondern Besorgnis. »Ich wollte …«

Langsam konnte sie sein Gesicht etwas deutlicher sehen, das ihr mit der auffällig großen Nase und den schmalen Augen nicht bekannt vorkam. War es möglich, dass er nicht wusste, wer sie war? Sicher musste die Information, dass eine Selkie in der Burg lebte, auch ihn erreicht haben, aber wenn er hier nachts stationiert war, lag es nahe, dass er sie nie gesehen hatte. Und möglicherweise verwechselte.

Maebh straffte die Schultern, um ihrem Auftreten mehr Selbstbewusstsein zu verleihen, während sie gleichzeitig den Mantel enger um sich schloss. Ihr war klar, dass der Mann auf eine Antwort wartete, aber ihr wollte keine Lüge einfallen.

»Ich muss in den Kerker.«

Nun hob er überrascht eine seiner dichten, schwarzen Brauen. Die Sorge war aus seiner Stimme verschwunden, als er sagte: »Was willst du dort?«

»Ich …«, murmelte sie. »Ich muss jemanden sehen. Es ist dringend.«

»Und wieso?«

Mist, Mist, Mist. »Laoghaire schickt mich«, presste sie panisch heraus.

Der Mann schnaubte. »Etwa wieder eines seiner Experimente?«

Maebh nickte zögernd.

»Und dazu schickt er dich?«

Ahnungslos zuckte sie mit den Schultern und versuchte, ein Lächeln aufzusetzen. Als wäre sie selbst nicht sonderlich begeistert über den Umstand, hier zu sein. »Er meinte, es kann nicht bis morgen warten.«

»Verstehe.«

Maebhs Herz schlug so stark, dass sie Angst hatte, es könnte sie jeden Moment verraten, denn der Wachmann ließ sich alle Zeit der Welt, um sich sein Urteil zu bilden. Sicher war es ohnehin schon verdächtig, dass sie hier herumschlich, aber jetzt behauptete sie auch noch, vom Hexer des Königs geschickt worden zu sein.

O bitte, bitte, flehte sie in Gedanken, ehe sie hinzusetzte: »Würdest ... Würdest du mich durchlassen? Ich möchte einfach so schnell wie möglich wieder ins Bett.«

Endlich wurden die Gesichtszüge des Mannes weicher, sein Blick mitleidig, während er langsam nickte. »Natürlich.«

Vor Erleichterung hätte Maebh beinahe geweint, stattdessen lächelte sie breiter.

»Komm mit.«

Sie wollte anmerken, dass sie den Weg schon allein fand, da hatte er sich bereits umgewandt und war vorausgegangen. So blieb ihr gar nichts übrig, als ihm über den Hof zu folgen, wobei sie die fragenden Blicke der anderen Wachen deutlich auf sich spürte. Maebh konnte nur hoffen, dass ihr gesenkter Kopf reichte, damit niemand sie erkannte.

Als sie am Tor ankamen, dass den Zugang zum Verlies versperrte, stellte sich ihnen eine weitere Wache in den Weg. Eine Frau dieses Mal und zum Glück nicht diejenige, die Maebh vor wenigen Tagen zum König gebracht hatte. Argwöhnisch musterte sie erst Maebh, dann ihren Kumpanen.

»Was wollt ihr hier?«

»Laoghaire schickt sie. Braucht anscheinend etwas von unserem Gefangenen und hat das arme Ding dafür aus dem Bett geworfen.«

Inzwischen zitterte Maebh am ganzen Körper und war froh, dass sie es auf die Kälte der Nacht schieben konnte.

»Um diese Zeit?«, fragte die Frau.

»Du kennst den Armleuchter. Wer weiß, was er in seinem Turm so treibt.«

Seufzend wandte sie sich an Maebh. »Und was genau sollst du ihm holen?«

»Das …« Sie schluckte. »Das darf ich nicht verraten.«

»Na so verstört, wie du aussiehst, weiß ich auch gar nicht, ob ich es wissen möchte«, antwortete die Soldatin, bevor sie sich den Schlüsselbund von ihrem Gürtel löste, um das Tor zu öffnen. Aber als Maebh Anstalten machte, einzutreten, stellte sie sich ihr in den Weg.

»Du willst doch nicht etwa ohne Begleitung da runtergehen, Kind.«

»Laoghaire hat darauf bestanden.«

»Was? Dass wir dich mit einem Hexer allein lassen?!«, raunte nun der Mann empört. Obwohl er immer noch bemüht war, seine Stimme leise zu halten, reichte die Lautstärke, um Maebh zusammenzucken zu lassen.

»Er wollte es so.«

Die beiden Wachen tauschten alarmierte Blicke aus, dann nickten sie.

»Wir warten hier oben«, versprach der Gardist. »Ruf sofort nach uns, wenn etwas passiert.«

»Werde ich.« Dankbar lächelnd nahm Maebh die Schlüssel und eine Fackel entgegen. Sie wollte den beiden versichern, dass sie schon zurechtkam, doch ihr war klar, dass sie ihr Glück längst überstrapazierte. Selbst in ihren kühnsten Träumen hätte sie nicht damit gerechnet, so weit zu kommen, dass ihr eine der Wachen sogar freiwillig die Schlüssel zum Verlies gab, aber anscheinend zeigte die Übung im Lügen Wirkung.

Im Kerker war es nicht viel wärmer als draußen, der Wind war selbst hier zu spüren und von überall tropfte es, weshalb sich riesige Pfützen gebildet hatten. Ab hier warf Maebh sämtliche Vorsicht über Bord und durchschritt eilig den Korridor, bis sie an der einzig verriegelten Tür ankam. Sie ließ sich keine Zeit, zu überlegen, wie sie von hier aus weitermachen sollte, denn ihr ganzer Verstand war wie benebelt von der Vorstellung, Ciarán wiederzusehen. Ihre Finger zitterten, während sie den Schlüssel umdrehte, und das alte Schloss knarzte laut unter der plötzlichen Belastung. Dann endlich sprang es auf.

Quietschend öffnete sich die Tür und offenbarte den Blick auf einen Raum, der mit dem Haufen Stroh und der vergitterten Öffnung Maebh nur allzu bekannt vorkam. Ein Raum der, wie sie feststellt, leer zu sein schien. Vorsichtig trat sie ein, doch kaum hatte sie es über die Schwelle geschafft, schlang sich ein Arm um ihren Oberkörper. Etwas Kaltes berührte ihren Hals, brachte sie dazu, Schlüssel und Fackel fallenzulassen. Ein Wunder, dass sie nicht gleich noch geschrien und die Wachen auf den Plan gerufen hatte.

»Maebh?« Ciaráns Stimme war so nah an ihrem Kopf, dass trotz ihrer Furcht ein wohliger Schauer über ihren Rücken rann. Augenblicklich entließ er sie aus seinem Griff, nur um sie stattdessen an den Schultern zu packen und sie zu sich zu drehen. »Was machst du hier?!«

Sie blinzelte, während sie versuchte, zu realisieren, dass sie ihn tatsächlich gefunden hatte. Er war hier, am Leben, und er war gesund und unverletzt. Er trug dieselbe Kleidung wie vor ein paar Tagen, wirkte müde und abgeschlagen und hatte einen Stab aus Metall in der Hand, der, wie Maebh jetzt erst realisierte, anscheinend einmal die Fensteröffnung versperrt hatte.

»Ciarán.« Mehr brachte sie nicht über die Lippen. Tränen schnürten ihr die Luft ab. Das hier war lange nicht vorbei, aber nie im Leben war sie so erleichtert gewesen, ein bekanntes Gesicht zu sehen.

Sie sah ihm in die Augen, verlor sich im flüssigen Silber und hätte am liebsten die ganze Welt vergessen. Völlig überwältigt ließ sie sich von ihm in eine Umarmung ziehen, die ihren Körper mit ungeahnter Wärme erfüllte. Er war hier. Sehnsüchtig schmiegte sie ihren Kopf an seine Brust und wiegte sich einen Moment in dem Irrglauben, dass jetzt alles gut werden würde.

Dabei wusste sie es besser, wusste, dass sie nicht einfach mit einem Fingerschnippen von hier verschwinden konnten, ihren Mantel und Ciaráns Stab inklusive. Das wäre zu leicht. Aber in diesem Moment glaubte sie fast daran.

»Maebh?« Ciaráns Brust bebte, als er ihren Namen erneut aussprach, holte sie ein Stück zurück in die Realität.

»Hm?« Vorsichtig löste sie sich aus der Umarmung, um ihm wieder ins Gesicht zu sehen. Er legte ihr eine Hand an die Wange, wischte die Träne fort, die sich aus ihrem Augenwinkel gestohlen hatte, und lächelte.

»Was machst du hier?«

»Ich wollte mit dir reden, damit wir …«

Sie stockte, als ihr Blick auf den Stab fiel, den er immer noch in der anderen hielt. »Was machst *du* hier?«

Er wich zurück und betrachtete ertappt das Stück Metall. »Versuchen, hier auszubrechen, schätze ich.«

»Damit?« Beinahe hätte sie gelacht.

»Womit sonst?«, schnaubte er. »Ich kann die Königsgarde wohl schlecht mit Stroh bewerfen. Außerdem hätte ich sowieso nur meinen Stab finden müssen.«

Die Erwähnung seiner Waffe, erinnerte Maebh wieder daran, wieso sie sich überhaupt in dieser Lage befanden. An Ciaráns Auftauchen am Hof, sein Angebot, seine Bereitschaft, alles aufzugeben, um ihr die Freiheit zu ermöglichen.

»Warum hast du das getan?«, rutschte es ihr völlig aus dem Zusammenhang gerissen heraus.

Ciarán runzelte die Stirn. »Das Gitter?«

»Nein.« Sie biss sich auf die Lippe, bereute sofort, es überhaupt angesprochen zu haben. Nicht jetzt. Nicht hier. Sie hatten andere Sorgen. Aber gleichzeitig war es zu spät zurückzurudern – selbst wenn sie gewollt hätte. »Wieso bist du hier, Ciarán?«

Sein Blick verdunkelte sich, und sein Mund wurde zu einem schmalen Strich. Ernst wandte er sich ab, ballte die Hände zu Fäusten. »Ich wollte dich retten.«

Maebh machte einen Schritt auf ihn zu. »Ich weiß, aber …«

»Mir fiel kein besserer Plan ein. Du warst auf einmal verschwunden, und ich hatte keine Ahnung, wo du bist. Als ich realisiert habe, was mit dir passiert ist, da …« endlich sah er sie wieder an, und der Schmerz in seinem Blick schien sich unter Maebhs Haut zu bohren. »Ich hätte das ganze Königreich zu Eis erstarren lassen, wenn sich dadurch auch nur eine winzige Chance ergeben hätte, dich zurückzuholen, aber …«

»Es hätte nicht gereicht«, schloss Maebh.

»Nein. Also habe ich ein Mal im Leben auf deinen Rat gehört und es mit Reden versucht.«

»Warte. Du hattest nie einen anderen Plan? Ich dachte, das war eine Ablenkung oder …«

»Nein.«

Obwohl es Maebh bereits vermutet hatte, überraschten sie Ciaráns Bestätigung dennoch. Ebenso das traurige Lächeln auf seinen Lippen.

»Aber wieso?« Ihre Frage verlor sich geisterhaft im Echo der Wände, ohne dass eine Reaktion folgte. Stattdessen sah Ciarán sie weiter an, jetzt wieder ernst, als hoffte er, dass sie die Antwort einfach aus seinen Augen herauslesen konnte.

Zögernd legte Maebh ihre Hände an seine Brust und streckte sich ihm entgegen, bis ihre Stirn seine berührte. Eine leise Stimme raunte ihr zu, dass sie verschwinden mussten und später danach fragen sollte, aber ihre Worte prallten von Maebh ab.

»Ciarán«, flüsterte sie stattdessen und schloss die Augen, sodass sie umso deutlicher spürte, wie die Strähnen seines schwarzen Haares ihre Wange kitzelten. Zögernd, beinahe vorsichtig, als wäre sie aus Glas, legte er erneut die Arme um sie.

Erst da wurde ihr klar, wie furchtbar sie das alles hier, ihn, in den letzten Tagen vermisst hatte. Wie allein sie sich dort oben in der Burg wirklich gefühlt hatte. Seine Wärme, seine Stimme, das Gefühl seines Atems auf ihrer Haut.

Als sie erneut die Augen öffnete, war sein Blick so intensiv, dass ihr schwindelig davon wurde. Tausend unausgesprochene Dinge lagen darin. Ebenso wie die Antwort auf die Frage, wieso er bereit war, seine Freiheit gegen ihre zu tauschen.

Doch statt sie ihr zu geben, überwand Ciarán auch den letzten Abstand zwischen ihnen, bis seine Lippen ihre berührten. Ein Kuss, so scheu und zerbrechlich, dass Maebh es nicht einmal wagte, zu blinzeln, bevor er schon vorbei war. Ihr Verstand kam nicht hinterher. Und ehe sie Ciarán danach fragen oder ihn bitten konnte, es erneut zu tun, sagte er: »Wir müssen von hier verschwinden.«

32

»Ich brauche eure Hilfe.«

Als Maebh mit keuchendem Atem auf dem oberen Treppenabsatz ankam, zögerten die beiden Wachen keine Sekunde. Der Mann trat sofort heran, während die Frau bereits ihre Waffe zückte, ohne überhaupt zu fragen, was geschehen war. Auf das Schlimmste gefasst, rannten sie an Maebh vorbei, die Stufe der Wendeltreppe hinab. Ihre schweren Schritte durchbrachen die Stille der Nacht.

Maebh selbst zögerte einen Moment, in dem sie vorsichtig unter dem Vordach heraustrat und die Umgebung sondierte. Noch immer patrouillierten auf den Mauern einzelne Wachen, allerdings schien sich keine von ihnen für das Geschehen zu interessieren. Zur Sicherheit verriegelte Maebh dennoch das Gefängnistor hinter sich, bevor sie sich selbst auf den Weg nach unten begab. Etwa auf halber Strecke hörte sie ein unterdrücktes Fluchen, gefolgt von einem dumpfen Geräusch.

Sofort beschleunigte sie ihre Schritte. Unten angekommen fand sie Ciarán, der skeptisch die beiden Wachen am Boden betrachtete. In der Hand hielt er den Metallstab, der sich wohl besser als Waffe geeignet hatte als erwartet. Sowie er Maebh erblickte, runzelte er die Stirn, sah abwechselnd zwischen ihr und den beiden Bewusstlosen hin und her.

»Du willst mir doch nicht etwa immer noch weismachen, dass du keine magischen Kräfte besitzt.«

Maebh verdrehte die Augen und sah ihm dabei zu, wie er dem Mann Helm und Brustpanzerung abnahm. »Tue ich nicht.«

»Wie hast du es dann hierher geschafft?«

»Ich hatte einfach Glück. Die beiden kannten mein Gesicht nicht und dachten, ich sei nur ein Dienstmädchen.«

»Mhm.« Ohne ihre Aussage weiter zu kommentieren, machte er sich daran, lange Stoffstücke von der Kleidung des Wachmannes abzureißen, um die beiden zu knebeln, bevor er anschließend der Frau die Handschellen abnahm. »Hilf mir mal.«

Gemeinsam schleppten sie die beiden in eine der offenen Zellen, wo sie ihnen die Hände auf den Rücken fesselten. Obwohl es vermutlich nur eine Frage der Zeit war, bis man die beiden finden und befreien würde, plagte Maebh das schlechte Gewissen, sie hier unten in der Kälte zurückzulassen. Dann wiederum war ihr klar, dass sie jede Minute brauchen würden, wenn sie zurück in die Burg gingen.

Zuerst hatten sie eine ganze Weile diskutiert, wann und wie sie am besten vorgehen sollten, bis Maebh schließlich zugestimmt hatte, die Gunst der Stunde zu nutzen. Obwohl sie befürchtete, dass ihre Glückssträhne nicht ewig anhalten würde. Vor allem, wenn sie so lebensmüde waren, in die Räumlichkeiten des Königs einzubrechen, um ihren Mantel zu stehlen.

Nachdem sie die Zellentür verschlossen hatte, wandte sich Maebh an Ciarán, der sie auf diese undurchdringliche Art musterte – wie immer, wenn er ihr etwas sagen wollte, ohne den Mund aufzumachen.

»Ich hatte Glück«, stellte sie klar und versuchte zu ignorieren, wie nahe er ihr gerade war. Nah genug, dass sie das Licht der Fackel in seinen Augen tanzen sah. Nah genug, dass sie nur mit Mühe nicht an den Kuss denken konnte. Weil es jetzt wichtigere Dinge gab. Und weil sie befürchtete, ihm ein weiteres Mal um den Hals zu fallen und ihn anschließend nie mehr loslassen zu können.

»Maebh«, sagte Ciarán mit gefasster Stimme und trat einen Schritt auf sie zu. »Zieh es für einen Moment in Betracht. Weißt du, was das bedeuten könnte? Was es uns gleich für einen Vorteil verschaffen könnte?«

Schnaubend verschränkte sie die Arme vor der Brust. »Selbst wenn …« Allein die Worte auszusprechen, kostete sie größte Mühe. »Ich kann es nicht kontrollieren. Wenn ich tatsächlich Magie wirken kann, passiert es einfach so.«

Ciarán nickte, aber Maebh war klar, dass das Thema für ihn nicht beendet war. Dass es für ihn längst bewiesen war, obwohl sie noch mit sich haderte. Doch in einer Hinsicht hatte er recht: Die Fähigkeit, Menschen zu beeinflussen, wäre hilfreich. Und auch wenn Maebh nicht daran glaubte, konnte es nicht schaden, es sich zumindest einzureden. Denn bei dem, was sie vorhatten, reichte Glück allein niemals aus.

Selbst mit dem Brustpanzer und dem Helm sah man Ciarán deutlich an, dass er nicht in die Garde gehörte. Die Kleidung saß nicht richtig und das schwarze Hemd, das er darunter trug, passte nicht zum königlichen Rot. Blieb lediglich zu hoffen, dass die Nacht auf ihrer Seite war und die anderen Wachen zu müde, um genau hinzusehen. Und zumindest für das erste Stück des Weges schien das der Fall zu sein. Ohne Zwischenfälle durchquerten sie den Hof und betraten das Innere der Burg über den Dienstboteneingang. Doch hier begann die Herausforderung erst.

»Und jetzt?«, wisperte Maebh, während sich ihre Augen an das zwielichtige Halbdunkel des Trakts gewöhnten.

»Zuerst mein Stab.«

Sie nickte. »Wo fangen wir an?«

Zwar hatte sie nur einen Bruchteil davon gesehen, allerdings hatte dieser gereicht, um ihr zu zeigen, dass das Innere der Burg riesig war. Weit größer, als es von außen anmuten ließ. Es gab drei oder vier Stockwerke, unzählige Gänge, Nischen und Türen. Selbst wenn sie genau gewusst hätte, in welchem Raum sie suchen mussten, hätte sie vermutlich eine Wegbeschreibung dorthin gebraucht.

»Laoghaire«, mutmaßte Ciarán. »Er muss meinen Stab haben.«

»Woher willst du das wissen?«

»Die meisten Menschen haben Angst vor unserer Magie und ich kann mir nicht vorstellen, dass irgendjemand freiwillig den Stab eines Hexers in seiner Nähe haben will. Oder dass sie ihn einfach in die Waffenkammer legen.«

Maebh kam ein Gedanke: »Im Turm. Der Wachmann vorhin hat erzählt, dass Laoghaire im Turm arbeitet.«

Der Blick, den Ciarán ihr zuwarf, sprach Bände. Es war wieder einer der Sorte »Ich hab's dir gesagt«, weil ihr jemand eine wichtige Information verraten hatte. Dabei … Ach, egal. Sollte er es doch glauben.

Sie nahmen den Weg zurück in das Stockwerk, in dem Maebhs Zimmer lag, und folgten dort einem langen Korridor, der zu einer weiteren Treppe führte. Wenn sie sich korrekt erinnerte, lag der einzige Turm der Burg auf der dem See zugewandten Seite. Sie mussten nur einen Weg hinein finden. Und hoffen, dass Laoghaire keine Nachteule war.

Auf ihrem Weg begegneten sie Comhghall, der noch immer friedlich schlief und sich recht wenig dafür zu interessieren schien, dass unter seiner Wacht ganze zwei Gefangene ausgebrochen waren. Ciarán verdrehte die Augen, als er ihn sah, während Maebh ahnungslos mit den Schultern zuckte. Vermutlich hatte er den Schlaf einfach nötig.

Sobald sie das oberste Stockwerk erreichten, fiel ihnen die Orientierung leichter. Im Vergleich zum Rest der Burg war es so finster, dass Maebh kaum die Hand vor Augen erkannte. Nur mühsam kamen sie voran, folgten tastend der Mauer, bis sie den kurzen Gang einmal umrundet hatten. Zwei Türen. Ein Fenster. Und nichts als tiefste Dunkelheit und das rhythmische Trommeln des Regens auf dem Glas.

Angsterfüllt nahm Maebh Ciaráns Hand, um sich im Dunkeln nicht ganz so verloren zu fühlen, und flüsterte: »Welche?«

»Geradeaus.«

Sie blinzelte überrascht. »Bist du dir sicher?«

»Ja. Schließ die Augen.«

Verwirrt kam sie seiner Aufforderung nach und lauschte in die Nacht hinein, doch da waren nur der Regen, Ciaráns Atem und ihr eigenes wild schlagendes Herz. Dann spürte sie etwas. Ein feines Ziehen in ihrer Brust, ein Prickeln auf ihren nackten Beinen wie Funken, die über ihre Haut sprangen. Magie. Und sie kam direkt aus dem Zimmer vor ihnen.

»Ist das …?«

»Magie«, bestätigte Ciarán.

»Laoghaire?«

»Zu schwach.«

»Was wenn es eine Falle ist?« Lebhaft erinnerte sich Maebh an den Tag in der Stadt. Wie Laoghaire ihr mithilfe von Magie vorgegaukelt hatte, Ciarán zu sein. Und wie sie ahnungslos in seine Fänge getappt war.

»Finden wir es heraus.«

Kurz drückte Ciarán ihre Hand, bevor er schon durch die Tür trat. Aus dem Inneren schlug ihnen warme Luft entgegen, die die verschiedensten Düfte in sich trug. Eine wilde Mischung aus Salbei, Minze, Thymian und anderen Kräutern, die Maebh nicht kannte, sie jedoch unweigerlich an die Hütte des Druiden Daithi erinnerten.

Der Raum wurde durch die Glut einer Feuerstelle diffus erleuchtet. Gerade genug, dass Maebh einzelne Gegenstände ausmachen konnte. Einen Tisch, Schalen, zum Trocknen aufgehängte Kräuter. Keine Menschen. Eine Erleichterung.

Vorsichtig schloss sie die Tür hinter sich, während Ciarán sich bereits daran machte, eine Kerze vom Tisch zu nehmen und diese an der Glut zu entzünden. Ihr warmer Schein offenbarte mehr von dem Raum. Sein Grundriss war rechteckig, wobei sich eine Treppe an den hohen Mauern nach oben wand. In Nischen waren Regale eingelassen, auf denen sich Bücher und Schriftrollen sammelten, die allesamt aussahen, als hätten sie bereits Jahrhunderte überdauert. Dazu fanden sich vereinzelte, scheinbar wahllos positionierte Schlitze im Mauerwerk, die weder mit Fensterglas versiegelt noch unbeabsichtigt zu sein schienen und bis an die Spitze des Turms auftraten.

»Was ist das hier?«, raunte Maebh.

»Die Werkstatt eines Druiden.« Ciarán ging zu einem der Schlitze. »Diese Öffnungen werden genutzt, um die Sterne zu beobachten.«

»Es gibt in der Burg einen Druiden?«

»Nein«, seufzte Ciarán. »Nicht mehr.«

Auf ihr Zeichen hin machten sich die beiden daran, sämtliche Winkel des Zimmers nach seinem Stab abzusuchen, bevor sie sich am Ende auf die hölzerne Treppe wagten, die selbst unter ihren vorsichtigsten Schritten verräterisch knarzte.

»Der König«, erklärte Ciarán auf dem Weg nach oben, »hat Angst. Der Krieg dauert inzwischen schon Jahre an und bis jetzt hält das Königreich Deasmhumhain nur mit größter Mühe stand. Tiarna Mac Cárthaigh ist verzweifelt und lässt nichts unversucht, um das Unvermeidliche doch noch zu verhindern. Deshalb zieht er die Finfolk mit hinein, weil er hofft, dass unsere Magie ihm den Sieg bringen könnte. Und deshalb hat er auch einen von ihnen als seinen höchsten Berater eingestellt, eine Stelle, die sonst immer einem Druiden vorbehalten war.«

»Was ist mit dem Druiden passiert?«

»Keine Ahnung.«

»Und die Finfolk? Ich meine …« Maebh biss sich auf die Unterlippe. »Denkst du, ihre Magie könnte wirklich einen Unterschied machen?«

»Möglich. Aber du weißt inzwischen, dass wir uns gern aus den Angelegenheiten der Menschen heraushalten.«

»Außer Laoghaire«, warf sein ein.

»Ja. Außer Laoghaire.«

Es brannte Maebh auf der Zunge, Ciarán zu fragen, ob er den Hexer kannte, aber sie hatten bereits das obere Ende der Treppe erreicht und damit einen weiteren Raum, der sich unmittelbar unter dem Dach des Turms befand. Das Zimmer war niedrig und besaß vier runde Fenster, an denen dichter Staub haftete. Auf einem Tisch in der Mitte lagen aufgefaltete Pergamente. Maebh entdeckte Punkte und Spiralen, die zunächst keinen Sinn ergaben, bis sie zwei der Konstellationen erkannte. An Béar Mór, wie die Selkies sie nannten, die im Herbst immer gerade so über dem nördlichen Horizont zu sehen waren, und das hier auf dem Tisch war eine Karte des Universums. Ehrfürchtig strich sie über das vergilbte Pergament, ehe sie sich daran erinnerte, dass sie nicht zum Staunen hierhergekommen war.

»Maebh.« Sie blickte in Ciaráns Richtung und fand ihn vor einem breiten Schrank, der mit einem riesigen Vorhängeschloss verriegelt war. »Du hast nicht zufällig den richtigen Schlüssel dafür?«

Zweifelnd trat sie an die hölzerne Tür und probierte der Reihe nach alle durch, ohne dass einer passte. Sie verzog missmutig die Lippen, nachdem sie beim letzten angekommen war, und fragte: »Denkst du, dein Stab könnte dort drin sein?«

»Was auch immer es ist, es ist magisch. Spürst du es nicht?«

»Doch.«

Das Kribbeln auf ihrer Haut hatte schon eine ganze Weile zugenommen und war inzwischen kaum zu ertragen. Ohne Zweifel befand sich hinter der Schranktür etwas Magisches, aber Maebh konnte nicht so genau zuordnen, was es war. Es fühlte sich vertraut an, aber gleichzeitig anders als Ciaráns Magie.

»Wie kommen wir heran?«

Ciarán atmete scharf ein, schien mit sich zu zaudern. Mittlerweile kannte Maebh ihn gut genug, um zu wissen, was das bedeutete. Er hatte einen Plan – aber keinen, der ihr gefallen würde.

Dann, ohne ihr zu sagen, wie genau dieser aussah, legte er die Hand an das Schloss und senkte die Lider. Sofort wurde der Magiestrom intensiver, kam nun nicht nur aus dem Schrank, sondern auch direkt von ihm, ließ Maebh erschaudern. Erst passierte nichts, dann langsam formten sich winzige Eiskristalle auf der metallenen Oberfläche des Schlosses, wurden größer, breiteten sich aus wie eine Welle. Obwohl sie einen Schritt von Ciarán entfernt stand, spürte Maebh die Kälte, unter der das Metall zu ächzen begann. Erst ein reibendes Geräusch, gefolgt von einem lauten Knacken. Danach sprang die Verriegelung auf.

Als hätte er sich verbrannt, ließ Ciarán das Schloss so abrupt los, dass es klirrend zu Boden fiel und zerbrach. Keuchend schnappte er nach Luft. Seine Fingerspitzen waren blau angelaufen und zitterten wie Espenlaub. Reflexartig wollte Maebh nach seiner Hand greifen, um sie sich anzusehen, aber er zog sie weg.

»Nicht«, sprach er mit rauer Stimme. »Es ist zu kalt.«

Maebh sah ihn aus großen Augen an und legte ihre Finger stattdessen an seine Stirn, auf der sich feine Schweißperlen gebildet hatten, die, wie sie feststellte, ebenfalls zu Eis erstarrt waren. Ciaráns Haut war bitterkalt, fühlte sich an, als bestünde sie aus Marmor.

»Was hast du getan?«, zischte sie entsetzt.

Er lächelte matt, offensichtlich darum bemüht, bei Bewusstsein zu bleiben.

»Ich habe auch ohne meinen Stab ein paar Tricks auf Lager.«

»Ja, aber zu welchem Preis? Ciarán, verdammt.«

Mehr als alles andere schien er belustigt darüber, das Wort »verdammt« aus ihrem Mund zu hören. »Es geht gleich wieder.«

Sie schnaubte.

»Der Schrank.«

Auf seinen Hinweis wandte sie sich ab und zog die Tür auf, wobei sie den Griff mit den Ärmeln ihres Mantels anfassen musste, weil selbst diese eiskalt waren. Wie wenig sie doch über Ciaráns Zauberei wusste. Und darüber, wozu er fähig war. Auch ohne seinen Stab.

Kaum war die Tür geöffnet, strömte ihnen die Magie ungehemmt entgegen, richtete die feinen Härchen auf Maebhs Unterarmen auf und brachte sogar die Kerze wie von Geisterhand zu flackern. Maebh nahm Ciarán den Kerzenhalter ab, um das Innere des Schranks genauer zu untersuchen. Sie fand weitere Bücher mit Gold beschlagenen Einbänden, Phiolen aus Glas, in denen bunte Flüssigkeiten verheißungsvoll schimmerten. Ciaráns Stab lehnte aufgestellt an der Rückwand, doch komischerweise war nicht er es, der Maebhs Aufmerksamkeit auf sich zog.

Das Herzstück bildete eine Art Schrein aus dunklem Holz, in den ein Auge eingeschnitzt war. Darauf war ein Schwert präsentiert, die Quelle des unbändigen Magiestroms. Der Griff bestand aus Dutzenden goldenen Bändern, die sich ineinander verflochten und zu Knoten verbanden, in die einzelne weiße Edelsteine eingelassen waren. Die Klinge besaß ein wellenförmiges Muster, das selbst im Licht der Kerze von innen heraus zu glühen schien. Feine silberne Nebelschwaden wanden sich darum und verströmten einen eigentümlichen Duft nach Zedernholz.

Maebh erschauderte, und auch Ciarán, der seinen Stab sofort ergriffen hatte, starrte ehrfürchtig auf die Waffe.

»*Claidheamh Soluis*«, murmelte er atemlos. Das Schwert des Lichts, eines der vier Schätze der Túatha Dé Danann.

Maebh schwirrte der Kopf. »Wie ist das möglich? Die Götter haben ihre Schätze versteckt. Wie kommt der König daran?«

»*Ich* habe es ihm gebracht.«

Erschrocken fuhr Maebh herum und hätte beinahe geschrien, als sie Laoghaire auf dem Treppenabsatz erblickte. Lautlos wie ein Schatten hatte er sich ihnen genähert – weder Maebh noch Ciarán hatten ihn gehört.

»Ihr überrascht mich«, äußerte er. »Eigentlich habe ich schon viel früher mit euch gerechnet.«

»F-früher?«, stotterte Maebh und wich unwillkürlich einen Schritt zurück, bis sie mit der Hüfte gegen den Schrank stieß.

»Was? Dachtest du wirklich, wir wären so achtlos, jemanden vor deiner Tür zu postieren, der für seine Nickerchen bekannt ist? Oder deinen Gefährten in eine Zelle mit einem losen Gitter zu stecken?«

Maebhs Herz machte einen Satz, während ihr Verstand kaum hinterherkam. Was wollte Laoghaire damit sagen? Allein sein überlegenes Grinsen sprach Bände, doch sie weigerte sich, zu glauben, dass sie sich die ganze Zeit wie eine Spielfigur nach seinem Willen bewegt haben sollte.

»Wenn du uns hättest zur Flucht verhelfen wollen, hättest du Maebh noch eine Karte des Schlosses geben können«, warf Ciarán sarkastisch ein.

»Euch einfach so gehen lassen? Nein. Nichts läge mir ferner. Dazu seid ihr viel zu wertvoll.«

»Wozu dann die ganze Farce?«, fragte Ciarán scharf, wobei der Kristall in seinem Stab bedrohlich zu glühen begann. Augenblicklich schien sich die Atmosphäre im Raum aufzuladen, doch Laoghaire ließ sich davon nicht beeindrucken. Sein Stab verharrte reglos in seiner Hand, als würde ihn Ciaráns Macht nicht im Geringsten einschüchtern.

»Es war ein Test«, erklärte er wie selbstverständlich.

»Ein Test?«

»Seit dieser Fínghin zurückgekehrt ist, ist der König geradezu besessen von den Selkies und ihrer Magie, weil er hofft, sie könnte uns in der bevorstehenden Schlacht helfen. Also habe ich die Zeit genutzt, habe ganze Bücher verschlungen, um herauszufinden, was es damit auf sich hat, aber nirgends eine Spur. Bloß vage Legenden, dass der Mantel eines Selkie dem Träger Unsterblichkeit verleihen könnte, und nichts als Gerüchte, dass sie noch zu viel mehr fähig seien.«

»Und haben wir deinen Test bestanden?« Ciarán hielt seinen Stab so fest umklammert, dass seine Fingerknöchel weiß hervortraten.

»Verratet ihr es mir. Wie hat die Selkie es geschafft, zu dir in den Kerker vorzudringen?«

Am liebsten hätte Maebh geschrien. Sie war dieses Thema so leid. »Die Wachen draußen kannten mich nicht. Sie haben mich für ein Dienstmädchen gehalten und mir geglaubt, dass ich etwas für dich besorgen müsste.«

»Du bist ziemlich gut im Lügen, nicht wahr?«

»Nein.« Maebh legte all in ihren Zorn in ihren Blick und hoffte, dass sie ihm so endlich weismachen konnte, dass sie nicht war, was alle anderen sie glauben machen wollten. Keine Magierin. Nur eine Robbe, die ihrem Mantel hinterherjagte.

»Sie hat keine Kräfte«, bestätigte Ciarán. »Oder denkst du, sie hätte sich sonst einfach so gefangen nehmen lassen?« Dann änderte sich sein Tonfall. »Sie will ihren Mantel, Laoghaire. Sie braucht ihn. Du hattest deinen Test, also lass sie gehen.«

Verhalten blickte Maebh zwischen den beiden Männern hin und her. Dabei lag eine Spannung in der Luft, die sie nicht genau greifen konnte, doch sie reichte, um ihr klarzumachen, dass Ciarán und Laoghaire sich nicht zum ersten Mal gegenüberstanden.

»Ich fürchte, das kann ich nicht tun.«

»Wieso?! Ist dir dein geliebter König etwa so wichtig?«

»Vorsicht«, zischte Laoghaire, doch Ciarán hörte zum ersten Mal, seit Maebh ihn getroffen hatte, gar nicht mehr auf zu reden.

»Was? Sag mir nicht, du bist den Menschen wirklich treu ergeben.«

»Ciarán.« Binnen eines Wimpernschlags hatte Laoghaire den Abstand zwischen ihnen überwunden. Drohend hielt er ihm den eigenen Stab unter die Nase, dessen Kristall vor Energie Funken stob. »Denkst du, ich hätte mir meine Rolle ausgesucht?«

»Du hättest dich versteckt halten können – wie wir alle.«

»Und dann? Hilflos dabei zusehen, wie auch das letzte Königreich fällt?«

»Das ist nicht unser Krieg, Laoghaire.«

»Es ist unsere Welt, Ciarán. Unser Zuhause. Glaubst du ernsthaft, unser Leben geht einfach so weiter, wenn die Otreaer hier die Kontrolle übernehmen? Wenn sie den Faeries den Garaus machen? Denkst du, sie bringen mehr Toleranz und Verständnis für die Finfolk mit sich, als die Menschen es hierzulande haben?«

»Wir können im Verborgenen leben, wie all die Jahre auch.«

»Weil das bisher ja so gut funktioniert hat.«

Während ihres Schlagabtauschs stand Maebh wortlos daneben und sah zu, wie sich die beiden wütend anfunkelten. Dabei verstand sie nur Bruchstücke. Sie wusste zu wenig über das Leben der Finfolk, um die volle Bedeutung von Laoghaires Worten zu erfassen. Und trotzdem brachten sie sie zum Nachdenken. Bisher war der Krieg stets etwas gewesen, das sie nicht betraf, doch wenn er recht hatte und diese Otreaer wirklich so furchtbar waren, würde eine Niederlage gegen sie aller Leben beeinflussen? Das der Finfolk, der Púcas, ja selbst der Selkies?

»Ich will euch nicht Böses«, fuhr Laoghaire fort und lehnte sich wieder ein Stück zurück. »Aber ich kann euch nicht einfach gehen lassen. Das Land braucht euch.«

»Und was hat dieses Land je für mich getan?«, spuckte Ciarán ihm förmlich entgegen.

Laoghaire seufzte, während sein Blick kurz zu Maebh wanderte. Ein seltsamer Ausdruck lag darin, wirkte beinahe mitleiderhaschend, wie eine wortlose Bitte, ihm dabei zu helfen, Ciarán zur Vernunft zu bringen. Aber Maebh wusste gar nichts mehr. Ihr Verstand rauchte, und sie hatte keine Ahnung, was richtig und falsch, gut und böse war. Laoghaires Worte wollten ihr nicht aus dem Kopf. Gleichzeitig konnte sie nicht darüber hinwegsehen, dass sie hier Gefangene waren. Und dass Ciarán eine offensichtliche Abneigung gegen den anderen Fin-Mann hatte.

Als Laoghaire realisierte, dass Maebh ihm nicht zur Seite springen würde, zog er scharf Luft ein und der Kristall an seinem Stab begann, ein weiteres Mal zu glühen. Ein vertrautes Gefühl von Kälte kroch an Maebhs Beinen empor. Sie ahnte, was jetzt kommen würde, und sah sich fieberhaft nach einer Möglichkeit um, sich aus dem Kältefluch zu befreien. Aber es hatte keinen Zweck. Ihre Glieder wurden taub und sie spürte, wie Ciaráns Magie zum Leben erwachte, wie er sich mit aller Macht gegen den Zauber wehrte. Ohne Erfolg. Das Schloss hatte zu viele seiner Kräfte verzehrt.

»Dann lässt du mir keine andere Wahl«, flüsterte Laoghaire, »Bruder.«

33

Meine Herrin, Zeit, aufzustehen. Wir müssen bald los.«

Sobald Grainnes Stimme das Dunkel durchbrach, fühlte sich Maebh, als hätte sie Jahre geschlafen. Ihre Augen waren verklebt, dass sie Schwierigkeiten hatte, sie zu öffnen, und selbst danach dauerte es eine Weile, bis sie mehr wahrnahm als nur verschwommene Schemen. Ihr Zimmer in der Burg, das Licht einer Öllampe auf dem Kamin, Grainnes besorgtes Gesicht.

»Wie spät ist es?«, fragte Maebh mit Blick auf das Fenster, hinter dem sich nach wie vor – oder schon wieder – der Nachthimmel abzeichnete.

»Noch nicht ganz Morgengrauen.« Grainnes Stimme war ungewohnt leise, klang gleichzeitig fahrig, als wäre sie vor etwas auf der Flucht. »Aber wir sind schon spät dran. Der König hat befohlen, dass wir zur Dämmerung aufbrechen.«

Stirnrunzelnd richtete sich Maebh auf und ließ zu, dass Grainne ihr das Gesicht mit einem Lappen abwusch. Doch selbst das kalte Wasser half nicht, ihre Lebensgeister zu erwecken.

»Aufbrechen? Wohin?«

»Na, an die Front.«

Maebh blinzelte verwirrt. Müde streckte sie die Arme, um sich aus dem Nachtgewand zu schälen. *An die Front?*

»Nanu? Bist du schlafgewandelt oder warum ist der Saum so schmutzig?«

Erst als Grainne ihr das Stück Stoff direkt unter die Nase hielt, nahm Maebhs Verstand die Arbeit auf. Erinnerungen kehrten zurück, an die letzte Nacht, ihre Flucht, Ciaráns Nähe und Laoghaires Hinterhalt. Im Nachhinein kamen ihr die Ereignisse seltsam distanziert vor, als wären die Bilder in ihrem Kopf nicht ihre eigenen. Als hätte sie das Zimmer niemals verlassen. Aber die Flecken waren eindeutig. Kein Zweifel.

»Ach, ist ja auch egal, wir müssen uns beeilen.«

Während Grainne Maebh beim Waschen half, setzte allmählich die Panik ein. Ihre Gedanken begannen, sich zu drehen, wurden immer schneller wie ein Eber, der auf einen Jäger zuraste.

Ciarán, fiel es Maebh ein. Wo war er?

Das Letzte, an das sie sich erinnerte, war die Kälte. Laoghaires lähmender Fluch, dem selbst Ciarán mit seinem Stab nichts hatte entgegensetzen können. Dann die Ohnmacht. Ein traumloser Schlaf. Und jetzt war sie hier.

Was hatte Laoghaire gesagt? Sie würden ihm keine Wahl lassen? Wollte er sie etwa zwingen, an der Seite des Königs zu kämpfen?

»Du bist ja völlig verschwitzt«, stellte Grainne fest. »Hast du schlecht geträumt?«

Maebh nickte steif, denn genauso fühlte es sich gerade an. Als wäre sie nicht richtig wach. Gefangen in einem Albtraum, der kein Ende nehmen wollte. Ihre Flucht war gescheitert. Der König zog in den Krieg. Und Maebh würde an seiner Seite sein. Sterben, falls ihr nicht bald etwas einfiel.

Aber was blieb ihr jetzt? Wenn sie an die Front reisten, würde es kaum Gelegenheit zur Flucht geben. Keinen unbeobachteten Moment, in dem sie sich mitsamt ihrem Mantel davonstehlen konnte.

Sie fühlte sich, als hätte ein Blitz sie getroffen. Pulsierende Energie schien durch ihre Venen zu fließen, während der Schock sie gleichzeitig an Ort und Stelle verwurzelte. Noch ehe sie es realisierte, rannen Tränen über ihre Wangen.

»Du brauchst keine Angst haben«, murmelte Grainne mit wenig Überzeugung in der Stimme. »Du wirst direkt in der Gefolgschaft des Königs reisen. Dort bist du sicher …«

… bis ihr die Front erreicht. Obwohl sie es nicht aussprach, meinte Maebh die letzten Worte zu hören.

»Kommst du mit?«, fragte sie hilflos, als die Magd ihr in ein neues Untergewand half.

»Ein Stück weit. Der König will außerhalb der Stadt ein Feldlazarett aufbauen, um Verletzte von der Belagerung und aus der Stadt zu empfangen. Dort soll ich helfen.«

»Welche Stadt?« Maebh war so durcheinander. Sie hatte in den letzten Wochen viele Bruchstücke zum Krieg aufgeschnappt, doch im Moment ergab in ihrem Kopf nichts mehr einen Sinn.

»Cionn tSáile. An der Küste, etwa zwei Tage von hier entfernt. Vor ein paar Monaten ist sie gefallen, aber jetzt will der König sie zurückerobern, um zu verhindern, dass die Otreaer weitere Soldaten über den Seeweg nach Deasmhumhain bringen.«

Maebh nickte, als verstünde sie irgendetwas. Still stand sie da und ließ sich ankleiden. Ein weißes Untergewand, darüber ein Kleid aus grauer Wolle mit Schnürung vorne, ein lederner Gürtel, Stiefel. Am Ende flocht Grainne Maebhs Haare zu einem schlichten Zopf, ein Lächeln auf den Lippen und Tränen in den Augen.

»Es ist nicht recht«, murmelte sie. »Ich weiß nicht, was in den König gefahren ist, ein zartes, unschuldiges Ding wie dich mit an die Front zu schicken.«

Maebh nahm kurz ihre zitternde Hand. Eine hilflose Geste der Dankbarkeit für Grainnes Mitgefühl, während ihre Kehle wie zugeschnürt war.

Sobald die Magd fertig war, trat sie ein Stück zurück und betrachtete Maebh wehmütig, ehe sie sich für einen kurzen Augenblick verstohlen im Raum umsah. Kaum merklich legte sie den Finger an die Lippen, huschte dann zur Tür und spähte hinaus auf den Gang.

»Ist …«

»Pscht«, unterbrach die Magd sie harsch und kehrte in den Raum zurück. Anschließend hastete sie zum Fenster, um nach draußen zu schauen. Erst dann schien sie das Zimmer für sicher zu befinden. Ohne Maebh eine Erklärung zu liefern, nahm sie ihren Korb, den sie auf dem Boden neben dem Bett abgestellt hatte, und fischte dort ein schwarzes Stück Stoff heraus, das Maebh überall erkannt hätte.

Ciaráns Mantel wog schwer und vertraut auf ihren Schultern, als sie ihn anlegte, fühlte sich aber gleichzeitig ungewohnt weich an und duftete nach Kräutern und frischer Luft.

»Ich habe ihn für dich gewaschen«, verkündete Grainne mit leiser Stimme.

Wieder kamen Maebh die Tränen. »Ich danke dir.«

»Aber nicht nur das.« Verschwörerisch zog die Frau den Stoff ein Stück zur Seite und offenbarte somit eine Innentasche, die Maebh nie aufgefallen war, weil sie sich perfekt in eine Naht einfügte. Nur bei genauerem Hinsehen bemerkte man eine Ausbeulung, die der Gegenstand darin verursachte. Erneut legte Grainne den Finger an den Lippen, während sie diesen hervorzog, und Maebh schnappte überrascht nach Luft.

Der Dolch war klein und in Leder gehüllt mit einem schlichten Griff. Er wirkte in die Jahre gekommen, das Metall war an manchen Stellen angelaufen, an anderen leicht rostig, aber die Klinge – und das erkannte sogar Maebh – war frisch geschärft.

Ehrfürchtig nahm sie die Waffe in die Hand, wiegte sie hin und her, um sich mit dem Gewicht vertraut zu machen und die Spiegelungen des Feuers im Metall zu beobachten.

»Damit wirst du zwar keinen Krieg gewinnen«, raunte Grainne bescheiden, »aber möglicherweise kommt er dir zu Hilfe.«

»Du musst ihn mir nicht geben.«

»Ich weiß. Aber dir wird er mehr nützen als mir. Und ich würde mich nicht darauf verlassen, dass irgendjemand anders dir eine Waffe in die Hand gibt.«

»Nein«, gestand Maebh. »Sie vertrauen mir nicht.« Vor allem nicht nach gestern Nacht.

»Eben. Dabei sieht jedes Kind, dass du keine böse Hexe bist. Oder eine Mörderin. Deshalb: Nimm ihn mit. Und pass auf dich auf, Maebh.«

Einen Moment lang zögerte Maebh, dann zog sie die Magd in eine enge Umarmung. »Danke.«

Als sie mit Grainne und zwei Wachen zusammen auf den Innenhof der Burg traten, herrschte dort regsamer Betrieb. Pferde wurden gesattelt, Karren beladen, Abschiedsworte gewechselt. Es war ein einziges Chaos, während der Himmel sich über ihnen langsam dunkelrot färbte. Wie von allein wanderte Maebhs Blick in Richtung des Kerkers, dessen Tür weit offen stand. Sicher hatte inzwischen jemand die beiden gefesselten Wachen gefunden, aber was war mit Ciarán? War er wieder dort unten oder hatte man ihn woanders hingebracht?

Sie kam nicht dazu, länger nach ihm Ausschau zu halten, denn sofort traten weitere Wachen an sie heran und verscheuchten Grainne, ohne dass diese eine Möglichkeit hatte, sich zu verabschieden. Maebh konnte ihr nur traurig hinterherblicken, während man ihr Handfesseln anlegte und sie in Richtung eines der Karren schubste, vor den zwei braune Pferde gespannt waren.

Soldaten riefen einander Befehle zu, die Maebh über den Tumult hinweg nicht verstand. Ein Mann schob sie zur Rückseite des Gefährts, ein anderer hob sie hinauf, als wäre sie nichts weiter als ein Stück Ware. Niemand hielt sich damit auf, ihr zu erklären, was passierte. Keiner sagte ihr überhaupt, dass sie dort oben zu bleiben hatte, auch wenn ihre Fesseln keinerlei Zweifel daran ließen.

Ihre neue Position verschaffte ihr zumindest einen besseren Überblick, sodass sie direkt am Eingang der Burg den König entdeckte, der die Vorbereitungen besorgt überwachte. Seine Frau stand an seiner Seite, raunte ihm etwas zu, das ihn die Stirn runzeln ließ. Er antwortete, bis er Maebh erblickte. Fast augenblicklich legte sich ein dunkler Schatten über seine Augen, Zorn entstellte sein Gesicht, wobei er gleichzeitig triumphierend über das Stück Fell strich, das er auf seinen Schultern trug. Maebhs Mantel.

Wut wallte in ihrem Inneren auf, und wäre nicht im selben Moment ein weiterer Gefangener auf den Karren verladen worden, hätte sie vermutlich alle Vorsicht über Bord geworfen, um auf ihn zuzustürmen und ihren Mantel an sich zu reißen. Denn was hatte sie noch zu verlieren?

Stattdessen aber wandte sie sich dem neuen Gefangenen zu, und ihr Herz sackte ihr in die Knie. Schwellungen entstellten sein Gesicht und seine dunkelbraunen Haare waren matt, doch selbst so erkannte sie ihn sofort. Es war Seamus, der voll Selbstironie lächelte, sobald er Maebh entdeckte. Es schien, als wollte er etwas sagen wie »So sieht man sich wieder«, aber kein Wort verließ seine trockenen, aufgesprungen Lippen. Maebh traute sich selbst nicht, zu sprechen, und so konnte sie nur spekulieren, dass sein Versuch, den König umzustimmen, fehlgeschlagen war. Dass man ihn wie auch sie zwang, an der Front zu dienen.

Hoffentlich ging es Sorcha gut, wo immer sie jetzt war.

Allmählich brachen um sie herum die ersten Reiter und Wagen auf. Hufgetrappel und das Rattern von Rädern erfüllte die Luft, vermengte sich mit aufgeregtem Stimmengewirr und dem Schreien von Raben, die sich schaulustig auf der Mauer versammelt hatten. Maebh zählte vier Stück und wusste nicht, ob sie dies als positives oder schlechtes Omen deuten sollte.

Zwei weitere gefesselte Männer gesellten sich zu ihnen, die beide ebenso abgeschlagen wirkten wie Oisin. Niemand sagte ein Wort, wobei ihre hoffnungslose Stimmung bald von Maebh Besitz ergriff.

Nach und nach leerte sich der Hof. Karren voller Proviant fuhren davon. Dann folgte eine Schar bis an die Zähne bewaffnete Reiter, unter denen Maebh Fínghin zu erkennen meinte. Und hinter ihnen die königliche Kutsche, die mit einem Dach und weichen, ledernen Polstern ausgestattet war. Kein Vergleich zu den Holzbrettern, von denen Maebhs Rücken schon jetzt schmerzte. Dieser folgte ein Zug an Soldaten. Danach weitere Karren mit Proviant.

Plötzlich schien die Zeit zu rasen. Die letzten Männer hasteten zu ihren Pferden. Ein neuer Gefangener wurde direkt auf den Platz neben Maebh verfrachtet. Dann ertönte ein Pfiff, woraufhin sich auch ihr Karren in Bewegung setzte und zusammen mit einem weiteren Pack Reitern die Nachhut bildete. Unter ihnen befand sich Laoghaire, der Maebh nicht einmal eines Blickes würdigte, sondern stattdessen Anweisungen an seine Leute brüllte.

Ihr Herz setzte einen Schlag aus, als Ciarán sie sacht in die Seite stupste. Sie war so ins Geschehen vertieft gewesen, dass sie nicht einmal bemerkt hatte, dass man *ihn* neben sie gesetzt hatte. Ausgerechnet. War den Leuten nicht bewusst, dass sie zusammengehörten? Hatte niemand mitbekommen, was ihnen in der letzten Nacht beinahe gelungen wäre? Oder war das etwa nur ein weiterer Test des königlichen Hexers, um Maebhs vermeintliche Magie hervorzulocken.

Vorsichtig tauschte sie einen Blick mit Ciarán. Er wirkte, aber gleichzeitig lag in seinen Augen etwas anderes, etwas, das ihr Mut machte: Kampfbereitschaft. Ähnlich wie sie schien ihre fehlgeschlagene Flucht gestern ihn ermutigt zu haben, einen weiteren Versuch zu unternehmen. Sie brauchten nur einen Plan, eine Gelegenheit und im besten Fall eine Möglichkeit, sich ungestört über ihr Vorgehen zu unterhalten.

Aber mit dem Karrenlenker und den Soldaten in ihrer Nähe würde das schwierig werden. Und ihnen blieben gerade zwei Tage Zeit, bevor es zu spät war.

Wenn Maebh darüber nachdachte, hatten die Chancen nie miserabler für sie gestanden. Nie hatte mehr zwischen ihr und ihrem Mantel, ihrer Freiheit gelegen als in diesem Moment. Doch zum ersten Mal seit Langem – und das war das Seltsame – fühlte sie sich zuversichtlich, dass sie es schaffen konnten. Irgendwie. Solange sie nur zusammen waren.

Ciarán schien ihre Meinung zu teilen, denn ein wissendes Lächeln huschte über seine Lippen, das selbst die triste Stimmung unter den Gefangenen durchbrach. Zufrieden erwiderte Maebh es, während sie gleichzeitig kaum merklich ein Stück näher an ihn heranrückte. Nah genug, dass ihr Handrücken ganz sacht seinen berührte. Nah genug, dass ihr sein vertrauter Geruch in die Nase stieg. Und nah genug, dass sich der Dolch in ihrer versteckten Tasche spürbar gegen ihre Brust drückte.

Im Karren kamen sie schneller voran als zu Fuß. Nicht nur, weil die Pferde sie trugen, sondern auch, da offenbar ein direkter Weg nach Cionn tSáile führte. Sie folgten der Straße aus der Stadt heraus in Richtung Lissivigeen und durchquerten den Ort, der Maebh an heiterere Tage erinnerte. Von dort ging es weiter nach Südosten, vorbei an vertrauten Berghängen, Seen und Wäldern.

Zwischenzeitlich kam Maebh der Gedanke, dass Daithi ihnen zur Hilfe eilen könnte, doch ihr war klar, dass sich der Druide wohlweislich vom Heer des Königs fernhalten würde. Zumal sie nicht einmal eine Möglichkeit hatte, ihn zu benachrichtigen.

Generell waren ihre Optionen eingeschränkt. Man hatte ihnen nicht verboten, zu sprechen, doch es verging kein Augenblick, in dem nicht irgendjemand in Hörweite war. Vor allem Laoghaire ritt etwa eine Armeslänge entfernt neben dem Karren her und behielt Ciarán genauestens im Auge, damit dieser überhaupt nicht auf die Idee kam, sich mithilfe seiner Magie zu befreien.

Etwas Positives hatte dieser Umstand aber. Kein Mensch wagte es, den Stab eines Fin-Mannes bei sich zu tragen, und so war Ciaráns Waffe sichtbar an Laoghaires Sattel befestigt. Geradezu verführerisch offensichtlich, dass Maebh überzeugt war, dass der Hexer des Königs einen Plan damit verfolgte.

Immer wieder schien ihm etwas einzufallen, das ihn dazu brachte, einen oder gleich mehrere seiner Männer an die Front ihres Zuges zu schicken, um ihnen die perfekte Gelegenheit zu geben, einen weiteren Fluchtversuch zu unternehmen. Etwas, das Ciarán ebenso zu verstehen schien, denn irgendwann verdrehte er die Augen, als Laoghaire einem Krieger auffällig laut befahl, er möge sich erkundigen, wo sie in der Nacht ihr Lager aufschlagen würden.

»In der Nähe von Maigh Chromtha«, antwortete Ciarán genervt, »am Carrigaphooca Steinkreis.«

Wieder war da diese Anspannung in seiner Stimme, wie immer, wenn er mit Laoghaire sprach. Tausend unausgesprochene Worte schwangen darin mit, eine Vergangenheit, von der Maebh nicht einmal etwas ahnte.

Insgeheim hoffte sie darauf, dass Laoghaires Reaktion ihr mehr verraten würde, doch dieser schwieg, tat sogar so, als hätte er Ciaráns Antwort nicht gehört. Kurz sah er sie an, ein dunkler Schatten über den Augen, bevor er seinem Pferd die Sporen gab und ein Stück vorausritt.

»Er wird nicht aufgeben, oder?«, raunte Maebh ihrem Begleiter zu, als der Hexer außer Hörweite war.

»Nein.«

»Und was machen wir jetzt?«

»He, aufhören zu tuscheln da hinten.« Mist. Obwohl sie so leise sprach, dass sie ihre eigene Stimme kaum verstand, entging dem Karrenlenker nicht einmal das.

Ciarán seufzte und schüttelte aber den Kopf. Kein vielversprechendes Zeichen, denn wenn sie sich lediglich darauf verließen, dass ihnen im richtigen Moment ein Plan zugeflogen kam, konnten sie sich ebenso mit dem Gedanken an die Front anfreunden. Zumal sie – wie sie jetzt wussten – nicht einmal darauf vertrauen durften, dass eine Gelegenheit wirklich so günstig war, wie sie im ersten Moment schien.

Nein. Sie brauchten eine bessere Idee. Vielleicht der Dolch? Mit gefesselten Armen kam sie zwar nicht ran, aber wenn sie Ciarán davon erzählte … Ihr Blick wanderte in Richtung des Fahrers, dann zu den Soldaten, die neben ihnen herritten.

Nein, *erzählen* stand nicht zur Debatte. Vermutlich hatten sie alle die Ohren gespitzt und warteten nur darauf, dass Wörter wie »Dolch«, »Flucht« oder »überwältigen« fielen.

Da kam Maebh eine Idee. Sie rückte noch etwas dichter an Ciarán heran und drehte sich so, dass die Vorderseite ihres Mantels seinen Oberarm streifte. Kein sonderlich leichtes Unterfangen, das durch ihre gefesselten Arme und den Größenunterschied zusätzlich erschwert wurde.

»Kommt ja nicht auf irgendwelche Ideen«, murrte der Kutscher, der anscheinend Fledermausohren besaß. »Wir haben euch genau im Auge.«

Maebh hob bedeutungsvoll die Augenbrauen, während sie ihren Körper ein weiteres Mal an Ciarán drückte, dass selbst sie den Dolch in der Brusttasche deutlich spürte. Ihr Begleiter verneinte wortlos.

Komm schon, zischte sie in Gedanken und deutete mit ihrem Blick nach unten, dort wo sein Oberarm den Mantel berührte. Das Wort »Dolch« kitzelte ihr förmlich auf der Zunge. Am liebsten hätte sie es herausposaunt, nur um sich Erleichterung zu verschaffen. Dann endlich blitzte Verständnis in Ciaráns silbernen Augen auf und für einen Wimpernschlag zuckten seine Mundwinkel nach oben.

Er hatte verstanden. Damit war die erste Hürde geschafft.

»Ist etwas passiert?« Wie auf Kommando war Laoghaire wieder bei ihnen aufgetaucht.

»Behaltet besser ein Auge auf die beiden da hinten, Herr. Hab keine Lust, seiner Majestät zu erklären, dass sie uns in den Wäldern abgehauen sind.«

»Ich bezweifele doch sehr, dass das passieren wird.«

»Sicher? Wenn Ihr mich fragt …«

»Ich habe dich aber nicht gefragt, Kutscher«, knurrte Laoghaire. »Mach du deine Arbeit und ich erledige meine.«

Der Mann schnaubte und schwang wie zur Verdeutlichung seines Unmuts die Zügel, um die Pferde zur Eile anzutreiben. »Aye, mein Herr. Wie Ihr befehlt.«

34

Sie reisten den ganzen Tag und machten nur zweimal Rast, um sich zu erleichtern. Kein Essen, eine klägliche Menge an Wasser und ohne Decken, die sie vor dem immer wieder einsetzenden Nieselregen und der Kälte schützten, als legte es der König darauf an, dass sie mehr tot als lebendig an der Front ankamen.

Erst zum Abend hin klärte es auf, sodass Maebh im letzten Licht des Tages erkannte, dass sie die Berge hinter sich gelassen hatten. Statt waldbewachsene Hänge in Herbstfarben umgaben sie sanfte Hügel, die von saftigem, grünen Gras überwuchert waren. Sie konnte nicht einschätzen, wie weit sie sich inzwischen vom Meer entfernt hatten, doch sein salziger Duft lag hier ebenso wenig in der Luft wie in der Hauptstadt. Stattdessen roch sie Pferde, Lagerfeuer und den Schweiß der Männer und Frauen, die sich mit ihnen auf dem Weg an die Front befanden.

Sie hatten ihre Lager in einer Ebene aufgeschlagen, in deren Mitte eine Burg thronte. Wobei das vielleicht nicht das richtige Wort war für den zweckmäßig aussehenden, grauen Klotz aus Stein, hinter dessen Fensteröffnungen warmes Licht brannte. Zweifelsohne würde der König heute eine weit gemütlichere Nacht verbringen als sie.

Der Kutscher stoppte den Wagen in der Nähe ihrer Mauer, sodass das halbe Heer zwischen ihnen und der Freiheit lag. Dazu gab es weit und breit keine Bäume oder ein Gebüsch, in dem man sich verstecken konnte. Maebh hatte nie auf ideale Fluchtbedingungen zu hoffen gewagt und wurde trotzdem enttäuscht.

Ciarán schien es ähnlich zu gehen. Er ließ es sich nicht anmerken, aber ihr waren seine schockgeweiteten Augen nicht entgangen, als sie das Lager betreten hatten.

Sobald der Karren zum Stehen kam, wurden sie wie Schafe von der Ladefläche und zu einem Lagerfeuer getrieben, auf dem in einem Topf ihr Abendessen köchelte. Allein bei seinem Geruch drehte sich Maebh der Magen um, aber die Wärme des Feuers war mehr als willkommen.

Gern hätte sie etwas gesagt, doch was sagte man zu Männern, die in den sicheren Tod marschierten? Kaum einer hob den Blick und die wenigen, die es taten, wirkten zu verstört, um überhaupt einen Laut von sich geben. Was hatte man mit ihnen gemacht? Maebh wollte Seamus danach fragen, doch sie hatte Angst vor der Antwort.

Während um sie herum der Lärm weiter anschwoll, wurde ihnen der Reihe nach gestattet, zu essen. Ihre Fesseln wurden gelöst und unter dem wachsamen Blick eines Soldaten blieben kaum Minuten, um den faden Eintopf hinunterzuwürgen.

Sobald Maebh an der Reihe war, spielte sie kurz mit dem Gedanken, den Dolch aus ihrer Innentasche zu nehmen und in eine greifbarere Position an ihrem Gürtel zu bringen, doch Ciaráns Kopfschütteln hielt sie davon ab. Es war zu gefährlich, und sie musste sich hüten, dass sie nicht allein durch ihr Verhalten, die Aufmerksamkeit der Soldaten auf sich lenkte.

Also tat sie, was sie schon den ganzen Tag getan hatte: Sie wartete. Rasch schlürfte sie ihre Mahlzeit, um nicht über den Geschmack nachzudenken, und spülte sie mit Wasser hinunter. Danach war sie alles andere als gesättigt. Aber es musste reichen.

Am Ende blieben die Fluchtmöglichkeiten aus. Sie waren keine Sekunde allein und selbst ein kurzer Gang zur Latrine lieferte ihr wenig Auskunft über die Umgebung, außer dass sie buchstäblich von Soldaten umzingelt waren.

Irgendwann brach die Nacht herein. Die zahlreichen Lagerfeuer trübten die Sterne, ließ ihr Strahlen ersterben wie Maebhs Hoffnung, aus dieser Situation herauszukommen. Ein Tag. Ein ganzer verdammter Tag und sie waren keinen Schritt weiter. Die Front war nur noch eine Etappe entfernt und Ciarán und sie hatten nicht einmal eine Chance, miteinander zu sprechen.

Dazu stellten die Wachen im Lager sicher, ihr keinen Schlafplatz in seiner Nähe zuzuteilen, sondern so weit wie möglich entfernt. Sie lag am äußersten Rand ihrer Gruppe, unmittelbar an der Mauer der Burg, sodass sie immerhin vor dem Wind geschützt war, der mittlerweile erbarmungslos über die Ebene fegte. Allerdings war an Schlaf nicht zu denken. Die Stimmung der Soldaten war unerwartet ausgelassen, als wären sie hier um ein heroisches Abenteuer zu bestreiten und nicht, um in den Krieg zu ziehen. Lautes Stimmengewirr lag in der Luft, Rufe, Lachen und die Klänge von Liedern über Heldentaten, schöne Frauen und das Volk der Danu. Keines davon spendete Maebh Trost, während sie sich mit jeder Sekunde mehr der Verzweiflung hingab.

Wie sollten sie je lebend davonkommen?

»Bist du noch wach, Maebh?« Die geflüsterten Worte in der Dunkelheit waren das Erste, das Seamus von sich gab. Weil sie nicht damit gerechnet hatte, fuhr sie erschrocken zusammen und spitzte die Ohren. Aber entweder hatte sie niemand gehört, oder es störte sich keiner daran, solange sie mit jemand anderem als Ciarán sprach.

»Ja.«

»Schöne Scheiße, in die wir hier reingeraten sind, was?«

Maebh lächelte verbittert. »Das kannst du laut sagen.«

»Was ist passiert?«

Kurz haderte sie mit sich, was genau sie ihm antworten sollte. »Ich …«

»Alles gut«, unterbrach ihr sie sacht. »Du musst mir nichts verraten. Schon als der Hexer damals aufgetaucht ist, wusste ich, dass mehr hinter deiner Geschichte steckt, als du uns glauben lassen wolltest.«

»Der König hat meinen Mantel.« Jetzt hatte es sowieso keinen Zweck, zu lügen, schließlich war mittlerweile am gesamten Hof bekannt, wer sie war. »Ich wollte ihn zurückholen, aber …«

»Scheint so, als hatten wir beide kein Glück auf unserer Mission.«

»Nein. Was ist passiert?«

Seamus seufzte. »Was soll schon passiert sein? Nachdem wir uns in die Hauptstadt durchgeschlagen haben, sind wir sofort zur königlichen Audienz. Wir haben unser Anliegen vorgetragen und mussten zuerst beweisen, dass Sorcha wirklich nicht sehen kann – als ob wir uns das einfach ausmalen.«

»Konntet ihr sie nicht überzeugen?«

»Doch. Glaube ich. Aber am Ende hat es sowieso keine Rolle gespielt, denn anscheinend bin ich der mächtigste Krieger des ganzen

Landes und nur mit mir können sie die Schlacht gewinnen. Zumindest kann ich mir nicht anders erklären, wieso sie mich unbedingt dabeihaben wollen.«

»Und Sorcha?« Maebh traute sich kaum, nach ihr zu fragen.

»Ihr geht es gut, denke ich. Bantiarna Mac Cárthaigh war so gerührt von unserer Geschichte, dass sie bis zu meiner Rückkehr dortbleiben darf.«

»Das ist nett«, bemerkte Maebh überrascht.

»Ich wette, sie haben ein schlechtes Gewissen. Tiarna Mac Cárthaigh ist ein strenger, aber guter König – wer weiß, vielleicht ist ihm die Entscheidung nicht leicht gefallen?«

Maebh wusste nicht, ob er die Wahrheit sprach oder aus Angst vor den Soldaten log. Grainne hatte etwas Ähnliches behauptet, und womöglich stimmte das auch. Möglicherweise ließ ihn die Sorge um die Zukunft seines Landes selbst Mitleid und Nächstenliebe vergessen, aber …

»Wieso bist du dann hier? Ich meine, wenn sie so gütig waren, sich um Sorcha zu kümmern, wieso behandelt man dich dann wie einen Gefangenen?«

Seamus lachte verhalten. »Was? Dachtest du ernsthaft, dass ich kampflos zulasse, dass man mich von der Liebe meines Lebens trennt? Ich würde für Sorcha sterben. Nur wahlweise nicht an der Front, Hunderte von Meilen von ihr entfernt.«

Bevor Maebh etwas darauf erwidern konnte, näherten sich Schritte. Das Blut gefror ihr in den Adern, dabei hatte sie nichts verbrochen, sich lediglich mit Seamus unterhalten.

»Mitkommen.« Die Stimme des Soldaten war ihr unbekannt, doch seine Stiefel, die unmittelbar neben ihr Halt machten, ließen keinen Zweifel daran, dass sie gemeint war.

»Wohin?«

»Mitkommen.«

Es dauerte eine Weile, bis sie sich mit den wieder auf den Rücken gefesselten Händen aufgerichtet hatte, während der fremde Soldat keinerlei Anstalten machte, ihr dabei zu helfen, sondern stattdessen ungeduldig mit dem Fuß im Boden scharrte. Sicher konnte er es kaum erwarten, zu seinen Kumpanen zurückzukehren, die soeben ein neues Trinklied angestimmt hatten.

»Wohin gehen wir?«, fragte Maebh erneut. Hilfesuchend sah sie sich nach Ciarán um, welchen sie im Halbdunkel allerdings nicht entdeckt.

Auf ihre Frage erhielt sie keine Antwort. Stattdessen blieb ihr nichts übrig, als dem Mann hilflos hinterherzustolpern. Vorbei an Lagerfeuern, Betrunkenen und auf dem Boden schlafenden Soldaten. Mehr als einmal wäre sie fast gestolpert, weil sie kaum etwas sah, aber allmählich entfernten sie sich von der Burg und damit von ihren Begleitern.

War es das jetzt? Brachte man sie weg, um sich ihrer zu entledigen? Wann war sie so pessimistisch geworden?

Ihr Weg führte sie weit über den Rand des Lagers hinaus, weg von den Soldaten und vor allem: weg von Ciarán. Bei dem Tempo, das ihr Wächter vorlegte, wäre es ein Leichtes für Maebh gewesen, sich davonzustehlen. Nur hatte sie weder eine Möglichkeit, an den mitgebrachten Dolch zu gelangen, noch eine Chance, ungesehen in das Lager zu schleichen und Ciarán zu befreien.

»Mein Herr?«

Maebh war so in Gedanken versunkenen, dass sie die Gestalt erst bemerkte, als sie nur wenige Schritte von ihr entfernt stand. Laoghaire sah sie über die Schulter hinweg an, sodass ein Großteil seines Gesichtes im Schatten lag.

»Du kannst gehen.«

»Aber, mein Herr …«

»Geh.«

Eilig kam der Soldat dem Befehl nach, bis seine Schritte irgendwann verhallten. Sie waren weit genug vom Lager entfernt, dass der Lärm des Heeres leise wie aus einer anderen Welt an sie herandrang. Die Entfernung verlieh ihren Liedern etwas Geisterhaftes, das Maebh erschaudern ließ.

Ohne die Lagerfeuer waren die Sterne deutlicher zu sehen, aber auch der Mond, der sich langsam über den östlichen Horizont schob und die Ebene erleuchtete. Er war fast bis zur Hälfte gewachsen, sodass Maebh die Flecken auf seiner Oberfläche ausmachen konnte, und schwebte am Himmel wie ein Fallbeil.

»Du siehst den Mond an, als erwartest du, dass er dein Todesurteil spricht.«

Maebh schluckte. Wie nah der Hexer mit diesem Vergleich doch an der Wahrheit war. »Vielleicht, weil er genau das tun wird.«

»Der Mond wird dich nicht verurteilen. Und auch sonst niemand.« Langsam trat Laoghaire an sie heran, aber sie wagte es nicht, in seine Richtung zu schauen.

»Mir bleibt eine Woche«, bemerkte Maebh.

»Und dann?«

»Sterbe ich.«

»Weißt du das sicher? Oder ist das nur ein Schauermärchen, das ihr Selkies euch erzählt?«

Maebh zuckte mit den Schultern, denn was sollte sie ihm schon sagen? Er glaubte ohnehin nie ein Wort von ihr.

»Wieso bin ich hier?«

»Ist das nicht offensichtlich? Weil ich mit dir reden möchte.«

»Reden?« Nun sah Maebh ihn doch an – zum ersten Mal genau. Niemand sonst war hier und ihr wurde auch kein Schwert an die Kehle gehalten. So konnte sie sich ganz auf sein Gesicht konzentrieren, die hohen, hervorstehenden Wangenknochen, die leicht abstehenden Ohren und die großen, intensiven Augen. Im Mondlicht wirkte sein halblanges Haar fast so silbern wie seine Iriden. Er war schön, aber in seiner Schönheit lag etwas Bedrohliches, das sie einen winzigen Schritt zurückweichen ließ. »Ich glaube nicht, dass es etwas gibt, worüber wir reden müssen.«

»Ist das so?« Ein Lächeln zeigte seine perfekten Zähne.

»Wenn, dann solltest du mit Ciarán sprechen. Zumindest kommt es mir so vor, als stünden da ein paar ungeklärte Dinge zwischen euch.« Sie hatte keine Ahnung, woher diese Forschheit plötzlich kam, doch alles war besser als nur ein weiteres, leidiges Gespräch über ihre nicht existente Magie.

»Damit hast du sicherlich recht, aber wenn ich das wollte, hätte ich ihn und nicht dich hierher beordert. Also, lass uns über deine Magie sprechen.«

»Meine Magie, die ich nicht besitze.«

»Lüge.«

»Was willst du von mir hören, Laoghaire? Ich. Habe. Keine. Magie. Wieso sollte ich deshalb anlügen? Was würde ich mir davon erhoffen?

Denkst du, ich wäre überhaupt noch hier, um mir ständig dieselben Fragen anzuhören? Hätte ich Magie, würde ich mich wegzaubern, zurück nach Hause, zu meiner Familie. Weg von dir, dem König und diesem verdammten Krieg.«

Sie konnte die Tränen nicht aufhalten. Da war einfach so viel in ihrem Inneren, ein regelrechter Orkan aus Wut und Verzweiflung, der sie langsam, aber sicher verzehrte.

Seltsamerweise schien das Laoghaire zum Nachdenken zu bringen. Seine Lippen teilten sich, doch kein Wort kam darüber. Stattdessen legte er den Arm an die Brust und neigte abwägend den Kopf.

»In Ordnung«, sagte er wie aus dem Nichts.

»Was?«

»Gehen wir einen Schritt zurück und fangen noch einmal von vorne an.«

»Kann ich nicht einfach schlafen gehen?«

Er lächelte, als hätte er nicht mit dieser aufrichtigen Frage gerechnet. »Bist du müde?«

»Nein, aber mit dir zu reden, bereitet mir Kopfschmerzen.«

»Warum plötzlich so bissig?«

Sie funkelte ihn böse an, und er seufzte.

»Na schön. Dann hör mir wenigstens zu. Sieh dich um.«

»Ich dachte, ich solle dir zuhören.«

»Maebh.«

Genervt kam sie seiner Aufforderung nach – er würde sie ohnehin nicht ziehen lassen, bevor er seinen Spaß hatte. Mittlerweile war der Mond hoch genug, dass er die Ebene erhellte, sodass Maebh einzelne Formen erkannte: kleine Felsen, die aus dem Gras ragten und wie in Lissivigeen zu einem Kreis angeordnet waren.

»Schließ die Augen. Was spürst du?«

Maebh zuckte mit den Schultern. »Den Wind. Die Kälte. Hunger.«

»Und weiter?«

Sie wollte ihm eine patzige Erwiderung entgegenschleudern, da fühlte sie es. Das Prickeln wie tausend Federn auf ihrer Haut. Magie, die sie umschloss und direkt aus der Erde aufzusteigen schien. Eine uralte Macht ähnlich der im Wald des Púcas.

»Magie.«

»Magie«, wiederholte er.

Maebh öffnete die Augen und sah ihn an. »Und weiter?«

»Magische Wesen können Magie spüren. Wenn ich das hier tue«, er streckte seine Hand aus, woraufhin feine Eiskristalle begannen, in der Luft darüber zu tanzen und das Mondlicht in allen Farben des Regenbogens zu brechen, »kannst du es spüren, richtig?«

»Ja.« Und im Vergleich zu der Magie dieses Ortes war seine angsteinflößend mächtig. Eine Waffe, deren Ahnung allein sie das Fürchten lehrte.

»Dann sag mir, Selkie, wie kommt es, dass ich jedes Mal, wenn ich mit dir spreche, genau das fühle, was du jetzt spürst?«

Maebhs Herz machte einen Satz. »Das ist nicht möglich.«

»Ich weiß, wie sich Magie anfühlt. Und ich kann dir versprechen, dass du welche besitzt. Ich erkenne sie, und ich bin sicher, Ciarán tut es auch.«

Maebh schüttelte den Kopf, stolperte und landete hart auf dem kalten Boden, dass ihre Zähne aneinanderstießen. Ein stechender Schmerz schoss durch ihre Zunge – sie schmeckte Blut.

Laoghaire trat an sie heran und ging auf die Knie, wodurch sein Kopf auf Höhe mit ihrem war. »Glaubst du mir jetzt?«

»Selbst wenn«, murmelte sie, wobei sie versuchte, den Schmerz zu ignorieren. »Selbst wenn ich diese Magie besitze. Ich weiß nicht, was sie ist. Ich kann sie nicht steuern.«

»Beides kannst du herausfinden.«

»Und wozu? Was erhoffst du dir davon? Nützlich scheint sie ja nicht zu sein, sonst wäre ich gar nicht erst hier.«

»Wer weiß. Jede Form von Magie kann uns dabei helfen, diesen Krieg zu gewinnen und …«

»Du willst mich als Waffe benutzen«, realisierte sie matt. »Glaubst du wirklich, dass ich einen Krieg für euch gewinnen kann?«

»Du könntest dabei helfen. Jede Unterstützung bringt uns ein Stück näher ans Ziel.« Er streckte den Arm aus und zog sie mit sich auf die Beine. Dort, wo seine Haut ihre berührte, schienen weitere Funken zu entstehen. Als wäre allein seine Hand vor Energie geladen.

»Und wieso sollte ich das tun?«

»Weil du ebenso wenig wie ich willst, dass unsere Welt zugrunde geht. Weil du insgeheim ahnst, dass der Krieg auch vor den Selkies nicht Halt machen wird.«

»Das sagst du nur, um mich zu überzeugen.«

»Glaubst du, ich denke mir das aus?«, zischte er heftig. »Denkst du wirklich, ich würde im Dienst eines Menschenkönigs stehen, wenn ich die Schrecken des Krieges nicht mit eigenen Augen gesehen hätte? Wenn sie mich nicht alles gekostet hätten?«

Einen Moment lang wurde sein Blick weich, huschte fahrig nach unten, dort, wo einmal sein zweiter Arm gewesen war. Der Beweis dafür, dass er sehr wohl wusste, wovon er sprach. Und Maebh hatte keine Ahnung, was sie davon halten sollte, verstand nicht mehr, was sie überhaupt noch glauben oder denken sollte. Ihre Welt stand Kopf, und es kam ihr vor, als wäre sie ganze Zeitalter von ihrem alten Leben in Unwissenheit entfernt. Wie viel leichter doch alles gewesen war, als ihre Tage lediglich aus schlafen, jagen und in der Sonne dösen bestanden hatte. Gerade wünschte sie sich, sie könnte in der Zeit zurückreisen und ihrem jüngeren Selbst raten, sich von den Menschen fernzuhalten. Doch auch wenn sie die Möglichkeit besäße, würde das nichts bringen. Schließlich hatten sie nicht einmal die Warnungen ihrer Geschwister aufgehalten.

Sie blinzelte die Tränen weg und starrte wieder hinauf zum Mond. Kaum mehr als eine Woche blieb ihr. Eine Woche und egal, welche Wahl sie traf, sie wäre ohnehin redundant. Entschied sie sich für den Krieg, würde sie sterben – auf die eine oder andere Art. Entschied sie sich dagegen und schaffte es durch ein Wunder, ihren Mantel zu stehlen, würde sie nach Hause zurückkehren, sich in eine Robbe verwandeln und den Rest ihrer Tage im Schutz des Ozeans verbringen. Sie würde nicht mehr ihre zweite Gestalt annehmen können und wäre für alle Menschen, egal, ob Freund oder Feind, nichts weiter als ein Tier.

Wenn Maebh ehrlich mit sich war, war keine dieser Aussichten sonderlich berauschend. Aber obwohl sie Laoghaires Punkt verstand, ließ ein Gedanke sie zögern: Ciarán. Auch er hatte den Krieg gesehen. Auch er wusste, was ihnen bevorstand. Er wäre lieber gestorben, als für das Königreich Deasmhumhain zu kämpfen. Und Maebh vertraute ihm – nicht Laoghaire – vertraute seinem Urteil, seinen Entscheidungen, seinem Instinkt.

Nein, der Krieg der Menschen war nicht ihrer.

»Bring mich bitte zurück, Laoghaire.« Sie sprach die Worte aus, als hätte sie tatsächlich eine Wahl. Als wäre diese nicht schon längst für sie getroffen worden. Doch zu ihrer Überraschung sagte der Hexer nichts mehr, sondern nickte nur, wobei das bittere Lächeln auf seinen Lippen ihn seltsam verletzt wirken ließ.

35

Am nächsten Nachmittag war die Stimmung im Heereslager eine andere. Sie hatten ihr Ziel, eine Talsenke nur etwa eine Stunde von Cionn tSáile entfernt, früher als erwartet erreicht. Hier würden sie ihr Lager aufschlagen, das Lazarett aufbauen, denn der König wollte seine Armee nicht erschöpft von der Reise in einen Kampf schicken. Sie würden die Nacht abwarten, während Späher die Situation in der Stadt beobachteten und Verbindung zu den anderen Lagern herstellten. Wenn man dem Munkeln trauen durfte, hatte der König über die Hälfte seiner Streitkräfte für diese Rückeroberung mobilisiert. Was immer das bedeutete. Dieser Krieg verursachte Maebh Kopfschmerzen. Sie wollte nur weg. Und sie wusste, dass die Zeit, die ihr für die Flucht zur Verfügung stand, knapper wurde.

Während Zelte aufgebaut wurden, wurde sie zusammen mit den anderen Gefangenen an ein Lagerfeuer gepfercht, dessen feuchtes Holz notdürftig brannte. Eine eigenartige Stimmung lag in der Luft. Um sie herum herrschte reges Treiben, Pferde wurden versorgt, Waffen geschärft, doch gleichzeitig war es still wie in einem Grab. Weit und breit waren weder Lachen noch Gesang zu hören, stattdessen nur verhaltene Gespräche, die von nackter Angst zeugten.

»Wie schnell ihr Selbstvertrauen verschwindet«, murmelte Ciarán neben ihr, den Kopf in den Nacken gelegt, sodass einzelne Regentropfen auf seiner gebräunten Haut landeten. »An einem Tag singen sie Lieder über die Eroberungen ihrer Vorfahren, am nächsten wollen sie sich vor Angst verkriechen.«

»Kannst du es ihnen verübeln?«

»Nein.« Sein rechter Mundwinkel zuckte. »Wäre ich an ihrer Stelle, würde ich rennen, bis dieser Krieg ein für alle Mal überstanden ist.«

Unbehaglich sah Maebh sich um, wartete nur darauf, dass jemand sie zurechtwies oder auseinanderzerrte, weil Ciarán vom Weglaufen gesprochen hatte, doch nichts dergleichen geschah. Tatsächlich schien ihnen niemand Beachtung zu schenken, als hätten die Leute des Königs vor lauter Furcht vergessen, dass sie existierten. Eine Chance?

Ciarán räusperte sich leise. Sicher hatte er denselben Gedanken. Aber sollten sie es wagen? Sogar wenn sie im Moment niemand beobachtete, lagen zwischen ihnen und der Freiheit Hunderte von Soldaten. Diese schienen zwar in erster Linie mit sich selbst beschäftigt zu sein, doch solange es helllichter Tag war, würde es schwierig werden, sich davonzustehlen.

Auf der anderen Seite: Was blieb ihnen sonst übrig? Gefangene waren sie ohnehin schon und weder der König noch Laoghaire würden es wagen, ihnen etwas anzutun.

Und morgen früh würde es zu spät sein.

Maebh schaute Ciarán in die Augen und versuchte, darin die Zuversicht zu finden, die ihr gerade fehlte. Seltsam, dieser Rollenwechsel. Noch vor ein paar Tagen war sie diejenige, die ihm hatte sagen müssen, dass alles gut wird. Nur jetzt hatte sie den Glauben daran verloren.

Sollen wir?, formte sie lautlos mit den Lippen.

»Wir müssen.«

Sie nickte, schaute sich ein letztes Mal um, um sicherzugehen, dass niemand an ihnen interessiert war, dann robbte sie ein Stück zurück, sodass Ciaráns gefesselte Hände mit ihr auf einer Höhe waren. Danach beugte sie sich nach vorne, bis ihre Stirn an seinem Rücken lehnte, sodass er hoffentlich den Dolch aus der Innentasche ihrer Jacke fischen konnte.

Maebh entging nicht, dass dieses Manöver das Interesse der anderen Gefangenen weckte, allerdings gab keiner einen Mucks von sich. Ihnen war ebenso klar, was auf dem Spiel stand, weshalb Seamus und ein zweiter jetzt sogar die Köpfe reckten, um Ausschau zu halten.

Unterdessen hatte Ciarán die Waffe ertastet. Der Winkel war nicht ideal, weswegen Maebh ihm noch ein Stück näher kommen musste, doch dann hatte er die Waffe endlich in der Hand.

»Dreh dich um.«

Sie kam seiner Aufforderung unverzüglich nach, lehnte sich mit dem Rücken an seinen. Ausgerechnet jetzt fiel ihr ein, dass die Klinge frisch geschärft war. Eine falsche Bewegung, ein zu tiefer Schnitt … Bloß nicht darüber nachdenken.

Die Anspannung schnürte ihr die Luft ab, benebelte ihre Sinne, sodass sie Seamus' Husten fast überhört hätte. Augenblicklich spürte sie, wie sich Ciarán versteifte, während Maebh geistesgegenwärtig den Kopf nach hinten neigte, als würde sie sich zum Schlafen anlehnen.

Keine Sekunde später trat ein Krieger an sie heran. »Was wird das?«

Allein der Klang seiner Stimme verursachte Maebh Übelkeit. Aber jetzt durfte sie sich nicht von der Angst lähmen lassen. »Ich bin müde«, sagte sie in ihrem besten nörgelnden Tonfall. »Und mein Rücken tut weh von der langen Reise.«

»Ist das dein Ernst?«

Maebh zuckte zusammen.

»Auseinander mit euch.«

»Aber …«

»Nichts da!« Der Mann trat an sie heran und packte sie grob am Arm. Ein pulsierender Schmerz jagte durch ihren Körper, als er sie von Ciarán wegzerrte und achtlos in Richtung der anderen Gefangenen schubste.

Panik schoss durch Maebhs Venen, doch sie hatte Mühe, sich aufzurichten, sah nur im Augenwinkel, wie der Soldat auf Ciarán zuging und … nichts. Seine eben noch triumphierende Miene war Verwirrung gewichen, als er auf leere Hände und unangetastete Fesseln starrte.

Was? Maebh musste sich Mühe geben, ihre eigene Überraschung zu verbergen.

»Aufstehen. Los!«, bellte der Mann.

Ciarán verdrehte die Augen, kam der Aufforderung jedoch ohne Widerworte nach. Umständlich richtete er sich aus seiner sitzenden Position auf und gab den Blick frei auf die Grasfläche, auf der er eben gesessen hatte. Von dem Dolch fehlte jede Spur.

Der Soldat zögerte, musterte erst Ciarán, dann Maebh argwöhnisch, bis er schließlich nachgab. »Du, du und du.« Er deutete auf die drei anderen Männer. »Mitkommen.«

»Wohin?«, fragte Seamus sofort.

»Euch Ausrüstung für morgen besorgen. Ihr seid jetzt Krieger.«

»Und was ist mit den anderen beiden?«

»Geht dich nichts an.«

Maebh und Seamus tauschten beunruhigte Blicke. Dass man sie trennte, behagte ihr so wenig wie die Tatsache, dass der König es offenbar nicht für nötig hielt, sie und Ciarán ebenfalls mit Waffen zu versorgen. Obwohl er mit dieser Vorsicht nicht unrecht hatte.

Ohne ein weiteres Wort trieb der Soldat die anderen Gefangenen von ihnen weg, sodass am Ende nur Ciarán und Maebh zurückblieben. Allein und dem Anschein nach erneut unbeobachtet. Zögernd setzte sich Ciarán neben sie, dieselbe Sorge im Gesicht, die auch sie verspürte. Feine Schweißperlen funkelten auf seiner Stirn und verrieten ihr zusammen mit dem Prickeln auf ihrer Haut, was mit dem Dolch geschehen war: Er hatte ihn verborgen gehalten wie seinen Stab auf dem Weg in die Stadt, und nachdem die anderen außer Reichweite waren, tauchte er wieder in seiner Hand auf.

Doch statt sich erneut an die Arbeit zu machen, ließ er ihn fallen und rückte zurück, bis der Stoff seines Mantels das rostige Metall verbarg. Vermutlich hatte ihn die Begegnung mit dem Soldaten vorsichtiger werden lassen.

»Und jetzt?« Maebh war noch immer wie eingefroren von dem Schock. Ihre geflüsterten Worte klangen so, als hätte sie ihre Stimme verloren.

»Wir warten«, beschloss Ciarán. »Nicht zu lange, aber ein wenig. Halt die Augen offen.«

Sie nickte kraftlos und sah sich wieder im Lager um. Die rege Betriebsamkeit hatte wenn möglich weiter zugenommen, sodass außer ihnen niemand still an einem Platz saß. In dem Chaos wäre es leichter, unterzutauchen, aber sie waren nur zu knapp einem Unglück entgangen, um jetzt den gleichen Fehler noch einmal zu begehen. Sie mussten geduldig sein.

Über ihnen zog sich der Himmel langsam zu, ließ den Tag viel zu früh zur Nacht werden. Schnell wurde aus den einzelnen Regentropfen ein Schauer, feine Fäden aus Wasser zogen sich durch die Luft, brachten das Feuer erst zum Zischen und bald zum Erlöschen.

»Denkst du, das schlechte Wetter lässt die Menschen ihre Pläne noch einmal überdenken?«

Ciarán schmunzelte, als wäre die Vorstellung das Absurdeste, das er je gehört hatte. Seine Antwort war jedoch aufrichtig. »Nein, der König wird den Regen sicher begrüßen. Sein Volk ist das Wetter gewohnt im Vergleich zu den Menschen aus Otrea. Und wenn ich mich recht erinnere, hat er viele Schlachten bei Regen gewonnen.«

»Warst du schon einmal dort? In Otrea?«

»Nein. Ich weiß nur das Nötigste. Dass sie ein Volk von Eroberern sind, die mit ihrer Flotte die gesamte Welt bereisen.«

»Vielleicht haben sie dafür einen Grund.«

»Möglich. Aber es ändert nichts daran, was sie tun. Sie kommen in ein neues Land und eigenen es sich an, zwingen die Menschen dort zu denken wie sie – notfalls mit Gewalt.«

»Müssen wir sie dann nicht aufhalten?«

»Nein. Es gibt Schlachten, die sind es nicht wert, geschlagen zu werden, vor allem, wenn man kein Mensch ist.«

»Laoghaire ist da anderer Meinung.«

Ciarán schnaubte. »Laoghaire war schon immer ein unverbesserlicher Optimist.«

»Danach klang er aber gestern nicht«, dachte Maebh laut. »Woher kennt ihr beide euch überhaupt?«

»Lange Geschichte.«

Sie stieß genervt Luft aus. »Das mag dich vielleicht überraschen, aber ich habe gerade alle Zeit der Welt. Auch für eine lange Geschichte.«

»Maebh«, seufzte Ciarán. Sein gequälter Tonfall versetzte ihr einen Stich. Auf keinen Fall wollte sie ihn zwingen, ihr etwas anzuvertrauen, das er lieber für sich behielt, aber gleichzeitig hatte sie gedacht, sie wären inzwischen über die Geheimnisse hinaus.

»Tut mir leid.«

Halb erwartete sie, dass er etwas sagte, dass er sich ihr doch öffnete, aber er schwieg, lehnte sich ein Stück in ihre Richtung, bis seine Schulter ihre streifte. Ein stilles Zeichen, dass er Zeit brauchte. Und die würde sie ihm geben.

Mit einem Mal durchschnitt ein ohrenbetäubender Lärm die Luft. Ein langgezogener, sonorer Ton, ähnlich wie der Heulen eines Wolfes, nur tiefer.

»Das Horn des Deasmhumhains!«, stieß Ciarán aus, sowie es zum zweiten Mal erklang. Dann ein drittes Mal, und für einen kurzen Augenblick schien es, als hätte die gesamte Welt den Atem angehalten. Keine Menschenseele rührte sich, selbst das Prasseln des Regens hatte für einen Moment ausgesetzt. Dann setzte die Panik ein.

»Zu den Waffen!«

Schlagartig wurde aus dem Treiben um sie herum eine einzige Hetzerei. Rufe wurden ausgetauscht, Schwerter gezückt, Pferde eilig gesattelt und bestiegen.

»Was passiert hier?« Während Maebh noch versuchte, das Geschehen zu verarbeiten, holte Ciarán hastig den Dolch hervor. Keinen Gedanken verschwendete er mehr an Vorsicht, sondern machte sich sofort daran, ihre Fesseln zu durchtrennen, als hinge ihr Leben davon ab.

»Das war das Horn des Königreichs«, erklärte er zwischen zusammengebissenen Zähnen. »Drei Mal bedeutet, dass wir angegriffen werden.«

»Was?!«

»Halt still.«

Geschickt schnitt Ciarán ihre Fesseln durch und reichte ihr anschließend den Dolch, damit sie sich um seine kümmern konnte. Niemand störte sich daran, stattdessen rauschte die halbe Armee an ihnen vorbei in Richtung Westen. Die Richtung, aus der laute Schreie das Rauschen des Regens übertönten.

»Scheinbar haben die Otreaer keine Lust auf eine langwierige Belagerung.«

»Was machen wir jetzt?«

»Maebh.« Er fasste sie an den Schultern, sodass sie ihn ansehen musste, und zu ihrer Überraschung war da keine Beunruhigung in seinem Gesicht, nicht mal ein Hauch von Sorge. »Wir holen uns unsere Sachen zurück und dann verschwinden wir von hier.«

Ein besonders lauter Schrei durchzuckte die Luft, während eine Rauchsäule in die Höhe stieg, dort, wo Maebh den Angriff vermutete. »Ich habe Angst.«

»Ich weiß.«

»Was, wenn …«

Er legte die Arme um sie, zog sie an sich, so fest, dass ihre Worte erstarben. »Es wird alles gut. Vertrau mir. Das hier ist das Beste, was hätte passieren können.«

Sie hatte keine Ahnung, woher sein plötzlicher Optimismus kam, aber sie wollte ihm glauben, auch wenn es gegen all ihre Instinkte ging. Bei Gefahr suchte sie normalerweise das Weite und rannte nicht tiefer in die Höhle des Löwen. Nicht, dass sie hier eine Wahl hätte.

»Alles klar«, sagte sie schließlich gedehnt, weil ihr Herz ihr bis zum Hals schlug. »Wohin?«

»Da lang.«

Wie vieles anderes stellte Maebh nicht infrage, woher Ciarán das wusste. Entweder war das nicht sein erstes Mal in einem Heereslager oder er spekulierte, damit sie nicht an Ort und Stelle stehen blieben und womöglich doch entdeckt wurden. Allerdings war diese Sorge völlig unbegründet, denn niemand würdigte sie auch nur eines Blickes.

Im Lager voranzukommen, erwies sich als schwierig. Nicht nur, da alle Soldaten auf den Beinen waren und in Richtung des Gefechts strömten, sondern auch, weil die Zelte und Feuerstellen so eng beieinanderstanden, dass schmale Pfade zwischen ihnen hindurchführten. Mehr als einmal wäre Maebh fast von einem Pferd niedergetrampelt worden und der sich blitzschnell mit Regen vollsaugende Boden verlangsamte ihr Tempo zusätzlich. Mittlerweile ging er erbarmungslos auf sie nieder, dass Maebh schon bald ihr Haar in schweren, nassen Strähnen ins Gesicht hing.

Wie sollten sie ans Ziel finden?

Irgendwann wechselte Ciarán die Richtung, nach rechts statt weiter geradeaus, woraufhin die Magie ihr förmlich ins Gesicht schlug.

»Laoghaire«, realisierte sie atemlos.

Ciarán hielt an und nickte ihr zu. »Dieser Regen.«

»Er ist dafür verantwortlich?« Wieder fiel ihr auf, wie wenig sie überhaupt über die Macht der Finfolk wusste.

»Ja. Und das bedeutet, dass er gerade beschäftigt ist. Möglicherweise sogar geschwächt.«

Obwohl seine Worte ihr Mut machen sollten, wurde Maebhs Angst unerträglicher, denn sie erinnerte sich zu genau, was bei ihrer letzten Konfrontation geschehen war. Welch leichtes Spiel der Hexer des Königs mit ihnen gehabt hatte.

Ciarán schien ihre Gedanken zu erraten. »Dieses Mal sind wir vorbereitet.«

Zögernd nickte sie.

»Bleib dicht hinter mir.«

Ihr Weg führte sie aus dem Lager heraus, einen der umliegenden Hügel hinauf. Dabei war ihr Tempo so halsbrecherisch, dass Maebhs Muskeln schon nach kurzer Zeit ächzten. Einzig und allein das Adrenalin sorgte dafür, dass sie weitermachte, sich den Hang hinaufquälte, der sie immer wieder in die Knie zwang.

Sie fragte sich, ob es nicht weise gewesen wäre, zuerst ihren Mantel zu suchen und dann Laoghaire zu konfrontieren, aber der Gedanke kam ihr erst, als sie sich längst zu weit vom Lager entfernt hatten.

Sowie sie die Steigung abflachte, wurde der Magiefluss schier erschlagend, prickelte nicht mehr nur auf Maebhs Haut, sondern schien sie bei lebendigem Leib zu verbrennen. Ciarán hielt inne und zum ersten Mal schimmerte Unsicherheit unter seiner sonst stoischen Maske durch. Er warf einen besorgten Blick auf Maebh, die schwer atmend zu ihm aufholte, presste die Lippen zu einem schmalen Strich zusammen.

»Ist das …«, stieß sie keuchend aus.

»Laoghaire.« Er musste bei Weitem nicht so um Atem ringen wie sie.

»Bist du dir sicher, dass wir …«

»Ja. Er hat meinen Stab.«

Maebh stöhnte. »Kannst du dir nicht einfach einen neuen machen?«

»Nein.« Ciarán Gesichtszüge wirkten gequält. »Aber wenn ich dich bitten würde, dich zu verstecken, würdest du es tun?«

»Nein.«

Egal, wie groß die Furcht auch war, Maebh konnte ihn jetzt unmöglich allein lassen. Selbst wenn sie vermutlich keine Hilfe sein würde, sollte es zu einem Kampf kommen.

»Maebh.« Ciarán bewegte sich einen Schritt auf sie zu, beugte sich zu ihr hinab, sodass eine einzelne feuchte Haarsträhne sich in sein Sichtfeld verirrte. »Bitte. Ich glaube, es ist besser, wenn du dich versteckt hältst oder zumindest umdrehst und schon mal nach deinem Mantel suchst.«

»Und das fällt dir jetzt ein?«, stöhnte sie mit Blick auf den Aufstieg, der hinter ihnen lag.

»Nein, ich habe nur nicht nachgedacht und vergessen, zu was er fähig ist.«

Einen Moment sagten beide gar nicht, während Maebh sich ganz auf das Knistern auf ihrer Haut konzentrierte. Ja, selbst die Luft war aufgeladen wie vor einem schweren Gewitter.

»Du hast Angst«, stellte sie fest.

»Um dich.«

Maebh stockte der Atem. Sie konnte nicht mehr klar denken und Tränen vernebelten ihre Sicht. »Ciarán.«

Hilflos lehnte sie sich ihm entgegen, ließ sich in einer Umarmung ziehen, die ihren Herzschlag völlig durcheinanderbrachte. Sie spürte seine Lippen. Auf ihrem Haar. Ihrer Stirn. Dann auf ihren eigenen. Schmeckte Tränen und die schiere Verzweiflung, die sie beide erfüllte. Es war ihr erster richtiger, inniger Kuss – kein kurzer, gestohlener Moment in einem Kerker – und er kam ihr vor, wie ein Abschied.

Am Ende war es Ciarán, der ein Stück zurückwich, den Kuss löste, aber ihr so nah blieb, dass sie das Meer an seiner Kleidung roch. Er streckte den Arm aus und deutete auf einen Findling, der sich in einiger Entfernung zum Lager befand. »Siehst du den Felsen?«

Maebh nickte.

»Sobald du deinen Mantel hast, treffen wir uns dort. Und dann verschwinden wir von hier.«

»Aber was wenn …« Sie sah ihn an und der traurige Ausdruck in seinen silbernen Augen legte eine Schlinge um die Kehle. Sie schaffte es nicht einmal, den Satz zu beenden, weil allein die Vorstellung, was passieren könnte, ihr das Herz brach.

»Wir treffen uns dort«, wiederholte er, eindringlicher, dabei zitterte seine Stimme. Dann zeigte er auf das Lager. »Und siehst du das da? Das große Zelt mit der roten Plane.«

»Ja.« Von hier oben war es kaum zu übersehen, obwohl der Regen die Farbe trübte.

»Das ist das Zelt des Königs.«

»Mein Mantel. Aber …«

Ihr fielen hundert Gründe ein, wieso sie sich nicht trennen sollten, doch sie wusste, dass das leichtsinnig wäre. Nicht nur rannte ihnen die Zeit davon, sie würde zudem ein weiteres Risiko darstellen, Ciarán verletzlich machen, weil sie sich selbst nicht zur Wehr setzen konnte.

Nein. Sie hatte keine andere Wahl.

»Maebh?«
»Ja.«
»Du weißt, was du zu tun hast.«

36

Beim Abstieg hatte sie zum ersten Mal Gelegenheit, das Geschehen zu beobachten und den Schreien, die das Tal durchschnitten, ein Bild zuzuordnen. Am westlichen Ende des Lagers hatte sich eine Front gebildet, an der sich die Soldaten des Königs einen verbitterten Kampf mit den Angreifern aus Otrea lieferten. Details erkannte sie nicht. Nur Rauch, dunkle Gestalten und ein riesiges Feuer, das die Regenwolken in einen blutroten Schein tauchte. Maebh konnte nicht sagen, wer die Überhand hatte, aber wer gewann, spielte ohnehin keine Rolle. In diesem Moment waren sie alle Feinde.

Ihre Hände zitterten, als sie sich zurück ins Lager schlich, das auf dieser Seite geradezu furchteinflößend verlassen wirkte. Sicher waren alle zur Front geeilt, jedoch half das wenig gegen ihre Angst. Schmerzlich wurde ihr bewusst, dass Ciarán den Dolch hatte. Obwohl … Vermutlich war er ihm nützlicher als ihr.

Während sie sich zwischen den Zelten hindurchschlich, ließ sie immer wieder den Blick schweifen, auf der Suche nach möglichen Zurückgebliebenen oder etwas, das sie als Waffe verwenden konnte. Aber je weiter sie lief, desto klarer wurde ihr, dass der ganze Ort wie leergefegt war. Am Ende fand sie einen hölzernen Hammer, mit dem jemand Keile für ein Zelt in den Boden geschlagen hatte.

»Besser als nichts«, murmelte sie, um sich selbst Mut zuzusprechen.

Was hätte sie nur gegeben, um Ciarán an ihrer Seite zu wissen. *Ciarán.* Automatisch wanderte ihr Blick nach oben zum Hügel, doch sie erkannte nichts, konnte lediglich spekulieren, dass er Laoghaire noch nicht konfrontiert hatte, weil der Sturm nach wie vor anhielt. Oder er hatte den Kampf binnen weniger Sekunden verloren.

Maebh schüttelte den Kopf, um die dunklen Gedanken loszuwerden, aber sie ließen sich nicht einfach abschütteln, sondern blieben an ihr haften wie klebrige Algen, während sie weiter auf das Zelt des Königs zusteuerte.

Schließlich entdeckte sie den roten Stoff, der sich deutlich vom hellen Braun der anderen absetzte. Doch nicht nur die Farbe stand hervor, es war gleich doppelt so groß wie die umliegenden Zelte. Sie war keine fünf Schritte mehr davon entfernt, als der Mann, den sie am allerwenigsten treffen wollte, bis an die Zähne bewaffnet aus diesem heraustrat. Augenblicklich erstarrte Maebh in der Bewegung. Es war zu spät, sich zu verstecken, denn der König hatte sie bereits entdeckt.

»Was tust du hier?« Seine Stimme war kälter als die dunkelste Nacht, und hinter ihm traten zwei weitere Menschen aus dem Zelt. Die Königin und ein Soldat, den Maebh nicht kannte. Sie erschauderte. Selbst mit einer richtigen Waffe, wäre sie nicht einmal mit einem einzigen von ihnen fertig geworden, dennoch umklammerte sie den Hammer fester.

»Ich bin hier, um wiederzuholen, was mir gestohlen wurde.« Ein Wunder, dass sie die Worte herausbrachte, ohne zu stottern.

»Mein König …«

Mit einer Handbewegung schnitt der Herrscher dem Soldaten das Wort ab, bevor er sich an Maebh wandte. »Und was gibt dir das Recht, Forderungen an deinen König zu stellen?«

»Ein König, der sein eigenes Volk bestiehlt?«, spie sie verächtlich aus. »Der Mantel gehört zu mir. Er ist ein Teil von mir, und ich brauche ihn wieder.« Zur Verdeutlichung ihrer Worte trat sie einen Schritt nach vorne. Gab sich mutiger, als sie sich fühlte.

»Du hast kein Recht, mir eine solch mächtige Waffe vorzuenthalten. Siehst du nicht, was um dich herum geschieht?«

»Der Mantel ist keine Waffe. Und das hier ist auch nicht mein Krieg.«

Sie hörte Ciarán aus ihren Worten heraus, und zum ersten Mal verstand sie ihn wirklich. Die Schreie, die den Sturm durchschnitten, der herzlose Blick des Königs und die Tatsache, dass er ihren Mantel trug, als wäre er eine Jagdtrophäe. Das hier war nicht ihre Welt. Und sie wollte kein Teil davon sein.

»Gib mir meinen Mantel zurück.« Sie wusste nicht, aus welcher Tiefe ihres Bewusstseins diese Aufforderung kam, aber es schwang etwas darin mit, das sie bis auf ihre Knochen spürte. Wie Feuer, das sich durch ihre Venen fraß und sie bis auf den Grund ihres Seins erschütterte. Erst meinte sie, es käme von außen, doch dann realisierte sie, dass diese seltsame Kraft von ihr selbst kam. Magie. Wie Ciarán und Laoghaire es gesagt hatten. Nur dieses Mal konnte sie sie fühlen.

Beinahe hätte Maebh einen Schrei ausgestoßen. Ihr Verstand raste. Was passierte hier? Und wieso? Wieso ausgerechnet jetzt?

Lediglich am Rande bekam sie mit, dass es dem König die Sprache verschlagen hatte. Seine Stirn lag in tiefen Falten, während seine Hand reglos über dem Griff seines Schwertes verharrte.

Maebh versuchte es noch einmal. »Gib mir meinen Mantel zurück, bitte.« Obwohl die Worte dieses Mal schwächer hervorkamen, war die Magie genauso überwältigend. »Ohne ihn sterbe ich.«

Der König zögerte und betrachtete sie aus müden, grauen Augen. »Ich …« Seine Stimme versagte.

»Bitte.« Inzwischen schlug Maebhs Herz so heftig, dass sie das Gefühl hatte, daran zu ersticken.

»Gib ihr den Mantel, Diarmaid«, mischte sich die Königin sanft ein.

»Ja.« Er trat einen Schritt nach vorne und Maebh zuckte unwillkürlich zurück. Was, wenn das alles eine Falle war? Was, wenn er ihr das Schwert durch die Brust rammte, sobald er vor ihr stand?

Sie kam nicht dazu, sich über diese Gefahr den Kopf zu zerbrechen, denn der Abstand war schnell überbrückt, während sie an ihrem Rücken den Stoff eines Zeltes spürte. Etwa eine Armeslänge von ihr entfernt stoppte der König, machte jedoch keine Anstalten, sein Schwert zu zücken. Stattdessen wanderte seine Hand langsam zu seiner Schulter, wo er ihr Fell, dessen Nähe sie nun deutlich spürte, drapiert hatte. Zum Greifen nah.

Maebh schluckte, als ihr Mantel von seinem Rücken rutschte und die feinen Regentropfen daran herunterkullerten. Wie lang war es her, seit sie ihren Schatz aus der Nähe gesehen hatte?

Der König blinzelte verwirrt, fast so, als erinnerte er sich auf einmal wieder daran, dass das, was er im Begriff war zu tun, allem widersprach, wofür er stand.

»Gib mir den Mantel«, wiederholte Maebh und legte dabei all ihre Kraft in die Worte. Sie wollte ihn nicht zwingen, es zu tun, sondern den König davon überzeugen, dass es das Richtige war. Dass ihr Fell seinen Krieg nicht entscheiden konnte.

Diarmaid Mac Cárthaigh nickte, nahm den Mantel in die Hand und reichte ihn ihr.

Maebh war schockiert, wartete aber nicht länger, falls er seine Meinung doch änderte oder der Bann brach. Und sobald das weiche, warme Fell ihre Haut berührte, fühlte sie sich zum ersten Mal seit Wochen wieder ganz. Wie verzaubert schloss sie den Mantel in die Arme. Ihr kamen die Tränen. Sie hatte ihn zurück. Sie hatte ihn verdammt noch mal wieder.

»Mein König«, erinnerte der Soldat, woraufhin sein Herr sich entfernte. Er wirkte seltsam abwesend, schien kaum mehr Notiz von Maebh zu nehmen, als hätte der Mantel sie unsichtbar gemacht. »Wir müssen uns beeilen.«

»Ja.«

Und dann, ohne Weiteres, stürmten sie alle drei davon Richtung Front.

Maebhs Knie gaben nach. Sie weinte, klammerte sich an ihren Mantel wie eine Ertrinkende an ein Stück Treibholz. Sie hatte es geschafft.

Aber ihre Reise war damit nicht vorbei.

Die Luft um sie herum begann, zu flirren, als ein Donnerschlag die Nacht zersplitterte. Ruckartig hob sie den Kopf und musste nicht lange suchen, um den Ursprung des Geräuschs zu finden. Eine Säule aus Licht ragte in den Himmel, tauchte das Tal für einen Moment in gleißende Helligkeit. Sie ging von einer Stelle auf dem Hügel aus, dort, wo Maebh Ciarán und Laoghaire vermutete.

Ihr Puls setzte einen Schlag aus, nur um dann mit doppelter Geschwindigkeit weiterzurasen. Vage erinnerte sie sich an ihre Abmachung, an den Treffpunkt an dem Felsen, sobald sie beide ihre Aufgabe erfüllt hatten. Aber was, wenn er seiner nicht gewachsen war?

Wie von Geisterhand setzten sich Maebhs Beine in Bewegung. Ihr war klar, in welche Gefahr sie sich begab, war klar, was auf dem Spiel stand. Doch sie konnte Ciarán nicht allein lassen. Nicht jetzt. Nicht nachdem sie so weit gekommen waren.

Also machte sich Maebh erneut an den Aufstieg, aber dieses Mal würde sie keine Bürde sein.

Ihre Beine schmerzten, während sie weiterkletterte. Und die inzwischen noch nasser gewordene Erde erschwerte ihr Vorankommen maßgeblich. Immer wieder rutschte sie ab, musste sich anschließend einen anderen Weg nach oben bahnen. Währenddessen tobte die Schlacht im Tal unerbittlich. Trotz des Regens waren weitere Feuer entzündet worden, die die Welt in ihren bedrohlichen Schein tauchten. Der Geruch von Asche lag in der Luft, vermischt mit dem von Eisen und dem Brüllen der Männer und Frauen, die das Lager tapfer verteidigten. Würden sie es schaffen? Und wenn nicht, wie lange würde es dauern, bis sie ihre Niederlage akzeptierten?

Obwohl sie beschlossen hatte, die Welt der Menschen ein für alle Mal hinter sich zu lassen, fiel es Maebh schwer, gleichgültig zu bleiben. Grainne und Seamus. Allein die Vorstellung, wie viele Unschuldige dort unten standen, ihr Land verteidigten, weil ihr König sie … Nein. Maebhs Gedanken durften nicht verweilen. Sie hatte ihre eigene Schlacht zu schlagen.

Sie erreichte die Stelle, an der sie sich von Ciarán verabschiedet hatte, und von dort hatte sie leichtes Spiel, die beiden Hexer zu finden. Die Magie hinterließ ihre ganz eigene Fährte, und Maebh musste nur in sich hineinhorchen, um ihrer Spur zu folgen. Doch sobald sie Ciarán und Laoghaire fand, bereute sie, überhaupt hergekommen zu sein.

Von ihrer Position aus hatte man einen perfekten Blick aufs Tal und die Schlacht. Die Regenwolken schienen zum Greifen nah, dass Maebh das Gefühl hatte, lediglich die Hand nach ihnen ausstrecken zu müssen, um sie zu berühren. Sie zogen in einer Spirale über den Himmel, unter deren Zentrum Laoghaire stand, das Ende seines Stabs leuchtete wie die Sonne. Seine blonden Haare hingen ihm in nassen Strähnen ins Gesicht, während er keuchend atmete.

»Ciarán!« Sein Name kam ihr über die Lippen, kaum hatte sie ihn entdeckt. Er kniete am Boden und hielt sich auf zitternden Armen aufrecht. »Ciarán!«

Vor Schock weiteten sich seine Augen, sowie sie neben ihm stoppte. Als hätte er nicht damit gerechnet, sie je wiederzusehen. Gleichzeitig stand in seinem Blick eine Warnung, so schnell wie möglich das Weite zu suchen, aber dafür war es zu spät. Laoghaire hatte sie längst bemerkt.

»Wie es scheint, hast du deinen Mantel wieder.« Obwohl er sich bemühte, seine Stimme gefasst klingen zu lassen, war ihm die Anstrengung deutlich anzuhören. »Willst du uns nicht verraten, wie du das geschafft hast?«

»Wieso sollte ich dir sagen, was du schon längst weißt?« Maebh hatte keine Kraft für dieses Gespräch. Vor allem, weil die Sorge um Ciarán sie fast krank machte. Zwar hatte er keine äußeren Verletzungen, aber sie kannte die Zeichen, wusste, wie anstrengend es für ihn war, Magie ohne seinen Stab zu wirken. Wie hatte er nur glauben können, eine Chance gegen Laoghaire zu haben?

»Weil ich es aus deinem Mund hören will«, antwortete der königliche Hexer.

»Es war Magie.« Maebh spuckte ihm die Worte geradezu entgegen, während sie den Griff um ihren Mantel verstärkte, als könnte dieser ihr Kraft geben.

»Also glaubst du mir endlich?«

»Was willst du von mir?«

Erst jetzt wandte er den Blick von der Schlacht ab und stattdessen ihr zu. Das Licht der Flammen zeichnete harte Schatten auf seine Wangen und verlieh seinen Haaren einen kupfernen Schein. »Sag mir, wie genau du es geschafft hast, Maebh.«

Sie zögerte, sah zu Ciarán, doch der musterte sie mit solch aufrichtiger Neugier, dass sie sich kurz fragte, auf wessen Seite er stand.

»Ich habe den König gebeten, mir meinen Mantel zu geben.«

»Und das hat er getan?«

»Ja.«

»Ein freundliches Wort kann so viel ausrichten, nicht wahr?«

»Verdammt, worauf willst du hinaus, Laoghaire?«

Ein bitteres Lächeln entstellte sein schönes Gesicht, während er mit der Spitze seines Stabs in Richtung Tal deutete.

»Verstehst du es wirklich nicht? Welche Macht du besitzt? Wie viel du verändern könntest? Ein Wort von dir, nur ein einziges, und das Blutvergießen würde enden.«

»Du überschätzt mich.«

»Nein. Ich glaube, wir haben in der kurzen Zeit, die wir uns schon kennen, bemerkt, dass eher du diejenige bist, die ihr Können unterschätzt. Bis gestern wolltest du mir nicht einmal glauben, dass du Magie wirken kannst. Und jetzt sieh an, wie weit du gekommen bist. Bittest den mächtigsten Mann des Landes um seinen wertvollsten Besitz und er händigt ihn dir ohne zu zögern aus.«

»Der Mantel war nie sein Besitz.«

»Das tut nichts zur Sache. Wichtiger ist, dass du hier und jetzt entscheiden kannst, mit deiner Macht Gutes zu tun. Verstehst du das?«

Obwohl sie sich dagegen sträubte, drangen Laoghaires Worte zu ihr durch. Entfachten etwas in ihr, dem sie sich mühsam widersetzen konnte. Wie gern sie ihm glauben würde. Wie gern sie daran festhalten würde, dass ein paar Worte genügten, um nicht nur diese Schlacht, sondern auch den ganzen Krieg zu beenden. Aber selbst sie wusste, wie naiv das war. Wusste, dass ein beendeter Kampf lediglich den nächsten entfachen würde. Dass die Menschen nicht lernen und nie aufhören würden, sich zu bekriegen. Auch wenn es Gutes in ihnen gab, reichte die Magie eines einzelnen Selkie-Mädchens nicht, das Schicksal einer ganzen Welt zu ändern.

Wortlos schüttelte Maebh den Kopf. Es hatte keinen Sinn, das würde selbst Laoghaire eines Tages erkennen.

Kaum merklich verstärkte er den Griff um seinen Stab und da erst fiel Maebh auf, dass er nicht einen, sondern zwei in der Hand hielt. Ihr kam ein leichtsinniger Gedanke. *Was wenn …*

»Lass uns gehen, Laoghaire.« Die Worte waren heraus, noch bevor sie sich eines Besseren besinnen konnte, und im selben Moment spürte sie die Magie erneut in sich auflodern. Ciarán schien sie ebenfalls zu fühlen, denn er schloss mahnend die Hand um ihren Unterarm. Kurz sah Maebh ihm in die Augen, wobei sie versuchte, Zuversicht in ihren Blick zu legen. Nur war da keine. Sie fasste diesen Plan nicht aus Zuversicht, dass er schon funktionieren würde, oder aus Hoffnung, sondern aus schierer Verzweiflung. Weil ihr bewusst war, dass es keine andere Möglichkeit gab. Laoghaire war zu mächtig. Er bräuchte nur einen Wimpernschlag, um sie beide bis ans Ende aller Tage an sich und die Menschheit zu ketten. Wenn ihre Magie sie nicht rettete, dann schaffte es nichts und niemand.

»Bitte, Laoghaire, lass uns gehen«, wiederholte sie eindringlicher und richtete sich auf.

Seine Miene wurde weicher. Das Licht am Ende seines Stabes flackerte. Funktionierte es?

»Du kennst die Menschen. Du weißt, dass, egal, was wir tun, alles nichts weiter sein wird als ein Tropfen auf dem heißen Stein. Das hier ist nicht unser Krieg.«

»Du hörst dich an wie Ciarán.« Er klang amüsiert und nicht einmal überrascht über diesen Umstand.

»Lass uns gehen, Laoghaire.«

Er zögerte, doch dann, zu ihrer Überraschung, ein hauchzartes Nicken. Maebh konnte es kaum glauben, obwohl sie die Magie in sich deutlich spürte. Inzwischen war sie so übermächtig, dass sie wehtat. Ein stechender Schmerz bohrte sich durch ihren Kopf, aber Maebh durfte nicht aufhören. Noch nicht.

»Ich komme zu dir, um Ciaráns Stab zu holen. Er braucht ihn.«

Wieder ein Nicken. Es wirkte seltsam abwesend, doch das linderte Maebhs Furcht nur geringfügig. Aber jetzt war nicht die Zeit zum Zögern.

Vorsichtig entzog sie sich Ciaráns Griff und ging auf Laoghaire zu. Unmittelbar um ihn herum war die Luft kalt wie der Winter, doch er schien sich kaum darum zu stören, war fixiert auf sie, auf ihr Gesicht, als läge der magische Bann nicht in ihren Worten, sondern ihren Augen. Als sie eine Armeslänge von ihm entfernt war, stieg ihr sein Geruch in die Nase, nach Kräutern, vor allem Salbei und Pfefferminz.

»Gib mir Ciaráns Stab.«

Das Licht an seinem eigenen verblasste, aber er rührte sich nicht.

»Laoghaire.« Ihre Stimme war jetzt nur noch ein Wispern, das vom Wind davongetragen wurde. »Bitte.«

Ein Seufzen verließ seine Lippen, dann gab er der Aufforderung nach, streckte den Arm aus, sodass sie nach dem Stab, der nicht sein eigener war, greifen konnte. Das glatte Holz vibrierte unter ihren Fingern, doch als sie ihn an sich nehmen wollte, stieß sie auf Widerstand. Der Hexer hielt daran fest wie eine Zwinge.

»Laoghaire, bi–«

»Dachtest du, du könntest mich so leicht beeinflussen?«

Panisch blickte sie auf, nur um festzustellen, wie nah sie ihm war. Nah genug, dass sie die Regentropfen zählen konnte, die sich in seinen Wimpern verfangen hatten. Nah genug, dass das selbstgefällige Grinsen auf seinen Lippen ihr Angst einflößte.

»Ich …«

»Dachtest du wirklich, du könntest etwas gegen mich ausrichten?«

Magie, die den Geist manipuliert, funktioniert bei anderen magischen Wesen nicht so gut wie bei Menschen. Die sind erheblich leichter zu beeinflussen. Ausgerechnet jetzt kamen ihr Ciaráns Worte in den Sinn. Schon damals hatte er geahnt, zu was sie fähig war. Und seine Worte waren keine reine Erklärung gewesen, sondern vor allem eine Warnung.

Maebh blieb nicht genug Zeit, nachzudenken, wie sie jetzt vorgehen sollte. Stattdessen handelte ihr Körper von allein, getrieben von nichts als Verzweiflung und Panik. Sie zog die Arme an die Brust und warf sich mit ihrem ganzen Körpergewicht gegen Laoghaire. Während sie dieses Manöver als Robbe schon aus so mancher Patsche gerettet hatte, war es in ihrer menschlichen Gestalt unbeholfen. Der Aufprall weniger intensiv. Aber die Überraschung reicht, um den Hexer für einen Sekundenbruchteil aus dem Konzept zu bringen. Genügend Zeit, damit Maebh den Stab an sich reißen, sich unter Laoghaires Griff wegzuducken und zurück zu Ciarán eilen konnte. Mittlerweile war er wieder auf den Beinen, nahm mit entschlossenem Blick seine Waffe entgegen. Dann durchzuckte ein weiterer Lichtblitz das Halbdunkel.

Kälte und Nebel krochen aus dem Boden direkt auf Laoghaire zu. Reif sammelte sich auf dem Gras, als wäre es tiefster Winter. Aber der Hexer des Königs war bereits wieder zu sich gekommen, richtete seinerseits den Stab auf sie und stoppte das Eis auf halber Strecke. Gleichzeitig nahm der Wind zu, riss an ihren Armen, ihrer Kleidung.

»Halt dich fest!«, rief Ciarán ihr über das Tosen der Böe zu. »Wir …«

Er kam nicht dazu, seinen Satz zu beenden. Ein sirrendes Geräusch übertönte den Sturm, und statt Worte stieß er ein schmerzverzerrtes Keuchen aus.

»Ciarán?« Es war so schnell geschehen, dass Maebh einen Augenblick brauchte, um den Pfeil zu bemerken, der Ciarán in der Brust steckte, genau auf Höhe seines Herzens. »Ciarán!«

Ein weiterer Schuss traf seinen Bauch, ein dritter seine Schulter, ein vierter sein Bein. Er schrie, wollte sich umwenden, doch seine Knie gaben bereits nach. Er fiel, und Maebh konnte nur hilflos dabei zusehen, wie er auf dem schlammigen Boden landete.

Wie aus weiter Ferne drangen Rufe zu ihr durch. Sie wandte sich um und entdeckte eine ganze Gruppe an Soldaten. Einer von ihnen hatte ein Emblem auf der Brust, drei Löwen auf goldenem Grund. Nicht das Symbol des Königreich Deasmhumhain, sondern das seiner Feinde. Sicher waren sie gekommen, um den Hexer zu stoppen, der ihnen die Schlacht erschwerte, doch woher sollten sie wissen, dass sie den falschen erwischt hatten?

Stöhnend wand sich Ciarán auf dem Boden, brach dabei die Pfeile ab, die ihm noch im Körper stecken. Blut mischte sich unter den Schlamm, wurde jedoch sofort vom strömenden Regen davon gespült.

Tränen stiegen Maebh in die Augen. Ihr Kopf war leergefegt. Keine Ideen, was sie jetzt tun sollte. Selbst ihr Instinkt meldete sich nicht mehr zu Wort. Sie wollte sich zusammenrollen und auf das Ende warten.

Ein weiterer Lichtblitz erstrahlte und eine Art Welle brandete durch die Luft, breitete sich aus, verwandelte Regen zu Schnee und Erde zu Eis. Sie traf die feindlichen Soldaten, denen kaum genug Zeit blieb, die Szene zu verstehen, und ließ sie erstarren. Verschonte nur Ciarán und Maebh.

Laoghaire hatte sie gerettet, aber Maebh schaffte es nicht einmal, ihn anzusehen. Stattdessen war sie einzig und allein auf Ciarán fokussiert. Ihre Brust schmerzte, als hätte der Pfeil sie und nicht ihn getroffen, während sein Gesicht von Sekunde zu Sekunde blasser wurde.

Warum taten die Menschen das? Bereitete es ihnen Spaß, Blut zu vergießen? Warum nur?

Verzweifelt machte sich Maebh daran, Ciaráns Hemd aufzuknöpfen. Vielleicht hatte er Glück gehabt und die Wunde ließ sich stillen. Sie musste es nur versuchen, sie musste … Doch viel zu rasch realisierte sie, wie unmöglich ihr kopfloses Unterfangen war. Die Wunde in Ciaráns Brust befand sich auf Höhe seines Herzens, Blut sickerte unablässig daraus heraus. Benetzte Maebhs Hände, ihre Arme, ihr Kleid.

»Nein«, murmelte sie, während sie verzweifelt den Stoff ihres Mantels auf die Öffnung drückte.

»Maebh.« Ciaráns Stimme war kaum mehr als ein heiseres Flüstern. Flüchtig wie ein Schatten in der anbrechenden Dämmerung. Und da realisierte Maebh, dass er sterben würde. Hier, an diesem von den Göttern verdammten Ort, würde er seinen letzten Atemzug nehmen. Und das nur ihretwegen. Weil er beschlossen hatte, sie zu begleiten.

Vielleicht, wenn sie …

»Maebh«, wiederholte er, und endlich stoppte sie ihre zum Scheitern verurteilten Versuche, ihn zu versorgen. Sie sah ihm in die Augen, erwartete, Verachtung darin zu sehen, doch stattdessen umspielte ein Lächeln seine Lippen. Ausgerechnet jetzt. Ausgerechnet hier. »Es ist in Ordnung.«

»Aber …«

Mit letzter Kraft hob er die Hand und legte sie auf Maebhs Wange, Blut klebte daran, hinterließ vermutlich eine Spur auf ihrer Haut, doch das war ihr egal. Verzweifelt zog sie ihn näher zu sich heran in eine unbeholfene Umarmung, in der sie förmlich spürte, wie die Lebensenergie ihn verließ. Wie seine Glieder schwerer, sein Atem langsamer wurde. Traurig erinnerte sie sich an ihre Worte in ihrer Nacht im Inn, deren Bedeutung ihr erst jetzt bewusst wurde.

Lass mich nicht allein. Damit hatte sie nicht den Moment gemeint, nein, nicht einmal die Nacht. Sie wollte, dass er bei ihr blieb. Für immer.

Wie gern hätte sie ihm das gesagt, aber nun war es zu spät, ihm all die unausgesprochenen Dinge zu erzählen. Ihm zu sagen, dass sie ihn liebte.

Stattdessen verstärkte sie ihren Griff um ein Weiteres, in der Hoffnung, dass er ihre Gefühle so zumindest spürte. Maebh legte ihre Stirn an seine und erlaubte sich ein letztes Mal, sich im Silber seiner Augen zu verlieren. Im flüssigen Mondlicht zu ertrinken.

Dann küsste sie ihn. Behutsam, sehnsuchtsvoll und gleichzeitig verzweifelt presste sie ihre Lippen auf seine, wie sie es damals am Strand getan hatte. Nur dass ihr dieses Mal klar war, dass es keine Chance auf Rettung gab, auch wenn sie sich nichts sehnlicher wünschte als das.

Bei dem Gedanken, Ciarán zu verlieren, verlor auf einmal alles seine Bedeutung. Was hatte es schon für einen Sinn, ihren Mantel zurückzubekommen, wenn ihr Herz in tausend Stücke zersplittert war? Wie sollte sie nach Hause zurückkehren, wenn sie wusste, dass sie für immer einen Teil ihrer selbst im Königreich Deasmhumhain zurückgelassen hatte?

Ein letzter hauchfeiner Atemzug streifte ihre Lippen, dann hörte Ciarán auf, sich zu bewegen. Seine Arme erschlafften. Sein Kopf landete kraftlos an ihrer Schulter, verharrte dort.

Maebh schluchzte. Am Rande bekam sie mit, wie Laoghaire ein paar Worte sprach, aber es war ihr egal. Was er auch tun sollte, was auch geschehen würde, es war ihr egal. Sollte er ihren Mantel behalten. Sollte er sie in ein Verlies sperren. Sollte er sie als Waffe benutzen. Solange sie Ciarán nur ein klein wenig länger halten konnte. Solange sie nur …

»Maebh?« Laoghaires Stimme klang wie aus einem Traum. Maebh hatte nicht einmal bemerkt, dass er an sie herangetreten war. Seine Finger streiften ganz sacht ihre Schulter, aber sie schaffte es nicht, ihren Blick abzuwenden. Als könnte das Ciarán zurückbringen. Als könnte irgendetwas ihn ihr wiedergeben.

Mit jeder Sekunde wurde seine Haut fahler. Die Blutung verebbte langsam. Kälte kroch in seine Glieder. Es gab nichts, das sie für ihn tun konnte, und doch waren ihre Beine wie gelähmt. Als wollte ihr Körper nicht realisieren, was ihr Verstand schon längst erkannt hatte.

Ciarán war tot. Er würde nicht mehr aufwachen. Er würde sie nicht mehr halten, nicht mehr küssen. Nie wieder.

»Maebh. Steh auf. Bitte.«

Er zog sie mit einem Ruck nach oben und endlich schaffte sie es, Laoghaire anzuschauen. Seine Miene war ungeahnt weich und in seinen Augen schimmerte etwas, das sie nicht zuordnen konnte.

»Du musst von hier verschwinden.«

»Was?« Das Wort klang wie ein Krächzen.

»Das werden sicher nicht die letzten Soldaten gewesen sein. Und ich kann keine ganze Armee aufhalten. Ich habe schon zu viel getan.«

Maebh blinzelte, konnte nicht fassen, was sie da hörte. »Aber …«

»Geh einfach. Geh zum Meer, zu deinem Volk, deiner Familie. Geh und schau nicht zurück.«

Seine Hand landete auf ihrer Schulter, sodass sie das Zittern darin spürte. Und jetzt realisierte sie, was in ihm vorging. Er war nicht nur erschöpft, er war bestürzt. Wie auch sie. Er hatte so viele Gelegenheiten gehabt, sich Ciaráns zu entledigen, und es nie darauf ankommen lassen. Hatte sie beide am Leben gehalten, während er seine eigenen Pläne verfolgt hatte.

Er hatte ebenso wenig gewollt, dass Ciarán starb.

Als Maebh ihn an sich zog, atmete Laoghaire scharf ein. Vermutlich hatte er nicht mit dieser Geste gerechnet, aber sie konnte nicht anders. Sie wollte nur für einen winzigen Moment das Gefühl haben, dass sie nicht allein auf dieser Welt war. Kurz legte er den Arm um sie und sie lehnte sich ihm entgegen, bis er wieder von ihr abließ. Ein trauriges Lächeln umspielte seine Lippen.

»Lauf, Maebh.«

Und das tat sie.

37

Die Abendsonne tauchte die Küste in tiefes Rot, spiegelte sich im klaren Wasser des Atlantiks, dass es schien, als bestünde die ganze Welt aus Feuer und Glut. Der Anblick erinnerte Maebh an den ersten Tag ihrer Reise. An den Schock, die Trauer, aber auch die Aufregung vor dem, was bevorstand. Es war ihr erster Sonnenaufgang in ihrer zweiten Gestalt gewesen, und nun saß sie hier und betrachtete ein letztes Mal die Dämmerung aus menschlichen Augen.

Gischt spülte um ihre nackten Zehen, doch die Kälte des Wassers war inzwischen kaum mehr spürbar. Seit sie ihren Mantel wiederhatte, machten Wind und Wetter ihr nichts aus. Ein Segen bei langen Nächten unter freiem Himmel, nur wünschte sie sich die Taubheit vor den Elementen würde noch weitergehen. Würde auch den Schmerz in ihrer Brust ersticken, wie sie es mit der Kälte tat.

Doch er blieb und selbst ihre Rückkehr ans Meer hatte ihn nicht lindern können. Zu viel war passiert. Sie vermisste Ciarán, vermisste ihn so sehr, dass sie sich wünschte, sie wäre ihm nie begegnet. Wäre sie nur nicht weggeschwommen. Hätte sie sich doch nur von den Menschen ferngehalten.

Und dann?

Tief in ihrem Inneren wusste Maebh, dass sie dieselben Entscheidungen erneut treffen würde, selbst wenn sie den Ausgang kannte. Sie würde trotzdem zu dem Wachturm schwimmen, würde ihn trotzdem retten, würde ihn trotzdem lieben, auch wenn ihr Herz am Ende in Scherben zurückblieb.

Maebh zog die Beine näher an den Körper, vergrub sich tiefer in seinem Mantel und stellte sich vor, er würde sie umarmen. Bald musste sie auch ihn zurücklassen wie bereits Fiadhs Kleidung. Und dann würde nichts mehr von Ciarán bleiben außer einer Erinnerung. Sein Name nur ein Echo in der Finsternis ihrer Gedanken.

Während Maebh am Strand saß, tauchte die Sonne unablässig tiefer, als hätte sie es eilig. Lediglich ein hauchzarter Streif war übrig, der die Bucht erhellte, den weißen Sand zum Leuchten brachte und die Silhouette des Wachturms in den Himmel zeichnete. Ein feiner Rest ihres letzten Tages als Mensch. Danach blieb ihr noch eine Nacht in dieser Gestalt. Eine Nacht, in der sie ihren Geschwistern alles erzählen durfte. Und dann … und dann …

Schluchzend vergrub sie das Gesicht in den Händen, während das letzte Licht des Tages in die Nacht hineinblutete. Danach kam die Dunkelheit, aber Maebh blieb wie gelähmt. Ihr Körper verweigerte seinen Dienst, klammerte sich verzweifelt an diese Welt, die sie vor wenigen Tagen noch hatte zurücklassen wollen.

Irgendwann näherten sich leise Schritte im Sand. Jemand setzte sich neben sie, legte den Arm um ihre Schulter und zog Maebh in eine Umarmung. Sie musste nicht hinsehen, um zu wissen, wer es war. Siobhans Geruch und ihre Berührungen waren so vertraut, als wäre sie erst gestern fortgegangen.

Noch immer weinend lehnte sich Maebh an sie, hasste sich dafür, dass sie nicht einmal Freude über dieses Wiedersehen empfinden konnte – nur Erleichterung.

»O Maebh.« Die Stimme ihrer Schwester war sanft und klar, voll von Güte. »Was ist passiert?«

Maebh schüttelte den Kopf. Ihr war bewusst, dass sie nicht viel Zeit hatte, ihre Geschichte zu erzählen, aber ihre Kehle war wie zugeschnürt. Die Worte wollten einfach nicht heraus, denn sie würden das Geschehene erst real machen. Und gleichzeitig bedeuteten sie einen Abschluss. Das Ende ihrer Reise. Und all die Erlebnisse wären ebenso wie Ciarán nur eine Erinnerung und bald schon eine weitere Geschichte, die sich die Selkies im Vollmond erzählten.

Da begann Siobhan auf einmal, leise zu singen.

Das Lied war Maebh neu. Die Melodie war traurig, bittersüß und gleichzeitig irgendwie tröstlich. Gab ihrer Sehnsucht einen Klang, bis sie realisierte, wieso sie es nicht kannte.

Warum, warum nur, o Kind des Ozeans? Warum? Hast du deine Tage in der Tiefe vergessen?

Es war ein Lied über sie. Über Maebh, das Selkie-Mädchen, das eines Nachts ohne ein Wort verschwunden war. Siobhan musste es sich ausgedacht haben, während Maebh …

Wie egoistisch sie doch gewesen war. Selbst jetzt. Wie sie sich in ihrer Trauer suhlte, statt zu realisieren, dass nicht alles furchtbar war. Sie hatte ihren Mantel wieder. Und damit ihre Familie. Ihre Geschwister und besonders Siobhan. Die Erkenntnis linderte den Schmerz über Ciaráns Tod nicht, aber sie machte ihn erträglich.

Sobald Siobhan geendet hatte, schob Maebh sie sanft von sich. Sie betrachtete ihr Gesicht durch einen Schleier aus Tränen, doch zum ersten Mal gelang ihr ein Lächeln. Ihre Schwester hauchte ihr einen Kuss auf die Stirn, murmelte: »Du hast mir gefehlt.«

»Du mir auch.«

»Was ist passiert?«

Maebh holte tief Luft und sah sich um. Mittlerweile war die Nacht hereingebrochen und der volle Mond hatte die Bucht in seinen silbernen Schein gehüllt, küsste ihre Haut mit Magie wie beim Beginn ihrer Reise.

Statt zu antworten, richtete Maebh sich auf und streifte Ciaráns Mantel von ihren nackten Schultern, ersetzte ihn mit ihrem eigenen. Er schmerzte sie, sein Geschenk hier zurückzulassen, wusste aber, dass sie ihn in den Fluten ohnehin verlieren würde. Also brachte sie ihn zu der Felsformation. Dorthin, wo sie sich damals um Ciarán gekümmert hatte, und versteckte ihn zwischen den Steinen. Sie wusste nicht, was sie sich davon erhoffte, aber es fühlte sich richtig an. Anschließend kehrte sie zu Siobhan zurück.

»Maebh?«

»Lass uns nach Hause gehen«, erwiderte diese. »Danach erzähle ich dir alles.«

Siobhan nickte und drückte kurz ihre Hand. Dann sprintete sie los, machte einen Sprung und verwandelte sich mitten im Flug zurück in eine Robbe. Maebh dagegen trat langsam ins Wasser, ließ sich Zeit, sich wieder an das Gefühl zu gewöhnen. Mit geschlossenen Augen genoss sie es, wie das Meer erst ihre Knöchel, ihre Knie und schließlich auch ihren Oberkörper umspülte, bis nur noch ihr Kopf aus dem Wasser lugte.

Sie blickte ein letztes Mal zur Bucht, vergrub ihre Zehen ein letztes Mal im Sand. Dann schloss sie die Augen und verwandelte sich.

Epilog

Der Geruch von Kräutern und verbranntem Holz lag in der Luft. Unter das Knistern eines Feuers mischte sich das Klirren von Glasphiolen und das Rascheln von Papier, als er die Augen aufschlug.

Die hölzerne Decke kam ihm seltsam bekannt vor, doch erst Laoghaires Stimme ließ ihn realisieren, wo er war. »Ah, ich sehe, du bist wach.«

Ciarán rieb sich den Kopf, der vor Erschöpfung schmerzte. Jeder Muskel in seinem Körper brannte, dabei sollte er eigentlich … Erschrocken richtete er sich auf. Wie vermutet befand er sich im Arbeitszimmer des Hexers, in der Burg des Königs. War er nicht eben noch …? Oder hatte er die Schlacht nur geträumt.

»Wieso bin ich hier?«

Laoghaire lächelte mysteriös, blieb mit dem Blick jedoch an dem Stück Pergament hängen, das er gerade überflog. »Um deinen Handel einzulösen.«

»Meinen Handel …«

»Deine Freiheit gegen die des Selkie-Mädchens. Oder hast du das etwa vergessen?«

Ciarán blinzelte verwirrt. »Der König hat meinen Vorschlag abgelehnt.«

»Das tut nichts zur Sache.«

»Was ist mit der Schlacht? Mit Cionn tSáile und dem Lager?«

»Ich weiß nicht, wovon du sprichst.«

»Laoghaire verdammt, ich war tot.«

Endlich sah der Hexer auf, musterte Ciarán aus kühlen, grauen Augen. Wie eine Kuriosität, deren Zweck er noch nicht ganz untersucht hatte.

»Das warst du in der Tat.«

»Aber wie?«

»Scheint so, als stecke hinter der Magie der Selkies mehr, als wir bislang vermutet haben.«

Ciarán stockte, während die Erinnerungen langsam zurückkehrten. Die feindlichen Soldaten, die Pfeile, seine Wunden. Dann Maebhs Kuss. Dunkelheit. Kälte. Nichts. Und jetzt war er hier.

Sie hatte ihn wieder gerettet, wie damals in der Bucht.

Verdammt, Maebh.

»Wo ist sie?«

»Zurück bei ihrer Familie, schätze ich.«

Gut. Erleichterung durchflutete Ciarán. Dass sie zu Hause war, war alles, was zählte. Zumindest fiel es ihm leicht, sich das einzureden, während der Schmerz in seiner Brust ihn beinahe entzweiriss.

Müde beobachtete er Laoghaire dabei, wie dieser mit ein paar übel riechenden Kräutern experimentierte. Ciarán war eigentlich davon ausgegangen, dass er ihn nach zwei Jahrhunderten kannte und einschätzen konnte, aber noch immer gaben ihm Laoghaires Entscheidungen Rätsel auf. Wieso er einem menschlichen König diente. Wieso er so versessen darauf war, diesen Krieg zu beenden. Und wieso …

»Warum hast du sie gehen lassen?«, kamen die Worte über Ciaráns Lippen.

Erneut schaute Laoghaire auf, hob einen Mundwinkel, obwohl seine Miene traurig wirkte. Verletzt. Zerbrochen.

»Weil du sie liebst.«

ENDE

Romy Wolf

Der Immerjunge

ISBN: 978-3-95991-943-2, Klappenbroschur, EUR 15,90

Peter hat keine Ahnung, warum das fremde Mädchen ihn töten will. So, wie er nicht weiß, woher er kommt, warum er ein Händchen dafür hat, offen stehende Fenster zu finden, oder dass sein Nachname Pan lautet.

Topsannah will niemanden töten. Doch Nimmerland liegt im Sterben, seit der alte Immerjunge nach London verbannt wurde. Ein neuer Immerjunge muss her, und dafür muss Peter Pan sterben.

Während Topsannah verzweifelt versucht, Peter aufzuspüren, machen in Nimmerland fürchterliche Dämonen Jagd auf die letzten Kinder, die noch vor Ort sind. Topsannah läuft die Zeit davon. Auf der Flucht vor ihr erinnert sich Peter an sein altes Leben. Doch je mehr Erinnerungen zurückkehren, desto klarer wird ihm, dass er selbst es war, der Nimmerland einst in den Abgrund riss – und dass Topsannah mehr als einen Grund hat, ihn zu töten.

Isabel Clivia

Schattensiegel

ISBN: 978-3-95991-404-8, Klappenbroschur, EUR 15,90

Wenn die letzte Hoffnung in den Schatten liegt ...

Alienors Leben ist von Dunkelheit geprägt. Nachdem verbotene Experimente ihr gefährliche Schattenkräfte beschert und sie in eine unberechenbare Waffe verwandelt haben, fristet sie ihr Dasein in einem Verlies. Bis ausgerechnet der Mann, der sie dorthin gebracht hat, sie um Hilfe bittet. Ihre Magie soll der Schlüssel zur Zerstörung eines uralten Fluchs sein. Mit dem Zauberweber Thierry zusammenzuarbeiten ist das Letzte, was sie will. Allerdings ist da dieses verräterische Herzklopfen, das alles so verdammt kompliziert macht.

Im Kampf gegen einen schier übermächtigen Feind muss Alienor sich entscheiden, wer sie sein will: das Ungeheuer, für das die Leute sie halten, oder die Hoffnung eines ganzen Landes.

DRACHENMOND VERLAG